KB263870

글을 쓰기 위해
요가를 하진
않았습니다만

일러두기

• 도서는 《 》, 단편, 음반, 신문 제호 등은 〈 〉으로 표기했습니다.
• 이 책에 소개된 원서의 경우, 국내 출간 기준을 우선으로 하였고, 그 외는 원서 제목을 번역하였습니다.
• 3부 영어 문장 수정하는 방법 및 출판을 위한 투고 내용 중 우리 상황에 적용하기 어려운 부분은 국내 사정에 맞게 편집하였음을 밝힙니다.
• 본문 중 흑백 고딕은 원서의 강조이며, 별색 고딕은 독자의 이해를 돕기 위해 한국어 번역판에서 강조한 문장입니다.

글을 쓰기 위해 요가를 하진 않았습니다만

요가하는 교수의
30년 글쓰기 수업

제니퍼 시너 지음
정희재 옮김

나무를 심는 사람들

글쓰기에 깊이 빠지면 나는,
시인 카비르가 그리는,
물을 가득 채운 채 호수에 잠긴 주전자처럼 된다.
주전자 안에 든 물과 주전자 밖에 있는 물,
둘 사이에는 아무 차이가 없다.
나는 내 모든 경계를 잃어버린다.
나는 나의 단어다.

작가라는 이름으로 살아가지만 나는 글쓰기가 늘 어렵다. 첫 문장을 쓰려면 막막한 시간을 길게 거쳐야 한다. 글을 쓰면서 자주 허둥대고 조급해하고 후회하고 좌절한다. 공인 요가 강사인 제니퍼 시너가 30년 동안 요가하듯 글을 쓰고 강의하며 체득한 통찰은, 그런 나를 종종 멈춰 세우고 골똘히 생각하게 했다. 제니퍼는 조곤조곤 설득했다. 글쓰기는 아무 데서나 불쑥 생겨나는 게 아니라 세상의 시간이 새겨진 몸에서 온다고. 작법과 몸이 따로 있지 않으며, 형식과 상관없이 글의 본체는 작가 자신의 몸이라고. 그 몸으로 숨을 들이마시는 것부터 글쓰기가 시작된다는 말에 등뼈를 곧추세우고 들숨과 날숨을 오롯이 느끼곤 했다.

제니퍼 시너는 나를 생명체로 살게 하는 숨(호흡), 그 숨을 통해 세상과 연결되는 순간에는 불안할 일도 두려울 일도 결핍도 없이 오로지 충만하다고 말한다. 그리고 내면세계와 접촉하여 가만히 지켜볼 수 있을 때 비로소 내적 경험을 외부화하는 작가가 될 수 있다고, 숨과 몸, 그리고 원고지(오늘날 대다수가 실물 원고지에 직접 쓰진 않지만 오랜 상징으로)가 하나로 결합할 수 있다고 친절히, 상세하게 설명했다.

제니퍼 시너는 지금 내가 쉬는 숨과 이 순간 내가 쓰는 단어가 서로 연결되어 있으며, 한 번에 한 단어씩 나만의 문장을 쌓아나가는 일이 유일한 글쓰기 방식이라는 단순하고도 명쾌한 내용을 섬세한 관찰과 경험, 그리고 풍부한 사례를 들어 안내한다. 제니퍼의 세계로 가는 한 문장, 한 문장을 우리말로 옮기며 거의 매번 막막했지만, 가만가만 지켜보던 순간들을 기억한다. 그 시간들을 통과하며 숨과 몸, 그리고 언어가 하나로 결합하는 지점을 얼핏 엿본 듯도 하다.

차례

2부

글쓰기에
필요한 것은
이미 다
가지고 있다

āntara
kumbhaka

안타라 쿰바카

3부   날숨에
글 다듬기   recaka   **레차카**

4부　　**날숨의 바닥,
잠재력의 공간**　　bāhya
kumbhaka　　바히야
쿰바카

1년 전쯤, 나는 남편과 함께 솔트레이크시티 위쪽에 있는 리틀
코튼우드 캐니언에서 산행을 했다. 6월 24일, 남편 마이클의 생
일이기도 한 그날은 잿빛 하늘과 빗방울이 우리의 발걸음을 내
내 따라다녔다. 안개가 산길을 가려 길을 잃었지만 우리는 높이
3,000미터의 고산 호수, 시크릿 호수가 있음 직한 방향으로 계
속 올라갔다. 한번은 지피에스로 산행을 하는 여행자들을 만나
기도 했다. 알고 보니 그 사람들도 길을 잃은 거였다. 우리는 서
로 다른 길로 나뉘어 비탈을 올랐다. 마이클과 나는 아주 일찍
출발한 터여서 높은 산봉우리에는 아직 새벽빛이 감돌았다. 우
리는 거의 어둠 속을 걸었다.

비가 점점 거세지다가 진눈깨비로 변할 즈음 우리는 시크릿
호수에 이르렀다. 그래도 외딴 호수는 아름다웠고 물은 시리도

록 맑았다. 우리는 호수 둘레 바위 벌판을 걸으며 야생화를 가리
켰다. 페인트브러시, 펜스테몬, 루핀, 두 주일쯤 지나면 알비온
분지의 계곡을 뒤덮을 꽃들이었다. 우선은 꽃을 관장하는 이의
보살핌으로 바위 근처에 듬성듬성 얇은 다발로 피어 있었다. 빗
방울이 호수에 보조개를 만들고, 꽃줄기를 구부리고, 우리의 뺨
을 타고 흘러내렸다. 축축하고 추웠다. 우리는 오래 머물지 않고
주차해 둔 차로 돌아가는 긴 하산길에 들어섰다. 차는 제철이 아
니라 문이 닫힌 주차장 바깥에 세워 둔 터였다. 그만한 고도의
산행을 해 본 사람은 오르막길보다 내리막길이 더 어렵다는 것
을 안다. 흠뻑 젖은 바위에서 신발이 계속 미끄러졌다. 등산용
지팡이가 없는 게 아쉬웠다.

그런데 갑자기 하늘이 맑아졌다. 햇살이 계곡 바닥까지 쏟아
지며 꽃, 소나무, 길을 환히 비췄다. 구름이 지나가며 남긴 이슬
비가 아직 살짝 내리고 있었다.

"완벽하게 무지개가 뜰 조건인데."

마이클이 내게 말했다. 나는 늘 하산 속도가 느려서 남편이 앞
장서 걸었다.

나는 고개를 들어 구름과 구름 사이의 태양, 영롱하게 빛나는
빗방울들을 쳐다봤다.

"와, 당신 생일에 무지개라니, 정말 완벽하겠네!"

나는 하늘에 둥글게 걸친 무지개를 찾아 사방으로 두리번거렸

지만 헛수고였다.

아무것도 없었다.

다시 산길을 내려가다가 우리는 검정 지퍼백 봉지를 우비 삼아 뒤집어쓴 등산객 한 쌍을 만났다. 어머니와 십 대 아이처럼 보였다. 둘은 가쁜 숨을 몰아쉬었고 이마는 땀과 빗물로 뒤범벅 되어 있었다. 우리는 산길에서 함께 모여 섰다.

"무지개 보셨어요?"

여성이 우리 등 뒤의 하늘을 가리키며 물었다.

뒤를 돌아보니 파란 하늘에 구름만 있었다.

"아뇨. 무지개가 있었나요?"

내가 물었다.

"그럼요!" 여성이 소리쳤다.

"정말 아름다웠어요. 선명한 무지개가 떴는데 쌍무지개 중 하나같았어요."

여성이 십 대 아이에게 확인하듯 말하자 아이가 틀림없이 그렇다고 고개를 끄덕였다.

두 사람과 헤어져 산길을 계속 내려가는데 야생화와 차차 높아지는 온도 때문에 걸음마다 여름에 물씬 가까워지고 있었다. 내려가는 내내 나는 마이클의 생일에 무지개를 못 봤다는 사실을 두고 투덜거렸다. 허락받지 못한 아름다움이라니. 마이클은 연신 꽃들을 가리키며 나를 우리 앞에 있는 색으로 돌아오게 하려고 애를 썼지만 나는 우리가 잃어버린 것에 사로잡혀 있었다.

"그걸 놓치다니 믿을 수가 없어."

나는 열 번쯤 같은 말을 되풀이했다. 그렇게 주차된 우리 자동차 가까이 걷는 동안 옷이 마르고 햇살이 환하게 빛났다. 나는 물을 마시려고 걸음을 멈췄다.

"제니퍼, 하지만 무지개가 거기 있었잖아."

마이클이 대답했다.

"우리는 내내 무지개 아래를 걸었던 거야. 다만 보지 못했을 뿐이지."

그것이 요가다. 이 세상의 모든 아름다움, 은혜, 충만함이 이미 내 안에 있음을 아는 것. 갈 곳을 찾지 않아도 된다. 우리는 필요한 것을 다 갖고 있으며 아무것도 빼앗기지 않았다. 하지만 내 이야기에서도 드러나듯, 쉽게 차지하기는 어려운 공간이다. 가장 깊은 의미에서 우리는 참으로 완전하지만, 우리의 일상적인 경험은 결핍, 방치, 실망에 덮여 있기 마련이다. 우리는 무지개가 우리를 놓치지 않았다는 사실을 아는 것보다 우리가 무지개를 보지 못했다는 사실에 더 집중하는 경향이 있다.

우리의 세계, 특히 서구 후기 자본주의 세계는 결핍의 모델에 따라 작동한다. 우리가 충분히 부유하지도, 강하지도, 예쁘지도, 흡족하지도 않으니 대체로 더 많이 소비해야 결핍을 해결할 수 있다고 주장한다. 이는 새로운 이야기가 아니다. 상업주의, 세계화, 그리고 소셜 미디어들이 정밀하게 빚어낸, 그냥 완벽한 이야기일 뿐이다. 오래전 북인도 마을의 외곽 숲에서 부처님은, 우리의 고통은 우리가 충분히 가지고 있지 않다고 믿는 데서 온다고 설했다. 수 세기 동안 우리는 그 문제에 대해 알고 있으면서도 벗어나지 못하는 듯하다. 진화를, 그리고 인류가 문자 그대로 결핍에 직면했던 수백만 년을 탓하거나, 인간이 현실적으로 근거가 거의 없는 두려움과 불안을 만들어 내는 고도로 발달한 두뇌를 가졌다는 사실에 책임을 돌리거나, 아무도 탓하지 않고 단순히 그걸 사실로 받아들이거나, 어쨌든 우리는 무지개가 존재하지 않는다고 믿으며 많은 시간을 보낸다. 우리가 놓쳤다는 믿음. 우리에게는 아예 오지 않았다는 믿음. 다른 사람이 대신 무지개를 받았다는 믿음.

요가란 무엇인가?

불안과 두려움으로 가득 찬 공간에서는 예술을 창조할 수 없다. 좀 더 구체적으로 말하자면, 과거에 얽매이거나 미래를 두려워하는 공간에서는 예술을 창조할 수 없다. 불안과 두려움은 거의 언제나 아직 일어나지 않았거나 이미 발생한 상황에 바탕을 둔다. 현재의 순간에서 완전히 벗어난 곳에 자리한다. 실제로 존재하는 유일한 순간은 바로 지금, 이 책을 들고 있는, 어쩌면 펜을 쥐고 있을지도 모르는, 등 뒤에서 아기가 울고 있을지도 모르는, 대형 화물차가 창문 아래를 지나고 있을지도 모르는, 숨을 들이마시는 이 특정한 순간이다. 까마귀나 머리 위의 비행기 또는 복도 우편함에 꽂히는 우편물의 형태로 세상이 외치는 소리가 나는 이 한순간.

요가는, 그럴 수는 있지만, 몸으로 다양한 형태를 만드는 행위를 뜻하는 게 아니다. 요가는, 그럴 수 있다고 해도, 다 함께 가부좌를 틀고 앉아서 기도문을 읊는 걸 말하는 것도 아니다. 궁극적으로 요가는, 이 특정한 순간, 바로 지금, 이 순간, 필요한 것을 다 가졌음을 깨닫는 길이다. 우리는 충만하다. 결핍의 여지없이 충만하다. 이미 가득 찬 상태가 충만이니 결핍의 여지가 없는 게 당연하다.

고대 문헌은 요가를 여러 방식으로 정의한다. 현자 파탄잘리는 돌고 도는 마음을 고요하게 하는 것, 《바가바드 기타》는 주변에 어떤 변화가 있든 사마트밤(samatvam, 평정심, 마음의 평정 또는 한결같은 평화: 역자 주)을 유지하는 능력이라고 요가를 정의했다. 기원전 1,000년 중반대에 《카타 우파니샤드》에 실린 요가의 초기 정의 중 하나는 "합일 상태로 들어가는 완전한 고요"였는데, 2,500년 뒤 삿구루는 요가를 "존재와 완벽한 정렬, 절대 조화, 완전한 일체화를 이루는 과학"이라고 설명한다. 그러나 그와 같은 정의 혹은 이해에 더불어 들어 있는 것은 요가가 몸으로만 경험할 수 있다는 믿음이다. 요가는 책에서 찾을 수 있는 게 아니고, 의사가 처방하거나 교사가 설명할 수 있는 것도 아니다. 요가는 각자의 내면에서만 경험할 수 있다. 어떤 측면에서, 서구 세계의 요가는 항상 예정되어 있던 길에서 비켜나 체조화된 게 사실이지만 그렇다고 그것이 완전히 잘못된 방식은 아니다. 요가에서 몸은 유일한 지식의 원천이 된다. 몸은 그릇이고, 교사이며, 매개체다.

요가는 몸으로만 경험할 수 있고 몸만이 우주의 모든 생명체와의 연결을 이해할 수 있는 유일한 통로라는 사실은, 자신의 몸과 편안하게 관계 맺을 줄 아는 사람들에게 큰 힘을 줄 수 있다. 눈을 감고 친숙하고 평온한 기운을 찾으면, 몸을 하나하나 살피고 평화를 경험하면, 그리고 나의 화신이 자유로 가는 관문이라는 생각이 들면 꽤 기분이 좋아질 것이다. 그렇지만 대다수 인간은 몸 안에서 편안한 느낌을 얻지 못한다. 사실, 몸을 고통과 슬픔의 원천이라고 생각하는 사람들이 많다. 연령, 인종, 배경을 불문하고 얼마나 많은 이들이 자신의 몸을 굶기고, 학대하고, 상처 입히고, 벌주는지 보기만 해도 우리의 화신이 얼마나 불안할 수 있는지 알게 된다.

나는 자신의 몸을 철창과 범죄 현장이라고 이름한 작가 록산게이, 혹은 국가가 자신의 몸을 무기로 만드는 방식에 관해 쓴

호세 오르두냐, 그도 아니면 태어날 때 지정받은 성별이 성적 경험과 일치하지 않아 자살하는 십 대 트랜스젠더를 가리키는 끔찍한 통계를 생각한다. 인종 차별, 가부장제, 경제 불평등, 장애인 차별, 동성애 혐오는 신체를 안식처가 아니라 공포와 고통의 현장으로 변형시킨다. 그렇다면 어떻게 우리가 이 상처받은 몸들 곁에 앉아서 가르침을 구할 수 있을까?

짧게 답하자면 우리에게는 다른 선택의 여지가 없다. 우리는 저마다 이 몸과 이 생명에서 태어났다. 우리가 선택할 수 있는 게 아니다. 그리고 숨을 쉬는 한 우리는 우리의 몸을 떠날 수 없다. 더 중요한 것은 우리가 이 세계에서 겪는 경험은 모두 체화된 경험이라는 것이다. 다 몸 안에서 일어난다. 온 세상이 몸 안에 존재한다. 우리는 몸 밖으로 나가서 먹고, 걷고, 자고, 우는 경험을 할 수 없다. 몸을 벗어나서 보지 못한다. 몸 밖에서 느끼거나 만지거나 들을 수 없다. 몸 밖에서 생각할 수 없고, 고통을 느낄 수 없고, 사랑할 수 없다. 그리고 우리는 딸기가 무슨 맛인지 보려고 다른 사람의 몸에 들어갈 수 없다. 이것이 요가에서 설명하는 가장 주요한 역설 가운데 하나다. 샷구루는 이를 두고 인간의 궁지라고 이름했다. "경험의 자리는 바로 여러분 안에 있지만, 여러분의 인식은 완전히 바깥을 향합니다."

우리의 경험을 다른 사람들과 공유할 수도, 거기서 벗어날 수도 없다고 하면 두렵거나 절망스럽게 들리겠지만, 그것은 몸이라는 것이 오로지 육체에 국한된 것일 뿐 다른 어떤 것도 아니라고 믿는 경우에만 해당하는 얘기다. 요가는 몸을 수용, 사랑, 연민의 문으로 여기게 하지만, 몸이 무엇인지 이해하려는 우리를 복잡하게 만든다. 역사상 5세기에서 10세기 사이에 몸은 요가 수행의 중심이 되었는데, 탄트라 요가 수행자들은 몸이 그저 피부와 뼈의 집합체가 아니라 연금술적 변환을 위한 그릇이라는 것을 인식하기 시작했다. 이전의 요가 수행자들은 타파스(tapas)라고 하여 금욕과 고행을 통해 육체를 억제하는 데 집중하며 몸과 갈등하는 관계를 유지했다. 육체는 매개체가 아니라 방해물이었다. 탄트라 요가로의 전환은 오늘날 행해지는 하타 요가를 낳았다. 앞으로 보게 되겠지만, 요가에서 몸은 육체 이상이며, 마음뿐만 아니라 활력과 영성 측면에서의 몸까지 포함한다. 몸에 집중함으로써 인간은 육체를 미세체(베다에서 구분하는 3개의 몸, 곧 육체, 미세체, 원인체 중 하나. 미세체와 원인체는 영체라고 할 수 있다. 원인체는 육체와 미세체를 만들어 낸 원인의 몸, 곧 영원히 존재하는 인간의 영혼으로 볼 수 있다. 반면 미세체는 원인체와 육체를 매개하는 역할을 한다. 육신이 사라지면 뒤를 이어 사라진다고 간주한다: 역자 주)로 변화시킬 수 있으며, 육신을 초월하는 게 아니라 외피 안으로 깊이 들어가 실제 우리는 단순한 육신이 아니라 모든 생명체에 깃든 생명력 에너지라는 걸 발견할 수 있다. 요가 수행자는 우리가 만물과 연결된 하나라고, 눈을 감으면 그 앎에 도달한다고 하는데,

이는 오직 눈에 보여야 실재하는 것이라는 마음의 믿음에 도전하는 것이다. 일단, 그 말이 맞는다면 우리는 더 이상 집 없이 사는 존재가 아니다.

요가와 글쓰기

이것이 글쓰기와 어떤 관련이 있을까? 작가로서, 예술가로서, 또는 인간으로서 우리는 먼저 우리 몸에 주의를 기울여야 세상으로 나갈 수 있다. 우리의 말, 마음, 봉사와 함께 바깥으로 나아갈 수 있는 것이다.

우리는 우리의 형상화에 대한 책임을 져야 하고 우리 존재의 물리적 사실과의 연결을 더 깊게 해야 한다. 그런 다음, 호흡과 몸에 집중함으로써 물리적인 차원을 넘어서서 우리를 둘러싼 세계와 이어져야 한다. 먼저 자신에 대한 연민을 찾지 못한다면 우리가 어떻게 입체적이고 복잡한 등장인물들을 창조할 수 있겠는가? 우리가 자신의 존재를 특징짓는 두려움과 갈망을 가만히 지켜보지 않는다면, 우리 시와 산문의 더 깊은 주제를 어떻게 발견할 수 있겠는가? 우리가 우리 각자의 내면에 알려진 세계와 접촉하지 않는다면, 어떻게 모든 예술의 기초가 되는 우리의 내적 경험을 외부화할 수 있겠는가? 불가능한 일이다.

나는 내면과의 접촉 없이는 작가가 될 수 없고, 어느 정도는,

요가 수행자도 될 수 없다고 분명히 말하고 싶다. 스스로 요가 수행자라고 지칭하지 않을 수도 있다. 지혜나 정직, 또는 명석한 사상을 기반으로 글을 쓴다는 이도 있겠지만, 나는 자신의 내적 경험을 잘 아는 사람에게서 나오는 글이야말로 가장 많은 걸 얘기해 준다고 생각한다. 요가에는 그와 같은 내면 인식을 의미하는 아름다운 이름이 있다. 치다카사(chidākāśa)가 그것으로 의식과 하늘을 뜻하는 산스크리트어에서 유래한다. 눈을 감으면 보이는 세상, 곧 눈꺼풀 안쪽에 존재하는 세상이다. 그것이 우리 내면의 하늘이며, 우리는 언제나 그곳에서 글을 쓰고 싶어 한다.

이 책을 사용하는 방법

《글을 쓰기 위해 요가를 하진 않았습니다만》은 글을 쓰고 싶은 사람, 더 구체적으로 말하자면 내면의 하늘 안에서 글을 쓰는 데 관심을 두는 이들을 위한 책이다. 이 책은 연민을 갖고 명료한 글을 쓰기 위해 앎과 변화의 원천으로서의 몸을 들여다보는 내용이니 굳이 요가 자세를 수행할 필요는 없다. 몸이 유연하지 않아도 된다. 요가 매트가 없어도, 산스크리트어를 몰라도 괜찮다. 그저 눈을 감고 숨만 쉬면 된다.

요가의 길을 따르는 사람인 나는, 모든 것은 연결되어 있는데 분리하고 억제하고, 그리하여 우리 주변의 세계를 통제하려는 욕구가 고통을 불러온다고 믿는다. 이 책은 글쓰기 연습에 시간을 더 할애하는 장, 신체에 더 중점을 둔 장, 호흡 연습을 제공하는 장, 그리고 그 세 가지를 모두 결합한 장을 서로 엮어서 호흡, 몸, 단어, 그리고 세계의 상호 연결성을 추구한다. 나는 내 호흡이나 지금, 이 순간 내가 쓴 이 단어들이 분리되어 있다고 보지 않으며, 그것들이 서로 분리되어 있다고 가르쳐서는 안 된다고 생각한다. 그 구조 안에서, 숨, 몸, 그리고 원고지의 결합을 실제로 보여 준다.

더욱이 우리의 여정에서는 아무도 추방하지 않으며, 연금술사들은 노벨상 수상자들만큼이나 이 책에 많은 정보를 제공한다. 온 세상이 우리의 스승이다. 우리는 다만 그런 실상에 눈을 떠야 하며, 지식은 오직 몇몇 사람들이 제공하는 것이라고 결정하지 않아야 한다. 우리는 호흡과 신체 수행, 그리고 장면을 강렬하게 하고 등장인물을 기억에 남게 만드는 요인이 무엇인지 탐구할 것이다. 아무쪼록 글을 많이 써 보기를 바란다. 더 강하게 주장하자면, 실제로 펜을 쥐고 있는 사람이 누구인지 고려해 보면 좋겠다. 요가 수행에 관한 책이나 글쓰기 작법에 관한 책들이 있지만, 대개는 우리 존재에 관한 근본적인 진실을 놓치는 경우가 많다. 글쓰기는 아무 데서나 불쑥 생겨나는 게 아니다. 세상의 시간이 표시된 몸에서 오는 것이다. 작법과 몸이 따로 있지 않다. 하이쿠든 소설이든 형식과 상관없이 작품의 본체는 작가 자신의 몸이다.

궁극적으로, 이 책은 요가 수행자처럼, 무지개가 언제나 거기 있다는 것을, 이 순간이 충만하다는 것을 기억하려고 애쓰는 사람으로 글을 쓰고 삶에 접근하는 방법에 관한 책이다.

독자 가운데는 수십 년 동안 글을 써 온 이도 있고, 이제 막 시작한 이도 있을 것이다. 마찬가지로, 요가 수행자인 경우도 많겠지만 요가 매트 한번 안 펴 본 사람도 있을 것이다. 내 작업은 그 모든 경우를 아우르는 것이다. 소설가 찰스 백스터는 언젠가 내가 참석한 자리에서 청중에게 "예술은 자루 경주(포대 자루에 들어가 뜀뛰기 해서 빨리 들어오기 경쟁을 하는 경기: 역자 주)가 아니다"라고 말했다. 이 책을 쓰는 나의 목표는 요가와 글쓰기에 다층적으로 접근하는 방식을 제공하여 독자가 거듭거듭 책으로 돌아오고, 늘 새로운 것을 찾을 수 있도록 하는 것이다. 그러니 받을 준비가 된 것은 가져가고 나머지는 놔두기를 바란다.

호흡이 글쓰기의 시작 지점이라고 믿기에 나는 호흡의 네 분야에 맞춰 이 책을 네 개의 장으로 나누었다. 호흡의 네 분야는 들숨, 들이쉬고 멈춤, 날숨, 내쉬고 멈춤을 말한다. 산스크리트어로 들숨은 푸라카(pūraka)라고 한다(다시 말하지만, 산스크리트어 단어를 기억할 필요는 없다. 다만 호흡에 시작이 있다는 것만 유념하길 바란다). 푸라카는 당연히 봄 그리고 새 출발의 계절과 관련이 있다. 그래서 이 첫 번째 장에서는 공간과 의도의 창조, 그리고 아이디어의 발상에 주의를 기울인다. 호흡의 정점, 안타라 쿰바카(āntara kumbhaka)는 충만과 여름을 의미하며, 신체적으로는 폐가 완전히 가득 찬 순간으로 풍요와 너그러움을 나타낸다. 그리고 두 번째 장에서는 초고의 완성도에 초점을 맞춘다. 우리는 장면과 등장인물 그리고 세부 묘사에 시간을 들인다. 날숨, 레차카(recaka)는 정제하고 걸러 내는 방식으로 몸에서 경험된다. 이 장은 가을 계절에 맞춰 수정 및 덜어 내기에 전념한다. 큰 줄기를 잘라 내고 가지를 쳐 내는 작업에 유의한다. 마지막으로, 호흡의 겨울, 공기가 들어오지도 나가지도 않는, 바닥이 텅 빈 상태가 바히야 쿰바카(bāhya kumbhaka)다. 그처럼 텅 빈 상태는 처음에는 공허해 보여도 실제로는 무한한 가능성의 본거지이다. 글쓰기에서 공백은 결과에 연연하지 않는 내맡김이자 오드리 로드(철학자이자 시인, 흑인 인권운동가: 역자 주)가 말하는 "아직 태어나지 않았지만 이미 느껴지는, 이름도 없고 형태도 없는 것"으로의 회귀이다.

무지개가 이미 우리 머리 위에 둥글게 떠 있듯이 우리는 이미 작가다. 서구 세계에서 우리는, 눈을 뜨고 이것이 사실임을 보라는 얘기를 듣는다. 여기서는 대신, 눈을 감고 내면의 하늘로 시선을 돌릴 것이다. 글쓰기는 종이가 아니라 숨을 들이마시는 것으로 시작하는 일이다.

푸라카

pūraka

창작은 살 수도,
의지할 수도, 강제할 수도,
심지어 추구할 수도 없다.
오직 자신을 활짝 열 때
창작에 가 닿는다.
마치 첫 숨이 우리 몸으로
쏟아져 들어오듯이.

1부

들숨에서 글이 시작된다

온몸으로 글쓰기

나는 요가 강사이자 문예 창작 교수다. 이 시점에서 나는 매트 위에서의 요가 수행과 종이 위에서의 글쓰기 수행을 따로 분리할 수 없다는 것을 안다. 결국, 더 나은 인간이 되기 위한 헌신이라는 면에서 요가와 글쓰기가 걸어가는 길은 같다. 중요한 것은, 더 나은 인간이 된다는 게 발끝을 만질 수 있다거나, 〈하퍼스 헤럴드〉의 출판물에 실린, 누가 자신이나 타인을 위한 연민을 키웠다는 글 따위와는 전혀 관련이 없다는 것이다. 요가와 글쓰기에 있어서 가장 깊고, 풍부하고, 영속하는 보상은 끝 지점과는 아무 관련 없다. 오로지 과정과 연관이 있다. 우리는 늘 가는 중이다. 절대로 도착하지 않는다.

이 지점에서, 더 나은 사람이 되려는 목적으로 글쓰기라는 수단을 택하지 않을 수도 있다. 나는 계속해서 글을 쓰게 하는 가장 타당한 이유는 외부가 아니라 내면에 있다는 것을 이해하는 데 수십 년이 걸렸다. 특히 작가들은 처음 시작할 때 차세대 토니 모리슨이나 오션 브엉이 되겠다는 꿈을 품는다. 그리고 실제로 성공하기도 한다. 하지만 그 성공이 작가들을 오래도록 지탱하는 것은 아니다. 성취가 우리를 이끌어 주는 게 아니다. 우리가 하는 예술에서 우리를 지탱하는 것은 글쓰기 자체의 즐거움, 우리가 글을 쓸 때 갖는 감정, 우리 내면의 경험을 표현하는 단어를 몇 번이고 찾아내는 감각이다. 그 명료함, 곧 우리 내면의 경험이 외부 세계에서 형태를 갖추는 그 순간을 진실이라고 부른다. 그리고 소설이든, 시든, 그림이든, 춤이든, 우리의 진실에 이름을 붙일 때 가장 좋은 버전에 한 걸음 더 다가가게 된다. 왜냐면 진실은 언제나 너절하고 복잡하고 어려우며, 진실에 이름을 붙이려는 의지는 동시에 다른 사람이 우리 대신 진실을 결정하도록 허용하지 않겠다는 거부이기 때문이다.

서구 세계에서, 우리는 정신을 똑바로 차리고 하루를 헤쳐 나가라는 요청을 너무 자주 받는다. 내 생각에 우리는 마음에서 자신이 누구인지 혼동하는 것 같다. 나는 제니퍼다. 왜냐면 내가 제니퍼라고 생각하기 때문이다. 다른 사람들은 나를 제니퍼라고 부른다. 스타벅스 바리스타가 부를 때 나는 제니퍼라는 이름에 반응한다. 나는 제니퍼에게로 가는 길을 도무지 느끼지 못하고, '제니퍼에게'가 무엇을 뜻하는지 스스로 묻는 경우도 별로 없다.

우리는 아침 식사부터 잠자리에 들기까지 문제를 해결하고 협상하고 비교하고 대조하며 우리의 방식을 생각해 내지만, 우리의 몸이나 마음속 느낌을 알아차리기 위해 멈추는 경우는 좀처럼 없다.

사라 블론딘은 저서 《마음》에서, 우리는 태어날 때부터 마음을 벗어나 머릿속으로 올라가라는 요청을 받는다고 썼다. 나는 사라의 작품을 생각하면 늘 조그만 사다리를 떠올린다. 사라는 우리가 순수한 빛으로 이 세상에 도착한다고 말한다. 하지만 태어나서 몇 분 안에 우리는 고통을 경험한다. 어쩌면 허기일 수도 있고, 아무도 알아차리지 못하는 따뜻함에 대한 욕구일 수도 있다. 울어도 고통은 여전히 남는다. 사라는 계속 말한다. "고통과 슬픔이 우리 안에 고이기 시작하고, 이 고통을 느끼지 않으려는 몸부림 끝에…… 우리는 우리 안의 안전장치였던 한 곳을 내치게 된다." 우리의 마음이다. 우리는 마음에서 머리로, 이성과 절제에 힘입어 고통이 줄어든 것처럼 여겨지는 머릿속으로 올라간다.

#나는 학생들에게 대학의 내 강의실에 들어올 때는 온몸을 가지고 오라고 요청한다. 학생들은 자기 마음도 트라우마도 슬픔도 알아차리지 못하기 일쑤다. 글을 쓰고 싶다면 우리는 온몸과 접촉해야 한다. 머리로만 쓰는 글은 단절을 쓰는 것이다. 요가의 신체 수행으로 나는 생각하는 머리가 아니라 체화된 인간이 되는 것에 대해 확실히 많이 배웠다. 하지만 실제 요가 자서를 연

습하지 않더라도, 몸에 관한 동양식의 이해를 통해 도움을 받을 수 있다. 요가에서 몸은 일정한 연관을 가지고 하나로 이어지는 신체를 일컫는다. B. K. S. 아헹가는 그것을 일러 "존재의 덮개들"이라고 부른다. 양파 또는 러시아 목각 인형처럼 겹겹이 포개진 상태라고 볼 수 있다. 덮개는 육체 곧 생기체의 층에서 미세체, 곧 정신 층으로 나아간다. 이때 덮개는 각각 다리 역할을 하며, 눈에 보이는 외부 세계에서 아헹가가 "광대한 내면의 하늘"이라고 부르는 내면의 장소로 우리를 데려간다.

요가에서, 가장 바깥쪽 덮개(코샤)를 안나야마 코샤 혹은 음식의 몸이라고 부른다. 우리의 육신은 말 그대로 우리가 먹은 것의 결과이며 음식이 곧 살이 된다. 우리는 흔히 정강이에 멍이 들거나 팔꿈치에 생긴 염증처럼 통증이 있으면 육신 곧 물질의 몸을 알아차린다. 그렇지만 우리는 우리 몸에서 우리를 부르지 않는 부위를 더 잘 알아차릴 수 있다. 예를 들어 지금 당장 왼쪽 새끼발가락을 느낄 수 있는가? 아니면 발가락을 만진 다음 감각이 가라앉은 뒤에도 의식을 거기에 둘 수 있는지 확인해 보라. 우리는 평범하든 평범하지 않든, 학대받은 경험 때문에 우리 몸을 수치스럽게 느끼는 일이 너무 흔하다. 우리는 다른 사람들이 모독하거나, 조롱하거나, 받아들일 수 없다고 여기는 몸으로 살아가는 경험을 피하려고 마음으로 이동한다. 그렇지만 우리의 육체는 기적이다. 육신은 우리가 세상에 닿고 세상이 우리에게 닿는 길이다. 이 책에서 우리가 내내 하게 될 호흡 수행을 통해 우리는 정보와 경험의 원천으로서 우리의 육체를 더 많이 알아차리게 될 것이다.

요가에서 다음 덮개는 생기의 몸, 곧 프라나마야 코샤로 물질의 몸보다는 미세하고 미묘하지만, 여전히 느껴지는 몸이다. 생기의 몸과 접촉하려면 그저 두 손바닥을 30초에서 1분쯤 세게 문질러 보라. 그런 다음 잠시 멈추고 손바닥이 서로 멀어지도록 천천히 떼어 보라. 손바닥이 서로 닿지 않게 움직이며 손바닥 사이에서 열감이나 힘이 느껴지는지 확인해 보라. 첫 시도에서 안 느껴지면 다시 손바닥을 문지른다. 우리는 이 기운을 가지고 놀 수 있으며, 점점 더 크게 확장할 수도 있다. 그리고 기공이라는, 우리 안에서 작동하고 우리를 통해 흐르는 기운으로 만든 덩어리를 형성할 수 있다. 생기의 몸에 대해 좀 더 과학적으로 설명하자면, 아원자 입자 수준에서 우리는 99.9999999퍼센트의 공간이다. 요가 수행자들은 그 공간을 에너지라고 말할 것이고, 우리도 깨닫게 될 터이다.

세 번째 몸, 마노마야 코샤는 정신의 몸 또는 생각으로 이루어진 몸이다. 요가에서 정신은 단순한 인식보다 더 복잡한 개념이다. 정신에는 자아 및 분별 능력을 포함하는 다양한 측면이 있다. 우리의 목적에 따라, 마노마야 코샤는 우리가 깨어 있을 때 경험하고 매일 밤, 잠을 잘 때는 일시적으로 내맡기는 중계방송이라고 할 수 있다. 우리가 정신 그리고 정신이 불러일으키는 생각과 더불어 앉아 있으면, 우리의 정신이 외부 세계, 특히 우리를 둘러싼 사물과 결부되어 있다는 사실을 쉬 깨닫게 된다. 우리는 어떤 결과는 원하고 또 어떤 결과는 원하지 않는다. 그렇게 좋고 싫은 것들을 분류하는 데 하루의 대부분을 할애한다. 이러한 생각의 파동은 고통은 말할 것도 없고 몸을 불안하게 만들 수 있다. 다음 장에서 호흡 수련으로 넘어가면 호흡과 함께 마음이 안정되는 방법을 알게 될 것이다. 호흡이 느려지고, 몸이 진정되고, 마음이 따라간다. 따라서 이러한 몸들은 분리된 게 아니라 연결되어 있으며, 각각의 몸은 다음 몸으로 이어진다. **#우리는 머리로만 글을 쓰는 게 아니다.**

요가에서 네 번째 덮개, 비즈나나마야 코샤는 우리가 현실의 본질을 식별하도록 도와주는 몸이다. 이 덮개와 더불어 우리는 매우 미세한 것에 다다른다. 나는 이것을 마음과 연결된 몸이라 여기고 싶다. 고대 요가 경전에 따르면 마음은 자신의 빛으로 본다고 한다. 다른 말로 하자면, 마음은 우리의 머리와 감각을 기반으로 얻은 지식보다 훨씬 풍부하고, 깊고, 직관력 있는 앎의 방식을 스스로 갖고 있다. 육신의 눈이 아니라 현자 라마크리슈나가 지칭하는 '사랑의 눈'으로 보면 분열하고 분석하려는 흑백논리 사고를 지나 연결을 향해 더 가까이 나아가게 한다. 그저 마음에 주의를 기울이고 사랑하는 사람을 떠올리기만 하면 비즈나

나마야 코샤 알아차림을 시작할 수 있다. 시간이 있으면 지금 시도해 보라. 잠깐 가만히 앉아서 왼손을 심장에 얹고 오른손으로 왼손을 감싼 다음 정말 소중한 사람을 떠올려 보라. 심장이 부풀어 오르거나 살짝 따뜻해지는 느낌이 들지도 모른다. 작가로서, 우리는 마음의 눈이 본 것을 모두 알고 싶어질 것이다.

마지막으로 요가에서 환희의 몸, 아난다마야 코샤는 우리가 우리를 둘러싼 모든 것과 하나라는 것을 깨닫게 해 주는 덮개이다. 다른 사람들과 이 덮개 이야기를 할 때 나는 종종 일출이나 비 내리는 광경, 물살에 실려 흔들리는 비닐봉지에서 바람의 형태를 보는 순간들, 그 순수한 기쁨의 순간들을 떠올려 보라고 한다. 그런 순간에, 우리 내면 깊숙한 곳에 있는 어떤 것이. 이제 막 생겨난 어떤 것이, 말없이 인식하며 주홍빛 구름이나 비닐봉지에 가 닿는다. 우리가 "저 구름 좀 봐!"라고 말할 때쯤이면 그 순간은 이미 지나가고 없다. 환희의 몸은 신을 믿는지 아닌지 그 여부와는 아무 관계가 없다. 그보다는 내면의 경계를 깨닫는 것과 더 큰 연관이 있다. 영적인 몸과 접촉할 때 우리는 전체 중의 일부로 우리 자신을 보게 된다. 그리고 모두와 연결되어 있다고 여기면 자기 자신을 포함한 다른 존재들에게 해를 끼치려는 의도가 줄어든다.

하나의 몸 안에 다섯 개의 몸이 들어 있고, 각각의 몸은 나란히 깃들여 점점 더 미세하게 움직인다. 요가 수행자로서 몸을 이

해하면 우리의 몸이 살이나 생각 그 이상이라는 깨달음을 얻게
된다. 우리가 그런 몸과 함께, 그러한 몸으로 글을 쓰고 싶다면
그와 같은 몸들이 존재한다는 것을 알아야 한다. 우리는 육체,
생기, 정신, 정서, 그리고 영성의 몸을 하루 내내 습관처럼 점검
하는 수행을 할 수 있다. 육체 면에서, 생기 면에서, 감정 면에서
어떻게 느끼는지 스스로, 그저 물어보라. 정신의 몸에 색과 질감
을 부여해 보라. 어느 몸이 가장 시끄러운 소리를 내는지, 어느
몸이 고요해졌는지 물어보라. 환희의 몸을 똑똑 두드려 보고 응
답이 있는지 알아보라. 마음을 붙들어 보라. 살에서 생기로 의식
으로 인식으로 기쁨으로 가서 다시 돌아올 수 있는지 보라. 알아
차릴 것이 무엇인지 알아차려 보라.

글 쓸 운명
타인의 추앙이 필요할까

5학년 때, 선생님이 시장구조를 이해하는 방식의 축제를 우리 반에서 열기로 했다고 발표했다. 선생님은 축제에서 뭐든지 다 팔아도 좋으며 나중에 학생들이 얼마씩 벌었는지 조사하겠다고 했다. 책상으로 판매대를 만들고, 학부모 자원봉사자들이 설치를 돕는 가운데 우리는 '창의력'을 발휘해야 했다. 열 살인데도 나는 스스로 창의성을 끌어내는 방법이며 창의성을 시장과 연결하는 정확한 방식이 무엇인지 확신은 없었지만, 마음가짐은 단단했다. 우리는 몇 주에 걸쳐 은행 계좌 및 대출 그리고 이자율을 계산하는 방법을 배웠다. 나는 가방에 어머니의 수표책을 넣고 다녔는데 수표는 없고 예금 전표만 남아 있는 거였다.

선생님이 축제를 발표한 날, 나는 넘치는 기운을 안고 집으로 갔다. 나는 내 침실 바닥에서 친구들과 비공식 물품 교환 모임을 일정하게 가졌는데 스타워즈 카드며 헬로 키티 스티커를 거래했다. 그런데 학교에서 여는 시장이라면 새롭고 반짝이는 것, 반 친구 모두 귀하게 값을 매길 것을 팔아야 한다고 나는 생각했다. 그래서 시를 팔기로 했다.

일은 상상하는 대로 풀리지 않았다. 나는 축제 날 오후 내내 책상으로 만든 판매대에 앉아 있었는데 시는 한 편도 못 팔았다. 지배자를 그린 시("꼭, 꼭, 꼭/ 그들은 지배자를 꼭꼭 꼬집는다/왜냐면 그것이 학생이기 때문에")나 해넘이를 읊은 시("다른 날 해는 죽었다")를 원하는 사람이 아무도 없었다. 대신 다들 로버트 헌터가 가져온 얼음사탕을 샀다. 막대기에 빨간색 설탕 덩어리를 더덕더덕 뭉쳐 놓은 사탕이었다. 녀석의 물건을 사려는 줄이 복도까지 이어졌다.

날이 저물 무렵, 선생님이 나를 딱하게 여겨 판매대로 찾아왔다. 선생님은 나에게 경찰관에 관한 시를 의뢰하고 싶다고 했다. 어깨가 축 처졌지만, 나는 공책을 꺼내서 아무것도 아는 게 없는 직업을 아름답게 말해 보려고 애를 썼다. 공책은 하얗게 비었고 내 돈 통도 텅 비었다. 나는 초콜릿 칩 쿠키나 브라우니를 팔 걸, 자책했는데 그런 것들은 내 마음을 사로잡지 못한 터였다.

그 축제 날 오후를 떠올리면 할 말이 무척이나 많다. 나는 그날 내 글쓰기를 처음으로 거부당하는 경험을 했으며, 글쓰기는 바깥이 아니라 안에서 나와야 한다는 것을 나도 모르게 처음 이해했다고 자주 얘기한다. 예술과 시장이 나를 위해 최초로 결합한 순간이기도 했다. 이 모든 교훈은 이후 수십 년 동안 작가로서 내가 나를 사뭇 부정적으로 인식하는 데 영향을 끼쳤다.

그와 비슷한 경험들은 나 말고도 다들 한 번쯤 겪었을 것으로 생각한다. 추측하건대, 작가로서 자신에 대한 이해의 기원을 찾아 거슬러 올라가면 수치심, 거부감, 슬픔으로 얼룩진 순간에 닿는 이들이 있을 것이다. 그런 일을 열 살 때 겪지는 않았을 수도 있다. 어쩌면 친구가 영문학 학위로 무엇을 할 계획이냐고 물었을 수도 있다. 글을 쓰고 싶다는 생각을 아무에게도 밝히지 않았을 수도 있다. 내가 아는 작가들 대다수는 비슷한 이야기를 한다. 여전히 자신을 작가라고 호칭하는 것을 거부하는 이들이 많다.

우리는 어려서부터 자신의 가치를 외부에서 검증받도록 배운다. 그것은 의도치 않게 우리 부모에게서 시작되는데, 걸핏하면 자신들의 필요와 욕구를 자식에게 투사하기 때문이다. 그런데 이 이야기는 비교, 측정 그리고 아이들이 가만히 앉아 있기 하는 데에만 열중하는 학교 시스템과 함께 빠르게 받아들여진다. 우리는 눈에 보이지 않는 수많은 방법으로 외부의 긍정을 얻어 내도록 배우지만, 그 결과는 우리가 선한지 악한지, 가치 있는지 쓸모없는지, 작가인지 사기꾼인지를 다른 사람들이 판단하게 만들기 십상이라는 것이다. 인정을 바라고 밖으로 눈을 돌릴 때, 우리는 우리가 누구이며 우리만의 독특한 자아를 가장 잘 표현하는 방식이 무엇인지 알아내는 고유의 힘을 아주 어릴 때부터 포기하게 된다. 비교, 생존 본능, 그리고 성공을 향한 추진력은 인간으로서 우리의 디엔에이 깊숙이 자리 잡고 있다. 그리고 '승자'로 뽑히면 물질, 문화적 혜택을 누리게 된다. 당연한 일이다. 그러나 예술가와 예술 창작에 끼치는 피해는 몹시 크다. 작가로서 우리 자신에 대한 이해를 다른 사람의 승인, 추앙, 사랑에 묶어 두는 직접적인 결과는 밤에 침대에서 울며, 시로 쓰는 일기를 5학년 때 그만두고, 제 글을 공유한 건 바보 같은 짓이었다며 자신에게 말하는 아이로 드러난다.

#우리는 작가다. 이미. 바로 지금. 하늘에서 내려온 어느 빛나는 형체가 어깨를 두드리며 임명해 주는 일은 절대로 일어나지 않는다. 출판물도, 상도, 엄청난 인정도 이제 다 왔다는 느낌을 주지 않을 것이다. 유일하게 작가의 역할을 부여할 수 있는 사람은 자신밖에 없다. 그리고 글을 쓰기 때문에 작가다. 나는 글을 많이 쓰고, 오랫동안 써 왔으며, 그리고, 무엇보다 글쓰기로 세상을 탐색하는 이를 작가라고 생각한다. 소설을 쓰든, 논픽션을 쓰든, 시를 쓰든, 우리는 알기 위해 글을 쓴다. 자신을, 자신의 성격을, 자신의 과거를 알기 위해, 시인 메리 올리버의 말처럼 "하나밖에 없는 이 소중한 야생의 삶"으로 무엇을 할지 알기 위해 글을 쓴다. 우리는 찰흙에는 관심이 가지 않고, 화학방정식은 괜찮지만 흥이 나지 않으며, 태양이 납빛 구름을 뚫고 빛의 사다

리를 내보이면 물감을 꺼내지 않는다. 오히려, 빛으로 사다리를 만들 수 있는지, 그리고 그것이 우리의 마음이 그토록 우아하게 펼쳐지는 방식을 포착하는 최고의 은유인지 궁금해할 것이다.

작가는 선생님이 말해 주거나, 학위를 받거나, 마흔 실쯤 되면 될 수 있는 게 아니다. 작가는 스스로 내면에서 깨닫게 되는 존재다. 우리는 수치심을 겹겹이 벗겨 내고, 할 수 없을 거라던 목소리를 가라앉히고, 글쓰기를 시장과 연결하는 사람들의 말에 귀 기울이지 않는다. 그리고 우리가 처음으로 말을 한 날부터 함께해 온 내면의 작가가 앞으로 나아가도록 허용한다. 시인 라이너 마리아 릴케는 젊은 작가들에게 "그대들이 자라는 내내 고요히, 진지하게 성장하라"고 간청한다. 그리고 이렇게 잇는다. "가장 고요한 시간에 가장 심연의 감정만이 답할 수 있는 질문을 두고 밖을 보고, 바깥의 답을 기다리는 것은 성장을 가장 난폭하게 방해하는 일이다." 하나밖에 없는 이 소중한 야생의 삶을 어떻게 보낼지 결정할 힘을 포기하지 말라. 선택은 저마다의 몫이다. 자신이 누구인지 다른 사람이 말해 줄 때까지 우두커니 기다리거나 당장 펜을 들거나.

산양을 풀어놓기
내면적 경험을 외부화하는 예술

몇 달 전, 나는 부모님과 남편 그리고 아이와 함께 유타주 남부 모아브 외곽에서 도보 여행을 했다. 어느 순간 사막의 하늘 아래 텅 비어 무한한 공간이 우리를 에워쌌다. 사막은 세심하게 주의를 기울이는 사람들에게만 보물을 내어 주는 곳으로, 원초적인 아름다움을 지녔다. 사막은 과묵하며 화려하지 않다. 나는 절제와 은근, 비밀을 간직하고 지키는 사막을 사랑해서, 다른 사람들이 계속 운전하는 동안 가만히 앉아 붉은 바위, 푸른 하늘, 그리고 이따금 나타나는 향나무를 내다보는 게 정말이지 행복하다.

그날 우리는 히든 밸리 트레일을 올랐는데, 산비탈을 따라 가파르게 난 길이 계곡으로 이어졌다. 나무와 잔디, 귀여운 송아지가 민들레를 씹는 광경을 그리지는 말길. 그런 풍경과는 거리가 멀다. 우리는 바위가 점점이 박히고 하늘을 지붕처럼 인 계곡 바덕을 따라 걸은 끝에 마침내 진홍색 돌기둥들이 보초를 서고 까마귀 한 마리가 공기를 가르며 날아가는 등성이에 올라섰다. 우리는 하산하기 전에 대다수 등산객이 남아서 머무는 고갯마루에서 멈추지 않고 수천 년 동안 인간이 낸 길을 따라 메사(꼭대기가 평평하고 주위가 급경사를 이룬 탁자 모양의 지대: 역자 주)로 갔다. 주변 기반암 위로 지구를 항해하는 거대한 배처럼 메사가 우뚝 솟아 있었다. 메사 주변의 절벽 층을 따라가다가 우리는 바위 예술, 암각화 판에 다다랐다. 털 복숭이 매머드가 땅 위를 어슬렁거리던 때 고대인들이 새긴 암각화였다. 밤색에서 검정, 흰색까지 색상이 다양한 그림은 대부분 눈높이에 걸려 있었다. 발가락 여섯 개 달린 곰 발, 조심스럽게 줄지은 산양들, 안쪽으로 끝없이 소용돌이치는 나선형. 사막의 공기는 보존을 고려한 도서관 기록 보관소보다 나아서 암각 판들은 정말이지 이 고대 예술 형식의 가장 훌륭한 본보기였다. 일부 인간 형상은 투구나 머리 장식 대신 팔과 뿔에 번개를 달고 우뚝 솟아 있었다.

껴안은 그림 중 일부는 다른 형체의 뱃속에 든 형상을 안고 있었다. 모두 활기차고 날카롭고 기운이 넘치는 모습이었다. 나의 충동(따르지는 않았음)은 다른 사람이 새겨 놓은 곡선을 손으로 어루만지는 것이었다. 과거를 만지고 싶은 마음. 마스토돈이 무리를 지어 모여들던 인류 역사의 어느 한순간, 사람들은 시간을 들여 그곳에 사는 것들을 새겨 넣었다.

소설가 플래너리 오코너는 "나는 내가 말하는 것을 읽기 전까지는 내가 무슨 생각을 하는지 모르기 때문에 글을 쓴다"는 말을 자주 인용한다. 우리가 세상을 어떻게 생각하는지 알기 위해 우리가 쓴 것을 읽어야 한다는 말이 처음에는 이상하게 들릴지 모르지만, 마음은 광란의 흐름을 타고 내달린다. 한곳에 머물며 소용돌이를 일으키는 경우는 거의 없다.

#글쓰기는 멈춤이다. 우리가 언어라고 부르는 의복에 우리 내면의 경험을 입혀서 그동안 보이지 않던 것을 보고, 움직이는 방식을 관찰하고, 선호도, 행동 양식, 한계를 배우게 해 주는 것이 글쓰기다. 더 중요한 것은 우리는 저마다 우리에게 일어난 모든 일의 교차점에서 살고 있다는 것이다. 이 몸에, 이 일생에, 이 행성에 깃들여 사는 경험은 아주 독특하다. 누구라도 같은 몸으로 같은 교차점에 앉지 않을 테고 자신의 내면세계에 다른 사람의 옷을 입히지 않을 것이다. 우리의 개성은 선물이자 짐이다. 우리는 다 같은 눈을 통해 세상을 바라보지만 아무도 우리가 되는 것이 어떤 느낌인지 완전히 이해하지 못할 것이다. 우리는 저마다 유일무이한 혼자다. 이것이 바로 인간이 예술을 만든 주된 이유 가운데 하나다. 이 특별한 탄생에 대한 유일무이한 경험을 표현하기 위한 것. 예술(내 말은 뛰어난 본격 예술이 아니라 일반 의미의 예술)은 예술가가 만든 일종의 탁자가 되며, 그것을 중심으로 다른 사람들이 모이도록 초대한다. 2,000년 전 유타 남부의 암석

에 산양을 줄지어 새긴 사람이 미래의 관람객을 염두에 두지는 않았을 것이다. 그 사람들은 대단한 예술을 창조한 게 아니었다. 보상을 바라지도 않았다. 그저 내면의 가치와 경험을 반영하려고 노력했던 거다. 바위에 남긴 산양의 등에 내 손을 얹어 어루만지고 싶다는 사실은 예전 사람들의 창작 충동이 연결로 이끄는 초대가 된다는 것을 암시한다. 나는 그 사람들이 제공한 탁자 앞 의자에 깊이 감사한다.

글쓰기라고 해서 다 자신이 진실이라고 아는 걸 이해하려는 노력인 것은 아니다. 어떤 글쓰기는 업무(계약서 및 법률 서류), 어떤 글쓰기는 기본 정보(가습기 조립 방법 안내문), 그리고 또 어떤 글쓰기는 의도를 가진 문서(은행 명세서)다. 그렇지만 쓰기 위해 태어난 존재로서 우리가 하는 글쓰기는 앎과 이해의 길, 앎과 이해를 다루는 우리의 방식이다. 우리는 써야 하니까 쓴다. 그리고 우리는 우리가 무엇을 아는지 보려고 기다린다. 글쓰기가 우리를 이끈다. 글쓰기가 우리를 가득 채운다. 글쓰기는 수단이자 동시에 목적이다. 릴케는 글쓰기에 사로잡힌 사람들에게, "그대들의 삶을 온통 글쓰기로 구축하라. 심지어 가장 초라하고 하찮은 시간에도 그대들의 삶은 온통 이 충동으로 향하는 징후와 증거가 되어야 한다"고 말했다. 우리는 분명한 의도로, 글 쓰는 삶, 우리 내면의 현실을 원고지 위의 단어로 변환하려는 매일매일의 시도 앞에서 징후이자 목격자로 존재하는 삶을 평생토록 구축할 필요가 있다. 무엇보다 중요한 것은, 시작하기 위해 미리 알아야 할 건 하나도 없다는 거다. 글쓰기는 우리가 진실이라고 알고 있는 것을 드러낸다. 우리는 그저 참여하는 것이다.

글쓰기가 세상을 이해하는 방식이고, 깊은 내면을 표현하는 방법이라면, 반쪽짜리는 없다. 반쯤 아는 것은 불완전한 데다 위험하기까지 하다. 반쪽 문장은 영원히 난해한 상태로 남을 것이다. 대신 릴케가 썼듯이, 이해, 앎으로 이끄는 과정에 자신을 묶어라. 이 과정은 우리가 더 나은 인간이 되는 데 도움이 되며, 바위 표면이나 원고지에 우리의 흔적을 남기는 일이다. 그리고 몸 밖에 두었던 것이 내면의 경험과 어렴풋이 닮는, 그 짧은 순간에 기쁨을 느끼기 때문에 하는 일이다. 자신의 산양을 돌아다니게 하고, 자신의 동그라미를 나선형으로 만들고, 다른 사람의 상상력을 자극하려 번개를 내리친다. 이 작업은 아무도 해 줄 수 없다. 춤꾼 마사 그레이엄은 이렇게 썼다. "여러분을 통해 행동으로 옮겨지는 활기, 생명력, 기운이 있는데, 여러분은 언제나 유일한 존재이므로 이 표현도 유일무이한 것입니다. 만약 여러분이 이를 막아 버리면, 다른 어떤 매체를 통해서도 존재하지 못한 채 사라질 것입니다." 나 아닌 다른 사람이 내 펜을 쥘 수 없고, 다른 사람의 펜을 내가 쥐기를 바라는 이도 없을 것이다.

쓰기 위한 숨쉬기

호흡 수행: 4, 그리고 6 헤아리기

태어나서 죽는 순간까지 우리는 숨을 벗어나서는 존재할 수 없다. 7년마다 죽는 세포나 벗겨지는 피부와 다르게 숨은 하루하루 가장 충실한 우리의 동반자다. 우리는 하루에 약 22,000번 숨을 쉬는데, 그 들숨과 날숨은 거의 알아차리지 못한다. 숨 밖으로 한 발짝도 벗어날 수 없으면서 숨의 실재는 알아차리지 못하는 경우가 많다. 더 쉽게 느끼기 때문에 심장보다 더 가까운 숨의 실재를 간과하는 것이다.

우리 대다수는 숨에 주의를 기울이지 않을 뿐만 아니라, 사실상 폐 상부에서 헐떡이는 것 정도로 한정한다. 개처럼, 우리는 짧고 얕은 호흡으로 육신의 생존은 이어가지만, 폐의 잠재력을 충분히 알아차리지는 못한다. 글쓰기를 다룬 수많은 책이 브레인스토밍이나 글쓰기 노트의 중요성부터 시작할 테지만 나는 이

행성에서 우리의 경험이 출발하는 자리, 곧 들숨에서 글쓰기가 비롯된다고 믿는다.

내 대학 강의를 듣는 학생들은 수업 첫날 두 눈을 감으라는 요구를 받는다. 출석 부르기 전에, 소개 전에, 심지어는 강의실을 제대로 찾았는지 확인하기도 전에 눈을 감는다. 공적, 제도적 장소에서 눈을 감으라는 요청을 받아 본 일이 없는 경우라면 두려울 수도 있을 터이다. 시각에 의지하는 생물로서 인간은 대체로 안전한 본인의 침대에 눕는 게 아니라면 두 눈을 감는 것을 기꺼워하지 않는다. 더욱이 대학은 통상 학생들에게 듣고 적는 일 외에 다른 일을 하라고 요구하지 않는 곳이다. 학생들은 자신의 몸을 취약하게 만들어 보라는 요청을 거의 받지 않는다.

그런데 우리는 한다. 바로 첫날 한다. 공공장소라는 환경에서 상대적인 침묵 속에 앉아 복도에서 나는 긴장한 발소리, 다른 강의실의 기침 소리, 웃음소리, 그리고 어쩌면 초가을 열린 창틈으로 들어오는 낙엽 청소기의 낮은 기계음들을 듣는다. 나는 지금도 당장 눈을 감고 다 함께 앉아 있으면 좋겠다. 함께 숨을 쉬는 경험은 글로 옮길 수 없다. 그렇지만 우리는 모두 작가이므로 경험과 단어 사이에는 언제나 간극이 있다는 것을 안다. 우리가 할 수 있는 일은 최대한 가깝게 다가가는 것이다. 그러기 위해 나는 여기서 그리고 이 책 전반에 걸쳐 의도적인 호흡 수행 기회를 제공하겠다.

#가장 기본 수행인 4, 그리고 6 헤아리기 호흡법으로 시작한다. 편안한 의자에 앉는다. 눈을 감고 다리나 무릎 또는 앞에 있는 탁자 위에 부드럽게 손을 얹는다. 의자에서 척추를 당겨 곧게 앉되 억지로 세우지 않는다. 자신을 나무, 바닥에 뿌리를 내리고, 빛을 향해 우뚝 솟은 나무라고 느낀다. 얼굴의 긴장을 풀고 턱과 양 눈썹 사이 미간의 힘을 뺀다. 뺨의 살갗이 느슨하게 풀어지는 것을 느낀다. 어깨를 편안히 내리고 귀와 거리를 둔다. 의자에 앉았다면 바닥에 닿는 발을 느끼고, 가부좌를 틀고 앉았다면 바닥에 닿는 다리를 느껴 본다.

이제 숨을 쉰다. 호흡을 바꾸지 말고 다만 호흡을 알아차린다. 요가에서 자연스러운 호흡을 아자파 자파(ajapā japa)라고 부르는데, 고대의 요가 수행자들은 들숨과 날숨이 자연스럽게 나는 소리를 태어날 때부터 몸이 읊는 만트라, 곧 진언으로 보았다. 그들은 이 소리를 산스크리트어 진언, 소함(so'ham)과 비슷하다고 들었다. 소함을 자유롭게 번역하면 '나는 그것이다'라는 뜻이다. 자연스럽게 숨을 쉬면, 이 진언을 22,000번 되풀이한 셈이 된다. 소함은 나의 내면 깊은 곳에 있는 것, 곧 자아 너머의 자아가 타인의 내면 깊이 깃든 자아와 같다고 단언한다. 그것을 어떤 사람은 영혼이라 부를지도 모른다. 양심의 가책이라고도 한다. 아름다움 그 자체라고 하기도, 아니면 진리, 물리학자라면 빛이라고 할지도 모른다. 처음에는 단순히 호흡에, 부드러운 들숨과 날숨에 의식을 가져오기만 하면, 온종일 몸이 읊는 진언으로 모든 것과의 연결을 확인하게 된다.

여기 앉아서, 이 행성의 모든 생명체와 더불어 숨을 쉰다는 것을 알자. 지금 방에 함께 있는 사람, 식구 중 하나, 오늘 아침 나가서 달렸을 때 지나친 낯선 사람, 발소리를 따라 뛰어오는 토끼, 날카로운 소리로 경고를 보내는 매 한 마리까지 모두와 함께. 또한, 내가 내쉬는 날숨은 가까운 나무들이 들이쉬는 들숨이 된다. 그리고 다음에는 나뭇잎들의 날숨이 나의 들이쉬는 숨을 따라 내 몸으로 들어온다. 단 한 번도 숨이 멈추는 순간은 없다. 이 숨, 바로 지금 이 숨은 여태 쉬어 온 모든 숨결과 꿰어진다. 단 한 땀도 빠뜨리지 않고 그 꿰맴질과 이어진다. 이 숨을 따라가면 우리가 자궁을 떠난 바로 그 순간으로 거슬러 올라갈 수 있다.

숨 쉬라.

이제 좀 더 의도적으로 숨을 쉬어 보자. 요가에서는 호흡 조절을 프라나야마(prāṇāyāma)라고 한다. 우선, 들숨에만 집중해 보라. 이어지는 들숨을 뱃속 깊이 들이마신다. 배에 숨을 가득 채워 둥글고 부드럽게 만든다. 그런 다음 그 숨이 몸을 타고 오르며 갈비뼈를 새의 날개처럼 벌려놓고 마침내 폐의 최상부에 이르러 쇄골을 들어 올리는 과정을 지켜보라. 그것이 완전한 들숨이다. 숨을 몇 차례 쉬면서 완전한 들숨이 어떻게 폐라는 신체

기관을 훨씬 넘어서서 이어지는지 알아차려 보라.

이번에는 날숨으로 의식을 돌려 보자. 다음 들숨을 한껏 들이마시고, 자연스럽게 회전하는 호흡을 느낀다. 그리고 몸 아래쪽으로 흐르는 날숨을 따라가며, 쇄골에서 갈비뼈가 촘촘한 가슴까지 공기가 내려간 다음, 배꼽이 척추로 당겨지는 배 깊숙한 곳, 폐의 맨 아래까지 갔다가 몸을 빠져나가는 것을 지켜보라. 이렇게 세 부분으로 구성한 요가 호흡을 몇 번 연습한다. 들숨에 배, 가슴, 쇄골, 날숨에 쇄골, 가슴, 배 순으로. 공기가 폐를 씻어 주고, 온종일 쇄골만 헐떡이느라 방치한 작은 균열과 틈을 모두 메워 주는 것을 느껴보라. 숨을 쉬려고 손을 뻗거나 움켜쥐지 말라. 숨은 우주가 거저 준 선물이다. 받아들여라.

마지막으로, 이 연습에 호흡 횟수를 넣어 보자. 다음 들숨에 숫자 4까지 천천히 세며 들이쉬고 내쉴 때는 더 길게 6까지 센다. 한 번에 들이마시는 공기의 양은 넷을 셀 때만큼에 맞추도록 해 보라. 날숨도 마찬가지다. 안정되고 고르게. 날숨을 들숨보다 2회 더 길게 쉬면 우리를 진정시키는 신경계의 일부인 부교감 신경계가 활발해진다. 숨만 두 번 더 길게 내쉬면 된다. 몸이 편안해지는 걸 느껴 보라. 육체뿐만 아니라 정신체도 함께. 이 호흡법은 마법이다. 우리를 구해 줄 호흡법이다. 4, 그리고 6 헤아리기 호흡법을 적어도 2분 실시해 보라. 더 길어도 좋다. 준비되면 천천히 눈을 뜬다. 글쓰기 수행에 참여한 것을 환영한다.

나는 하루를 시작할 때와 강의를 시작할 때 의도적으로 호흡한다. 앞으로 책 전체에 걸쳐 우리가 함께 숨을 쉴 때 어떤 일이 일어나는지 설명하고 다른 호흡 수행법들을 알려 주겠지만 지금 여기서는 신체적인 이점만 짚고 싶다. 의도를 갖고 숨을 쉬면 우리의 몸은 편안해진다. 숱한 사람들이 유기화학 시험 통과며 상사와 함께하는 지나치게 잦은 회의는 고사하고 아침 먹을 생각만으로도 버거워서 침대를 떠나지 못하는 불안의 시대에, 의도를 갖고 숨을 쉬면 몸을 진정시키고 중심을 되찾을 수 있다. 의도적인 호흡이 주는 건강상의 이점, 곧 심박 수 변동성 개선, 혈압 저하, 체내 코르티솔 감소를 과학적으로 입증하는 여러 연구를 인용할 수도 있지만, 나는 요가 수행자고 요가 수행자들은 수백 명이 참여하는 연구가 아니라 몸소 체험한 경험을 신뢰한다.

#의도를 가진 호흡은 글쓰기와 삶을 향상하는 여러 방법 중 가장 중요한 것이다. 학기말쯤이면 대학에서 내가 가르치는 학생들은 하나같이 함께 호흡하기가 첫손가락에 꼽히는 수업 도구였다고 한다. 장면 구성도, 어휘 조절도, 비선형 형식의 경이로움도 아니었다. 옛 제자 아비 뉴하우스의 말이다. "수업 전에 하는 호흡이 주의를 잡아끄는 바깥세상을 잊도록 도와준 덕분에 오로지 글쓰기와 관련한 것들에 주목하는 데에만 에너지를 쏟을 수 있었습니다." 다른 제자 알리사 알렉산더는 이렇게 덧붙였다. "내 호흡에 주의를 기울일 가치가 있다는 것을 인식한 시간이었

어요. 자신과 다시 연결하도록 도와주고 좀 더 창의적인 공간에서 일하게 해 준 수업이었죠."

우리는 죽을 때까지 숨을 쉰다. 우리는 숨을 흘려보낼 수도 있고, 들숨을 이용해서 현재의 순간에, 몸 안에 가만히 머물 수도 있고, 원고지 위에 우리의 모습을 나타낼 수도 있다. 기껏해야 5분이면 할 수 있는 수행이다. 5분이면 도달할 수 있다. 글을 쓰기 전에 중심을 잡지 못하면, 맹목적이면서 제한된 글쓰기를 하게 된다.

현재를 벗어나면 어디서도 글쓰기는 이뤄질 수 없다. 그리고 호흡이 우리를 이 순간에, 이 들숨에 그리고 숨이 몸을 채우는 방식에 머물게 해 준다. 나는 일기를 쓰거나 책을 읽거나 초고를 쓰는 게 아니라 이 호흡 수행을 매일 글쓰기의 시작으로 삼기를 권한다. 쓰려면 숨을 쉬어 보라.

호수에 잠긴 주전자
순수한 몰입

글쓰기에 깊이 빠지면 나는 시간 가는 줄을 모른다. 10분이 흘렀는지 10시간이 흘렀는지 모른다. 나는 시인 카비르가 그리는 주전자, 물을 가득 채운 채 호수에 잠긴 주전자처럼 된다. 주전자 안에 든 물과 주전자 밖에 있는 물, 둘 사이에는 아무 차이가 없다. 나는 시간 밖으로 나간 게 아니라 오히려 시간 안으로 들어간 것이다. 나는 내 모든 경계를 잃어버린다. 나는 나의 단어다.

숱한 예술가와 운동선수들이 세상이 사라지고 자신을 잊어버리는 숭고한 몰입을 증언한다. 요가 수행자와 명상가들은 이런 완전한 일체감(깨달음의 시작이라고 할)을 오래전부터 이해했고, 심리학자 미하이 칙센트미하이는 좀 더 현대적인 이해를 제공하며 "몰입"이라고 칭한다. 칙센트미하이는 우리가 어떤 활동에 매우 열중해서 다른 것은 전혀 중요하지 않은 것처럼 볼 때 몰입이 일어난다고 말한다. 집중력이 너무 강렬해서 다른 생각을 할 여지가 없어지는 것이다. 저녁밥 생각도 친구가 한 말도 체중 5킬로그램을 줄이고 싶은 바람도 전혀 염두에 없다. 사실, 아무것도 생각하지 않는다. 그저 존재한다. 얄궂게도 이러한 몰입의 순간들은 소파에 앉아서 아무것도 하지 않을 때 빚어지는 게 아니다. 순수한 휴식이 더없는 행복감으로 이어지는 것이라는 가정을 하고 싶을 수도 있겠지만, 오산이다.

암벽 등반가들은 몰입을 안다. 암벽 등반가의 생명은 다음 캠, 곧 다음 고정 장치를 놓는 순간의 깊은 몰입에 달려 있다. 피아니스트들은 몰입을 안다. 피아니스트의 손가락은 생각보다 더 민첩하게 움직여야 한다. 그리고 작가들은 자기 이야기에 푹 빠지고, 등장인물과 함께 살고, 함께 우물 밑바닥에 앉고, 등에 이끼가 낄 때 몰입을 안다. 칙센트미하이는 우리 앞에 놓인 과업이 본질적으로 보람이 있을 때 몰입이 일어난다고 말한다. 곧, 우리가 시장이나 선생님 또는 베스트셀러 순위가 아니라 자신을 위한 글을 쓸 때 몰입이 일어난다. 몰입은 또한 우리의 글쓰기가 도전일 때, 하지만 불안을 일으키지는 않는, 골디락스 현상처럼 "딱 알맞은" 때에도 일어난다. 불안은 창의성의 적으로, 두려운 미래에 초점을 맞추면 몰입이 일어날 가능성을 가린다. 몰입은 또한 우리가 지루하지 않을 만큼 충분한 기술을 필요로 한다. 어떤 면에서는 우리가 몰입을 일으키지만, 어떤 면에서는 기대를 내려

놓고 우리가 쓰는 이유가 글을 쓰도록 부름을 받았기 때문이며 글쓰기를 사랑하기 때문이라는 것을 기억할 때 발생한다.

몰입 상태에서, 마음은 논평할 여지가 없다. 현재에 완전히 사로잡혀 있으므로 미래를 투사하거나 과거를 걱정할 공간이 없다. 마음은 밥을 먹어야 한다는 생각조차 일깨우지 않을 때가 많다. 그럴 때의 몰두는 너무 완전해서 음식을 대체하는 것처럼 보일 수도 있으며, 내부에서 유지된다.

나는 개인적으로 '몰입'이라는 용어를 잘 쓰지 않는데, 칙센트미하이의 작품에 익숙하지 않아서다. 대신 나는 요가를 수행하므로 현재의 글쓰기 언어를 사용한다. 칙센트미하이의 묘사는 현존과 다르지 않다. 다시 말해서 현재는 실제로 존재하는 유일한 순간이다. 앞장에 소개한 호흡 연습은 지금, 이 순간으로 와서 현재를 인식하는 법을 배우는 데 도움이 된다. 의도를 가지고 쉬는 숨은 우리를 몸 안으로 끌어들이고 각 호흡의 모양, 호흡이 도달하는 곳, 움직이는 방식, 갈비뼈 사이로 스며드는 방식들에 대해 호기심을 불러일으킨다. 그 지점에서 우리는 그 신비한 몰입을 찾기 시작하지만, 그것은 마법이 아니다. 일이다. 호흡으로 현재에 더 자주 머물수록, 우리는 글쓰기와 같은 우리 삶의 다른 영역에서도 더 적절하게 존재하게 된다.

어떤 예술가들은 의도적인 시작 없이도 몰입에 빠져들지만, 칙센트미하이는 몰입이 우리 스스로 만들 수 있는 상태라는 점을 분명히 한다. 그 스스로 그런 삶을 살았기 때문에 아는 사실이었다. 칙센트미하이는 유년기 포로수용소 경험을 통해 홀로코스트 생존자이자 치유사인 빅토르 프랭클과 마찬가지로 다른 사람들이 공포에 질려 산송장이 되어 가는 와중에도 여전히 사랑할 수 있는 능력으로 살아남은 이들에게 깊은 관심을 가졌다. 칙센트미하이가 발견한 것은 "사람은 의식의 내용을 바꾸는 것만으로도 실제 '외부' 상황이 어떻든 자신을 행복하게도 비참하게도 만들 수 있다"는 것이다. 이 말을 '고리타분한 사고방식'이라 여기고 거부하기 전에 무슨 의미인지 찬찬히 살펴볼 필요가 있다.

칙센트미하이는 그저 행복해지기 위해 선택하라는 게 아니다. 자신이 사랑하는 것을 찾고 그것을 목적이 아니라 수단으로 사용하는 연습을 해야 한다는 뜻이다. 로린 로슈는 《경전의 찬란한 빛》에서 힘들이지 않는 행위에 대해 이렇게 말한다. "당신이 사랑하는 것에 주의를 기울이도록 허용하면 몰입이 자연스럽게 됩니다." 다시 말해서, 글을 쓰려고 태어난 사람은 글을 쓰는 것이다. 그리고 **#글을 쓸 때, 그러니까 외부의 인정이나 보상에 연연하지 않고 온 존재로 작업에 헌신할 때, 호수에 잠긴 주전자가 되어 시간이 멈추는 순간을 더 자주, 오래 만나게 된다.** "우리가 사랑하는 것에 우리의 의도가 얹히도록 할 때", 우리는 그 사랑에 온전히 현존하게 된다.

그리고 현재는 우리가 가진 전부다. 우리는 다만 의도를 갖고
여기에 머물며 실제 우리의 삶 속에 살 것인지, 아니면 살아 본
적 없는 채로 죽을 것인지 선택하면 된다. 극적이지만 사실이다.
내 글쓰기 인생에서(또는 달리기를 하거나 요가를 하거나 명상을 할 때)
내가 하는 일에 완전히 몰입하여 내 몸에 다른 곳을 기웃거릴 공
간이 없어질 때 나는 진정으로 살아 있다는 것을 알게 된다. 두
려움, 불안, 후회, 슬픔이 사라진다. 내가 사랑하는 것과 오롯이
함께하면 다른 것이 끼어들 공간이 없다. 그런 몰입은 간단하지
만 쉽지만은 않은데, 이어지는 다음 호흡으로 의식을 가져가면
서 시작된다.

물잔 혹은 촛불
신성한 글쓰기 공간 만들기

내가 열네 살 때 우리 가족은 하와이에서 버지니아로 이사했다. 해군 변호사였던 아버지는 국방부에서 근무했는데, 버지니아의 잿빛 하늘 아래로 돌아온 것은 그때가 내 인생에서 두 번째였다. 나는 십 대였고 동생들과 방을 같이 쓸 나이가 지났기 때문에 지하 방 하나를 받았다. 내 방. 나만의 방이 생긴 데다 군대가 아니라 부모님이 소유한 집이었으므로 나는 태어나서 처음으로 내 침실 벽에 칠을 할 수 있었다.

나는 흰색 테두리에 분홍색 솜사탕 무늬로 벽을 꾸몄는데, 일곱 살짜리 아이의 색감이었다. 오랫동안 내 방을 꿈꿔 왔던 터라 공주 색상을 선택한 것도 일리는 있었다. 할 수만 있다면, 나는 흰색 기둥에 금빛 장식이 달린 캐노피 침대도 놓고 싶었다. 지하에 있는 방이지만 분홍빛 품 안에 들어설 때면 발걸음이 가벼웠다. 학생 수 30명인 학교를 떠나 900명인 곳으로 옮긴 일은 이제 중요한 문제가 아니었다. 콘택트렌즈가 제시간에 오지 않아 안경 없이 고등학교에 입학한 것도 문제가 아니었다. 야자나무가 보이는 풍경 대신 젖은 나뭇잎이 깔린 길을 밟으며 버스 정류장으로 걸어가는 것도 괜찮았다. 분홍색깔 벽이 있는 방 안, 레이스로 만든 전등갓 아래, 침대에 맞춰 손수 바느질한 베개들에 둘러싸일 때 나는 따뜻함을 느꼈다.

레이스로 장식한 등이 불을 밝힌 밤, 나는 책상에 앉아 그날그날 일기를 썼다. 순수한 십 대의 고뇌를 적었다. 나를 좋아하는 사람이 아무도 없었다. 나는 못생긴 아이였다. 식구들 사이에서 외계인인 것처럼 느껴질 때가 많아서 틀림없이 태어날 때 바뀐 아이일 거라고 믿었다. 나는 어머니의 책상 서랍에서 꺼내 온, 파란색 선이 빽빽하게 그려진 갈색 스프링 공책에 이야기를 썼는데 주로 공포, 판타지와 공상 과학 같은 거였다. 버지니아에서 지낸 2년 동안에 가장 좋았던 기억 중 하나는 달콤함을 덧입힌 유년 시절에 둘러싸여 빈 원고지를 앞에 둔 채 책상 앞에 앉아 있던 순간이다.

버지니아 울프는 저 유명한 에세이, 《자기만의 방》에서 셰익스피어의 가상의 여동생 주디스가 당대의 성별에 따른 규범에 얽매이지 않았다면 어떤 작품을 내놓았을지, 상상한다. 자기만의 방을 가지고 재능을 펼칠 경제적 지원을 받았다면 주디스는 자신의 대사로 오빠와 맞서지 않았을까? 울프의 작품에서 주디스는 타고난 목적인 글쓰기 대신 걸레질과 빵 굽는 나날을 견딜 수 없어서 자살한다. "여성이 소설을 쓰려면 반드시 돈과 자기만의 방이 있어야 한다"고 할 때, 울프는 주로 물질적 기회, 말 그대로 개인의 생계 지원에 초점을 둔다. 울프가 에세이를 쓴 백여 년 전, 여성들은 고유한 인간성을 인정받지 못했다. 많은 것이 변했지만 울프의 핵심 견해는 여전히 살아 있는데, 우리는 특별하다고 여기는 공간에서 최고의 작품을, 자기만의 작품을 창조한다는 것이다.

#나는 우리가 신성한 공간에서 글을 써야 한다고 믿는다. 교회나 수도원, 아쉬람을 뜻하는 게 아니다. 그런 곳이 좋을 수도 있지만 여기서는 단순히 분리된 공간을 말하는 것이다. '신성'이라는 단어의 뿌리를 보면 신성의 특징에 일상과의 거리라는 이해가 깔려 있다. 신성은 세속적인 혹은 불경한 것과 거리를 두며, 그럼으로써 신성하거나 특별한 경지를 얻는다. 브렌다 밀러가 《딿은 마음》에서 쓴 것처럼 유대인들의 안식일 빵인 할라 빵은 특정한 모양이나 꼬아 올린 가닥 개수로 진위를 가리지 않는다. 브렌다 밀러는 오히려 할라 빵이 "일반 빵과 다르게 보일 뿐, 반드시 딿을 필요가 없으며, 둥글거나 타원형이거나 마름모꼴이라도 괜찮다"고 말한다. 신성하다는 것은 신성함을 특징짓는 의도만 있으면 된다.

의식은 신성한 공간을 구분하기 위해, 곧 따로 떼어놓기 위해 사용하는 경우가 많다. 마녀들은 마녀집회나 주문 의식을 행하기 전에 원을 던진다. 천주교에서는 빵이 그리스도의 몸이 되는 순간 복사들이 종을 울린다. 요가 수행을 시작할 때 지도자와 수련생들이 함께 '옴'을 읊기도 한다. 이와 같은 의식들은 주변에 보이지 않는 선을 긋고, 특정 공간이나 행위를 묘사하는 역할을 한다. 참여하는 사람들은 몸을 움직이지 않고도 공간 자체가 달라졌다는 것을 이해한다.

작가들도 그와 같은 작업 공간을 창조한다. 방 전체를 다 쓰지 않아도 된다. 그런 사치를 누리는 사람은 별로 없다. 대신, 나는 대개의 글쓰기 공간이 제단에 가깝다고 생각한다. 책상일 수도 있고, 방이나 탁자의 한쪽 구석일 수도 있다. 소유권을 주장할 수 있는 편리한 공간을 선택하고 싶을지도 모른다. 다시 말하지만, 공간 자체가 화려할 필요는 없다. 오직 공간을 구분할 의도만 가지면 된다. 요가 연습실은 12명이 함께 진언을 읊기 전까지는 벽이 네 개 세워진 방 한 칸이다. 그러다가 마음의 동굴로 바뀌는 것이다. 그러니 언제든 부엌의 식탁 모서리나 서재에 있는 의자 하나를 차지해도 무방하다. 글을 쓰기 전에 서재를 개조해야겠다는 마음을 가지면 파국이다. 조그만 탁자, 무릎 받침대, 창 옆 의자를 고르라. 글쓰기 공간으로 지정하라. 그곳을 돌보라. 소중히 여기라. 혼자 쓰는 공간으로 사용하라. 별도의 공간으로 유지하라.

#수십 년 전, 우리 캠퍼스를 방문한 작가 테리 템페스트 윌리엄스가 집필 책상 위에 늘 물잔을 놓아둔다던 말이 떠오른다. 마실 물이 아니었다. 그보다는 글을 쓰지 않을 때조차도, 쓰는 대신, 모든 작가가 때때로 방황하기 마련인 휴경지에 붙들려 헤맬 때도 여전히 무슨 일이든 일어나고 있다는 것을 알 수 있도록 물을 가까이 두었다고 한다. 이 경우 발생하는 일은 증발이다. 앤 라모트는 짧은 분량 쓰기를 상기하려고 3센티미터도 안 되는 액자를 책상 위에 올려놓았다. 어떤 작가는 양초를 태우기도 한다. 부적 노릇을 하는 책 더미에 둘러싸여 아름다움을 실어 나르는 작가들도 있다. 다시 말하지만, 물리적인 것에 힘이 있는 게 아니다. 의도가 중요하다. 별도의 공간을 정해 두고 그 안에 들어서면 지금 할 일이 무엇인지 알게 된다.

매일 아침, 나는 마이클과 함께 사용하는 제단 앞에 앉는다. 제단 위에 있는 물건들은 물질적 가치가 전혀 없다. 대신 내가 중심 소명으로 삼는 것, 곧 봉사하는 삶을 일깨워 준다. 어두컴컴한 겨울 아침, 담요를 두르고 제단 앞에 앉으면 나는 곧바로 평온해진다. 이 공간에 앉아 헤아릴 수 없이 많은 아침을 보내면서 나의 깊은 내면은 촛불을 켜는 의미, 진한 향내, 제단 위를 가득 채운 모형, 돌멩이, 그리고 구슬이 뜻하는 것을 안다. 제단이 실상은 거실에 있지만, 그 공간을 특별하게 지정했기 때문에 나는 반드시 해야 할 일을 알고 있다. 나는 그 자리에서 청구 요금을 계산하지는 않을 것이다. 아침을 먹을 일도 없다. 나는 의도를 가지고 신성한 공간을 만들었다. 모두 동참하기를 권한다. 울프는 우리가 창작의 자유를 거부당하거나 스스로 자신을 부정할 때 어떤 일이 벌어지는지 경고한다. 주디스의 마지막을 그린 결말을 보라. 릴케는 우리에게 평생을 예술에 바치라고 한다. 우리가 할 수 있는 최소한의 일은 탁자를 차지하고, 천을 씌운 다음 촛불을 켜서 작업하는 동안 그 불빛처럼 밝고 깨끗하게 타오르는 것이다. 할라 빵이 되기 전까지 빵은 그냥 빵이다. 우리는 원을 던지고 그 안으로 들어가야 한다.

수행과 글쓰기의 공통점
하루 10분

현자 파탄잘리는 서기 400년 무렵에 《요가수트라》를 편찬했다. 요가 철학에 관한 일련의 금언들로, 이 경전의 간략한 문장들은 현대 아사나 요가 수행의 기초를 제공한다. 요가 지도자와 수련자들은 대체로 파탄잘리 도입부의 몇 구절에 익숙한데 가장 많이 인용되는 경문은, 생각의 파도를 고요히 가라앉히는 것이 요가라고 정의한 구절이다. 그런데 첫 장을 조금 더 깊이 들여다보면 파탄잘리가 제공하는 진정한 보석 가운데 하나를 발견하게 된다. 파탄잘리 경전 1장 14절은, "수행의 실천은 오랜 기간 끊이지 않고 헌신의 마음으로 했을 때 확고하게 자리 잡는다"고 말한다. 다른 예술 작품도 마찬가지다. 한 방향으로 오래 충실할 것.

우리는 지름길을 바랄 때가 많다. 거액을 받고 계약한 신인 작가들 이야기에 흥분하고, 단편 소설을 쓴 적이 없는데도 소설을 쓰겠다는 조바심을 내며 결말에 집중하는 경우가 많다. 예술은 그런 식으로 작동하지 않는다. 예외도 있지만, 대개는 10,000시간, 곧 말콤 글래드웰이 《아웃라이어》에서 설명하듯이 음악가와 예술가가 전문가가 되려면 10,000시간을 헌신해야 한다. 지름길은 없다. 시간이 길이다. 처음부터 시작하는 것이다. 되풀이해서 계속, 계속, 계속 시작하는 것이다. 그러고도 여전히 초보자다.

#얼마나 오래? 평생토록. 왜냐고? 그 길밖에 없으니까. 이제 도착했다, 싶은 순간은 결코 없을 것이다. 여정 자체가 목적지다. 글을 쓰고 싶으면, 목적지나 눈에 보이는 기간을 두지 말고 쓰라. 중세 시대에 기술을 배우려는 개인은 장인의 도제가 되었다. 중세의 대장장이는 최소 7년, 금 세공사는 10년에 걸친 도제 생활을 했다. 나는 늘 치열하게 배우고 싶고 목적지를 향해 계속 가고 싶으므로 도제다. 어쩌면 내가 군인 가족으로 자랐고 군대에 엄격한 지휘 체계가 존재하는 이유를 이해했기 때문에 기꺼이 감내해 왔을 것이다. 나는 20년에 걸쳐 회고록을 썼다. 20년. 좌절과 슬픔으로 가득한 세월이었지만 무엇보다 일관되게 실행한 시기였다. 절대로 포기하지 않고, 늘 실행했다.

파탄잘리 경전의 첫 부분이 오랫동안 실행하라는 가르침이라면, 두 번째 부분은 기준을 더 높인다. 곧, 절대로 중단하지 말라는 것. 날마다 실행하라는 것이다. 우리는 주말이면 체육관에 나가는 전사들처럼 주말 작가로 살 수는 없다. 한 주에 닷새를 〈길

모어 걸스〉 드라마 재방송을 보다가 토요일에 몇 시간 작가 노릇을 하기로 마음먹어서는 안 된다. 앞 장에서 나는 의식을 사용하여 글쓰기 공간을 신성하게 특징짓는 방법을 언급했는데 글쓰기에는 의식에 관한 두 번째 이해도 필요하다. 아침 식사, 뉴스, 문 앞을 지키고 서서 외출을 기다리는 개처럼 매일 벌어지는 일이어야 한다는 것이다. 다시 말해서 글쓰기는 깜박 잊거나 중심을 살짝 잃을 때도 습관으로 살아 있어야 한다.

수십 년 동안 나는 치실을 쓰지 않았다. 하루에 두 번 양치질은 당연히 한다. 그런데 치실을 사용하자니 늘 너무 어렵게 느껴지거나 제때 찾을 수 없거나 아팠다. 30대 중반에 나는 잇몸이 나빠지면서 조직과 뼈가 영구적인 손상에 노출됐다는 걸 알았다. 치과 의사는 나를 구강외과에 보냈고, 거기서 의사가 즉시 잇몸 수술 일정을 잡았다. 수술 날 아침, 외과 의사는 잃어버린 내 잇몸 조직을 대체할 두 가지 방법을 제시했다. 입천장을 절개하여 조직을 채취하거나, 시신의 잇몸 조직을 사용하거나. 나는 후자를 선택했고 이제는 전체가 다 내 몸이라고는 할 수 없는 상태로 수술에서 깨어났다. 누군가 생체 조직을 기증해 준 것은 영원토록 고마운 일이지만, 내 입안에 시신 일부가 있다니 느낌이 조금 묘하기도 했다. 알아볼 사람은 아무도 없다. 내 잇몸은 고르게 분홍빛이며 건강하다. 그렇지만 나는 안다. 무엇보다 나는 지구상에서 가장 부지런한 치실 사용자가 되었다. 베개에 머리를 묻고, 뺨 아래쪽에 피 섞인 침이 흥건하게 고인 채 목 윗부분에 감각을 느낄 수 없는 하루를 또 보내고 싶지는 않았다. 그리고 이런 문제가 생겼다. 나는 15년 동안 밤마다 치실을 썼는데, 이제는 이유를 막론하고 못 하는 상황이 되는 게 더 이상하게 느껴진다는 것이다. 어쩐지 벌거벗은 느낌. 속옷 입는 걸 깜박 잊고 집을 나서는 느낌. 이 실천은 날마다 치르는 내 일상 의식의 일부가 되어 버렸다. 나는 맨몸으로 집을 나서는 한이 있더라도 치실질을 잊을 일은 없다.

우리의 글쓰기가 그렇게 느껴지기를 바란다. 일과에서 너무 깊이 자리 잡은 부분이라 의심 없이 그냥 행하는 의식이 되기를 바란다. 그런 경지에 이르려면 오랜 시간이 걸린다. 시신 조직과 수술 트라우마가 규칙적으로 치실을 사용할 동기가 됐지만, 그것은 외적인 동기다. 글쓰기 의식은 내면에서 우러나와야 한다. 글을 쓰게 해 줄 사람은 아무도 없다. 오로지 당사자가 전념해야 한다.

#소소하게 시작하라. 하루에 10분. 부담이 적은 글쓰기('글쓰기 노트 관리' 꼭지를 미리 읽어 볼 것)를 하라. 이 대목에서 성공을 경험하고 싶다면, 달성 가능한 목표를 설정하고 결과물(6개월 안에 출판할 작품)이 아니라 과정(일정한 기간 쓰기)에 집중하라. 작품 분량을 기준으로 목표를 설정하지 않는 게 좋다. 내 경우에는 의도적으로 설정한 시간을 지키는 게 가장 잘 맞는다.

마지막으로 파탄잘리는 수행이 단단해지려면 세 번째 측면, 곧 헌신이 필요하다고 말한다. 여기서 파탄잘리는 다음과 같은 종류의 헌신을 언급한다. 우리보다 더 높은 근원적 존재에게 모든 것을 온전히 내맡기는 헌신, 곧 항복이다. 이 작업에는 자아가 들어설 자리가 없으며, 도달하고 바라고 갈망하고 부여잡을 여지가 없다. 대신, 우리는 항복 자체에 헌신한다. 다시, 우리는 우리 자신을 위해 글을 써야 하며 결과에 대한 집착을 내려놓아야 한다는 근본 이해로 돌아가 본다. 만약 우리가 그 작업을 외적 보상과 결부시킨다면 여러 해, 심지어 평생을 들여야 하는 일상의 작업에 헌신할 수 없다. 소비지상주의적 척도에서 보자면 그 정도 작업의 노동량을 정당화할 만큼 큰 보상은 절대 따르지 않을 것이다.

경전 1장 14절은 우리가 알아야 할 소명을 모두 알려 준다. 글을 쓰려고 태어났다면, 1년에 한 번 입는 핼러윈 의상처럼 작가의 예복을 가볍게 걸치지는 않을 것이다. 우리는 이 세상에 존재하는 모든 방식에 헌신한다. 열심히 쓰고 또 쓰면 글쓰기가 분명히 향상되지만, 더 중요하게는, 우리의 심성이 정화된다는 것을 깨달을 때 마법이 찾아온다. 요가에서는, 이런 일상의 수행(오래, 끊임없이, 헌신적으로)을 사다나(sādhanā)라고 부른다. 그 단어의 뿌리에는 사트(sat), 곧 진리 또는 진실이 있다. 거짓의 반대가 아니라 무엇이 올바른 현실인지 깨닫는 의미에서의 진실이다. 곧, 우리는 온전하다는 것, 우리는 겉으로 드러난 것 이상이며, 내면에서 빛나는 존재라는 깨달음이다. 사다나 글쓰기를 할 때, 우리는 그 어느 때보다 확고한 기반 위에서 깨달음을 향해 매일 한 걸음씩 내딛게 된다.

휴대용 글쓰기 제단
수행은 유연하게

마이클과 내가 박사 학위를 마치고 처음 서부로 이사한 뒤, 우리는 아이다호주 프레스턴이라는 작은 마을에 살았다. 우리는 갓 이혼한 여성에게 집을 빌렸는데, 그 여성은 우리가 앤 아버에서 하늘 높은 줄 모르고 치솟는 임대료를 지불하고 살았다는 사실을 이용했다. 한 달에 1,000달러면 집을 통째로 빌릴 수 있으니 얼마나 좋은 일이냐는 거였다. 공간이 크고 위층과 아래층에 다 주방이 딸린 걸 자랑하는 집이지만 둘이 살기에는 너무 크고 적합하지 않았다. 하지만 아이다호 시골에서는 선택의 여지가 별로 없었다.

그 집 지하실에서 유리 미닫이문을 열면 계곡을 가로질러 저 너머 베어 산까지 건너다보였다. 집이 검은목젖따오기와 캐나다두루미 무리의 비행로에 자리한 터라, 새 떼가 목걸이에 꿴 구슬처럼 줄을 지어 하늘을 날아가는 모습이 흔히 보였다. 마이클과 나는 지하실에서, 겨울에는 특히 더 자주 거기서 시간을 보냈다. 가스난로가 있었는데 작은 사각형 창문으로 타오르는 불꽃을 들여다볼 수 있었다. 우리는 그 커다란 베이지색 금속 상자를 '불'이라고 부르며 그 앞에 앉아, 몇 달이고 얼음과 눈으로 뒤덮인 풍경이 펼쳐지는 동안 뜨거운 열기를 쬐었다.

나는 어둠 속에서 집을 나와 달리기를 하며 나의 글쓰기 의식을 시작했다. 나는 아침마다 컴컴할 때 집을 나와 시골길을 달렸다. 다음 장에서 달리기가 내 글쓰기 수행의 시작이 된 이유를 설명하겠지만, 여기서는 그저 어둠 속에서 집을 나와 시골길을 달리던 날들을 돌아보고 싶다. 걸핏하면 목줄 풀린 개들이 위협하고, 영원히 불어올 것만 같던 바람을 얼굴에 맞으며 달리던 길들. 그때는 하루에 10킬로미터를 달렸기 때문에 지친 상태로 돌아와 샤워했다. 그리고 30분 안에 커피 한 잔과 학술지, 노트북 컴퓨터를 들고 아래층 '불' 앞에 앉았다. 마이클이 언제나 나와 함께했고, 우리는 매일 아침 세 시간 동안 말없이 글을 썼다. 강의가 없어서 출근하지 않아도 되는 시간이었다. 세 시간은 글쓰기에 '몰입'할 필요조건으로 내가 정한 단위였다. 세 시간 동안 쉬지 않고 글쓰기. 다른 사람들에게는, 학술 글을 작성하는 데 30분, 실질적인 초고를 쓰는 데 최소 두세 시간이 걸렸다고 설명하는 편이다. 회의나 치과 진료 같은 이유로 세 시간을 못 채우게 되면 나는 아예 글을 안 쓰는 쪽을 택할 때가 많았다. 세 시간 쓰기 아니면 손 놓기. 나는 늘 안셀 아담스가 카메라를 잡았을 법한 풍경을 마주하고 있었다. 천상의 기쁨이었다.

#그러다가 아이를 낳았다. 이제 내게 세 시간은 없었다. 3분도 없었다. 아이들, 특히 아기들은 엄마의 삶을 지배한다. 결국, 들인 만큼 돌려받지만 10년 동안은 해당하지 않는다. 나는 두 가지 선택지에 직면했다. 다시는 쓰지 않거나(세상의 의미를 만드는 수단이 글쓰기라고 여기는 사람에게는 불가능한 선택), 다른 방식으로 쓰는 법을 배우거나. 나는 후자를 택했다. 나는 휴대 가능한 제단을 마련했다. 내가 치르는 의식은 덜 엄숙해졌다. 나는 아이의 낮잠 시간에 15분, 피아노 강습이 끝나기를 기다리며 20분, 흡사 장애물 달리기를 하듯 글을 썼다. 자녀가 없는 이도 있겠지만, 나는 그 경우에도 글쓰기 제단을 옮기는 법을 배울 필요가 있다고 믿는다. 작가로서 우리는 매일 글을 쓰고, 우리의 의도를 세심하게 담은, 일정한 공간에서 글을 쓸 수 있는 토대를 닦고 싶지만 아울러 합리적이어야 한다. 경제적으로 독립할 만큼 부유하거나 금전적인 도움을 충분히 받는 경우가 아니라면 생활이 간섭하고 들 것이다. 방해, 불가피한 일, 시간 지연 같은 상황에 직면하면 우리는 그날의 글쓰기를 포기하자는 생각부터 하기 마련인데, 잠시 시간을 두고 숙고해야 한다. 무슨 일이 있어도 치실을 쓰고서야 잠자리에 드는 사람을 떠올려야 한다. 그런 다음

노트를 꺼내(다음 장 참조) 케이블 선을 고쳐 줄 통신사 직원을 기다리는 동안 글을 써라. 또는 운전면허증을 갱신하러 차량관리국에서 줄을 서는 동안에도 써라. 모유를 유축하는 동안에도, 쇠약해져서 일어나지 못하는 아버지의 침대 곁을 지키면서도 써라. **#완벽한 글쓰기 공간을 구축했다고 해도 언제나 그 공간만 기다릴 수는 없다. 습관을 만들면 공간이 함께 움직일 수 있게 된다.** 쓰지 않을 핑계는 어디에나 있다. 누구보다 내가 잘 알고 있으니 내 말을 믿어 주길. 여러 장애물을 없애고 깔끔하게 실천하고 싶을 것이다. 이 시점에서 생각해 보니, 나는 비행기 화장실에서도 글을 쓸 수 있을 것 같다.

세 번째로 인도를 방문했을 때, 나는 푸네에 있는 아헹가 요가 연구소에서 한 달 동안 요가 수행을 할 기회가 있었다. 아헹가는 현대 아사나 수행의 창시자 중 하나로 신체의 정렬에 초점을 두었다. 요가 수업에서 보조 도구를 잡을 때마다 아헹가의 유산을 접하는 셈이었다. 푸네의 사뭇 조용한 동네에 자리한 아헹가 요가 연구소는 3층짜리 흰색 건물인데 불꽃 나무들이 에워싸고 있었다. 기온이 30도까지 오르는데도 우리는 에어컨 없는 콘크리트 바닥에서 수행했다. 미국에 있는 요가원은 대개 나무나 코르크 바닥에 에어컨을 갖췄다. 아무래도 육체적 편안함이라는 특권을 누리는 경향이 있다. 하지만 인도에는 그와 같은 호사가 없다. 그저 콘크리트 바닥 위에 매트를 펴고 연습한다.

어느 날, 선생님이 우리에게 매트를 선반에 놓으라고 말했다. 그리고 우리는 맨바닥에서 연습했다. 절제된 표현을 쓰자면, 발 밑에 편안하고 익숙한 고무 감각이 없다는 것이 이상하게 느껴졌다. 어쩐지 다른 별에서 연습하는 것 같았다. 내 몸에서 똑같이 느껴지는 자세가 하나도 없었다. 발이 미끄러졌다. 손은 흙 투성이가 되어 갔다. 우리는 우리를 분리하고 고립시킬 매트 없이 마지막 이완 자세 사바사나(śavāsana)를 취했는데, 바닥에 등을 댄 채로 서로의 몸이 닿았다. 도전 과제는 두말할 것 없이 외부 조건이 어떻게 변하든 우리의 수행을 변함없이 유지하는 것이었다. 나는 여러모로 실패했지만, 그때 배운 교훈은 절대로 잊지 못할 것 같다. 의식과 일상을 통해 우리는 수행의 중심을 세울 수 있는데, 변화는 그 수행에 깊이를 더해 줄 수 있다.

나는 작가로서 글쓰기를 시작한 초기의 조용한 시절과 내 눈앞에 솟아오른 산봉우리들이 그립지만, 한편으로는 완벽한 조건이 갖춰져야 원고지에 단어를 옮길 수 있는 작가의 섬약한 장미가 되는 것을 거부한다. 사실 예술은 온실의 꽃이 아니라 참호 같은 것이다. 목숨을 구하기 위해 글을 쓰거나 진흙탕에 몸을 던지고 투항하거나 둘 중 하나인 참호. 두 살배기 아이가 토하는 것을 몇 번이고 받아 내다 보면 인정하게 되는 사실이다. 치실을 갖고 다니길 바란다. 맨바닥에서 수행하는 것을 두려워 말길 바란다. 삶에 글쓰기를 맞추지 말고 글쓰기에 삶을 맞추길 바란다.

유일한 잘못은
아무것도
쓰지 않는 것이다
글쓰기 노트

스물다섯 살에 나는 탑승구에 서서 머지않아 전 남편이 될 사람이 본토 행 비행기에 올라 나 없는 삶 속으로 떠나는 모습을 지켜보았다. 우리는 일찍 결혼했고, 아직 4주년 기념일도 맞이하지 않은 상태였다. 그래서 다른 사람들 눈에는 그 결별이 감기처럼 가볍게 보일 수도 있는 일이었다. 그러나 이제 혼자 잠자리에 들어야 하는 사람에게 고통은 그와 별개로 존재한다. 더는 사랑하지 않는다는 남편의 말에 이제는 가질 수 없는 미래를 슬퍼할 수밖에 없다. 그 과정은 짧지도 쉽지도 않다.

그날 공항에서 돌아오는 길에 나는 알라 모아나 쇼핑센터에 들렀다가 서점 호놀룰루 북스로 향했다. 나는 거기, 매장 바닥에 온갖 글쓰기 노트를 늘어놓고 그때는 내가 원하지 않았던 미래를 느껴 보려고 애를 썼다. 다시 일상 일기를 쓰는 일은 내 슬픔을 극복하는 데 도움이 될 수 있는 세 가지 항목, 즉 달리기, 비타민, 글쓰기 중 세 번째에 해당했다. 다가올 몇 달이 불투명하게 여겨졌다. 집세를 낼 방안도 없고, 남편이 나를 다시 사랑하게 될지 어떻지 알 수 없었다. 그에 비해 개별적인 하루하루는 더 분명하게 실감되었다. 6개월이나 애걸했지만, 남편은 내 곁으로 돌아오지 않았다. 그래도 나는 몸과 마음을 건강하게 유지할 수 있었다. 수십 년 후, 나는 그때 내가 만든 목록이 새삼 놀라웠다. 요가를 수행하기 훨씬 전의 일이지만, 건강과 온전함을 이루는 세 기둥으로 몸과 마음을 돌보는 일과 함께 매일 수행에 헌신하는 내용이 들어 있었다.

내가 고른 노트를 기억한다. 속지에 줄이 쳐진 A4 사이즈보다 약간 작은 크기의 양장본인데 퀼트 패턴으로 표지를 장식한 일기장이었다. 텅 빈 아파트에 도착해서 나는 다음과 같은 문장으로 첫 줄을 시작했다. "나는 갓 스물다섯이 되었다. 사반세기가 흘렀다. 어떤 면에서는 늙은 것도 같고 어떤 면에서는 내 인생이 이제 막 시작된 것 같기도 하다." 처음 쓰고 27년 만에 나는 온 마음을 다해 그 문장을 쓴다. 그 글귀를 쓴 특별한 순간은 내가 이제껏 써 온 이래 가장 강력한 글쓰기 행위로 남아 있다. 흔하디흔한 시작에 흔하디흔한 감정이지만 누가 뭐라도 영웅적인 행위였다. '나'라는 글자로 시작하겠다. 1995년에 쓴 '나'뿐만 아니라 지금 2022년에 이 글을 쓰고 있는 '나'를 상징하는 단순한 글

자. '나'로 시작하여 나 자신을 시간 속에 두고 내가 얼마나 아는 게 없는지, 그런데도 내가 얼마나 많은 걸 이미 경험했는지 주목한다. 그 순간에 나는 진지하게 일기를 쓰는 사람이 되었고, 그때부터 들인 습관을 절대로 중단하지 않았으며, 내 인생에서 맺은 웬만한 관계보다 오랫동안 이어 왔다.

글을 쓰기 위해 태어난 사람이라면 반드시 읽고 써야 한다. 날마다 단어 속에서 헤엄쳐야 한다. 다들 이미 그러겠지만. 다음 장에서 나는 매일 읽기의 중요성을 설명할 텐데, 매일 쓰기는 호흡을 확립한 뒤에 움직여야 할 부분이다. 도예가가 수천 개의 도자기를 빚은 뒤에야 단단한 그릇 한 개를 얻듯이, 작가는 문장 10,000개를 다듬고서야 절창 한 구절을 쓰게 된다.

쓰기 노트를 관리하는 것은 소설이나 시, 에세이의 초고를 작성하는 것과 다르다. 서로 종류가 다른 글쓰기다. 과학자는 아니지만 내 경험에 따르면, 그와 같은 두 가지 종류의 글쓰기는 뇌의 서로 다른 부분을 이용한다. 첫 번째가 좀 더 원초적이라면 두 번째는 더 지적인 부분이다. 대상 범위가 아주 좁더라도 나중에 공유하려는 의도로 쓰는 글을 '고위험 글쓰기'라고 한다. 작품 평가를 받거나 출판하기를 바란다면, 이해관계는 분명하다. A 또는 C라는 평가를 받거나, 출판 결정 아니면 거절을 당할 테니까. 함께 글을 쓰는 모임에 가져간다고 해도 위험 부담은 여전히 높다. 우리가 쓴 글에 다른 사람들의 반응이 따르게 된다. 남과 공유하는 글은 비공식이든 공식이든 평가를 받기 때문에, 대개 사람을 불안하게 만든다. 고위험 글인 셈이다. "작가의 폐색(또는 장벽, 저자가 글을 쓸 때 새로운 작품을 만드는 능력을 잃거나 창작 둔화가 발생하는 상태: 역자 주)"이 있다고 말하는 이들은 보통 고위험 글쓰기에 참여한 데 원인이 있다. 독자들 때문에 무력해지는 것이다.

언젠가는 고위험 글쓰기로 전환하기로 마음먹을 수도 있지만, 저위험 글쓰기에 많은 시간과 에너지를 쏟고 나서 고려할 사항이다. 노트에 쓰는 글은 다른 사람에게 보여 주려는 게 아니라서 위험도가 낮은 글이다. 나와 생각이 비슷하다면, 노트에 쓴 글을 남에게 보여 주는 사람은 아무도 없을 것이다(나는 내가 죽으면 내 일기장을 불태우라고 유언장에 적어 놓았다). 사실 우리는, 이전에 새겨 놓은 내용으로 다시는 들어갈 수 없을지도 모른다. 문제는 언어 주조하기, 곧 과정 자체이지 무엇을 만드는지는 중요하지 않다. 글쓰기 노트는 내용이 중요한 게 아니기 때문에 위험 부담이 적다. 우리는 노트를 명사라고 여기지만, 오롯한 동사다.

#유일한 잘못은 노트에 아무것도 쓰지 않는 것이다. 사실 나는 될수록 지저분하게 노트를 쓰라고 권한다. 선 없는 노트, 아무렇게나 끼적일 공간이 많은 노트, 함부로 사용할 수 있는 노트를 고르라고 한다. 우리가 글쓰기 노트에 적는 글은 안 보이는 잉크에 가장 가깝고, 매우 겸손하며, 지극히 현실적인 데다,

야망이나 예쁜 글귀에 전혀 관심 없는, 그저 글 자체로만 존재한다. 페이지를 한 번 넘기면 다시는 햇빛을 보지 못할 단어들일 수도 있다. 다시 말해서, 글쓰기 노트는 내면을 외부로 드러내는 첫 번째 단계라고 하겠다. 자궁처럼, 어둠이 필요한 단계다.

내 경험상, 가장 위험도가 낮은 글쓰기는 손으로만 할 수 있다. 컴퓨터로 친 문장은 너무 정연하고 깔끔해서 진정한 저위험 글쓰기라 할 수 없다. 더욱이 손으로 글을 쓰면 키보드로는 불붙이지 못하는 우리 뇌의 창의적인 부분을 활성화한다. 선생님이 손 글씨를 알아보지 못하겠다고 해도 상관없다. 사실, 그게 더 낫다. 다른 사람이 그 글을 읽을 필요는 없다. 노트를 사용하면 명사로 굳히지 않고 행동으로 계속 글을 쓸 수 있다. 그저 그런 명사가 아니라 소중한 명사, 시간에 휩쓸리기 전에 '저장' 키를 눌러야 하는 섬세한 유물이다. 버려지는 것들을 쓰라.

#어떻게? 그냥 쓰기로. 나는 수업 시간에 학생들에게 타이머를 설정하여 최소 20분 동안 쓰고 스스로 검열하지 말라고 한다. 지우지 말 것. 고치지 말 것. 단어 선택을 고려하지 말 것. 야식을 좋아하는 룸메이트의 남자친구나 남편에게 쏘아붙이고 싶으면, 그걸 쓰라. 팔팔하고 너절하게, 여과 없이 날것 그대로. 손에 쥐가 날 때까지 쓰라. 글쓰기는 너무 짜증 나, 하며 마음껏 불평하라. 아침을 차려 주었더니 안 먹겠다고 한 아들에게 화를 내라. 가장 추한 자아를 글로 남겨 두라. 아무것도 내쫓지 말라. 다

만 쓰라. 줄리아 캐머런은 《예술가의 길》에서 "우리가 쓴 화나고, 짜증 나고, 시시한 것들은 모두 우리와 우리의 창의성 사이에 서 있다"고 말한다. 그런 것들을 쓰는 것은 목을 가다듬는 것과 같다. 필요한 과정이다. 현재에 있지 않으면 글을 쓸 수 없는 것처럼, 이른 아침에 받은 과속 딱지 때문에 마음을 졸이는 순간에는 글을 쓸 수 없다. 일상과 삶에서 어느 한 부분, 추악한 것, 너절한 것, 원하지 않는 것, 매력 없는 것, 고통스럽고 부끄럽고 불명예스러운 것들을 글로 기록하라. 그대로 두라. 언젠가는, 더 예술적이고 흥미진진한 것들이 깃들일 공간을 확보하게 될 것이다. 어쩌면 당일, 그 주 후반, 아니면 1년 뒤라도.

무엇이 깃들까? 모른다. 그저 언젠가는 드러나는데 드러나는 순간 알아차리게 된다는 사실만 나는 안다. 드러나는 계기는 문장, 글의 시작, 앤 버토프가 언급한 '생각할 거리'까지 다양하다. 그 순간까지 빚던 도자기 그릇을 던지고, 던지고, 계속 내던지면 된다. 첫 노트를 다 채우면 두 번째 노트를 시작한다. 책장이 노트로 가득 차면 새 책장을 산다. 적어도 20분. 날마다. 사다나(sādhanā), 매일의 수행. 특히 처음에는 하루도 거르지 않기. 습관을 들이려면 습관(시체의 잇몸)을 심어 주어야 한다. 아침에. 밤에. 공간을 확보할 때마다. 나는 고위험 글쓰기를 시작하기 전에 일기를 쓰는 것을 좋아한다. 그런 다음 컴퓨터로 옮겨서 문장을 새기듯 다듬는다. 나만의 호통과 헛소리는, 내가 도대체 무엇에 관한 글을 쓰고 있는지 파악하는 데 도움이 되는 일종의 메타 글쓰기로 바뀐다. 터놓고 말하자면, 처음에는 이 방식을 싫어할 가능성이 큰데 지나고 나면 삶의 중심이 될 가능성이 더 크다.

작가는 글을 쓴다. 그리고 우리는 금빛 문장을 쓰기 전에 허접한 문장들을 써야 한다. 우리의 글쓰기 노트 안에는 연금술을 펼쳐 금으로 만들 허접쓰레기가 들어 있다. 지름길은 없다는 것을 기억하길. 글 작업을 건너뛰어도 되는 작가는 없다. 무엇을 써야 할지 모르겠으면 자극과 영감으로 가득 찬 캐머런의 《예술가의 길》을 읽거나, 브라이언 카이트리의 《새벽 3시의 깨달음》과 같은 책을 참고해도 좋다. 나? 나는 플래너리 오코너가 표현한 감정에 공감한다. "어린 시절을 견디고 살아남은 사람은 누구나 남은 삶을 지속해 나갈 정보를 충분히 갖고 있다."

지도 위의 X 마크

글쓰기 프롬프트: 지도로 그린 어린 시절

일상 글쓰기를 시작하도록 격려하기 위해 몇 가지 도움이 될 자극제, 글쓰기 프롬프트를 소개하고자 한다. 첫째, 크레파스와 종이인데, 어리석게도 우리가 10세 미만 아이들에게 넘겨줘 버린 즐거움이다. 이 프롬프트는 또한 시각적 사고를 하는 이들이 흥미를 느낄 요소이기도 해서 내가 좋아하는 것이다. (하나 더 덧붙이자면, 시각적인 것을 선호하는 이들은 글쓰기 노트에 그림이나 스케치를 그려 넣어도 좋다.) 나는 이 프롬프트의 개요를 전설의 교사 톰 로마노 선생에게 배웠다. 이 과정에 이르면 글쓰기와 글쓰기 교육에 관한 열정에서 타의 추종을 불허하는 선생이 늘 떠오른다.

'글쓰기 프롬프트'라는 어휘가 어떻게 다가갈지 모르겠지만, 나에게는 속박으로 여겨진다. 경찰관에 대한 글을 써 달라는 요청을 받고 하얗게 질린 어린 시인으로서, 나는 오랫동안 규범적인 글쓰기 형식에 저항해 왔다. 그러니까, "이것에 관해 쓰시오"라는 형식. 그리고 '프롬프트'라는 단어 자체가 도울 준비를 완료한 목발 같아서 허약하게 느껴진다. 하지만 그건 글쓰기 프롬프트가 작동하는 방식을 잘못 이해한 것으로, 단어의 어원이 그 이유를 보여 준다. 프롬프트는 분명히 '조력'을 뜻한다. 배우가 놓친 대사를 알려 주는 역할이니까. 하지만 더 깊은 뿌리를 살펴보면, 라틴어 프롬푸투스에서 유래한 것으로 무언가를 빛으로 끌어내는 생각이라는 의미다. 프롬프트를 목발이 아닌 등불로 생각하면, 프롬프트 자체가 상자가 아니라 앞으로 나아갈 길이 된다. 그리고 우리는 내면을 외부로 끌어내는 데 관여하고 있으므로, 등불 몇 개를 지니는 것은 합리적인 일이다. 따라서 글쓰기 프롬프트가 도움이 된다.

온라인에서 수많은 글쓰기 프롬프트를 찾을 수 있고 책이란 책은 다 프롬프트와 연관이 되어 있다. 내 경험으로 보면, 어떤 작가는 글쓰기 프롬프트를 좋아해서 노트에 가득 채우는가 하면 어떤 작가는 아예 거들떠보지도 않는다. 나는 중도 노선을 따르라고 하고 싶다. 글쓰기 프롬프트는 글을 쓰는 과정, 특히 글쓰기의 틀을 짜는 초기에 자리할 공간이 있다. 자료 생성, 명확히는 예상치 못한 소재를 찾아내는 데 도움이 되는데, 우리가 혼자서는 여행할 수 없는 곳으로 이끌어 주기도 한다. 하지만 글쓰기 프롬프트에 지나치게 의존하는 것은 빈 원고지를 직면하기 두려

위하는 심리일 수도 있다. 그럴 때 프롬프트는 등불이 아니라 목발이 된다. 무슨 일이 벌어지든 거침없이 쓸 기회로 활용하는 게 아니기 때문이다. 적정한 선을 찾길.

마지막으로, 글쓰기 프롬프트를 선택할 때는 의도를 싣기 바란다. 프롬프트 자체에 대한 감정 반응이 있을 것이다. "나는 이게 좋아"라거나 "나는 이걸 안 좋아해" 같은 반응. 그 반응에 주의를 기울여라. 본인이 끌리는 프롬프트를 고르되, 꺼려지는 쪽도 선택하라. 얕거나 어렵거나 지루하거나 힘들어 보이는 프롬프트에 응답하는 글을 써 보라. 십중팔구, 두려움에 응답하여 쓴 글이 날개를 달고 높이 솟구치게 될 것이다.

이 프롬프트를 위해 널따란 도화지 한 장과 크레용(부러진 것도 좋다) 여러 자루를 준비해 보자. 복사 용지와 말라비틀어진 마커펜밖에 없어도 괜찮다. 될수록 넓은 공간에 여러 가지 색깔, 그리고 45분이라는 시간이 필요하다.

#시작은 종이와 크레용이다. 이제, 어린 시절의 동네를 그려 보라. 생각하지 말 것. 그냥 그릴 것. 이 시점에서, 나는 의도적으로 더 이상의 지시를 내리지 않겠다. 그저 그려 보길. 여러 동네가 떠오르면 하나를 고르라. 그리고 그릴 것. 여러 색깔로. 여유롭게. 적어도 15분 동안.

마쳤으면 그림을 들여다보라. 여러 동네 중 하나를 골랐다면 선택한 곳을 주목하라. 선택한 이유를 생각하라. 얼마나 가까운

지, 얼마나 멀리 떨어져 있는지 원근감을 주목하라. 집은 몇 채를 그렸나? 다른 아파트나 건물은 몇 채인가? 적어도 이 연습에서, 그 '동네'의 경계는 어떻게 되나? 왜 그런 경계를 지었나? 추억의 경계인가 아니면 어머니가 돌아다녀도 좋다고 허락한 범위인가? 어쩌면 교회나 지형, 기차, 또는 매년 할로윈 날에 사탕을 얻으러 다닌 경로에 따라 정해진 경계일지도 모른다. 그리고 빠뜨린 것들도 주목하라. 누구네 집이나 아파트가 빠졌나, 왜 빠뜨렸나? 어떤 세부 사항을 회피했으며 왜 표시하지 않았나? 그림에서 빠진 집에는 아이들이 없었나? 아니면, 어려서 직감했는데 이제야 말할 수 있는 종교 또는 문화적 차이가 그렇게 드러난 것인가? 그림은 거리 배치와 아파트 크기 너머의 것을 포착한다. 그림은 가치와 신념을 드러낸다. 내부자와 외부자의 지위 그리고 본인이 느낀 감정이 소속감이었는지 소외감이었는지 드러낸다. 지도는 이제 어린 시절의 언저리를 맴돌던 좀 더 복잡하고 말로 표현하기 힘들었을 문제들을 가리키기 시작한다. 크레파스로 그린 그 그림은 중립이 아니라 격앙된 상태다. 이제 이야기에 담긴 주제를 읽는 법을 배우고 싶어진다.

#이번에는 크레용을 들고 '지울 수 없는 순간'으로 남아 있는 위치 다섯 군데를 표시하라. 로마노 선생은 지울 수 없는 순간을 장악력을 잃지 않는 과거의 순간이라고 부른다. 단단하고 빛나는 그 순간은 어제처럼 생생하게 우리 곁에 남아 있다. 지도를

보며 특정 경험과 특정 위치가 만나는 지점에 표시하면 아주 오래전 일이라고 해도 추억이 살아나 감회에 젖게 된다. 본인이 찍은 X표를 믿어라. 묻힌 보물을 표시한 것이니.

#그런 순간 중 하나를 골라 최소 20분 동안 글을 써라. 약속하는데, 다섯 가지 모두 순금이니 뭘 선택하든 상관없다. 가장 쓰고 싶은 순간 혹은 완강히 밀어내고 싶은 순간(종종 더 흥미로운 선택)으로 옮겨 갈 수 있다. 오래전 그 X에서 무슨 일이 있었는지 20분 동안 적어 보라. 누가 기억나고 누가 떠오르지 않는지 살펴보라. 신체적, 감각적 경험을 섬세하게 되살려 보라. 기억을 다룰 때마다 항상 제기되는 질문은, 왜 이런 식으로 기억하느냐는 것이다. 그러니 '옳거나 그름'은 문제 삼지 않아도 된다. 다른 날에는 다른 X를 선택할 수도 있다. 또한, 지도가 일러 주는 자신의 억측과 확신에 대한 글을 쓰느라 시간을 보낼 수도 있다. 지도를 다시 살펴보라. 장르를 막론하고, 이런 연습을 하면 자신을 지금의 모습으로 만든 순간들로 돌아갈 수 있다. 작가로서 우리는, 우리가 기억하는 것, 과거부터 지녀 온 것이 우리가 쓰는 단어마다 직접이든 간접이든 영향을 미친다는 사실을 믿어야 한다.

깊이 들여다보기
글쓰기 프롬프트: 사진 이용하기

다음 글쓰기 프롬프트(다시 말하는데 목발이 아니라 등불을 생각할 것)에는 사진이 필요하다. 어떤 사진이라도 좋은데, 인물 사진을 찾아보길 바란다. 액자에 넣은 사진도 괜찮다. 사진 이미지 자체뿐만 아니라 액자의 물성을 기록할 수 있어서 좋다. 당연히 휴대폰에 있는 사진 중에서 골라도 된다. 잡지나 책에 실린 사진도 상관없다. 몇 년 전, 나는 중고 서점에서 20세기의 흑백 사진을 실은 15센티미터 두께의 거대한 양장본을 1달러에 샀다. 몇 년 동안나는, 그 책을 낱장으로 떼어 내 수업을 듣는 학생들에게 무작위로 나눠 주었다. 나는 또 골동품 가게를 돌아다니면서, 만난 적도없는데 어쩐지 나를 잡아끄는 인물들의 사진을 수집했다. 이미지 뒤의 역사를 알 필요는 없다. 그저 이미지를 선택하면 된다.

#우리는 보는 법을 배워야 한다. 이건 사실 생각보다 더 어려

운 일이다. 힐끗 엿보고, 요점을 파악하고, 요약하는 것은 잘하지만 깊이 보기는 깊이 듣기와 마찬가지로 시간과 끈기를 들여야 한다. 헌신도 필요하다. 요가에는, 트라타카(trāṭaka)라는 수행이 있는데, 주의를 기울이는 방법을 가르쳐 준다. 전통적으로 트라타카를 수행하는 사람은 촛불 한 자루의 불꽃과 함께 시작한다. 어두운 방에서 촛불을 켠 다음 눈높이에 맞춰 약 30센티미터 떨어진 곳에 둔다. 오로지 보기만 하는 수행이지만, 온 존재로 보아야 한다. 또, 눈을 깜박이지 않도록 주의해야 하는데, 눈을 깜박이면 정신이 흐트러지고 마음이 흔들린다고 여겨지기 때문이다.

#초를 준비하고 가능하면 어두운 방에서 불을 붙인 다음 눈을 깜박이지 말고 바라본다. 먼저 양초라는 대상 전체를 주시한다. 바람 없이도 춤추는 불꽃을 응시한다. 파란색 중심 불꽃이 바다 물결처럼 오르락내리락하는 모습을 지켜본다. 그 흔들림을 몸으로 받아들여 느낀다. 초가 녹고 심지가 지글지글 타는 소리를 듣는다. 따뜻한 온기를 풍기는 냄새를 맡아 본다. 15분 동안 자리를 지키며 촛불의 실체와 관련된 것들을 모두 바라본다. 눈물이 나면 눈을 깜박여도 좋다. 불편을 참지 말 것. 이제 촛불 주변의 공간, 빛이 깎아 낸 어둠을 알아차려 본다. 어둠이 형성되는 방식, 어둠이 물결치고 변화하는 모습을 주목한다. 불꽃과 공간 사이의 관계에 주의를 기울인다. 경계랄 것 없는 경계를 주시한다.

준비되면 눈을 감는다.

눈꺼풀 안쪽의 불꽃, 치다카샤(chidākāsha), 곧 내면의 하늘을 재현할 수 있는지 확인해 보라. 안 되면 다시 눈을 뜨고 더 오래 바라본다. 거기 머문다. 불꽃이 살아 숨 쉬는 존재가 되는 것을 지켜보라. 불꽃이 마음껏 특성을 펼치게 하라. 그런 다음 다시 눈을 감는다.

치다카샤에서 이미지를 재현할 수 있으면 그걸 볼 순간이 가까워졌음을 알게 된다. 이제 그것을 자신의 내면으로 가져올 수 있다. 트라타카의 마지막 측면을 위해 눈을 다시 떠 보라. 눈앞에 있는 촛불을, 양초라는 대상을 본다. 오로지 촛불만 본다. 그러면 촛불 외에는 안이나 밖에 아무것도 존재하지 않게 된다. 불꽃과 어둠에서 그랬듯이, 자신의 몸과 촛불 사이의 경계를 허물 수 있는지 보라. 기억하라, 불꽃은 이미 우리 안에 있다는 사실을. 이제 감긴 눈 뒤로 촛불은 나타나지 않지만, 우리의 몸 자체가 촛불이 된다. 불꽃과 어둠 사이에 공간이 없는 것처럼 바라보는 존재와 바라보이는 대상 사이에 공간이 없어진다. 그건 마치 불꽃 속으로 빠지는 것과 같다. 시인으로서 로린 로슈는《경전의 찬란한 빛》에서 "꾸준한 시선으로, 그 형상을 포용하는 공간에 녹아들어라"고 쓴다. 보는 행위, 제대로 보는 행위는 자신과 타인 사이의 거리를 좁힐 수 있게 해 준다. 몸이 곧 촛불이다. 깊이 들여다보는 것이 연민의 시작이다.

#이제 자신이 선택한 이미지를 촛불처럼 보라. 우리가 항상, 모든 것을 이처럼 간절하게 그리고 강렬하게 바라볼 수 있을까? 아니다. 하지만 작가이자 예술가로서 우리는 바라보는 방법을 알아야 한다. 전체를 보는 것으로 시작하여 섬세하게 녹아드는 길을 알아야 한다. 이 글쓰기 프롬프트는 그걸 연습할 기회를 제공한다. 사진은 가벼운 글이라는 면에서 보자면 그리 엉뚱한 비유가 아니다. 사진은 태양의 서명, 지구의 촛불을 기록한다. 이미지가 생기를 띠고 존재와 방향, 움직임이 생길 때까지 오래오래 바라보라. 경계를 알아차리고, 경계가 만든 공간을 주목하라. 먼저 전체적인 형상과 관련한 질문을 자신에게 던질 수 있다. 누가 카메라를 잡았을까? 얼마나 가까이, 또는 얼마나 멀리 서서 찍었으며, 왜 그랬을까? 사진으로 잡힌 것은 무엇이며, 더 중요하게는, 제외된 것은 무엇일까? 사진 안에 없는 사람은 누구일까? 그게 왜 문제가 될까? 왜 찍었을까? 의도는 무엇이었을까? 오래 들여다보면 처음에 한 판독과 무엇이, 어떻게 변할까? 그림자 안에 남는 것은 무엇일까?

그런 다음 이미지에 스스로 녹아들어 산이 되고 말이 되고 딸이 되고 이방인이 되어 보라. 둘 사이에 거리는 존재하지 않는다. 사진은 거울이 되고 우리는 우리 자신을 응시한다. 준비되면, 쓰라. 바라본 경험, 본 것을 쓰라. 아니면 그 거울 속으로, 그림자 안으로, 프레임 밖으로 들고 나는 자신의 여정을 쓰라.

내가 절대로 쓰지 않을 것들
글쓰기 프롬프트: 어려운 문제를 글로 쓰기

나는 회복부터 근육 강화까지 여러 형식의 요가를 가르치고 있다. 내가 하는 여러 문예 창작 강의처럼 나는 다양성을 좋아하고, 형태나 형식의 경계가 넓어져서 다른 형태로 녹아드는 모습을 지켜보는 게 즐겁다. 결국, 가장 중요한 것은, 글쓰기는 글쓰기며 요가는 요가라는 것이다. 내가 가장 좋아하는 요가는 '인 요가'인데 요가 계통으로는 비교적 새로운 수행법이지만 수천 년 역사가 깃든 자세와 철학을 담고 있다. 인 요가는, 아니 적어도 나의 인 요가 시간에는 절대로 일어서는 순간이 없다. 차가운 수행으로, 근육보다 관절과 근막을 대상으로 하는 자세다. 앉아서 취하는 자세를 각각 3분에서 20분까지, 시간이 흐르는 동안 내내 유지한다.

인 요가에서 수련생은 자세를 취하는 법, 예를 들어, 앉은 채 몸을 굽히는 법을 배운다. 그리고 자세를 유지하는 동안 지속할 수 있고, 평생 수행해도 지속 가능한 깊이를 찾는다. 인 수행자들은 10점 만점에 3~4점 정도의 감각을 찾는 법을 배우며, 자신이 원하는 감각이 어떤 것인지 안다. 인 수행자는 자세를 잡고 일단 감각(앞으로 구부리면 감각은 허리나 오금에서 일어날 것이다)을 찾으면 그대로 멈추고 버틴다.

우리도 당장 시도할 수 있다. 다리를 곧게 펴고 상체를 하체 위로 구부리는 자세로 간단히 앞으로 접기만 하면 된다. 수건을 말아서 무릎 아래를 받쳐도 되고 오금이 당기면 무릎을 구부려도 괜찮다. 몸의 감각을 느끼게 되는 지점까지만 앞으로 수그린다. 10점 만점에 3, 4, 5 정도의, 무지근하고, 아프고, 쓰라린 감각이 느껴지는 지점까지. 그런 감각은 대개 뒷다리에서 일어날 것이다. 그러면, 거기가 핵심인데 그냥 그대로 멈추면 된다. 호흡과 의식을 감각 영역, 목표 지점으로 가져가서 그대로 둔다. 어떻게든 자세를 풀게 하려고 근육을 쓰는 신체 부위를 찾아본다. 우리의 근육은 우리를 고통에서 벗어나게 하려고 애를 쓴다. 이마나 목 앞쪽 같은 생뚱맞은 데를 살펴보길. 그 부분의 근육을 쓰고 있는지 확인한다. 먼저 불편한 상태에 몸이 물리적으로 어떻게 저항하는지, 편해지려고 어떤 조율을 하는지 살핀다. 이때 몸이 한쪽으로 치우친 것 같고 불편할 수 있지만 고통스럽지는 않은 경험에 자신을 맡겨 보라. 앞으로 구부린 자세를 5분 동안 그대로 유지한다.

인 수행을 하는 사람이라면 인 수업이 코어 힘 강화 수업보다 백배는 더 힘들다고 입을 모을 것이다. 우리 정신이 바쁘고 시끄럽고 산란할 때는 움직이는 게 별다른 문제가 되지 않는다. 고요히 앉아 있는 것, 더 나아가 불편하게 앉아 있는 것은, 글쎄, 우리가 썩 좋아하는 일은 아니다. 아니 저항한다. 저녁에 무엇을 만들어 먹을지 생각한다. 머릿속으로 욕실을 다시 칠한다. 새로 산 외투를 보고 친구가 생각 없이 던진 말을 잘근잘근 곱씹는다. 인은 불편을 향해 움직이고, 호흡과 의식으로 그것을 받아들이고, 그 소용돌이에 잠겨 드는 법을 가르친다. 궁극적으로 인은 우리의 삶에서 오는 매우 실제적인 고통과 우리가 함께 살아가는 법을 보여 준다. 생각과 달리 우리는 실제로 스리 라마크리슈나가 독 나무라고 지칭한 고통과 슬픔 쪽으로 나아가기를 바란다. 결국, 유일한 탈출구는 통과하는 것이다.

#인 요가처럼 글쓰기는 고통스럽고 어려운 것을 받아들이는 것과 관련이 있다. 내가 앞으로 제시하는 글쓰기 프롬프트는 우리를 그 두려운 공간으로 밀어 넣을 텐데, 시작하기 전에 먼저 고통에 대한 근본 진실, 곧 고통은 존재한다는 사실을 이해하는 게 중요하다. 종류를 가리지 않고 어려움이나 고통에 직면했을 때 우리는 두 가지 선택을 할 수 있다. 받아들이거나 도망치는 것. 그런데 고통은 인간의 일부이니 도망치는 방법은 헛된 선택

인 듯하다. 인간이라는 존재를 외면하고 도망칠 수는 없으니까. 존재를 부정하면 곪아 터지고 부풀어 오르게 되어 있는데, 우리는 우리 자신의 몸을 능가하려 애를 쓴다. 글쓰기와 요가는 둘 다 어려움을 붙잡고, 견디고, 마침내 그 어려움이 사라지는 것을 바라보는 방법을 가르쳐 주는데, 다만 우리가 뛰지 않고 가만히 멈추기로 다짐할 때에만 배울 수 있다.

이 글쓰기 프롬프트를 시작할 때, 우리가 저위험 글쓰기에 참여하고 있다는 사실을 기억하자. 우리가 여기 쓴 글은 아무도 못 본다. 절대로. 사실, 중요한 것은 글감이니 글을 쓰자마자 원고지를 태워 버려도 상관없다. 프롬프트 자체는 간단하다.

#본인이 절대, 절대로 쓰지 않을 열 가지 나열하기. 1부터 10까지 쪽 번호를 매긴 뒤, 가시투성이의 영광 속에서 떠오르는 것들을 하나하나 적어 보라. 자신의 삶에서 비롯한 목록이 가장 좋다. 예를 들어, 일반적인 포르노 중독이 아니라 자신만의 포르노 중독 같은 것, 열 가지. 거르지도, 검열하지도, 망설이지도 말 것. 절대로 말로 표현하지 못할 추하고, 무섭고, 부끄럽고, 고통스러운 것, 열 가지. 암호 단어나 기호를 써도 좋다. 그저 적기만 할 것.

이제 우리가 나아가는 방향에 따라 하나를 고르고 그것에 대해 쓰라. 다시 말하지만, **#가장 저항이 심한 것을 선택할수록 더 좋다.** 이건 아무도 볼 일이 없다. 스스로 그렇게 타이르길. 모두 적어라. 화끈하게, 잽싸게 써라. 멈추지 마라. 고치지 마라. 축약하거나 검열하지 마라. 적어도 20분, 분석하거나 사과하거나 망설이지 않는 20분을 확보하라. 써라. 이 연습을 하고 나서는 아무리 위험한 장소에 처하더라도 이 고통스러운 순간에 대한 글은 절대로 쓰지 않겠노라고 다짐할지도 모른다. 허구라는 장막을 동원하든 시적 화자를 통해서든 아무튼 쓰지 않겠다고. 실제로 불태워 버릴 수도 있다. 하지만 자신의 수치심이나 고통을 손을 구부려 물리적으로 어루만지는 것이 어떤 느낌인지 알아차려 보라. 암흑 중의 암흑이 글자로 윤곽을 드러낼 때 무슨 일이 일어나는지 알아차려 보라. 이런 연습을 하기 전에는 두 번 다시 생각하기도 싫었던 경험을 글쓰기로 어떻게 통제하기 시작하는지 지켜보라. 이번에 여기서 한 서술은 본인이 책임져야 하며, 과거를 다루는 본인의 권한이기도 하다.

인 요가에서 우리는 불편한 느낌을 알아차리면 그 불편한 감정이 사라진다는 것을 깨닫게 된다. 몸을 앞으로 구부릴 때 정확하게 오금의 어디가 쑤시는 것인지 그 감각 지점을 콕 집어내려고 하면, 찾지 못할 가능성이 더 크다. 그렇게 하면 선명한 의식으로 감각을 옅게 한다. 혹은 위치가 달라진다. 감각이 변할 수도 있다. 빈틈이 많아지고, 덜 빽빽하고, 통기성이 더 좋아진다. 힘든 것에 대해 글을 쓰는 것도 같은 방식으로 작동한다. 뚜렷한 형태가 없고, 괴물 같고, 무거운 것을 내용과 상관없이 그저 원고지에 체계적인 구문으로 모으기만 해도 말로 표현할 수 없는 것들이 길들여진 것으로 변한다. 이제 우리가 붙잡을 것이 생긴다. 더는 붙잡혀 있지 않아도 된다.

이처럼 어두운 공간으로 들어가는 글쓰기 연습과 관련한 지혜로운 조언이 하나 더 있다. 인 요가에서 지속 가능한 깊이로 자세를 취할 때, 우리는 버니 클라크가 말한 '골디락스 위치'를 찾는다. 감각의 척도에서 너무 멀리 벗어나게 움직이지 않는 한 관절과 근막에 스트레스를 가하면 오히려 더 튼튼해진다. 클라크는 우리가 관절에 적당한 스트레스를 주지 않아서 이른바 연약함을 초래한다고 주장한다. 관절은 과도하게 보호받으면 연약해진다. 그런가 하면, 스트레스를 너무 강하게 받으면 관절이 망가진다. 인 요가에서는 더 강해지게 할 불편을 얘기하는 것이지 부상을 일으킬 정도를 요구하지 않는다. 동화《골디락스와 곰 세 마리》내용처럼 너무 뜨겁지도 차갑지도 않은, 딱 적당한 온도의 죽을 원하는 것이다.

어두운 공간으로 들어가는 글쓰기도 마찬가지다. 트라우마는 더더욱 되살아날 수 있고, 몸과 마음이 안전하고 건강한 상태가 아니라서 겉으로는 건강해 보여도 스트레스를 더하면 안 되는 경우가 있다는 것을 우리는 안다. 나는 힘든 일들 속으로 들어가서 글을 쓸 준비가 된 사람이 누구고 안 된 사람이 누구인지 모른다. 그런 글쓰기가 힘을 북돋고 치유하고 고위험 작업 단계로 이끌어 줄 수 있다는 것을 알지만, 나는 또 작가들이 트라우마를 되살리는 글을 쓸 때 더 우울하고 불안해지는 모습도 봤다. 우리는 저마다 자기만의 보트를 책임지는 사람들이다. 내 경험으로 보자면, 글이 노트에 남아 있는 한, 곧 쓰기는 해도 공개를 하지 않는 한 치유는 일어난다. 나는 밤잠을 설치게 하는 일, 역겨운 일, 심지어 좀 아픈 일들을 글로 쓰도록 격려하고 싶다. 하지만 우리는 자신이 하는 일이 자신에게 어떤 영향을 미치는지 알고 있어야 한다. 글쓰기가 우리의 우물을 채워야지 마르게 하면 안 된다. 나는 우리가 모두 용감하면서도 언제나 알아차리는 사람이기를 바란다.

별을 들이마시다
호흡 수행: 들숨에 집중하기

여기서 잠깐 시간을 내서 각자의 사다나(sādhanā), 일상 수행을 점검해 보자. 지금쯤이면 모두 글을 쓸 신성한 공간을 만들었기를 바란다. 영감을 제공하며 안전하고 행복한 느낌을 주는 부적과 물건으로 표시한 공간 말이다. 글을 쓰려고 앉으며 특정 양초를 켜는 이도 있을 것이다. 특정한 음악을 틀 수도. 창밖에 새 모이통을 두고 자신만의 씨앗 모으기를 시작할지도 모른다. 나는 다들 그렇게 스스로 신성하게 느끼는 공간을, 오로지 자신만의 공간을 따로 마련하기를 바란다. 그리고 날마다, 하루 중 같은 시간에 자신도 모르게 그 공간으로 들어서기를 바란다. 그러면 치실질과 마찬가지로 글을 쓰지 않으면 하루가 불완전하게 느껴질 것이다. 자리에 앉아서 가장 먼저 할 일은 숨쉬기다. 넷까지 세는 동안 들이마시고 여섯까지 세며 내쉬는 호흡으로 넘어간다. 두 눈은 감고 정신과 육체를 부드럽게 안정시킨다. 어쩌면 이 숨결이 집처럼 느껴질지도 모른다. 그래서 매일 그 호흡으로 돌아오면 친근한 인사를 받는 느낌이 든다. 그런 다음, 이상적으로는, 눈을 뜨고 20분 동안 글쓰기 노트에 글을 쓰는 게 좋다.

아니면 아직 일상 수행의 걸음걸이를 찾지 못했을 수도 있다. 아직 사다나를 굳건히 하지 못했다면 지금이 적기다. 잠시 길을 잃었다면 다시 집중하라. 들이마시는 숨이 모두 새로운 시작인 것처럼, 우리는 날마다 다시 시작할 기회를 얻는다. 우리가 살아가는 일은 더 나은 인간이 되기 위해 거듭거듭 노력하는 것이다. 도착 지점에 닿는 순간은 오지 않는다. 우리는 늘 시작하는 중이니까. 자신을 비난하지 말고, 그저 숨을 들이마시며 다시 시작하라. 서문에 썼듯이, 들숨은 창조의 힘을 품고 있다. 들숨은 새로운 시작을 촉진한다.

다시 한번, 두 눈을 감고 자연스러운 호흡을 찾아보라. 제약하거나 통제하지 말고 들이마시고 내쉬는 숨이 끝까지 이어지도록 하라. 우리가 호흡을 조금이라도 알아차리면 들이쉬고 내쉬는 숨의 길이가 길고 부드러워진다. 자연스러운 호흡이 저절로 깊어지면, 그저 알아차리라. 자연스러운 호흡을 몇 차례 한 뒤 폐 구석구석을 가득 채우는 3단 요가 호흡으로 넘어간다. 배, 가슴, 쇄골 순으로 숨을 들이마신다. 호흡은 편하고 쉽게, 몸은 들이마실 때면 떠오르고 내쉴 때는 가라앉게 하라. 폐가 가득 찼다고 느껴지면 4, 그리고 6 헤아리기 호흡으로 부교감 신경계를 활성화하고 안정시킨다. 그와 같은 호흡 주기를 몇 차례 되풀이한다. 이제 집이다. 환영한다.

다음은 들숨에 깨어 있을 차례다. 그렇다고 거창하게 숨을 쉴 필요는 전혀 없다. 아무것도 붙잡지 않아도 된다. 솔직히, 그저 들이마시기 전에 자신을 활짝 열기만 해도 공기가 안으로 쏟아져 들어온다. 들숨은 너그러운 선물이다. 우리는 모두 들숨과 함께 이 세상에 들어왔다. 호흡은 우리가 태어나면서 받은 첫 선물이었다. 그리고, 지금까지 들숨은 우리를 떠난 적이 없다.

#네 가지 호흡(들숨, 들이쉬고 멈춤, 날숨, 내쉬고 멈춤)에서 들숨은 봄, 그리고 창조의 기운이다. 프라나(Prāṇa)는 전체 호흡부터 미세한 호흡까지 다 생명의 에너지로 우리를 살아가게 한다. 연약한 인간으로서 우리는 음식, 물, 숨, 그리고 거처가 필요하다. 그 가운데 하나만 없어도 우리는 죽는다. 그리고 들숨은 지속 가능성을 만들어 낸다. 들숨이 있어서 우리가 남아 있는 것이다. 우리가 호흡할 때 들숨은 위 그리고 바깥쪽으로 움직인다. 그처럼 활기찬 호흡의 움직임이 느껴지는지 보라. 들숨은 배에서 시작하여 위로 그리고 바깥으로 동시에 움직이기 때문에 최대치에 이르면 쇄골이 사실상 서로 멀어진다. 요가에서는 그 움직임을 프라닉 움직임(아래로 그리고 안으로 움직이는 아파닉 움직임과는 반대)이라고 한다. 들숨이 위로 그리고 밖으로 움직이는 것은 들숨이

몸을 성장시키는 것이기 때문에 이치에 맞다. 들숨과 함께 몸으로 들어오는 산소는 우리의 혈액 세포를 보충하고, 심장과 뇌에 영양을 공급한다. 앉아서 이 숨결의 꽃을 접해 보라. 몸에서 부푸는 들숨을 지켜보라. 들숨을 길게 가져가면, 폐의 물리적 경계를 훌쩍 뛰어넘어 들이마시고 있다는 것을 깨닫게 된다. 들숨은 어쩌면 발끝과 정수리 끝에서 시작될지도 모른다. 한번 적응하면 지극한 행복감을 느끼게 된다. 들숨은 매번 우리를 하늘로 들어 올린다. 들숨은 매번 우리에게 활짝 열고 나아가라고 알려 준다. 결국, 들숨은 모두 충만, 완성, 온전성에 가 닿는다.

#들숨은 우리에게 주어진 모든 것에 감사하라고 가르친다. 기분이 가라앉고 우울하거나 어둡고 기력이 떨어지는 느낌이 들면 오로지 들숨에 집중해 보라. 온 우주가 빛과 하늘을 향해 우리를 끌어올리고 있다. 그뿐만 아니라, 입자 수준에서 보자면 들숨은 지구에 살았던 모든 인간의 호흡, 그리고 나무와 별들이 내쉰 숨결까지 다 품고 있다. 숨을 들이마실 때마다 별자리가 우리를 가득 채운다. 위대한 과거 시대의 작가와 예술가들이 모두 우리의 폐로 섞여 든다. 마음을 열고 들숨의 환희를 맛보라. 창작은 살 수도, 의지할 수도, 강제할 수도, 심지어 추구할 수도 없다는 것을 짚어 준다. 그보다는 오직 자신을 활짝 열 때 창작에 가 닿는다. 우리의 몸으로 쏟아져 들어온다.

나만의 페르소나를 만들려면?
자신에 대한 연민에서 출발

어릴 때, 나는 픽션과 논픽션 중 어느 것이 사실을 담고 있는지 헷갈렸다. '논픽션'이라는 꼬리표 앞에서 어리둥절한 것이다. 'non'이라는 부정 접두사는 그것이 부정하는 명사를 무효화시킨다. 예를 들어, 비논리는 논리가 아니라는 뜻인 것처럼. 그래서 논픽션은 늘 사실이 아닌 것으로 여겨졌다. 그게 아닌데 말이다. 고등학교에 들어가서야 용어를 바로잡고 내가 픽션, 곧 소설을 좋아한다는 걸 알았다. 참고로, 1970년대 후반에 자라난 아이로서 나는 디스코를 좋아하기로 했는지 록을 좋아하기로 했는지도 기억나지 않는다. 하루에도 열두 번씩 나는 중학교 때 '좋은' 아이로서 내가 감쌌던 '나쁜' 아이 둘, 로버트 헌터나 스티븐 슬레이터에게 물어봤다. 둘 중 내가 어느 것을 좋아하느냐고 말이다. 록이라고, 둘은 말해 줬고 그러면 나는 그걸 기억하려고 노력했다. 내 스프링 노트에는 파도를 뚫고 달리는 비지스(1970년대 후반 디스코 유행을 이끈 영국 출신 호주 록 밴드: 역자 주)의 사진이 실려 있었는데도 말이다.

지난 30년 동안, 서사적 논픽션은 소설, 시, 그리고 희곡과 함께 네 번째 장르로 자리매김했고 심지어는 소설 판매량을 위협하는 수준에 이르기도 했다. 그동안 논픽션이라는 이름을 더 시적이거나 더 정확하거나 덜 부정적인 것으로 바꿔야 한다는 주장도 거듭 제기되었다. 논픽션 문학, 저널리즘 문학, 내러티브 논픽션, 또는 단순하게 에세이 아니면 연구 기반 창작 글쓰기 등 여러 제안이 이어졌다. 어딘지 부족하다는 공감대 속에서도 '논픽션'이라는 용어는 그대로 유지되었다.

지금까지 내가 제시한 글쓰기 프롬프트는 모두 서사적 논픽션 작가, 특히 회고록 작가들이 시작할 지점을 마련하기 위한 것처럼 보인다. 그렇지만 나는 모든 예술, 특히 모든 문학예술은 인간으로서 우리의 과거 경험에 뿌리를 두고 있다고 얘기하고 싶다. 심지어 화성을 배경으로 하는 이야기라고 해도 말이다. 더 나아가 나는 장르를 막론하고 작가는 자신의 인류애를 바탕으로 작업을 시작해야 한다고 생각한다. 곧, 깊이 들여다보면 우리는 모두 실패를 되풀이하고, 거듭거듭 해를 끼치고, 가장 사랑하는 사람들에게 상처 주는 일을 반복하면서도 최선을 다하려고 애를 쓴다는 사실을 받아들이자는 것이다. 나는 글쓰기는 모름지기 우리 자신에 대한 연민에서 시작한다고 생각한다. 그리고 그 연민은 우리가 묘사하는 등장인물과 화자에게까지 확대된다. 눈이 열 개 달렸다고 해도, 혹은 재미로 병아리를 목 졸라 죽이더라도 말이다.

1978년, 존 가드너는 《윤리적 소설에 대하여》라는 책을 펴냈다. 오늘날에는 많은 이들이 시대에 뒤떨어지고 지나치게 이상주의적이라는 평가를 하는 책인데, 우리가 글을 쓰고 그림을 그리고 춤을 추고 노래를 부르는 이유를 고려할 때 존 가드너의 기본 전제를 완전히 무시할 수는 없다. 대체로 가드너는 윤리적인 소설을 존중하고 가치 있게 여기는 의견을 제시한다. 상업적으로 끌려가지 않는 한편, 독자들에게 보편적 진리를 향한 영감을 준다는 측면에서다. 가드너는 널리 알려진 구절에서 다음과 같이 썼다.

진정한 예술은, 지금은 대개 잊힌 특정한 기술적 방법으로 삶을 명확히 하고, 인간 행위의 전형을 확립하며, 미래를 향해 그물을 던지고, 옳고 그른 우리의 방향을 신중하게 판단하며, 축하하고 애도한다. 진정한 예술은 시끄럽게 소리치지 않는다. 죽음 앞에서 비웃거나 키득거리지 않으며, 기도와 무기를 발명한다. 실현할 가치가 있는 미래상을 그린다. 홀쩍이지도 움츠러들지도 손을 들어 채찍을 휘두르지도 않는다. 어느 종

교 이론을 받아들이는 조건으로 희망을 만들지 않는다. 번개
처럼 번쩍이거나 번개 그 자체, 둘 중 하나다.

현대 작가와 비평가들은 예술이 시끄럽지 않아야 하고 죽음을
비웃지 말아야 한다는 사고방식에 당연히 반발한다. 우리는 예
술이 축하보다는 혼란을 야기하고 심지어 역겨움을 주는 경우가
잦은 시대에 살고 있으며, '옳고 그른 방향'이 존재한다는 믿음
에서 사뭇 멀찍이 떨어져 있다. 그런데 가드너의 핵심 주장, 곧
소설은 보편적인 인간 가치를 긍정할 의무가 있다는 주장은 보
편성이 아니라 예술을 만드는 것과 인간 됨됨이 사이의 연결을
강조한다. 예술은 먹고, 자고, 웃고, 울고, 똥을 누는 개개인이
만드는 것이다. 예술은 우리의 인간성, 인간이라는 존재로서의
경험에서, 세 살짜리 아이가 따뜻한 침대에서 눈을 떴을 때 부엌
에서 엄마가 콧노래를 부르고 이불 위로 햇살이 쏟아지는 순간
이 나타내는 의미에서 나오는 것이다.
　괴롭힘을 당해 걱정인 아이가 버스 계단을 타고 올라 멀어지
는 모습을 지켜볼 때 부모가 아이를 학교에 보내는 의미는 무엇
인가. 무릎 아래쪽 다리를 암으로 잃은 사람이 헬스장에서 의족
을 벗을 때와 참고 버틸 때를 선택해야 하는 상황은 무슨 의미
인가. 여름에 밖으로 나가 낮 기운에 따뜻해지는 소나무 냄새
를 맡는 것은 무슨 의미인가. 절대로 불가능한 임신을 원하는 것

은, 절대로 가질 수 없는 직업을 원하는 것은, 절대로 가질 수 없
는 파트너를 원하는 것은, 절대로 가질 수 없는 몸을 원하는 것
은 다 무슨 의미인가. 오렌지 셔벗에서 어린 시절을 맛보는 것은
무슨 의미인가. 예술은 우리 내면이 아니면 다른 어디에서도 나
올 수 없다. 우리가 예술을 만든다. 그런 식으로 예술은, 소설을
포함한 모든 예술은 진실과 현실 속에서 비롯한다. 그래야 한다.
그리고 예술은 우리가 생기를 불어넣을 등장인물이 아니더라도,
우리만의 인간 경험을 이해하는 것에서 시작한다.

소설가 메리 고든은 '인간 행위의 전형 확립'을 보여 주는 예술
에 관해 논해 달라는 가드너의 요청에 따라 〈애틀랜틱〉 지에 글
을 실었다. 중요한 점은, 고든이 가드너를 거부하지 않았고, 소
설이 인간의 곤경을 탐구할 의무는 없다는 주장으로 논쟁을 시
도하지도 않았다는 것이다. 대신 고든은 윤리적 복잡성을 탐색
한다. 그리고 소설은 다음과 같은 것이라고 쓴다.

소설은 몇 가지 미덕을 제공할 수 있는 고유한 자격을 갖췄
다. 연민, 개방성, 그리고 주의집중의 미덕이 그것이다. 진지
한 소설은 뉴스에서 쓰는 짧고 강렬한 발언들, 곧 사운드 바이
트에 맞서 싸울 수 있는 고유한 자격을 갖추고 있다. 소설은 우
리에게 인간의 진실이 우리가 생각하는 것보다 더 복잡한 경
우가 많다고 일깨운다. 우리가 진실이라고 부르고 싶은 것은

흔히 여러 진실이 섞인 것으로, 우리가 애초에 생각했던 것, 그 반대의 것, 그리고 사이에 낀 것들을 다 포함한다.

가드너처럼 고든도 인간 존재의 의미를 밝히는 수단으로 소설 작품을 가리킨다. 그렇지만 고든은 그러한 진실들이 단일하지도 고정되지도 않은 것이라는 의견을 조심스럽게 밝힌다. 고든은 때로 모순되고, 위태롭고, 너절하더라도 진실은 여전히 소설의 근간으로 남아 있다고 여긴다. 나는 고든이 열거한 소설의 미덕 중 첫 번째가 연민이라는 점에 주목할 가치가 있다고 생각한다. 연민은 근본적으로 고통에 함께한다는 것을 의미한다. 어원을 따져 보면, 역사적으로 십자가 위의 그리스도와 연결되어 있으며, 궁극의 고통으로 여겨질 때가 많다. 산스크리트어로 아누캄파(anukampā), 연민이라는 단어는 문자 그대로 보면 '곁에서 떨다'는 뜻이다. 연민을 가진다는 것은 다른 사람과 함께 떤다는 뜻이며, 우리가 맨 먼저 고통을 함께 겪고, 함께 앉아 껴안을 존재는 바로 스스로 받아들이기 힘든 모습을 지닌 우리 자신이다.

#나는 시인이든, 소설가든, 회고록 작가든, 초기 작품은 자신의 과거를 발굴하고 자신의 결점과 실패뿐만 아니라 곁에서 함께 어려움을 헤쳐 나가는 부모, 파트너, 직장 동료, 그리고 자식들에 대한 연민을 찾는 데 집중해야 한다고 강력히 권한다. 자신이야말로 자기가 진정으로 알 수 있는 유일한 인간이기 때문

에 자신부터 시작해야 한다. 우리는 많은 사람을 사랑할 수 있지만, 친밀하고 상세하게 알 수 있는 존재는 딱 한 사람, 바로 자기 자신일 것이다. 그리고 자신의 인간 됨됨이를 점검하고 발굴하고 탐구한 끝에, 숱한 실수와 실패에도 불구하고 자신을 사랑하는 법을 배우고서야, 오직 그때에야 독자들이 따르고 사랑하고 경멸하고 슬퍼할 인물, 페르소나, 화자를 창조할 수 있다. 예술은 우리의 한계를 드러내고 그것을 수용하기 때문에 도덕적이다. 작가로서 우리는 다른 사람의 한계를 창조하기 전에 먼저 자신을 존중하고 포용해야 한다.

뇌 대신 배로 쓰는 글

글쓰기 프롬프트: 직감으로 쓰기

내가 처음으로 요가 강습을 받았던 20여 년 전, 유타주 로건에는 요가원이 없었다. 사실, 2000년대 초반에 강습을 받은 장소는 중학교 체육관이었다. 우리는 농구 골대 아래에 매트를 깔고 추위를 막느라 스웨터를 껴입어야 했다. 20년 후, 나는 요가원뿐만 아니라 요가를 수련할 장소를 내가 선택할 수 있게 되었다. 동네에 있는 레크리에이션 센터, 암벽등반 체육관, 병원, 커뮤니티 센터 같은 곳에서 요가 수업을 제공한다. 우리 아이 둘은 고등학생인데 체육 수업으로 요가 강습을 선택할 수 있다. 그리고 매트며 소품이 가득 찬 방에서 강습을 받는다. 내가 강의하는 대학에서는 요가를 부전공할 수 있다. 요가는 어디에나 있다. 좋은 일이다. 그런데 나는 과학, 교육, 의학 분야에서 요가와 마음 챙김이 우리의 건강과 행복에 중요한 기여를 한다는 것을 최근에야 깨달았다는 사실에 거듭거듭 놀라고 있다. 명상으로 심박수가 좋아지고 학생이 시험에서 좋은 성적을 거두고 바이올리니스트가 연주 실력이 향상되었다는 뉴스가 자주 등장한다. 수행과 철학으로서 요가는 적어도 3,000년 아니 그보다 훨씬 오래전부터 존재해 왔다. 그리고 그 오랜 세월 동안, 수많은 요가 수행자들은 수행을 위해 숲이나 마을 외곽으로 가야 했지만, 명상, 호흡 그리고 아사나(āsana, 자신의 육체를 이해하고 육체를 통하여 마음을 이해하기 위한 여러 가지 자세 행법: 역자 주)가 어떻게 마음을 진정시키고 수명을 연장하며 궁극의 진리로 이끄는지 몇 번이고 증명했다. 내가 앞에서 썼듯이, 서양인은 신체 경험을 불신하고 숫자를 과하게 믿는 경향이 있다. 호흡에 주의를 기울이면 코르티솔 분비가 줄어든다고 '증명'한 또 다른 연구를 읽으며 나는 고개를 가로저었다. 우리는 그래프는 믿으면서도 몸으로 얻어 체화한 경험은 덜 믿는다.

솔직히 말해서 나는, 요가가 우리를 더 나은 인간이 되도록 돕는다는 약속은 사실 서양인인 우리가 이미 알지만 잊었던 진실이라는 것을 인정한다. 그건 우리의 언어가 상기시켜 준다. 누구에게 푹 빠졌다고 말할 때, 모욕감이 불같이 솟구친다고 할 때, 마음이 흐르고 넘친다고 할 때, 스트레스가 목까지 차오른다고 할 때, 기쁨, 슬픔, 트라우마, 황홀경, 그리고 사랑이 몸에, 몸 조직에 깃들여 있다는 사실을 강조하려고 우리는 그런 은유를 쓴다. 의식적인 수준에서 우리가 그 사실을 무시하더라도 우리는 우리의 언어로 마음과 몸의 연결을 긍정하고 있다. 몸은 안다.

《삶으로서의 은유》에서 조지 레이코프와 마크 존슨이 설명했듯이, 은유는 우리의 가장 깊은 가치와 믿음을 드러낸다. 은유는 우리를 벌거벗게 만들고, 우리의 의식적 사고 밑에 존재하는 것을 드러내게 한다. 우리가 에세이 안에서 증거를 정리하게 되면, 우리는 글쓰기를 전쟁으로 여기게 된다. 우리가 시간을 돈이라고 믿으면, 우리는 밤늦도록 일하면서 딸의 어린 시절을 그리워하게 된다. 미국 정부가 하노이를 폭격했다고 우리가 말한다면, 그건 자신을 개별적인 공모자로 보지 않는다는 뜻이다. 이러한 예에서, 언어를 취사선택하는 사람인 우리가 어쩌면 제대로 모를 수도 있다는 진실이 드러난다.

사실, 우리가 어떻게 알았는지 설명하는 언어에 주의를 두면 앎 자체가 복잡해질 수 있다. 우리는 흔히 육감, 곧 육체의 감각으로 느낀다거나 육감을 믿는다고 말한다. 우리는 배를 앎의 원천으로 명명한다. 미주신경은 뇌에서 내장으로, 내장에서 뇌로 곧장 이어지는 섬유망이다. 이 강력한 고속도로, 장-뇌 축 도로는 물리적 도로이자 생화학적 경로다. '미주신경'이라는 이름이 붙은 이유는 방랑하며('미주'라는 이름이 라틴어로 '방랑자'라는 뜻: 역자 주) 신체의 여러 부분에 영향을 미치기 때문이다. 미주신경은 부교감신경계의 주요 신경으로, 활성화하면 우리를 진정시키고,

비활성화하면 우리를 불안정하게 만드는 신체 부분이다. 미주신경은 중추신경계의 통제 밖에서 기능하기 때문에 몇몇 과학자들은 이를 '두 번째 뇌'라고 부른다. 레스마 메나켐 같은 과학자들은 '영혼 신경'이라고 부르기도 한다. 우리의 장은 차원 높은 사고를 하게 하고 다른 동물과 우리를 구분해 주는 뇌 부위 전전두엽 피질만큼, 아니 어쩌면 그보다 더 많이 아는 것으로 밝혀졌다. 짧게 말해서, 우리가 주먹으로 배를 얻어맞은 것만 같은 상실을 경험하거나, 배짱, 곧 배의 느낌에 따라 행동에 나서거나, 뱃속에서 나비가 팔랑거리는 느낌 때문에 두 번째 데이트를 받아들이기로 하는 것은 우연이 아니다. 그것들은 단순한 은유가 아니다. 그것은 배와 뇌 사이의 직접적인 연결을 가리키는 것이며, 통찰력, 용기, 절망, 트라우마가 신체에 깃든다는 것을 시간이 지남에 따라 이해한 인간의 방대한 경험적 지식을 강화한 것이다. 과학이 따라잡았지만, 언어는 우리가 오랫동안 몸과 마음의 연결에 대해 알고 있었다는 것을 보여 준다.

이는 우리가 첫 번째 뇌가 아니라 두 번째 뇌로 글쓰기를 배워야 한다는 나의 믿음을 매우 우회적으로 표현한 것이다. 머리는 전전두엽 피질과 전두엽의 영역이다. 전두엽은 분류하고 판단하고 부인하고 문제를 해결하는 기능에 관여한다. 전전두엽 피질은 결정을 내리고, 선택 사항을 고려하고, 미래를 결정하게 하는 것과 달리, 전두엽은 우리의 미적분 문제를 푼다. 글쓰기 측면에서 전두엽은, 우리가 파티에 초대하고 싶은 뇌는 아니다. 적어도 처음부터 부르고 싶지는 않다. 우리는 두 번째 뇌, 곧 우리 뱃속에 존재하는 뇌, 문장을 분석하고 명령하고 이름 짓고 걸러 내는 뇌보다 훨씬 아래쪽 공간에 있는 뇌에 주의를 기울이고 싶다. 우리 몸을 떠돌며 우리 전체에 영향을 미치는 뇌에.

거기까지 도달하기는 어렵다. 정말 어렵다. 우리의 전두엽과 전전두엽 피질은 제 역할을 매우 잘한다. 우리가 장으로 돌아가려면 스스로 속여야 하는데 특히 처음에는 더 그렇다. 다음은 배로 돌아가도록 도와주는 글쓰기 연습법이다. 이 장의 나머지 부분을 읽으며 글을 쓰면 효과가 있을 것이다. 우선 끝까지 읽지 말고 여기서 멈추기 바란다. 그리고 노트를 챙기길.

#불에 얽힌 첫 경험을 두고 10분 동안 써 보라. 다른 건 없다. 불에 얽힌 첫 경험을 쓴다. 다 쓰기 전까지는 다음 내용을 읽지 말 것.

이제 멈춘다. 펜을 든다. 눈을 감는다. 호흡한다.

눈을 뜨고 불과 관련한 가장 최근의 경험에 대해 10분 동안 쓴다. 그냥 쓴다.

다 쓰기 전까지는 다음 내용을 읽지 않는다.

더 이상 읽지 않는다.

더 이상 읽지 않는다.

더 이상 읽지 않는다.

더 이상 읽지 않는다.

멈춘다. 펜을 든다. 눈을 감는다. 호흡한다.

눈을 뜨고, 세 번째 것을 10분 동안 써 본다. 묻지 않는다. 분류하지 않는다. 고려하지 않는다. 내가 세 번째 것을 쓰라고 했을 때 가장 먼저 떠오른 것. 그것을 따른다.

이 쓰기 연습은 소재나 주제에 제한이 없다. 그저 주제에 빠져 들어 이야기를 따라갈 시간을 주면 된다. 불에 관한 이야기. 그런 다음, 장에서 움직여 불과 전혀 상관없이 생겨나는 것이 무엇인지 본다. 세 번째 것은 아무리 무작위라고 해도 불과 관련이 있다. 작가로서 우리가 할 일은 어떤 관련인지 알아내는 것이다.

경고. 만약 세 번째 것을 최고로 뽑아내려고 시간을 허비한다면 침몰한 것이다. 장에서 나오는 직감에 따라 글을 쓰려면 질서와 대칭을 좋아하는 마음에서 벗어나야 한다. 직감을 믿어라. 우리 인간은 벽돌을 만들고, 강철을 단련하고, 몸과 마음의 연관성을 증명하는 대규모 자료를 수집하는 것보다 훨씬 더 오랫동안 직감을 따랐다. 우리 몸은 알고 있다.

증고모할머니의 일기장
기초 자료를 이용한 글쓰기

이혼하던 해 여름, 고모할머니가 19세기 후반 다코타에 정착한 애니 레이 증고모할머니의 일기장을 건네주었다. 사실 고모할머니가 준 것은 애니 할머니의 일기를 타자기로 옮겨 친 종이 뭉치였는데, 수정 펜으로 수정한 부분도 있었다. 나는 혼자서 저녁을 먹으러 나간 첫날 밤에 그 일기를 읽기 시작했다. 주변에 웃음과 행복이 넘쳐나는 식당에 혼자 앉아 와인 한 잔을 마시다니, 당시로는 용기 있는 행동이었다. 솔직히 말하자면, 그날 밤 나는 혼자 앉아 있기가 마땅치 않아 일종의 방패 삼아 그 베긴 일기장을 가져간 거였다. 아직 휴대전화가 나오기 전이었다. 인스타그램 대신 1881년 겨울과 1882년 여름을 훑으며, 내 또래의 여성이, 말굽에 편자를 박는 일을 하러 콜로라도 은광을 향해 남편이 떠난 뒤 홀로 판잣집에 남아 살아가는 여성이, 무슨 의미를 지녔는지 이해하려고 노력했다.

하지만 애니 할머니는 내가 듣고 싶은 이야기를 들려주지 않았다. 대신, 빵 굽기와 걸레질, 양말 꿰매기 같은 이야기를 짤막하게 써 놓았다. 대학원에서 여성의 자서전과 인생 글쓰기를 공부하면서 애니 할머니가 쓴 글의 진가를 알아차리기까지는 몇 년이 더 걸렸다. 그것은 애니 할머니가 정신을 똑바로 차리고 살아가기 위해 이야기에 반하는 방식으로 쓴 글이었다. 고모할머니는 내가 애니 할머니의 일기를 진지하게 다룬다는 사실을 알고 그제야 원본을 물려주었다. 애니 할머니만큼이나 가냘프게 얇은 일기장이 내 손 안에서 봉인 해제됐다. 어떤 사람이 손으로 꾹꾹 글을 눌러써서 자신의 흔적을 남기고 '나'라는 존재를 주장한 종이를 부드럽게 잡아 보지 않으면, 과거를 그렇게 붙들어 보지 않으면, 우리는 그 오래된 문서를 따분하고 쓸모없다고 생각하기 쉽다. 그렇지만 글쓰기의 힘 중 하나는 시간을 초월하는 능력이다. 애니 할머니는 무허가 판잣집에 앉아 자신의 나날을 썼고, 백 년이 더 흐른 뒤 나는 그걸 모두 읽었다. 할머니의 현재는 나의 현재가 되었다.

애니 할머니의 일기, 그 부족한 글을 읽은 것을 바탕으로 나는 모든 작가 에이전시와 저작권을 인정하는 것이 중요하다는 의견을 담은 책을 내고 싶어졌다. 그 사람들의 수고가 처음에는 그다지 주목할 가치가 없어 보이고 흥미가 떨어지더라도 말이다. 나는 어떤 글도 공허하거나 가치 없다는 이유로 버려지면 안 된다고 생각했다. 나는 결국 내가 평범한 글이라고 부르게 된 글조차도 특별한 것이라는 사실을 배웠다. 몇 년 후, 나는 미국 모더니스트 조지아 오키프(미국 모더니즘을 이끈 대표적인 화가: 역자 주)의 편지로 시선을 돌려 세계에서 가장 권위 있는 기록 보관소 중 하나인 예일대학교 바이네케 고문서 도서관을 찾았는데 내 손으로 과거를 쥔 느낌은 똑같았다. 이건 오키프가 고른 종이. 여기는 펜. 이 구불구불 흔들흔들한 글씨. 오키프가 울었던 곳, 여기.

#아이디어를 생성하는 방법으로 최초 자료를 바탕으로 글을 써 보기를 권한다. 대학 도서관에 접근하기 힘들어도 이런 종류의 문서는 접할 수 있다고 생각한다. 조상들이 물려준 편지와 일기 상자를 지하실에 보관하거나 플라스틱 신발 상자에 넣어 책장에 두는 경우가 꽤 있다. 아니면 부모가 보관할 수도. 또는 집 근처에 조그만 지역 박물관이나 공공 도서관이 있을 수도 있다. 주변에 물어보라. 꼭 백 년 묵은 문서가 아니어도 되는데, 내가 아래에서 제시하는 글쓰기 연습은 편지나 일기장을 실제로 손에 쥘 때 가장 효과가 좋다. 사진이나 복제본, 필사본이 아니라 실제 편지나 일기 말이다. 그런 문서를 찾아 발품을 파는 것은 가치 있는 일이다. 이걸 작가라면 모두 수행하는 자료 조사의 첫걸음이라고 생각하라. 마지막으로, 문서의 주인공인 그 조상을 알아도 좋고 전혀 몰라도 상관없다. 나는 그저 과거를 기록한 문서

를 손에 쥐는 경험을 해 보기를 바랄 뿐이다.

충동대로 하자면 곧장 내용으로 넘어가고 싶을 테지만 그건 뒤로 미루기를 권한다. 깊은 통찰은 늘 물질, 곧 전체성에서 시작된다. 그러니 기록 문서 한 장을 취해서 그 물리적 특성을 살펴보라. 그 종이에서 무엇을 알아냈나? 어디서 만든 종이일까? 우리 애니 할머니는 당시 50센트면 살 수 있는 전용 일기장 대신 줄이 그어진 원장부에 썼는데, 처음에는 남편의 대장간 거래 내역을 적은 듯하다. 그게 중요한 것이다. 애니 할머니는 남편의 '더 중요한' 일을 채우고 남은 공간에 글을 쓸 수밖에 없었다. 그리고 할머니는 당시 일기장 출판사가 정한 하루 치 일기 분량에 얽매이지 않았다. 그것이 자유다. 따라서 우리가 글쓴이가 이 종이를 고른 이유를 생각하면 다음과 같이 궁금해지는 것들이 생긴다. 이것 말고 다른 선택지는 없었을까, 목적, 자원, 성별, 계층, 인종, 문해력, 접근성 같은 것들은 무엇이며 어땠을까.

#종이의 흠집, 얼룩, 더러운 자국, 휨, 접힘 같은 상태를 기록하라. 작가가 남긴 흔적이라고 볼 수는 없다. 오키프 같은 작가의 글을 읽고 있다면 예외인데, 오키프는 얼룩을 극도로 싫어했고, 종이를 망치면 언제나 편지에 설명을 달았다. 그런 경우가 아니라면 종이에 남은 먼지나 얼룩은 독자의 층을 보여 준다. 세상이 과거의 문서에 남긴 표시. 우리는 그런 불완전한 흠집을 고유의 사연을 가진 몸의 흉터라도 되는 것처럼 주의를 기울이게

된다. 내용을 읽기 전이라도 종이 위에서 글줄이 움직이는 방식을 살펴보라. 여백은 어떻게 다루는지, 어떤 줄을 취소 선으로 그었는지(다시 말하지만, 작가가 검열한 게 아닐 수도 있음), 글줄이 반듯한 직선인지 기우는지, 글자 사이가 빽빽한지 넉넉한지 확인하라. 글이 적힌 종이를 볼 때 어떤 느낌이 드는가? 글줄이 열리고 흐르는 느낌인가, 아니면 절제되고 조심스러운 느낌인가? 당연히 인상에 불과하지만 우리는 직감에 따라 작업하고 있으므로 불쑥 떠오르는 것을 믿고 싶어지는 것이다.

끝으로 문서를 읽을 텐데, 그 자체로 도전이다. 살면서 내가 접한 1차 자료는 대개 쉽게 얻을 수 없는 것들이었다. 요즘은 필기체로 길게 쓴 글을 낯설어하는 사람들이 많은 데다, 손 글씨라 알아보기 힘들 때도 있다. 그렇지만 그저 앉아서 보라. 무엇을 조합할 수 있는지 보고, 컴퓨터에 베끼는 작업을 시작해도 좋다. 여기서 기쁨이 진실로 생겨나는데 과거의 언어에 발을 들여놓았기 때문이다. **#모를 수도 있는 단어, 낯선 구문, 과장되고 감상에 치우친 감정. 이상하고 낯선 것들을 모두 즐겨 보라. 혀 위에서 언어가 자유롭게 굴러다니게 하라.**

1882년 4월 26일 수요일, 맑고 쾌적. 찰리는 오늘 감자와 채소를 팔 준비를 했다. 나는 오전 내내 부지런히 일했고 오후에 의사를 보러 갔다. 의사는 내 발에 질산을 조금 발라 주었다.

오늘 밤은 몹시 피곤하다. 찰리는 할 일을 모두 마쳤다.

우리는 지난 시간 속으로 물러났다. 문서가 21세기식으로 살아나기를 바라지 말자. 대신 그 문서의 역사와 문서가 제공하는 지혜를 받아들이라. 한 줄 한 줄, 한때는 그 문장마다 뛰는 심장이 있었다. 그때의 사람들은 종이를 기울여 글을 썼다. 등불의 심지가 짧아져 가고, 어둠의 평원 한가운데에 둥근 빛이 떴다. 손바닥을 백지에 얹고 지척의 나무에서 들려오는 올빼미 소리에 펜 스치는 소리를 맞춰 글을 썼다. 글자들, 둥근 글씨체, 종이를 가로지르는 움직임들을 모두 합쳐서 지금 우리가 들고 있는 존재를 새겼다. 그 글을 쓴 작가와 함께 앉는 일은 영광이다. 그 사람들이 시간을 내 글을 쓴 것에, 그 글이 남아 있다는 사실에, 우리가 이제 이 기록(record, 라틴어로 cordis는 마음이라는 뜻)에 우리의 맥박, 체온, 손길을 더했다는 사실에 감사하라.

지금 눈앞에 있는 것을 진실하게 보고, 눈을 감은 뒤 눈꺼풀 너머로 그 문장들을 마음에 그릴 수 있게 되면 노트를 펼치고 글쓰기를 시작해 보라. 그 문서를 손으로 잡은 경험을 써도 좋고 그 안에 표현된 내용에 관해 쓸 수도 있다. 나중에 탐구하고 싶은 질문을 만들 수도 있다. 노트에, 갈등 상황에 또는 이야기 전체에 등장인물이 들어올 수도 있다. 어쩌면 글쓴이에게 답장하고 싶은 마음이 들지도 모른다. 대개 답보다 질문이 더 많을 것이다. 편지 한 통이나 일기 하나로 한 권짜리 기획을 할 수도 있다(내가 애니 레이 할머니를 만나서 생긴 일을 보라). 누구에게나 가능한 일이다. 아니면 이 글쓰기 연습에서 가장 중요한 것은 우리가 과거를 손으로 쥔 순간, 과거가 형태와 무게 그리고 질감을 갖게 된 그 순간일지도 모른다. 왜냐면 그 순간이야말로 글쓰기가 우리를 하나로 꿰매고, 묶어 주고, 과거 사람들과 이어 주는 방식을 진정으로 이해하는 때일 수도 있으니까. 그리고 그것을 깨닫고 나면, 오늘 우리가 종이에 쓴 글이 우리보다 오래 살아남을 뿐만 아니라 다른 사람의 현재를 형성할 수도 있다는 사실을 알아 온전히 겸손해질 수 있을 것이다.

기억이라는 보물
기억과 함께 머물기

우리가 노트에 쓰는 글은 위험도가 낮은 글이다. 그런데 우리는 자칫 위험도가 낮은 글은 가치도 낮다고 여기는 오류를 범하기 쉽다. 우리가 매일 쓰는 이 글이 영영 빛을 못 볼 수도 있으므로 가치가 없다고 생각하는 것이다. 그것은 전혀 사실이 아니다. 다만 머릿속으로라도 여기로, 자신이 그린 동네 지도와 스스로 선택한 지울 수 없는 다섯 가지 순간으로 돌아가 보라. 마지막으로 탐험하기로 선택한 잊지 못할 순간을 떠올려도 좋다. 그 소소한 순간이 앞으로 나서서 주제가 되기까지 벌어진 일들을 하나하나 생각해 보라. 그때가 20대 초반이라면 지구에 10,000일 정도 존재한 시기다. 그리고 하루하루는 각각 1,440분이다. 지금까지 얼마나 많은 경험을 했는지 생각해 보라. 수백만 가지 경험. 수백만의 순간. 우리의 뇌는 경험한 것을 다 담을 수 없다. 그랬다가는 폭발할 것이다. 대신 뇌는 어떤 경험을 저장할지, 얼마나 오래 저장할지, 그리고 서술되지 않은 방대한 연대기에 어떤 경험을 풀어놓을지 늘 결정한다.

뇌의 사고하는 부분은 우리가 마음이라고 부르는 것을 통과한 순간들만 저장하기로 결정한다. 앞장에서 보았듯이 '기록'이라는 단어는 '마음'에 새긴다는 뜻의 라틴어 코르디스(cordis)에서 유래했다. 우리가 기억으로 간직하는 것은 머리가 아니라 마음이 결정한 가치에 따른 것이다. 우리가 저녁에 식탁에 앉아 하루를 돌아볼 때, 아니면 일기를 쓸 때, 또는 잠자리에 들 때 문득 떠오르는 순간이 있다. 그런 순간은 대개 감정과 관련이 있다. 감정이 고조될수록 뇌가 기억을 저장할 가능성이 커진다. 모든 경험은 우리 뇌의 '파충류' 부분을 감싼 변연계를 통과하며 생각이 되기 전에 감정으로 신체에서 느껴진다. 이 사실이 정말로 중요하다. 우리의 경험은 모두 변연계에서 이미 처리된 것들이다. 변연계는 신체가 두려워할 이유가 있다고 결정하면 교감신경계를 활성화하여 싸우거나 도망치거나 얼어붙을 태세를 갖추게 한다. 몸은 이런 식으로 작동해야 한다. 생각은 순식간에 일어나지만, 그 찰나의 순간에도 우리는 곰의 앞발이나 총에 맞아 죽을 수 있다.

기본적으로 경험은 생각이기 전에 감정이다. 감정이 강렬해지면 뇌는 직전에 일어난 그 일을 저장해야 한다고 결정한다. 외상성 경험이라면 신체는 그것을 변연계의 일부인 편도체어 저장하고 생각하는 마음은 그 경험에 언어적으로 접근할 수 없게 된다(그런 경험이 외상 후 스트레스 장애(PTSD)를 유발하는데, 이 책의 뒷부분에서 외상과 신체에 대해 살펴볼 것이다). 그러나 대다수 경험은 깊은 감정적 공명과 함께 변연계를 통과한 뒤 우리 뇌의 생각하는 부분에 도달하여 기억으로 자리 잡는다. 그 기억은 우리가 자주 떠올리면 떠올릴수록 뇌의 더 깊은 곳으로 파고든다(그런데 흥미로운 것은, 최근 연구에 따르면 우리는 기억을 떠올릴 때마다 내용을 변경하기도 해서 그 기억이 깊숙이 자리 잡는 것만큼이나 '진실'에서 멀어진다는 점이다).

여기서 나는 우리가 수백만 가지의 경험 중에서 다섯 순간을 골라내고, 그걸 다시 하나로 좁혀 글을 쓰기 시작하려면 무슨 일이 일어나야 하는지 생각해 보기를 바란다. 살면서 겪은 수백만 가지 경험에 어린 시절의 동네 경험 수십만 가지가 들어 있는데, 우리 뇌는 그중 수천 개를 저장해 두었다. 요청에 따라 우리는 그 수천 가지 중에서 다섯 개를 골랐다. 그리고 그 다섯 가지 중에서 하나를 선택했다. 수백만 중 하나. 이 하나의 순간을 고른 것에는 어떤 의미가 깃들어 있다. 그 기억이 가진 의미다. 그 기억에는 차원과 복잡한 특징들, 깊이, 그리고 작가마다 자신의 작업에서 추구하는 기분 좋은 특성들이 들어 있다. 당연하다. 긴 설명이 필요 없다. 이것은 우리가 이 특별한 날에 불러낸 순간이다. 중요하지 않거나 공허하다며 무시할 수 있는 기억일 리가 없다. 표면상으로는 얕거나 흥미롭지 않아 보일 수 있지만, 생물학적으로 말하면 분명한 의미가 있다. 몸은 우리에게 주의를 기울이라고 말한다. 뇌는 기억을 저장했고 우리는 그것을 의식이든 무의식이든 수시로 재생했기 때문에 몇 년이 지나도 먼저 마음에 떠오른 것이다.

믿어라. 자신이 받은 보물을 믿어라. 우리 무릎 위에 내려앉은 보물. 바로 오늘. 바로 거기. 과거의 색깔을 띠고 전율하는 보물. **#작가로서 우리의 임무는 기억이 중요한 이유를 알아낼 때까지 그 기억과 함께 머무는 것이다.** 개인사 차원의 중요성이 아니라(물론 그 지점에서 시작할 수도 있겠지만) 우리의 예술에서 차지하는 중요성이다. 기억은 은유로 바뀌기를 기다리는 순간이다. 우리에게 남아 있는 사건은 단순한 중립적 과거사가 아니다. 그것은 물리적 신체에 도달한 순간의 감정 상태에 힘입어 증폭된 사건이다. 따라서 더 깊은 메시지를 가지고 있다. 작가로서 우리의 임무는 그 메시지를 해독하는 것이다.

#한 가지 예를 들어 보겠다. 2학년 때 나는 학교에 가지 않았다. 어머니는 아침마다 나를 페어힐 초등학교에 내려 주었고, 나는 점심시간 전에 보건실에 가서 집에 가도 되느냐고 물었다. 처음 며칠 동안 보건 선생님들은 어머니에게 전화해서 내 괴로움을 달래 주었다. 나는 '착한 여자애'였기 때문에 선생님들은 내가 사실대로 얘기한다고 생각했다. 물어보면 나는 머리나 배가

아프다고 호소했다. 나는 선생님을 따라 보건실로 가서 누웠다. 그러면 어머니가 걱정 가득한 얼굴로 데리러 왔다. 나중에는 버지니아의 겨울과는 달리 포근한 침대에 누워 어머니가 부엌에서 저녁을 만들거나, 갓 걸음마를 시작한 남동생과 블록을 갖고 노는 소리를 들었다. 나무가 쓰러지는 소리, 수도꼭지에서 물 쏟아지는 소리, 끓는 냄비에서 새어 나온 김이 계단을 타고 올라오는 소리도. 집에서 보낸 그런 오후들은 내 인생에서 가장 달콤한 시간 중 하나였다. 나는 온기와 리듬이 모두 레몬 빛깔로 물든, 다른 세계로 가는 문턱을 넘었다. 학교에서 숫자를 곱하거나 맞춤법을 배울 때 매일 존재했던 세계였다.

그렇지만 일주일도 지나지 않아서 모든 게 바뀌었다. 의사는 여덟 살 난 내 몸에서 아무 문제도 찾아내지 못했다. 착한 여자애는 이를 데 없이 건강했다. 그 순간부터 어머니는 나를 데리러 오지 않았다. 나는 온종일 어두컴컴한 보건실에 머물렀다. 내 상태를 확인하고 체온을 재고 물을 주는 사람이 아무도 없었다. 얼마 지나지 않아 고요한 은신처가 되어 주던 보건실마저도 나를 밀어냈다. 다시 교실로 돌아가 괜찮은 아이로 지내야 했다.

나는 질문을 멈추는 법을 배웠다.

일주일 남짓 이어진 이 경험을 돌이켜보니, 그저 어렸고, 괴짜였으며, 완벽한 출석 기록에 살짝 금이 간 정도의 일이라고 간단히 분류할 수 있었다. 결국, 얼핏 보면 이미 읽힌 기억처럼 보인다. 한 소녀가 학교에 가지 않으려고 병을 핑계로 삼는 이야기로. 그런 이야기를 우리는 익히 알고 있다. 하지만 작가로서 나는 피상적이거나 하찮기만 한 기억은 없다고 믿는다. 그리고 그 과거가 이미 읽혔다고 확신하지 않는다. 그래서 나는 그 기억과 함께 머문다. 나는 그때 내 삶에서 달리 무슨 일이 있었는지 생각한다. 나는 우리가 그때 막 버지니아로 이사했다는 것을, 따뜻한 날씨와 다채로운 색깔을 지닌 하와이에서 잿빛 하늘 아래 페어팩스 카운티로 떠나갔다는 것을 기억한다. 군인의 자녀로서 나는 어린 나이에도 해군이 보내는 곳으로 가는 게 내 의무라는 것을 알고 있었다. 견뎌야 한다고 배운 슬픔에 내가 붙일 수 있는 이름은 병밖에 없었는지도 모른다. 날 때부터 징집된 군인의 아이들은 군복을 안 입어도 군인 그 자체다. 이 기억 속에서 나는 내가 보건 선생님을 비롯한 선생님들과 어머니의 보살핌을 얼마나 갈망했는지, 얼마나 집에 있고 싶었는지 본다.

#그 기억에 따라붙는 감정은 어머니와 함께 있고 싶은 절실한 욕구다. 그 감정을 더 오래 들여다보면, 그 무렵 부모님이 우리를 조부모님에게 맡기고 2주 동안 휴가를 떠난 일이 생각난다. 그해 할아버지는 이모와 내 또래의 사촌들을 성폭행했다. 이듬해 여름, 할아버지는 내가 기억할 수 있는 방식으로 나를 폭행했다. 그 몇 주에 걸쳐 할아버지가 내게 무슨 짓을 했는지, 또는 하지 않았는지 말할 수 없다. 하지만 그때 그 여자아이는 어머니와

의 연결 고리를, 그리고 벽돌집 안에서 안전하기를 바랐다는 사실은 말할 수 있다. 뼛속 깊이 필사적으로 바랐다는 사실을. 그 아이는 집에 가기 위해 거짓말 아니라 어떤 일도 할 거였다. 기억이 의미를 담아 맥박 치기 시작한다. 몸을 배신하는 방법을 모두 발견하는 아이. 이제 나는 과거로 들어가는 글을 쓸 수도 있고 내 이해를 사용하여 화자와 등장인물을 복잡하게 만들 수도 있다.

소설가든 시인이든 아니면 논픽션 작가든, 과거의 일을 쓸 때 발생하는 것에는 피상적인 것 이상의 의미가 있다고 믿는 게 우리의 일이다. 기억은 절대로 중립적이지 않다는 것을 명심하라. 기억은 감정으로 충전된다. 우리가 과거의 순간들을 저장하는 이유는 우리의 마음과 정신이 그것들을 디딤돌이나 표지판으로 만들었기 때문이다. 경험을 자료로 기억하려는 방식이 아니라, 오늘날의 우리로 변화한 모습을 기록으로 표시하기 위한 것이다. 몸이 주는 것을 믿어라. 매 순간 믿어라. 그리고 기억을 은유로 바꾸면서 발견한 것을 사용하여 등장인물, 화자, 자기만의 현명한 마음을 더 풍성하게 만들어라.

아기를 탓하는 사람은 없다
있는 그대로 나답게 글쓰기

로빈 월 키머러는 《향모를 땋으며》에서 "땅은 우리의 참 스승이다. 학생으로서 우리가 갖춰야 할 것은 마음 챙김뿐이다"라고 썼다. 우리 발밑의 땅을 우리의 스승으로 바꿔 놓은 것이다. 서양에서는 수 세기에 걸쳐 자원 착취가 이루어졌는데, 부분적으로는 인간이 정원을 지배한다는 유대-기독교 신앙에서 비롯되었고, 그 결과 오늘날 지구가 불타고 있다. 키머러는 이 파괴의 근원을 언어 자체에서 찾는데 서양 언어 문법상 자연계가 명사 범주에 속한다는 사실을 예로 든다. 곧 행동을 받는 대상이라는 것. 그런데 원주민 언어에서는 흔히 인간 이외의 것을 적극적이며 강력한 동사로 본다고. 키머러는 이렇게 썼다.

'만'은 물이 죽었을 때만 명사다. 만이 명사라는 것은 인간의 정의이며, 양쪽 해안 사이에 갇히고 단어에 억눌린 상태다. 그렇지만 동사 '위크웨가마아(wiikwegamaa, 만이 되기)'는 물을 속박에서 풀어 주고 살아나게 한다. '만이 되기'는 이 순간, 살아 있는 물이 해안 사이에 숨어들어 삼나무 뿌리며 비오리 새끼들과 이야기를 나누기로 한 경이로운 결심을 담고 있다. 만이 아니어도 물은 개울이나 바다, 폭포처럼 다른 것이 될 수 있으므로 그에 따르는 동사도 있다. 언덕이 되기, 모래사장이 되기, 토요일이 되기, 만물이 살아 있는 세상에서는 다 가능한 동사다. 언어는 물, 땅, 그리고 하루라는 날까지 세상의 유정성, 곧 생명력을 보는, 소나무와 동고비 그리고 버섯 할 것 없이 만물에 고동치는 삶을 보는 거울이다.

키머러는 '유정성의 문법'을 통해 우리가 주변의 자연계를 묘사하는 방식을 재구성하면 자연계를 파괴하려는 의지가 줄어들 것이라고 말한다. 우리가 자연계와 분리되어 그 위에 존재하는 게 아니라 서로 연결되어 있다는 걸 알게 될 것이기 때문이다.

자연계의 경이이자 그것이 가르쳐 주는 위대한 교훈 중 하나는, 우리가 아는 한 나무는 토끼가 되기를 바란 적이 없고, 토끼도 나무가 되기를 바란 적이 없다는 것이다. 나무는 제 모든 영향력을, 모든 에너지를, 모든 존재를 '나무다움'에 바친다. 우리가 주목해야 할 것은, 인간은 허구한 날 자신이 아닌 다른 것, 더

젊고, 더 날씬하고, 더 똑똑하고, 더 행복한 존재가 되기를 바라며 보낸다는 것이다. 우리의 고통은 대개 우리가 그냥 있는 그대로의 '제니퍼'가 될 수 없는 데서 비롯된다. 우리의 온 존재를 '제니퍼다움'에 투자할 수 없는 데서 고통이 온다. 릴케는 스스로 존중하며 다른 존재가 되기를 갈망하지 않는 자연의 확고한 능력을 두고 이렇게 썼다. "자연의 모든 것은 어떻게든 스스로 성장하고 스스로 방어하며 어떤 대가를 치르더라도 제 모습을 지키려 하고 모든 대립에 맞서려 노력한다."

인간이 온전히 있는 그대로의 인간이 되고, 다른 존재가 되고픈 욕구가 전혀 없는 유일한 시기는 아기 때다. 아기가 갓 입힌 옷에 토하고 기저귀 바깥에 똥을 누고, 안아 줄 때까지 울어 대도 탓하는 사람은 아무도 없다. 아기가 밤에 잠을 못 잘 때 외에는 불평하지 않는다. 그럴 때조차도 우리는 그게 아기 잘못이 아니라는 걸 안다. 우리는 아기가 심판이나 처벌 없이 자라도록 해 주는데, 그건 마치 앞마당에 있는 나무가 자라거나 정원에서 데이지꽃이 피도록 내버려두는 것과 비슷하다. 보통 언어가 등장하면서 우리는 그 조그만 인간이 더는 자유롭게 존재하지 않고 어떻게든 제 꽃을 피워 내려 한다고 가정하기 시작한다.

이것은 비극이다. 우리는 과거의 인간이 아니라 현재의 인간이다. 우리는 언제나 변해 가는 과정에 있다. 우리의 심장박동은 우리를 계속 앞으로 이끌고, 우리의 세포는 재생되며, 무한한 가능성을 지닌 새날이 밝아 오지만, 실패와 한계를 탓하며 스스로 꾸짖기 일쑤다. 우리는 이미 도착했거나 새로운 탑승구 앞에 서기를 바란다. 토끼가 되기를 갈망한다.

작가로서 우리의 삶에서 이보다 더 진실한 곳은 없다. 내가 아는 작가들은 모두 의심과 열등감에 시달린다. '성공한' 작가도 예외가 아니다. 그래서 특히 이 지점에서, **#아이디어 창출에 집중할 때, 우리가 우리를 아기처럼 대하기를 바란다. 초보자라는 의미가 아니라, 비난하지 않는다는 의미에서 말이다.** 틀린 글쓰기 방식은 없고, 틀린 나무가 되는 방법도 없다. 우리의 글은 우리의 글이고, 나무는 나무다. 그리고 나무처럼, 우리는 작가라는 임의적 기준이 아니라 글쓰기 과정에 투자하기를 바란다. 그렇게 할 때, 우리는 실패할 수 없다. 구름은 뭉치고 흩어지는 일에 실패하는 법이 절대로 없다.

남편과 함께 로건 캐니언에서 암벽등반을 하던 어느 날, 나는 절벽에서 미끄러졌다. 안전하다는 걸 알고 있어도 떨어지면 충격을 받는다. 나는 선두를 따라 오르는 중이어서 흔들리는 범위가 넓지 않았지만, 바위 모서리나 바위 선반에 부딪쳐 다칠까 봐 걱정되었다. 나는 로프를 타고 오른쪽으로 가서 착지하며 균형을 잡았는데, 좀 전의 추락 때문에 심장이 쿵쾅거렸다. 마이클에게 "잡아"라고 소리치고는 잠시 동작을 멈추고 숨을 골랐다. 거기, 바로 앞쪽, 등반 루트에서 몇 걸음 떨어진 바위에 팬 조그만

구멍에는 어여쁜 보라색 애스터 꽃 세 송이가 포근히 감싸여 있었다. 웬만하면 눈에 안 띄었을 곳에서 가족처럼 오붓하게 자라난 꽃, 그 꽃의 노란색 중심이 아침 햇살과 잘 어울렸다. 그때 그 자리에서 떨어지지 않았다면, 딱 그렇게 흔들리지 않았다면 아무도 보지 못했을 꽃이라고 나는 생각했다. 로건 캐니언에서 6킬로미터, 땅 위로 15미터 남짓 떨어진 지점, 저희만의 바위 구덩이에서 그저 자라난 꽃이었다. 누구에게도, 아무것도 요구하지 않는 꽃이었다. 그 꽃들은 눈에 뜨이고 싶은 소망이 없었다. 다른 세상에서 무슨 일이 일어나든 상관없이 자라고, 피고, 튼튼해지는 데 만족했다. 나는 그 꽃들을 간직하고 있다. 내 마음속에서 살아간다는 게 무슨 의미인지 일깨워 주는 그 꽃들을.

혹, 창문 근처에 있다면 밖을 보라. 아니면 이다음에 바깥을 거닐 때 주위를 둘러보라. 나무, 구름, 새, 꽃을 찾을 수 있는지 살펴보라. 그 두드러진 존재감과 고유의 안정감, '자연스럽게 스스로' 존재하는 방식을 주의 깊게 알아차려 보라. 어쩌면 나무나 바위, 새를 구루로 삼게 될지도 모른다. 자신에게 실패, 결핍, 무능을 얘기하고 싶을 때면 거기로 돌아가라. 바위처럼 새처럼 하늘처럼 되어 영원한 존재로서의 자신을 자신에게 선물하라. 아무도 그 존재를 빼앗지 못하게 하라. 자기만의 토양과 햇볕 쬐는 방식을 밀고 나아가라.

마르지 않는 독서의 우물
날마다 책 읽기

우리 대학을 방문한 작가들은 학생들에게 좋은 작가가 되기 위해서 할 수 있는 일 중에서 가장 중요한 것은 읽기라고 입을 모아 말한다. 그렇다고 뉴스 피드를 읽으라는 뜻은 아니다. 문학작품을 깊이 있게 읽으라는 의미다. 그런데 나는 그런 조언을 들으면 학생들이 어떨지 궁금할 때가 많다. 겁을 내는지, 뭘 어떻게 읽을지 몰라서 혹은 자칫 잘못 읽을까 봐 걱정하지는 않는지 말이다. 토론 수업 중 학생들이 강의실에서 고전문학 작가들을 내팽개치거나, 방학 때 무슨 책을 읽었느냐는 물음 앞에서 짓는 표정에 그런 두려움이 드러나는 것을 본다.

사실, 내가 아는 작가들은 대개 강박적인 독서가들이다. 아침마다 같은 시리얼 상자 뒷면을 읽고 첫 부분 재료 네 가지를 나열할 수 있는 사람들이다. 시내버스 좌석 위에 붙은 포스터란 포스터는 다 훑어보는 사람들이다. 운전면허국에 줄을 설 때면 장기 기증자 팸플릿을 일곱 번씩이나 들여다본다. 작가 앤 패디먼은《서재 결혼시키기》에서 "책을 갖고 싶은데 여의치 않으면 워터픽 회사의 설명서 세트로 만족하겠다"라고 털어놓았다. 시각 예술가에게 물감이, 조각가에게 나무가 그렇듯, 언어는 작가를 위한 매체다. 우리는 단어가 나타날 수 있는 모든 방식에 관심을 둔다. 단어가 세상에서 하는 일, 같은 단어로 치약을 팔기도 하고 우리를 울리기도 하는 방식에 모두 관심이 있다.

하지만 작가가 읽듯 의도적으로 읽으라고 하면 우리는 긴장할 수 있다. 갑자기, 평생 저도 모르게 해 온 일(엘리베이터에 붙은 표지, 전신주에 붙은 전단지 읽기)이 독서로 간주되지 않고, 진지한 읽기는 너무 무서워서 교사들에게 맡기는 게 최선이라고 생각한다. 문제는 이런 것이다.《피네간의 경야》를 한 번도 안 읽은 작가가 될 수 있고,《새벽으로 만든 집》이 형식을 어떻게 깨는지 설명할 수 없는 작가가 될 수 있으며, 워즈워스와 휘트먼을 혼동하는 작가가 될 수 있다는 것.

#중요한 것은 무엇을 읽느냐보다 어떻게 읽느냐이다.

요가에는 스바디야야(svādhyāya)라는 수행법이 있다. 대략 번역하면 어떤 대상, 특히 자기 자신에게 가까이 다가가는 것을 의미한다. 역사적으로 스바디야야 수행은 읽기, 특히 요가 경전 읽기로 이루어진다. 작가로서 우리는 요가 수행자들이 수 세기 동안 읽어 온 방식을 살피는 것으로 독서 방법을 많이 배울 수 있다.

첫째, 전통적인 읽기 텍스트는 《우파니샤드》나 《바가바드 기타》 같은 신성한 글인데, 스바디야야의 이해에는 책이 신성해야 한다는 내용이 없다. 신성은 우리가 지속적인 주의를 기울이면 생기는 것이다. 스리 스와미 사치다난다는 스바디야야를 수행할 때 "마음을 고양하고 진정한 자아를 상기시켜 주는 것은 무엇이든 공부해야 한다"라고 썼다. 마음을 고양하라. 진정한 자아를 상기하라. 사치다난다는 이어서, 읽고 싶은 책은 다시 읽어도 고갈되지 않는 책이라고 말한다. 사치다난다는 그런 책들의 제목은 밝히지 않는다. 왜냐면 그런 책은 사람마다 다 다를 것이라는 걸 알기 때문이다. 몇 번이고 다시 돌아오라고 요청하는 시, 에세이, 소설, 또는 이야기가 무엇인지 잠깐 생각하라. 좋아해서든, 이해가 안 되는데 배울 게 있다고 느껴서 그렇든 상관없다. 우리 인생에서 마르지 않는 독서의 우물은 무엇일까?

둘째, 사치다난다는 '마음으로 공부'함으로써 이러한 책에 접근하는 방법을 알려 준다. 우리는 사치다난다가 지칭하는 '걸어 다니는 도서관'이 되려고 책을 읽는 게 아니다. '논리, 인용, 혹은 싸움'을 바라고 독서를 채굴하는 사람이 되려는 것도 아니다. 우리는 무기로 쓰거나 위협하거나 정복하기 위해서가 아니라 우리 자신에게 돌아가는 방식으로 삼으려고 책을 읽고 싶어 한다. 우리 삶의 다른 영역에서는 논쟁을 위해 읽어야 할 때도 있지만,

글 쓰는 나날을 시작할 때는 좀 더 오르기 위해 읽는 것이다. 사치다난다는 스바디야야를 엠파이어스테이트빌딩 방문에 비유한다. 1층은 시야에 제한을 받는다. 오르면 오를수록 시야가 넓어진다. 우리 앞에 있는 원고지도 마찬가지다. 영감을 받거나 도전하거나 감동하며 보낸 순간마다 우리는 더 높이 올라가 더 많은 것을 보기 시작한다. 맨 위에 오르면 우리의 시야에 한계가 없어진다. 우리의 근본 인간성, 서로의 연결 고리, 일체성을 본다. 스바디야야는 그런 식으로, 아헹가가 《요가디피카》에 쓴 것처럼 "여타의 모든 주제나 행동의 기초 또는 뿌리인 한 주제에 관한 연구, 다른 주제의 기반이 되지만 그 자체는 어떤 것에도 기반을 두지 않는 연구"가 된다.

스와미 사치다난다가 상기시키는 바에 따르면, 스바디야야의 마지막 요점은 "읽은 것 실천하기"다. 우리의 연구는 우리의 원고지로 이어진다. 그래서 나는 매일 읽기, 요가 수행자처럼 읽기를 수행에 추가하라고 제안하는 것이다. 쉼 없이, 마음으로 읽고 늘 오르기 위해 읽어라.

내가 가장 좋아하는 마녀 중 하나인 작가 팸 그로스먼은 단어의 철자와 마녀가 건 주문 사이의 관계를 항상 빠르게 지적한다. 둘 다 역겨운 것을 미묘한 것으로 바꿔 준다는 것. 심장이라는 글자는 그저 글자에 불과하지만, 슬픔이 문지방 너머에 도착하면 가슴이 찢어지는 느낌이 ㅅ이라는 글자의 테두리를 훌쩍 넘어서서 부풀어 오른다. 그로스만은 또한 문법과 마법서(마녀의 주문 책) 사이의 어원상 연관성을 본다. 마법서는 언어 구조 전체를 일련의 주문으로 바꾼다는 것이다. 작가이자 예술가로서 우리는 언어의 연금술적 속성을 받아들이고 싶어 한다. 우리는 독서와 다른 사람들의 주문에 힘입어 변화되기를 바라고, 그런 다음에는 우리 자신의 주문을 읊기를 희망한다.

스바디아야를 수행할 때는 고려할 지침이 몇 가지 있다.

- 일상적으로 읽는 책이 자기가 쓰는 장르와 다른 장르라면 도움이 된다. 산문작가는 시를, 시인은 단편소설을 읽어도 좋겠다.
- 일상 독서용 책으로 짧고 간결한 것을 고르면 도움이 된다. 시를 읽는 게 좋은데, 예술가들끼리 주고받은 편지나 일기도 괜찮다. 글을 쓰기 전에 몇 분만 읽으면 된다. 이전 내용을 기억하느라 시간을 허비하지 않도록 단독 발행물을 선택하는 게 좋다. 로스 게이의 《기쁨의 책》 같은 종류도 괜찮다.
- 장소에 따른 독서가 있다. 우리는 몸이 머무는 장소에 따라 다르게 읽는다. 예를 들어, 나는 침대 옆 탁자에 서사 구조가 강렬하고 배경이 흥미로워서 재미있게 읽히는 소설책을 둔다. 그것이 잠자리에 들기 전에 내가 하는 독서다. 목적은 즐거움.

- 명상 전에 나는 주로 하피즈나 루미, 카비르 같은 시인들의 시를 읽는 편이다. 그런 시를 읽는 목적은 내가 만물과 연결되어 있다는 것을 스스로 상기하기 위한 것이다. 내 책상에서는 형식을 실험하거나 트라우마에 관해 쓰거나 언어를 재창조하는 논픽션 작가들의 작품을 읽는다. 밑줄을 긋고, 주석을 달고, 연구한다. 내 독서는 꽤 활동적이다. 어디서 읽는지, 왜 읽는지 이해하고, 글을 쓰기 전에 날마다 하는 독서가 나를 고양하는 일이라는 것을 기억하면 도움이 된다.

- 마지막으로 도전적이기는 하지만 일상 독서를 대화로 여기면 도움이 된다. 다른 사람과 나누는 대화로, 상대는 죽은 사람일 수도, 살아 있는 사람일 수도 있다. 성공적인 대화는 한 번에 한 사람만 말을 하고 상대는 그저 조용히 앉아 있는 게 아니라 적극적으로 경청하는 것이다. 상대가 무슨 얘기를 하는지 제대로 들으려고 노력해야 한다. 나는 길 위의 동반자를 대하듯 책을 읽기를 바라며, 잘못을 찾아내거나 비판하지 말라고 권하고 싶다. 겸손하게 진심으로 경청한 다음, 준비가 되면 목소리를 더하라.

작가의 눈
본다는 것

2015년, 프란치스코 교황이 미국을 방문했다. 나는 자신을 보려고 모인 군중 사이로 움직이는 교황의 모습을 인터넷 뉴스로 보았다. 남녀노소 할 것 없이 길가에 친 장벽에 기댄 채 교황이 지나갈 때 잠깐이라도 볼 수 있기를 희망했다. 군중은 대다수가 손에 휴대전화기를 들고 있었다. 교황을 바라보고, 눈을 마주치고, 교황의 웃음을 보는 게 아니라 다들 휴대전화에 집중하여 셀카를 찍으려 했다. "나와 교황."

　나는 그날 교황이 어떤 경험을 했을지 상상해 본다. 군중 속으로 들어서자 사람들이 문자 그대로 등을 돌리는 모습을 보았을 터. 해골 무리의 목자처럼. 그날 거리에 줄지어 선 사람들은 친구며 낯선 사람들에게 2015년, 프란치스코 교황을 봤다고 말했을 것이다. 그런데 정말로 보았을까? 자기 존재를 기록하는 데

급급한 이들은 모두 스스로 눈먼 사람이 되었다.

요가, 그리고 넓은 의미의 힌두교에는 다르샨(darshan)이라는 개념이 있다. 일종의 상호 또는 호혜적 바라보기라고 할 수 있다. 순례자가 성자를 보면, 그저 목격했다는 이유만으로 구루나 성자가 주는 축복, 곧 다르샨을 경험하게 된다. 그러므로 보는 행위는 외부 세계에 대한 지각이나 평가에 관한 것이 아니라, 그 세계에 의해 보여짐으로써 생기는 선물을 받아들이기 위해 자신을 여는 일이다. **#작가로서 우리는 상호적 바라보기에 참여하기를 바란다.**

본다는 것의 의미에 관한 우리의 전통적인 이해는 매우 일방적이다. 곧, 눈으로 세상을 붙잡은 뒤 그것을 소유하는 것을 본다고 한다. "저는 그랜드 캐니언을 봤어요"라고 우리는 말한다. 그 의미는 우리가 어느 절벽 끝에 서서 눈에 다 담기 힘들 정도로 드넓은 광경을 5분 동안 응시했다는 것이다. 그런데 엄청나게 거대하고 다양한 풍경 앞에서는 심장이 정말로 더 빨리 뛰기 시작한다. 그런 다음 다시 차에 올라타서 사람들에게 말하는 것이다. "제가 봤어요." 이런 방식으로 세상을 보면, 열매를 따 먹듯 순간을 포착하는 채집꾼처럼 세상을 살아가면, 때마다 우리가 받는 것이 무엇인지 궁금해하지 않고, 가능성, 가변성, 그리고 사랑에 마음을 열지 않으면, 우리는 두 가지 측면에서 눈이 멀게 된다. 첫째, 실제로 으리 눈앞에 있는 것을 보지 못하고 둘째, 우리가 실제로 보지 못한 그것을 진실이라고, 실제라고, 변하지 않는 것이라고, 아는 것이라고 주장하게 된다.

대신 작가로서 우리는 변화를 꿈꾸며 거리를 걷는 사람의 눈으로 세상을 바라보기를 원한다. 눈을 뜨기만 하면 신성하고 거룩한 것들이 우리를 에워싸고 있다는 것을 아는 사람 말이다. 받아들이기 위해 보는 사람이 되기를 바란다. 영감을 받아들이고, 우여곡절을 받아들이고, 아름다움을 받아들이고, 그리고 가장 중요하게는 진실을, 어쩌면 지저분하고 변덕스럽고 전격적이고 가슴 벅차기도 한 진실을 받아들이는 사람. 상호적 바라보기는 보는 것에 따라 우리가 변화한다는 의미다. 우리는 밖을 보지 않는다. 대신 보이는 것이 안으로 들어온다.

오늘 문을 나서서 만나는 사람이 다 성자라고 믿는다는 것은 무슨 의미일까? 선물을 받는 마음으로 가만히 멈추기만 하면 누구나 다 줄 것이 있다는 믿음은 무슨 의미일까? 날마다 활발히 글을 쓸 때 우리는 온 세상을 이야기나 시, 서사로 보기 시작한다. 만물이 우리의 글쓰기에 영향을 준다. 왜냐고? 온종일 선물을 받기 때문이다. 우리는 다만 보는 것이 무엇을 의미하는지에 대한 이해를 달리해야 한다. 보도블록 틈새에서 자라는 민들레가 우리에게 주는 것은 무엇일까? 산자락에 걸친 구름은 무엇을 요구하는가? 우체국에서 마주친 사람, 우리의 에세이, 소설, 시를 이해하도록 도와주는 눈앞의 저 사람은 무엇인가?

　온 세상이 우리에게 자신을 내어 주고 있지만 그렇다고 또 다른 소유물로 삼으라고 주는 것은 아니다. 고정된 것, 안정된 것, 이미 읽히고 확정된 것, 알려진 것들은 모두 작가의 길을 가로막는 장애물이다. 인간의 길을 가로막는 장애물이기도 하다. 세상을 보지 말고 세상이 자신을 보게 하라. 나무와 하늘 그리고 길가에 어지러이 흩날리는 잡초를 안으로 들여 보라. 모두 우리의 구루다. 순례자가 다르산을 경험한다는 것은 벼락을 맞는 것과 같다. 부드러운 자극 같은 것은 없다. 성자의 시선에 잡히면 찌릿한 충격이 발끝까지 미친다. 생명력 자체에 맞은 것으로 이것을 표현하는 단어가 샤크티파타(shaktipāta)이다.

　남편 마이클이랑 아이들, 에이단, 켈렌과 함께 인도에 갔을 때 콜카타에서 며칠을 보낸 적이 있었다. 갠지스강 유역에 있는 스리 라마크리슈나의 아쉬람을 방문하려고 그 도시를 찾은 터였다. 그런데 거기 머무는 동안 마이클과 나는 마을 한가운데에 있는 칼리가트 사원에도 가 보고 싶었다. 고대 이야기의 한 갈래에 따르면 파르바티 여신은 세상이 자신을 알아볼 준비가 되지 않았다고 여겨 자기 몸을 여러 조각으로 찢는다. 그 살덩어리들은 인도 아대륙 전역에 떨어진다. 손가락 하나, 눈 하나, 배꼽이 여기저기로. 그런 조각이 떨어진 장소마다 해당 신체 부위를 기리는 사원이 들어선 성지가 되었다. 여신의 오른쪽 엄지발가락은 콜카타에 떨어졌고, 우리는 그 사원을 찾아간 거였다.

인도는 더운데 벵골은 특히 더 더웠다. 우리가 도착한 날 겨드랑이며 등허리에 땀이 축축하게 뱄다. 사원은 반얀나무에 둘러싸인 채 잔디 무성한 도시 외곽의 경사지에 자리한 게 아니었다. 대신, 여신과 마찬가지로, 일상의 인간들이 살아가는 한복판에 서 있었다. 오토바이며 오토 릭샤가 사원 안팎으로 몰려들었다. 입구와 출구는 차이, 책, 조각상 따위를 파는 노점들로 붐볐다. 우리는 인파를 따라 들어가 사원의 신 칼리에게 다르샨을 받기를 기다리며 이리저리 소용돌이치는 거대한 군중 속에 몸을 밀어 넣었다.

마이클과 나는 줄이 앞으로 나아가는 동안 균형을 잡으려고 애를 썼다. 마침내 뜨거운 직사광선에서 벗어나 어두컴컴한 사원 내부로 들어섰다. 벽에 그림자가 드리웠지만 만져도 시원하지는 않았고 좁은 공간에 사람들이 너무 많이 몰려서 당황스럽고 무서웠다. 그렇지만 그런 소란 속에 갇히면 빠져나오기 힘들게 마련이다. 하늘에서 새들이 지저귀는 소리처럼 모두 한 무리로 합쳐졌다. 우리는 그저 인파의 물결에 실려서 더 깊은 어둠 속으로 성소 안으로 들어갔는데 소음이 벽을 타고 오르고 종소리가 나고 향내가 퍼지고 발치에는 꽃이 나뒹굴었다. 이따금 인파의 물결이 내 몸을 들어 올렸다. 그러고 나서, 나는 말 그대로 신체적인 것 너머의 어떤 믿음에 실려 갔다.

그때 우리는 꽃으로 뒤덮인 칼리 여신을 보았는데 여신의 혀는 피로 붉게 물들어 있었다. 소음과 압력이 극에 달하며 경계와 경계 감각이 모두 사라졌다. 나는 오로지 소리 안에, 육체 안에, 어둠 속에 있었다. 바깥도 없고 안도 없었다. 우리는 움직이면서도 움직이지 않았다. 내가 누구의 손을 잡고 있는지, 누구 뒤를 따라가는지, 내 발이 공중에 떠 있는지 바닥을 딛고 있는지 알 수 없었다. 칼리는 제단에서 빛났다. 한 번 힐끔 보고 나는 다시 사람의 바다에 휩쓸렸다. 그것이 다르샨 같았다. 아주 짧은 순간, 나는 세상을 이해했다.

우리가 보는 대상 때문에 우리가 늘 바뀌지는 않겠지만, 우리는 바뀔 수 있을 것처럼 세상과 소통하고 싶어 한다. 보는 행위를 두고 우리는 능동적으로 취하는 게 아니라 받는 것으로 상상하고 싶어 한다. 인도의 시인 카비르는 "거룩한 분이 그대 안에 살고 있는데, 그대는 왜 다른 눈을 뜨는가?"라고 썼다. 브는 것은 우주가 바치는 제물이다. 틈새에 핀 애스터 꽃에게 제가 아는 것을 속삭이게 하라.

우리가 뮤즈다
한 번에 한 단어씩 문장 쌓기

다음과 같은 이름으로 불리는 존재들이 있다. 클리오, 에우테르페, 탈리아, 멜포메네, 테르프시코레, 에라토, 폴림니아, 우라니아, 칼리오페. 마지막 칼리오페는 석판을 든 모습으로 묘사된 경우가 많고 첫 번째 클리오는 두루마리를 품고 있다. 우라니아는 손가락 끝으로 행성 전체를 빙빙 돌린다. 이들의 아버지는 제우스이고 어머니는 기억의 여신 므네모시네로 기억 그 자체다. 고대 그리스의 뮤즈들은 우리 현대어인 '음악(뮤직)'과 '박물관(뮤지엄)'의 이름이 되었고 동사 '골똘히 생각하다(to muse)', 명사 '즐거움(amusement)' 그리고 형용사 '즐거운(amusing)'에도 이름을 붙였다. 서양에서, 뮤즈는 예술과 고대 과학에 영감을 주었고 수천 년 동안 창작 과정에 관한 우리의 이해에 영향을 미쳤다. 숱한 시인, 화가, 도예가가 보이지 않는 영감, 뮤즈의 도움을 받아

성공을 거두었노라고 했다. 이름난 《일리아드》의 첫 번째 줄에서 호머는 다음과 같이 뮤즈를 불러낸다. "오 뮤즈여, 펠레우스의 아들 아킬레우스의 분노를 노래하소서. 아카이아인들에게 무수한 고통을 가져온 분노를." 호머만 그런 게 아니다.

많은 이에게 신의 영감이라는 개념은 한 인간이 〈9번 교향곡〉이나 〈계단을 내려오는 누드〉를 창조할 수 있는 까닭을 합리적으로 설명하는 유일한 방법이다. 그게 아니라면 듣지 못하는 사람이 어떻게 온 세상이 다 아는 음악을 작곡할 수 있을까? 어떻게 한 예술가가 인간의 형태를 추상화하여 역동적인 움직임을 만들어 낼 수 있을까? 저 너머에서 오는 것이어야 마땅한 일이다. '영감'이라는 단어를 생각해 보라. 문자 그대로 신이 숨을 불어넣고 살아 있게 해 주는 것이다. 우리 언어의 깊은 곳에는 예술이 신에게서 온다는 믿음(또는 희망?), 우리가 신에게 경의를 표하면 신이 우리에게 축복을 내릴 것이라는 믿음이 있다.

물론, 우리의 예술이 우리 자신의 경험 너머 어딘가에 있다는 희망은 작가들에게 해로운 입장이 되고, 그보다 더 흔하게는 글을 쓰지 않는 이유로 삼을 형편없는 변명이 되기도 한다. 우리는 펜을 종이에 대기 전에 뮤즈가 도착하기를 기다린다. 뮤즈가 나타나기만 한다면 기꺼이 문을 열어 줄 준비를 하고 있지만, 우리는 결국 진정한 기능의 원천인 노동으로 가는 길은 스스로 차단한다.

우리 중 대다수는 뮤즈를 실제로는 '믿지' 않는다고 말하고, 뮤즈의 발치 제단에 오렌지를 올리지도 않지만, 뮤즈가 거기 있는 것처럼 행동할 때가 많다. 아직 쓸 준비가 안 됐고, 쓸 내용이 없고, 영감을 못 받았으며 적절한 순간, 적절한 아이디어, 목성과 토성이 제대로 결합하는 바로 그 순간을 기다리노라고 자신에게 말하면서. 기다림은 뭐든 다가오고 있다는 것을 암시한다. 하지만 갈 곳이 없다는 걸 우리는 이미 알고 있다. 모든 것은 바로 여기에 있다. 기다림을 뮤즈라고 부르지는 않더라도 우리는 외부에서 근원을 찾는 사고방식으로 일할 때가 많다.

시작하기 전에 무엇이든 도착해야 한다는 기대 외에도, 뮤즈가 나타나기만 하면 우리가 창의성과 생산성의 제한 없는 통로가 된다는 뿌리 깊은 믿음을 갖고 있다. 잭 케루악 같은 이를 생각해 보라. 〈자발적인 산문의 본질〉에서 케루악은 "표현의 선택성"에 반대하고 "주제 제한 없는 사고의 바다로 이끄는 마음의 자유로운 흐름, 일탈(연계)"을 옹호했다. 케루악은 "말의 순수성"을 유지하는 방법으로 "수정 금지"를 처방했는데, 독자에게 "텔레파시 충격"을 전달하기 위해서라고 했다. 멋지지 않은가? 뮤즈를 기다리고, 자유분방하게 쓰고, 절대 수정하지 마라. 케루악이 "오르가즘의 법칙"이라고 부르는 그 기교에 사로잡히지 않을 사람이 어디 있을까? 꽤 풍요롭게 들린다.

단, 그것은 신화다. 문자 그대로, 신화. 어떻게 된 것인지 우리는 일상생활에 쓸 실용적인 지침이 아니라 설명할 수 없는 것을 묘사하기 위해 그리스인들이 만든 이야기가 신화라는 사실을 잊었다. 우리는 '영감'을 느끼지 못한 날이면 차라리 빨래를 한 무더기 하거나 양말 서랍을 다시 정리하기로 한다. 스티븐 킹은 《유혹하는 글쓰기》에서 이렇게 말한다.

뮤즈를 기다리지 말라. 내가 말했듯이, 뮤즈는 고지식해서 창의적 설렘에 쉽게 넘어가지 않는다. 여기서 얘기하는 것은 위자보드나 영적인 세계가 아니라 배관이나 장거리 트럭 운전 같은 또 다른 직업이다. 우리 일은 매일 오전 9시부터 정오까지 우리가 있는 곳을 뮤즈에게 알려 주는 것이다. 아니면 오전 7시부터 오후 3시까지. 뮤즈가 그걸 안다면 조만간 모습을 드러낼 것이라고 나는 확신한다.

작가는 벽돌공이나 배관공 아니면 농부와 다르지 않다. 그 사람들은 한 번에 한 단어씩 자신들만의 문장을 쌓는다. 그것이 유일한 작업 방식이다. 문장을 시작하지 않고는 끝에 이를 수 없다. 그리고 나를 대신해서 벽돌을 놓아 줄 사람은 아무도 없다. 마법은, 내가 확실히 믿는 마법은 책상에 앉아 일한 덕분에 일어난다. 그 작업이 신비를 낳고 아하, 하는 깨달음을 낳는다. 영감은 진흙 속에 있다. 아래에, 위가 아니라 아래에 있다.

라이언 펠튼에 따르면 스티븐 프레스필드는 오직 노동이 소설을 창조한다는 것을 스스로 상기하려고 날마다 부츠를 신고 글을 쓴다고 한다. 진창 속에서 글을 쓰는 것이다. 회고록 작가 크리스토퍼 곤잘레스는 매일 2,000단어를 자신에게 주고 그걸 다 쓰기 전까지는 잠들지 않는다. 중요한 것은, 곤잘레스는 하루가 너무 바쁜 나머지 매일 글 쓸 시간을 따로 정해서 떼어 놓을 여유가 없다는 점이다. 대신, 회의와 강의 그리고 무용 시간에 맞춰 딸들을 태우고 오가는 사이사이에 2,000단어를 밀어 넣는다. 곤잘레스는 작가들에게 실제 할당량에 얽매이지 말라고 경고한다. 사실 곤잘레스는 하루에 단어 305개를 써도 괜찮다고 격려한다. 언뜻 생각하기에는 "그 정도면 별로 많지 않아 보이고, 실제로도 그럴 것이다. 그런데 1년 동안 매일 하루 305단어를 빼먹지 않고 쓰면 단어 111,325개로 채운 원고를 얻게 된다." 숫자가 중요한 게 아니다. 집중이 중요하다. 나는 글쓰기가 일이 아니라고 하는 작가를 단 한 명도 못 봤다. 나를 비롯하여 많은 사람이 케루악과 같은 상태에 사로잡히는 순간을 설명할 수 있는데, 그건 일을 하는 도중에 발생하는 것이다. 일 밖에서 오는 게 아니라 일 안에서 온다.

#궁극적으로 뮤즈의 죽음이 우리를 자유롭게 한다. 우리는 이제 기다리지 않는다. 일할 뿐이다. 그리고 그 광란의 순간이 오면, 앞으로 나아갈 길이 더 명확해지고, 너무 긴급하고 확실해서

아무리 빨리 써도 모자랄 그 순간이 오면 우리는 깨닫는다. 그런 은혜의 순간과 더불어 그전에 찾아온 숱한 침체기도 우리의 책임이라는 것을. 우리가 뮤즈다. 우리의 어머니가 기억이고 행성은 우리의 손끝에서 돌아간다.

안타라 쿰바카

āntara kumbhaka

들숨의 정점은
호흡을 소유하지 않으면서도
충만함으로 가득 차 있다.
마치 한여름과 같다.
이 단계는 초고의 완성을 위한
글쓰기 단계와 같다.

2부

글쓰기에 필요한 것은
이미 다 가지고 있다

충만

우리는 책의 첫 장에서 호흡의 샘, 들숨을 탐구했다. 아이디어를 생성하는 숨이다. 이번 장에서는 초고 작성의 짜임새, 곧 글쓰기의 구성 요소로 넘어간다. '인' 수업을 마칠 즈음이면 나는 학생들과 함께 매주 같은 슐로카를 읊는다. 슐로카의 단어는 대다수 학자가 기원전 1천 년 무렵에 생겼다고 추정하는 고대 경전 《이샤 우파니샤드》에서 따왔다. 밝혀진 진리가 대개 그렇듯, 슐로카 구절은 단순하고 심지어 평이해 보인다. 프라나(Prāṇa) 진언을 번역하면 다음과 같이 표현할 수 있다. 이 모든 것이 충만하다. 저 모든 것이 충만하다. 충만에서 충만이 온다. 충만에서 충만을 덜어내도 충만은 그대로 남는다. 산스크리트어로 프라나라는 단어는 충만, 전체, 온전함으로 번역할 수 있다. 보름달이나 물이 가득 찬 잔의 형상을 불러일으킨다. 또한, 우리 자신의 완벽함을 가리킨다.

영어에 '지나치게 가득 찬(overfilled)'이며 '차고 넘치는(beyond full)' 같은 단어와 구문이 있지만, 그런 상태는 불가능하다. 정의하자면, 가득 찬(full)은 가득 찬 상태 이상도 이하도 아니다. 거기서 더할 수 없고 빼낼 수도 없다. 가득 찬 상태는 언제고 충만 그 자체다. 꾸준히 타는 양초를 생각해 보라. 타는 양초에 다른 양초 심지를 붙여 보라. 두 번째 양초에 불이 붙어도 첫 번째 양초는 사그라지지 않는다. **#아무리 많은 양초에 불을 붙여도 꽉 찬 불꽃은 언제나 꽉 찬 불꽃으로 남을 것이다.** 요가에서, 충만은 우리의 타고난 권리, 우리의 실체다. 우리는 전적으로, 완전히 온전하다. 그런데, 다시 말하지만, 우리는 우리의 온전함을 보지 못하기 일쑤다. 대신, 몇몇 부분이 없어졌거나 보류된 상태라고 생각한다.

들숨의 정점, 쇄골에서 소용돌이치는 모든 프라나는 우리의 주의를 우리 삶에 존재하는 충만으로 이끈다. 프라나는 우리가 우리를 둘러싼 풍요를 믿고 결핍을 묘사하지 않도록 격려한다. 여기서 시도해 보라. 호흡으로 돌아가서 4, 그리고 6 헤아리기 호흡법을 찾아라. 그 호흡법을 안정적으로 몇 차례 실시한 뒤 오르고 내리는 숨을 그저 즐겨 보라. 나는 종종 나 자신을 파도라고 상상한다. 나를 에워싼 프라나의 바다 위로 솟구치며 형태를 만들고, 날숨과 함께 바다로 돌아간다. 우리는 도처의 지각 있는 존재 중 하나의 물결이다. 매 호흡마다 솟아오르고 가라앉으며, 우리 모두 끝없는 바다 위를 떠다니는 중이다.

이제 의식을 들숨에 두고 그 숨이 천천히 몸 앞쪽을 타고 올라가게 해 보라. 호흡이 올라가는 것을 느껴 보라. 여기 봄이, 새로운 시작이, 기름진 흙에서 솟아나는 조그만 줄기가 있다. 호흡의 정점에 이르면 그저 멈추라. 그런 다음 천천히 몸 아래로 숨을 내쉬기 시작한다. 내가 여기서 숨을 참으라고 하지 않고 잠깐 멈추라고 한 것은 들숨을 유지하려 집착하지 않기를 바라기 때문이다. 우리는 호흡을 '소유'하지 않는다. 호흡은 자유롭게 주어진 것이다. 절대로 호흡을 붙잡으려 하지 마라. 대신 호흡의 정점에서 한두 박자 멈추고 숨결이 몸속에서 낙하산처럼 타고 내려가 폐의 최상부에서 둥그렇게 확장되는 방식을 느껴보라. 숨을 멈추고, 멈추고서야 알게 되는 순환이나 소용돌이에 주의를 기울여 보라. 잠시 모인 프라나는 구름이나 호수처럼 웅덩이를 이루고 소용돌이친다. 충만에 이르면 우리는 몸속에 공기를 더 들여올 수 없다. (수행으로 충만에 도달했다는 생각이 들면 한두 번 더 숨을 추가하여 완전한 안타라 쿰바카를 찾을 수 있다는 것을 알게 될 것이다.) 이것이 기쁨이다. 바로 여기. 풍요. 감사. 더 충만할 수 없으니 더 들여올 수도 없다. 이제 순결의 여름에 도달했다. 푸르고 주변의 것들이 쑥쑥 자라나고 빛이 찬란한 날들, 하늘이 드높은 숨결의 여름에.

오래 머물지 마라. 한두 박자만큼만. 숨과 숨 사이의 간격을 탐험할 만큼만. 기억하라, 충만은 언제나 거기에 있다. 아무것도 붙잡을 필요가 없다. 멈춘 상태로 너무 오래 머물면 다음 들숨이 서둘러 도착한다. 헐떡이는 순간 너무 오래 머물렀다는 걸 알게 된다. 들숨에 넷까지 세고, 둘 또는 넷을 셀 동안 멈추고, 내쉬며 넷까지 센 뒤 다시 들이마셔도 좋다. 정점에서 멈추기를 떠올린 다. 옥죄는 게 아니라 멈추기. 하늘에 살짝 닿은 뒤 돌아오라. 충 만 상태에서 편안하고 부드럽게 들어가고 나오라.

충만에 관해 덧붙일 게 하나 더 있다. 산스크리트어로 보름달 은 푸르니마(pūrṇimā)인데, 더 완전해질 수 없다는 뜻이다. 달과 태양은 하늘을 비추는 두 가지 주된 발광체다. 태양이 우리와 함 께하는 한, 우리는 태양과 함께 자연스럽게 눈을 뜨고 온종일 태 양이 이끄는 대로 따를 것이다. 달은 다달이 차고, 기우는 방식 으로 변화와 재생의 이치를 가르쳐 준다. 사람들은 대개 달을 여성성, 더 구체적으로는 '삼중 여신'의 세 단계, 곧 처녀, 어머 니, 노파와 연결 짓는다. 상현달은 처녀, 보름달은 어머니, 그리 고 하현달은 노파를 상징한다. 모든 달의 주기는 같은 전개 방식 을 따르며, 탄생, 삶, 죽음, 그리고 재생이라는 과정을 착실히 순 환한다. 지구에서 보는 달은 매달 시들어 가는데 몸과 다르지 않 다. 이울다가 달이 밤하늘에서 모습을 감추면 공허, 암흑, 심지 어 죽음을 연상시키는 기간이 이어진다. 하지만 우리가 나약하고 공허하게 느끼는 것은 오로지 태양과 달의 관계 때문이다. 우리 모두 알다시피, 달은 태양 빛을 반사하여 빛나는 것으로, 달의 주기가 끝나면 태양의 빛이 달에 비치지 않는 것일 뿐 달 자체가 줄어드는 것은 아니다. 달은 여전히 충만하고 완전하며 온전하다. 우리의 지각이 변할 뿐. 빈 것처럼 보여도 실제로는 충만하다.

글쓰기에서, 초고는 호흡의 여름이며 구상 단계에서 기운을 소진한 이후 우리에게 쏟아지는 충만이다. 하지만 초고 단계에서 늘 그런 느낌이 드는 것은 아니다. 우리의 원고가 여전히 비어 있는 경우가 흔하기 때문이다. 그럴 때는 원고가 빈 것처럼 느껴질 뿐이라는 걸 알아 두자. 사실은 정말로 충만하다. 다음 빛이 도달하면 충만함이 드러날 것이라고 믿어라.

부스러기와 솜털
시작은 소소하게

글쓰기 과정에서 충만은 공예의 기계적 측면과 더 관련이 있다. 곧, 우리가 만든 재료를 형성하는 방법에 관한 것이다. 호흡에서 이 부분은 풍요와 풍부로 특징짓지만 우리는 소소하게 시작해야 한다.

남편 마이클을 만난 계기는, 마이클이 우리 졸업생 중 맨 먼저 신청한 사람에게 무료 모뎀을 주겠다며 발송한 이메일이었다. 나는 즉시 답장했다. 이 만남이 우리의 가장 근본적인 두 가지 특성을 보여 준다. 마이클은 엄청나게 관대한 사람이고 나는 거래를 좋아한다는 것. 우리의 첫 데이트는 마이클의 무거운 알루미늄 카누에 몸을 싣고 휴론강을 타고 내려가는 여행이었는데 내내 왜가리들이 길을 안내했다. 우리는 불어난 강물에 카누를 내맡겼고, 노는 젓는 게 아니라 방향을 조정하는 키로 사용했다.

카누를 해안으로 끌어 올린 순간, 나는 처음부터 끝까지 그 여행을 다시 하고 싶었다. 레스토랑에서 은 식기 부딪치는 소리나 공연장을 가득 채우는 슬픈 바이올린 소리보다 자연 세계가 우리의 데이트며 삶의 배경으로 자리 잡을 터였다. 우리는 기본적으로, 강을 건너든 산마루에 오르든 자연에서 함께 있을 때 최고의 자아에 이른다.

특히 마이클은 잘 피워 올린 불, 그 불꽃이 던지는 따뜻하고 든든한 기운에서 원초적인 기쁨을 느낀다. 나는 지난 25년 동안 마이클이 피운 숱한 불을 쬐며 몸을 녹였다. 눈밭에, 진눈깨비 내리는 날에, 바위 한가운데에, 맞바람 앞에, 모래밭에, 초원에, 절벽 가장자리에, 비바람을 무릅쓰고 피워 올린 불들. 마이클은 불 피우는 법을 설명할 때면 언제나 조그맣게 시작하라고 한다.

마이클이 말하는 조그만 것은 나뭇가지보다 작은 걸 의미한다. 마이클이 반드시 붙이겠다는 각오로 불을 피우는 경우는 에이단과 켈렌, 그리고 내가 얼었거나 젖었거나 배고플 때다. 아무리 시간이 촉박해도 마이클은 막대기며 작은 나뭇가지가 아니라 실상은 그 반대로 이끼며 잡초 더미에 걸린 솜털을 찾는다. 최대한 깨끗이 쓸어 낸 공간에 조그만 솜털 뭉치를 놓고 불을 붙인 뒤, 두 손으로 에워싸고 애지중지 어린 불꽃을 달래며 이끼 가닥이, 가냘픈 솜털 뭉치가 주황빛으로 타오르기를 기다린다. 그리고 그제야 이쑤시개처럼 가는 나뭇가지에 손을 뻗는다.

그래서 나는 마이클이 불 피울 나무를 모을 때, 작은 나뭇가지와 함께 부스러기며 솜털도 챙겨서 들고 온다. 나는 내가 모은 땔감을 비슷한 크기로 무더기무더기 쌓아 놓는데 가장 높이 쌓이는 건 언제나 작은 조각들이다. 인내심이 불을 피워 올리고, 만물은 아무것도 없는 상태에서 비롯한다는 지식도 불을 피워 올린다.

글쓰기도 마찬가지다. 기억하겠지만, 앤 라모트는 책상 위에 3센티미터도 안 되는 작은 액자를 올려놓고 가장 작은 창문을 들여다보도록 스스로 상기했다. 우리 시대의 위대한 소설, 서사시, 한 세대에서 다음 세대로 이어지는 작품은 모두 단 하나의 단어, 단 하나의 아이디어, 단 하나의 이미지에서 시작했다. 작가는 자신이 결국 가고 싶은 방향을 어느 정도 짐작했을지라도, 처음은 부스러기와 솜털로 시작하여 그 비전을 실현해야 했다. 그리고 그것이 유일하게 좋은 소식이다. 왜냐면 큰 프로젝트라는 생각에 마비될 정도로 압도당하는 순간이 너무 자주 발생하기 때문이다. 라모트의 책 제목《쓰기의 감각》은 바로 이 생각을 언급한 것이다. 곧, 우리는 한 번에 한 걸음씩 나아간다는 것.

#어머니에 대해, 복잡한 여성이라 할 어느 어머니에 대해 글을 쓰고 싶다고 가정해 보자. 만약 친구들이 학교 버스에서 내릴 때, 친구들의 어머니는 따뜻한 초콜릿 칩 쿠키를 준비해 놓고 기다리는데, 내 어머니는 화를 내거나 울면서 맞이했다고, 아무

튼 맞이한 것으로 쳐서 그렸다고 해 보자. 그래도 나는 어머니를 사랑하고, 어리긴 해도 어머니가 최선을 다하고 있다는 걸 알고 있었다면 어떨까. 곤란하고 어지럽고 힘든 관계가 아닐 수 없다. 만약 감정을 억제할 방법을 찾을 수만 있다면 그 소재는 활활 맹렬하게 타오를 재료가 될 것이다.

며칠 동안 작가 노트에 글을 쓴다. 사진을 추리고, 언니와 이야기를 나누고, 아홉 살 때 쓴 일기장을 샅샅이 훑는다. 그래도 글을 쓰려고 자리에 앉으면 끄적일 게 뱃속에서 올라오는 메스꺼움밖에 없는 것처럼 느껴진다. 노트북을 닫고 작업을 그만두기로 하고는 대신 유니콘 이야기를 쓰자고 마음먹는다.

아니면 다시 시도할 수도.

다만 이번에는 작은 일을 해야 한다는 걸 명심한다. 열여섯 살, 눈보라 치던 1월의 어느 날 어머니가 나를 밖으로 내쫓은 것이나 경찰이 우리 집에 왔다고 이웃이 전화로 알려 준 일을 떠올리려 하지 않는다. 15년 동안의 드라마를 세 문단 혹은 세 페이지로 요약하려 하지 않는다. 대신, 이끼를 모은다.

#시작 지점은 욕실이다. 어머니가 뚜껑 내린 변기에 앉아 마스카라 바르는 모습을, 어머니가 거울 가까이 몸을 기울이고 나비를 쓰다듬듯 속눈썹을 따라 솔질하는 모습을 지켜본다. 어머니는 분홍색 슬립을 걸치고 브라색 털 슬리퍼를 신고 있다. 라디에이터 밑에는 고양이가 꼬리로 코를 가린 채 웅크리고 있다. 이

제 내 움직임은 더 작아져서 어머니의 손을 떠올린다. 광대뼈를 따라 파우더 퍼프를 눌러 눈 밑에 고인 어두운 고리를 가리는 어머니의 손짓을 떠올린다.

내가 나쁜 꿈에서 깨어날 때 어둠 속에서 더듬더듬 내 얼굴을 찾아주던, 침대 밑에 사는 괴물이 유일하게 두려웠던 내 삶에서 나를 다시 잠으로 데려가던 손가락도 다 어머니의 것이었다. 그 욕실에 머물라. 어머니가 입을 열게 하라. 아이보리 비누 냄새와 히터가 내뿜는 따뜻하고 축축한 공기를 떠올려 보라. 벽은 무슨 색이었나? 바닥 타일은? 어머니의 머리는 곱슬곱슬한가, 위로 말아 올렸나? 아니면 전기인두로 머리카락을 곧게 폈나? 어머니가 아이라이너를 덧바르거나 입술 윤곽선을 그릴 때 얼마나 흔들림 없이 집중하는지 보이는가? 어머니가 빗을 들고 얼마나 능숙하게 머리를 빗는지 보라. 어머니 앞에서 잘난 척했을 때, 허벅지에 따끔하게 닿던 그 빗을 기억해 보라. 아직 그 공간으로 가지는 말고 그저 떠올리기만 하라. 그 욕실에서 계속 살 수도 있다. 복잡하고, 너절하고, 너무나 인간적인 어머니에 관해 내가 필요로 하거나 말하고 싶은 것은 다 그 벽 안에서 찾아낼 수 있다. 거기에 불을 피우라. 꺼지지 않도록 조심조심 피우라. 인내심을 가져라. 더 많이 더 빨리 얻으려고 서두르면 피우던 불이 사그라지고 말 것이다.

그건 마법 혹은 단순한 과정이다. 스스로 결정할 수 있다. 그런데 효과는 있다. 소네트, 중편소설, 아니면 가족사, 어떤 글을 쓰더라도 소소하게 시작해야 한다. 딱히 다른 이유가 있는 게 아니라면 소소하게, 작게 시작해야 한다. 그러면 불이 꺼져도 다시 시작하는 방법을 알 수 있기 때문이다.

불을 피울 때 마이클은 항상 불에 '열망할 만한 것'을 제공하는데, 대개 맨 위에 올려놓는 통나무 한 개를 말한다. 그 통나무는 너무 크거나 무거워서 불을 꺼뜨릴 염려가 전혀 없는 알맞은 크기다. 글을 쓰면서 우리는 보통 그런 통나무를 작품 안에서 찾는다. 내가 그 욕실 장면에서 작업을 이어 간다면, 나는 내 허벅지에 잡힌 빗과 빗의 모양을 더 자세히 묘사할지도 모른다. 아니면 어머니의 곱슬머리를 가지런하게 빗기자는 생각을 할지도. 글쓰기는 글쓰기를 낳는다. 글쓰기는 저만의 나뭇가지, 스스로 열망하고 움직일 수 있는 나뭇가지를 만들어 낸다. 그게 바로 이야기나 수필을 만드는 방법이다. 소소하게 시작하고, 소소하게 유지하고, 소소하게 작업하고, 나타나는 나뭇가지를 따라가라. 마침내 모닥불이, 곁에 모인 것들을 모두 따뜻하게 만들어 줄 모닥불이 생긴다. 그렇지만 잡초 부스러기며 가느다란 나무 조각, 줄기, 솜털을 먼저 모으지 않으면 만나지 못할 모닥불이다. 씨앗처럼, 모닥불은 모든 것을 품고 있다.

장면 안에서는 모두 알몸이 된다
장면과 요약 1

간단히 말해, 장면은 산문 작가(서사적으로 작업하는 시인도 마찬가지)의 아미노산이다. 장면은 작가가 글을 전개하는 법을 배울 때 가장 중요하게 작용하는 기교 요소이며, 솔직히 학생들 대다수는 피하고 싶어 한다. 작가들도 마찬가지인데 그 이유는 장면을 쓰는 게 어렵다는 것을 일찍부터 알아차리기 때문이다. 고통 감수. (여기서 잠깐. 수십 년에 걸쳐 나는 고통은 감내, 곧 참고 견뎌야 한다고 생각했다. 그런데 이번 장을 쓰면서 고통은 감수, 곧 달게 받을 때 의미가 있다는 걸 알았다. 부담이나 슬픔을 기꺼이 떠맡기.) 그래서 장면이 힘들다. 그런데 왜 그럴까?

더 많이 읽고 쓸수록, 우리가 글을 쓰면서 내리는 숱한 선택이 시간, 그리고 시간이 빚은 경험과 관련이 있다는 것을 더 잘 이해하게 된다. 나중에 시간과 시간의 형성 관계에 대해 더 많이 쓰겠지만, 지금은 독자가 장면과 요약 안에서 시간을 경험하는 방식을 다뤄 보고 싶다. 요약 작업에 관해서는 다음에 설명하려 한다.

　#요약은 보통 영화적으로 말하면, 독자들에게 시간이 ▮빠르게 흐르는 장면을 보여 주는 롱 숏이다. 장면은 그와 반대다. 독자에게 시간이 느리게 흐르는 느낌을 준다. 사실, 장면은 실시간으로 전개된다. 우리는 등장인물들이 장면을 이동하는 움직임을 따라서 움직인다. 그러므로 장면은 현재 순간이며, 과거나 미래에 쓴 장면도 마찬가지다. 독자는 바로 눈앞에서 전개되는 장면을 경험한다. 장면은 보통 독자들에게 장면에 돌입한다는 것을 알려주는 시간 알림으로 표시된다. "어느 날…," "지난 밤…," "2주일 뒤…," 같은. 그와 같은 시간 알림에 이르면 독자는 직관적, 무의식적으로 무슨 일이든 눈앞에 펼쳐질 것을 안다. 독자는 통찰력이 있다. 오랫동안 책을 읽어 온 사람들이다. 독자는 작가가 글을 쓰듯, 뱃심으로 읽는다. 곧, 읽은 내용을 생각하는 게 아니라 읽은 내용 안에 존재한다는 뜻이다.

　존 가드너는 소설의 목표(가드너의 초점은 소설인데 요점은 산문 전반으로 확장된다.)를 저 유명한 "지속적이고 생생한 꿈"이라고 썼다. 대개 우리는 독자들이 우리의 작품에 들어와서 절대로 고개를 들지 않기를 바란다. 독자는 그 꿈이 어떤 것인지 안다. 그래서 책을 읽는다. 책 속으로 여행을 떠나 산문이 움직이는 방식을 직관적으로 이해하기를 바란다. 그러다 신호를 받으면 정착해서 장면이 전개되는 것을 지켜볼 준비를 한다. 작가로서, 우리는 전달해야 한다.

더 직접적으로 말하자면, 장면이 시작되면 독자는 배울 게 있을 거라는 기대를 한다. 그렇지 않다면 우리가 왜 속도를 늦췄을까? 곧, 장면 안에서 중요한 일이, 그것도 일찍 발생해야 한다는 뜻이다. 우리는 절정에 가까운 장면으로 시작하기를 바란다. 장면은 산문으로 이룬 작은 모닥불이다. 활활 타는 모닥불. 독자는 성냥이나 불쏘시개를 찾느라 시간을 허비하는 걸 바라지 않는다. 처음부터 장면이 불타오르기를 기대한다.

긴장감이라는 측면에서 장면은 불타오르지만, 그 긴장감을 드러내는 방식은 느리다. 다시 말해, 장면은 실시간으로 일어난다. 곧, 등장인물들이 서로 이야기를 나누는 대사가 들어가는 경우가 많다. 장면은 또한 여러 강렬한 신체적 세부 묘사를 요구하기도 한다. 작가들은 처음에 장면을 구성할 때 진공 상태에서 일이 발생하는 것처럼 하는 경우가 너무 많다. 대화가 공간에 떠다닌다. 독자들은 부엌을, 식탁 앞에 앉은 아버지와 아들이 프렌치토스트로 돌진하는 모습을 보고 싶어 한다. 중요한 세부 사항과 장면과의 관계에 대해서는 나중에 더 자세히 쓰겠다. 여기서는 장면 작업에 신체성이 있다는 것을 강조하고 싶다. 세상에서의 신체 행위들.

다시, 시간 알림이 장면의 시작을 예고하고, 독자는 속도를 늦추고 앞으로 벌어질 일을 볼 준비를 한다. 작가는 최대한 활활 불타듯이 시작한 다음, 인내심을 갖고 꾹꾹 눌러 참으며 등장인물들이 상호 작용하도록 한다. 독자가 장면에 도달하면 일이 벌어지기를 기대하기 때문에 무슨 일이든 일어나야만 한다. 그 반대도 사실이다. 서사에 중요한 일이라면 장면 안에서 발생해야 한다. 무대 밖에서 살인이 벌어지게 해서는 안 된다. 독자가 떠나갈 것이다. 따라서 우리가 장면 안에 있다면, 무슨 일이 벌어지는 중이다. 무슨 일이 일어나고 있다면, 장면 안에서 벌어져야 한다.

장면은 그 자체로 작은 테라리엄(원예에서, 밀폐된 유리그릇이나 아가리가 작은 유리병 따위의 안에 작은 식물을 재배하는 방법. 또는 그 유리 용기: 역자 주)이다. 독립 구조다. 그 자체로 시작, 절정, 결말이 있다. 일반적으로 작가는 이야기 초반에 벌어지는 일을 복잡하게 만들기 위해 장면을 제공한다. 그 장면에 반전, 전환, 심화가 더해진다. 우리가 장면을 더 복잡하게 이끌어 가지 않으면 서사는 평이하고 지루해진다. 독자는 아무 일도 일어나지 않은 것처럼 느낄 테고 우리는 긴장감을 잃을 것이다. 그래서 장면이 쌓인다. 장면은 하나하나 작은 기승전결 구조를 가진다. 그리고 독자는 장면을 갈망하는데, 등장인물을 '여과 없이' 보게 해 주기 때문이다. 등장인물들은 자신들이 누구인지 우리에게 정확하게 보여 준다. 몸을 움직이는 방식, 자신을 드러내는 말투, 손톱을 물어뜯는 습관들을 통해서. 그리고 독자들은 그런 것들을 보고 어떻게 생각할지 결정한다. 요약, 설명, 그리고 깊은 숙고는 모두 '여과'를 거친 느낌인데, 화자가 요약하거나 일반화하거나 논평하고 있다는 걸 독자들이 알기 때문이다. 장면 안에서는, 모두 벌거벗고 있다.

장면에 관한 마지막 요점으로 넘어가겠다. 화염에 휩싸인 장면이라고 해서 반드시 끔찍한 사건이 벌어져야 한다는 의미는 아니다. 솔직히 말해서, 삶이든 예술이든 가장 두려운 지옥은 아무 일도 일어나지 않을 것만 같은 상황이다. 불안정한 등장인물이 주방 조리대에 놓인 과도에 눈길을 주는 게 실제로 그 칼을 휘두르는 것보다 열 배는 더 뇌리에 남는다. 어머니는 손에 든 빗으로 머리만 가지런히 빗으면 된다. 그 빗을 아이의 허벅지에 사용할 필요는 없다. 장면이 조용할 수는 있다. 부드러울 수 있다. 그렇지만 장면이 마구잡이식이어서는 안 된다. 장면이 시작되면 독자는 곧 무슨 일이 드러난다는 사실을 안다. 작가와 독자 사이에 무의식적이지만 몸속 깊은 곳에서 맺은 협약이다. 우리는 독자에게 그것을, 천천히, 가까이, 실시간으로 보여 줘야 한다. 작가들은 항상 요약 글쓰기로 속이려 들 것이다. 왜냐하면, 이제 우리가 이해한 바와 같이, 장면을 구축하는 것은 고의로 부담을 받아 안는 일이기 때문이다. 다시 말하지만, 독자는 현명하다. 작가가 장면에서 벗어나지 못하게 할 것이다. 장면을 써라.

끝으로, 줌파 라히리의 단편 소설 〈센 아주머니의 집〉의 한 장면이 시작되는 지점을 들어보겠다. 이 이야기는 남편이 직장을 구해서 콜카타의 집을 떠나 최근 미국으로 이주한 여성, 센 아주머니를 중심으로 전개된다. 센 아주머니는 운전을 못 해서 숱한 시간을 실내에서 혼자 보낸다. 이야기 초반에 아주머니는 엘리엇이라는 남자아이를 자신의 아파트로 오게 하여 돌보기 시작한다. 둘이 함께 보낸 시간은 센 아주머니의 소외와 슬픔을 드러낸다. 이야기의 결말에서 센 아주머니는 운전을 하기로 결심한다. 이것은 여러 페이지에 걸쳐 이어지는 장면의 시작에 지나지 않는다(장면은 대체르 한 페이지를 넘기기 마련이어서 장면 개수가 많지는 않을 것이다. 따라서 우리는 장면을 신중하게 선택해야 한다.) 시간 알림, 신체적 세부 사항, 대사에 주목하라. 장면 속에서, 우리는 대사 한 줄 한 줄이 도두 단순한 서술 이상의 것을 담고 있기를 바란다. 우리는 부담을 갖고 한 장면을 쓰지만, 그 장면은 서사에서 무엇을 수행해야 하는지에 관한 문제로 훨씬 더 큰 부담을 떠안는다.

며칠이 지난 어느 날 오후, 전화벨이 울렸다. 아주 맛있는 넙치를 실은 배가 들어왔다. 한 마리 사고 싶었을까? 센 아주머니는 센 아저씨에게 전화를 걸었지만, 자리에 없었다. 두 번째로 전화를 하고, 이어서 한 번 더 걸어 보았다. 결국, 아주머니는 부엌으로 가서 칼날, 가지 하나, 그리고 신문지를 갖고 거실로 돌아왔다. 말할 나위 없이 엘리엇은 소파에 앉아 가지 줄기를 잘라 내는 아주머니를 지켜보았다. 아주머니는 가지를 길고 가늘게 나누더니 그걸 깍둑썰기로 한 번 두 번, 점점 더 작게 썰어 각설탕만 하게 만들었다.

"생선이랑 덜 익은 바나나로 아주 맛있는 스튜를 끓일 건데 거기다가 이걸 넣을 거야." 아주머니가 말했다. "근데 덜 익은 바나나가 없네."

"같이 생선 가지러 가는 거예요?"

"같이 생선 가지러 갈 거야."

"센 아저씨가 데리고 가는 거예요?"

"신발 신어라."

둘은 청소도 하지 않고 아파트를 나섰다. 밖은 몹시 추워서 엘리엇은 이가 시릴 지경이었다. 둘은 차에 탔고, 운전대를 잡은 센 아주머니는 같은 길을 여러 번 맴돌았다. 아주머니는 소나무 숲을 지나칠 때마다 큰길의 교통 상황을 살폈다. 엘리엇은 아주머니가 아저씨를 기다리는 동안 운전 연습을 하는 것이려니, 생각했다. 그런데 그때 아주머니가 신호를 주고 차를 돌렸다.

사고는 순식간에 발생했다.

지명 운전자

장면과 요약 2

장면이 산문의 클로즈업이라면 요약은 광각을 제공한다. 요약에서 독자는 행동과는 멀리 떨어진 곳에 있고 시간은 더 빨리 흐른다. 영화 도입부에서 카메라가 동네 위를 비춘다고 생각해 보자. 시청자는 전반적인 도로, 나무, 그리고 집의 배치, 인도에서 걷거나 노는 사람들을 보게 된다. 시청자는 시간대, 날씨, 사회경제적 지위, 그리고 상대적 안전 의식까지 일반적인 감각을 얻는다. 맥락은 요약 그리고 필요할 수 있는 배경을 통해 제공된다. 이는 우리가 다시 그 장면에 들어가기 전에 필요한 정보다.

작가 빌 루어바흐가 《내 삶의 글쓰기》에서 언급한 설명이 훌륭하다. 작가는 장면을 두고 파티가 열리는 곳이라고 썼다. 흥미진진하고 극적이며, 다채롭고 감각적인 세부 묘사로 가득한 것이 장면이다. 우리는 모두 파티에 참석하기를 바라는데, 별의별

일이 다 일어나는 곳이 거기라는 걸 알기 때문이다. 우리가 집에서 안 나가면, 농구 주장이 쩔쩔매며 림보 놀이하는 순간을 놓치게 된다. 그런데, 이 파티 장소에서 다음 파티 장소로 가려면 지명 운전자(파티 등에서 음주하지 않고 귀가 때 운전하도록 지명된 사람: 역자 주)가 필요하다. 요약은 우리의 지명 운전자다. 출발 시각을 알려 주는 것이 요약이고, 별 탈 없이 다음 파티에 데려다주는 것이 요약이며, 궁극에는 밤샘 뒤 우리를 집까지 태워다주는 것이 요약이다. 이런 비유가 요약을 지루한 것으로 비치게 할 수 있지만, 지명 운전자의 역할을 두고 그렇게 못마땅하게 생각한다면 술 취한 친구에게 운전대를 맡기자는 얘기나 다름없다. 요약은 우리의 이야기를 계속 이어가기 위해 존재한다.

요약이라고 매력이 없는 게 아니다. 지명 운전자도 파티에 어울리는 복장을 하고 탄산수 잔을 들면 멋지게 보일 것이다. 요약이라고 해서 세부 묘사나 구체성이 없는 것도 아니지만, 요약의 역할은 독자를 움직이는 것이다. 장면과 요약의 관계는 시간의 관계라는 걸 명심할 것. 장면은 독자의 속도를 늦추고 요약은 높인다. 하나는 지루하지 않고 서정성이 떨어지는 반면, 다른 하나는 기상천외한 퍼레이드를 보여 주는 마디그라 축제 구슬을 던져 댄다. 대신, 둘은 협력하여 속도를 조절한다.

장면은 파티가 벌어지는 곳이니 작가들이 자칫 요약을 포함하는 것을 잊는다고 생각할 수 있지만, 앞 장에서 언급했듯이 장면은 쓰기 어렵고 작가들은 요약을 너무 많이 시도한다.

하지만 단편 소설 한 편이 다 끝나가도록 공중에 떠서 동네를 살피고 싶은 독자는 없다. 독자는 행위가 펼쳐지는 아래쪽으로 내려가서 다들 무슨 옷을 입었는지, 무슨 말을 하는지, 그날 아침 지갑에는 무엇을 넣었는지 보고 싶어 한다. 작가로서 우리는 장면과 요약 사이의 균형을 찾아야 한다. 장면은 실시간으로 펼쳐지고 요약은 서사를 따라 움직인다는 것을 알기 때문이다. 예술은 수학이 아니지만, 일반적으로 작품의 70퍼센트가 장면에 등장하고 30퍼센트의 요약이 장면을 뒷받침하며 균형을 유지하도록 계획할 수 있다.

#장면 글쓰기와 요약 글쓰기를 구분하는 것이 어렵다면 원고지에 형광펜을 사용하거나 컴퓨터의 하이라이트 기능을 써서 장면에 노란색 표시를 해 보자. 곧, 실시간으로 말하고 움직이는 등장인물이며 전형적인 시간 알림 부분에. 그리고 롱 숏, 대강의 개요, 시간과 공간을 빠르게 통과하는 내용 같은 요약 부분에는 초록색을 칠한다. 눈앞의 원고지나 모니터를 보라. 우리는 푸르른 대초원이 아니라 노란 카나리아 한 마리를 보고 싶어 한다.

다시 말하지만, 예술은 수학이 아니며 요약에 더 오래 머물도록 잡아당기는 미치도록 멋진 온갖 이유가 있을 수도 있다. 그렇지만 독자가 모를 것이라는 희망으로 요약에 머물고 싶지는 않을 것이다. 독자는 언제나 알아차린다.

장면을 쓰기 어려워서 요약을 선호하는 경향이 있지만, 이끼와 솜털이 아니라 나무 한 그루를 통째로 태워서 재로 만들어 버리려고 안간힘을 쓰느라 요약에 지나치게 의존하기도 한다. 작가가 너무 큰 짐을 고지식하게 떠맡는 게 드문 일은 아니다. 9.11 사고 이후 입대를 결심한 청소년을 다룬 단편 소설을 쓴다고 가정해 보자. 입대하고 이라크로 갔는데 거기서 본국의 전투 동원령에 환멸을 느끼는 이야기 말이다. 이라크에서 주인공의 친구가 남겨진 아이들을 확인하던 중 사제 폭탄을 밟는 장면이 있겠다. 그런데 그 장면에 이르려면 주인공과 아버지의 관계, 보이스카우트 때 일어난 일, 열여섯에 임신한 누나가 아기를 낳아 키우기로 했는데 아이가 학습 장애를 갖게 된 일, 누나가 직장을 잃고 밤새도록 격투기를 보며 분노를 다른 사람의 몸뚱이에 대고 표출하는 방법을 가진 이들을 몹시 질투하게 된 사연을 독자에게 다 들려줘야 한다. 그래서 내가 15페이지 분량으로 요약하여 글을 썼다고 치자. 친구가 위장 전투복에 넣고 다니던 조그만 플라스틱 코끼리를 간호사가 전해 주었을 때 주인공이 눈물을 흘리는 이유를 독자가 완벽히 이해하도록 정보를 제공한 것이다. 그런데 독자는 이미 나를 떠났다. 세 번째 페이지에서 읽기를 멈춘 것이다. 독자의 궁금증을 하나도 다루지 않았기 때문이다. 임신한 누나? 친하게 지냈나? 보이스카우트 대장은 정확히 무슨 짓을 했나? 그리고 어머니는 어디 있나? 리야드에 가야 한다는 이유로 내가 너무 빨리 움직이고 말았다. 나는 사막에 도착했을지 모르지만, 독자는 내 이야기를 팽개치고 어느 훌라 댄서에게로 가 버린 것이다.

#요약은 이야기를 전달할 수 없다. 요약의 역할은 독자를 한 장면에서 다음 장면으로 이끌어 주는 것이다. 요약이 없으면, 장면은 서로의 관계를 잃고 표류한다. 장면을 이어주는 역할 외에도 요약은 광대한 시공간으로 독자를 인도할 수 있다. 그리고 독자 또한 그런 순간을 갈망한다. 곧, 폐쇄공포증을 유발하는 장면의 틀에서 벗어나 시원하게 숨 쉴 수 있는 순간을 갈망하는 것이다.

#다시 지명 운전자로 돌아가 보자. 소란한 술집이나 사람으로 붐비는 식당에서 나와 어두운 1월의 하늘을 만나는 순간을 생각해 보라. 차가운 공기에 몸이 움츠러들고 정적이 귀마개처럼 두 귀를 에워싸는 순간이 어떨지 생각해 보라. 등 뒤로 문이 닫힐 때 밀치락달치락 몸부림과 고함, 춤과 웃음이 일시에 사라지는 순간이 어떨지 떠올려 보라. 조용히 차로 돌아가는 동안 술을 입에 안 댄 친구가 말없이 주머니에 든 열쇠들을 쟁그랑거리며 만지는 모습을 생각해 보라. 주변의 눈 덮인 나무들, 초롱초롱 빛나는 별들을 느껴 보라. 그 잠깐의 멈춤과 안도감으로 자신이 넓어지는 느낌에 머물러 보라. 요약은 그와 같은 방식으로 작동한다. 우리는 술집에 머무는 걸 바라지 않는다. 걸어서 차로 돌아

가는 시간이 필요하다.

아래는 라히리의 작품, 〈센 아주머니의 집〉의 한 장면에 앞서 나오는 요약 부분이다. 요약이 센 아주머니의 기술과 예술적 재능을 드러내는 동시에 아주머니와 엘리엇의 관계를 독자에게 알려 주는 방식에 주목하라. 우리는 시간을 따라 빠르게 이동하지만, 요약은 세부 사항과 따라야 할 구조로 꽉 차 있다. 그래도, 요약을 읽으며 느낌을 알아차려 보라. 가만히 머물며 등장인물들이 상호작용하는 것을 보기까지 얼마나 오래 이 속도로 움직일 수 있는지 고려해 보라.

아이는 센 아주머니가 거실 바닥에 신문지를 깔고 앉아 칼질하는 모습을 지켜보는 게 유난히 재미있었다. 아주머니는 칼 대신 먼 바다에서 전투를 벌이는 바이킹의 뱃머리처럼 휘어진 칼날을 썼다. 칼날은 한쪽 끝이 좁은 나무 받침대에 경첩으로 연결되어 있었다. 은빛보다는 검은색에 가까운 강철은 광택이 균일하지 않았는데, 원래는 톱니 모양의 볏이 있어서 강판으로도 썼다고 아주머니가 엘리엇에게 말했다. 센 아주머니는 매일 오후에 칼날을 들어 올려 제 자리에 고정하고 받침대와 각도를 맞췄다. 날카로운 칼끝을 마주하면서도 거기 손이 닿는 법은 없었다. 아주머니는 양손으로 채소를 통째로 붙잡고 잘게 썰었다. 콜리플라워, 양배추, 땅콩호박 같은 것들을. 아주머니는 채소를 반으로 자른 다음 네 조각을 내고 날랜 솜씨로 꽃송이 모양 썰기, 깍둑썰기, 채썰기, 잘게 썰기를 해 냈다. 감자 껍질쯤은 순식간에 벗겼다. 아주머니는 책상다리로 앉을 때가 있고, 다리를 벌리고 앉을 때가 있는데, 가까이에는 소쿠리랑 다진 재료를 담근 납작한 물그릇들이 널려 있었다.

아주머니는 일하는 동안 텔레비전과 엘리엇을 줄곧 지켜봤는데, 칼날에는 눈길도 안 주는 것 같았다.

베토벤은 없다
사색의 목소리 기르기

우리가 재단사라면, 장면과 요약은 바늘과 실이라고 할 수 있다. 매우 쓸모 많고 대체 불가능한 재단의 기본 도구다. 장면은 순간을 뚫고 요약은 장면들을 꿰매어 '전진 흐름'이라고도 불리는 것을 만들어 낸다. 이는 존 가드너가 픽션이 결말이나 고갈 지점으로 전개되는 방식을 설명하려고 만든 용어다. 가드너가 보는 전진 흐름은 이야기의 매끄러운 진행과 독자의 이야기 경험에 모두 적용된다. 우리는 다음에 일어날 일을 알고 싶어서 계속 읽는다. 장면과 요약은 일종의 솔기를 꿰매며 나아가고, 장면과 요약, 그리고 시간과의 관계는 속도를 공동으로 제어한다. 장면과 요약이 조화를 잘 이루면, 독자는 하나가 끝나고 다른 하나가 시작되는 지점을 알아차리지 못한다. 바지의 솔기에 대고 의문을 제기하지 않는 것처럼 말이다. 그냥 입기만 하면 된다.

회고록을 쓰는 경우 특히, 그리고 논픽션에서 일반적으로 작가가 기댈 게 있는데 사색이라는 서사 기교의 세 번째 요소다. 소설가와 시인도 사색의 목소리를 사용하지만, 회고록 작가는 언제나 활용한다. 사색이나 성찰의 목소리는 그냥 들리는 그대로다. 서사에서 화자가 숙고하고 고려하기 위해 앞으로 나아가는 지점이다. 그리고 장면과 요약처럼 사색은 약간 다른 방식으로 시간과 관련이 있다. 화자가 무슨 일이 일어나고 있는지 주시하려고 앞으로 나아갈 때, 그것은 **#'그때의 나'를 돌아보는 '지금의 나'다.** 예를 들어, 에드워드 P. 존스는 단편 소설 〈첫날〉을 이렇게 시작한다. "별 볼 일 없는 9월의 어느 날 아침, 내가 어머니를 부끄러워하는 걸 배우기 훨씬 전에, 어머니가 내 손을 잡았고, 어머니와 나는 내 학교 첫날을 시작하려고 뉴저지 애비뉴를 따라 길을 나섰다." 소설가 앤버 캐런은 학생들에게 회고적 화자에 대해 가르칠 때 존스의 이야기를 들려준다. 이야기를 들려주는 어린 소녀, 화자는 '지금의 나'에서 시작한다. 화자는 기운 양말을 신고 서류 작성을 못 하는 어머니를 부끄러워할 것을 알지만, 길을 걷는 소녀, '그때의 나'는 아무것도 모른다. 지금의 나와 그때의 나 사이에 흐르는 긴장은 극적인 에너지를 만들어 내는데, 우리는 그 긴장을 경험하고, 어쩌면 풀어내기 위해 책을 읽는다.

버지니아 울프는 《지난날의 스케치: 버지니아 울프 회고록》에서 지금의 나와 그때의 나를 정의한다. 울프는 지금의 나를 현재의 '플랫폼'에서 글을 쓰는 화자로 묘사한다. 그 사람들은 자신의 삶을 살았기 때문에 어린 시절의 자신에게 무슨 일이 일어날지 안다. 어린 시절의 자아, 그때의 나는 아는 게 없이 일종의 무지 속에서 자신들의 장면을 헤쳐 나아간다. 지금의 나는 그때의 내가 도저히 접근할 수 없는 방식으로 과거에 대한 이해를 형성하여 독자에게 전할 수 있다. 그래서 극적인 아이러니가 생겨나는 것인데, 독자로서 우리는 그때의 나가 전혀 알 수 없는 것을 알게 된다. 울프는 지금의 나와 그때의 나가 모두 저자의 산물임을 인정하면서, "내 기억이 내가 잊은 것을 공급하여 마치 그 일이 저절로 일어나는 것처럼 보이지만, 실제로는 내가 그 일을 일어나게 만들고 있다"고 쓴다. 중요한 것은, 지금의 내가 과거를 이해하게 되는 것, 어쩌면 잊었을지도 모를 사건을 이해하게 되는 것이 원고지 위에서 실제로 벌어지는 일을 넘어서는 의미를 만들어 낸다는 것이다. 지금의 나는 지나온 삶의 형태에 관한 지혜, 통찰을 지니고 있다. 지금의 나는 우뚝한 현재의 플랫폼에서, 자기 이야기의 경계를 훨씬 넘어서는 지점까지 바라본다. 울프는 다음과 같이 썼다.

아마 이것이 내가 아는 한 가장 큰 즐거움일 것이다. 글을 쓰면서, 무엇이 무엇에 속하는지 발견하고, 장면을 더 좋아지게 만들고, 등장인물을 하나로 모을 때 얻는 황홀감. 그럴 때 나는 철학이라고 부를 만한 지점에 도달한다. 아무튼, 이것이 나의 한결같은 생각이다. 목화솜 뒷면에는 패턴이 숨어 있으며, 우리(모든 인간으로서의)는 이 패턴과 연결되어 있고, 온 세상이 예술 작품이라는 것. 우리는 그 예술 작품의 일부라는 것.《햄릿》이나 〈베토벤 사중주〉는 우리가 세상이라고 부르는 이 거대한 혼돈에 관한 진실이다. 그렇지만 셰익스피어는 없고, 베토벤도 없다. 분명히, 그리고 확실히, 신은 없다. 우리가 단어이고, 우리가 음악이고, 우리가 대상 그 자체다.

"목화솜 뒷면에는 패턴이 숨어 있다"는 울프의 주장은 회고록이나 회고적 화자/이야기꾼의 사색이 독자에게 매우 매력적으로 다가가는 이유를 뒷받침한다. 지금의 나는 그때의 나가 절대로 보지 못할 패턴을 볼 수 있는데, 중요한 것은 그것이 독자가 인식하고 잠재적으로 경험한 패턴이라는 것이다. 수치심, 기쁨, 두려움, 외로움 같은. **#울프는 작가가 지금의 나와 그때의 나를 인식함으로써 패턴을 발견하면 "우리가 세상이라고 부르는 이 거대한 혼돈에 관한 진실"에 도달한다고 쓴다.** 경험은 개별적인 것 같지만 궁극에는 공유하게 되는 것이다. 나는 회고록을 유아적·독선적 시각에서 벗어나게 하는 것이 사색이라고 여긴다. 지금의 나는 일어난 일을 받아들이고 과거에 의미를 부여해야 하기 때문이다. 지금의 나가 그때의 나와 함께 고통을 겪는 과정에서 연민이 생겨난다.

짐작하겠지만, 사색의 목소리는 기르기 힘들다. 섣불리 사용하면 독자에게 어떻게 생각해야 할지 지시하는 것 같은 느낌을 준다. 설교적이고 교훈적인 사색은 작가가 자기 생각을 전달하는 장면 작업을 믿지 않는다는 걸 암시한다. 사색적인 내용이 지나치게 많으면 독자가 누릴 발견의 신비를 방해하는 것이며, 책을 읽는 주요한 이유 중 하나를 가로막는 일이다. 반면에 사색이 잘 전개되면, 이야기, 에세이 또는 시가 극적 행동의 범위를 벗어나 인간이라는 존재로서 우리를 하나로 묶어 주는 더 깊은 주제로 나아간다.

끝으로 나의 회고록 《일상 트라우마》의 앞부분 문장 몇 줄을 제시하고자 한다. 위에서 썼듯이, 회고록 작가들은 늘 사색의 목소리에 의지한다. 그건 장르의 특징이다. 이 대목에서 나는 어린 시절 진주만에서 지낸 생활이 어땠는지 묘사했다. 나는 시기와 지리적 위치를 설정하느라 요약으로 시작했는데, 첫 문단의 끝에서 '지금의 나'가 앞으로 나선다.

어린 시절, 발에 찰랑거리는 검고 기름진 물살이 헤아릴 수 없이 많은 시체와 가라앉은 배를 숨기고 있다는 걸 나는 어렴풋이 알고 있었다. 나는 콘크리트 추모관에 붙은 청동 명판 위로 튀어나온 글자들을 손가락으로 훑으며 지나갔다.

　나의 뜰에는 바다로 부는 산들바람에 고개를 숙인 덤불, 서양 협죽도와 플루메리아, 히비스커스, 코코넛 야자수, 대추야자, 천 개의 거울처럼 빛나는 잎으로 감싸인 망고나무가 있었다. 그리고 꽃이 있었다. 일렉트릭 핑크 꽃, 빨간 꽃, 그리고 흔들흔들 횃불생강의 보라 꽃, 헬리코니아, 자카란다, 극락조꽃들이. 부겐빌리아꽃은 집, 베란다, 근처 테니스장 울타리를 타고 올라갔다. 나의 뜰 구석에 핀 하얀 플루메리아꽃나무 아래에 서서 나는 세상이 향기롭고 활기차고, 새가 지저귀는 축제라고 생각했다.

　현재의 플랫폼에서 글을 쓰는 지금의 나는 부겐빌리아와 해군 구축함 사이에서 보낸 어린 시절에 숨은 내재적 모순을 본다. 그런데 그때의 나는 방공호 옆에 매단 타이어 그네를 타고 있다. 그때의 나는 역설을 보지 못한다. 대신, 그 아이는 저녁에 무엇을 먹게 될지 궁금하다. 아이는 쉼 없이 그네를 굴린다. 사색하는 목소리는 독자를 긴장으로 이끌고, 그 긴장감은 "묻혔다"와 "잘렸다" 같은 동사를 통해 장면이 이어지면서 증폭된다. 너무 지쳐서 뿌리를 내리지 못하는 반얀나무 이미지도 마찬가지다. 그때의 나는 축제와 색깔을 보았다. 그런데 지금의 나는 폭력으로 얻은 평화와 그런 메시지가 가정 공간에 침투한 방식이 궁금하다. 중요한 점은, 독자는 진주만에서 살거나 군대에서 자랄 필요가 없다는 것이다. 사색은 우리를 하나로 묶어 주는 더 깊은 주제에 가 닿는다. 이 경우, 일상의 트라우마다.

우리는 매일 수천 번씩
카이사르를 호흡한다

호흡 수행: 신성한 호흡

울프와 마찬가지로, 위대한 지휘자 레너드 번스타인은 자신의 예술을 주변의 더 큰 세상과 융합하는 방법으로 여겼다. 조너선 콧과의 인터뷰에서 번스타인은, "내가 브람스나 차이코프스키, 스트라빈스키가 되어 지휘하지 못한다면, 그건 훌륭한 공연이 아닙니다"라고 말한다. 이 말에서 우리는 우리가 모두 베토벤이라는 울프의 주장을 본다. 요가처럼 예술은 공간과 시간을 초월하고, 여기와 저기, 지금과 그때, 너와 나 사이의 경계를 지우는 능력을 지닌다.

호흡도 같은 방식으로 작동한다. 문자 그대로다. 샘 킨이 《카이사르의 마지막 숨》에서 쓴 대로, 숨을 들이쉴 때마다 우리는 기원전 44년 카이사르가 친구 브루투스의 손에 죽임을 당하여 로마 원로원 바닥에 쓰러질 때 내쉰 분자를 흡

입한다. 킨은 카이사르의 마지막 숨이 "약 25섹스틸리언(25,000,000,000,000,000,000,000)개의 분자를 품고 있었다"고 말한다. 그 분자들이 대기에 섞여 순환하며 거듭, 거듭, 거듭 섭취되었을 터이다. 우리는 매일 수천 번씩 카이사르를 호흡한다. 킨은, "그 머나먼 시간과 공간을 가로질러 그의 폐 안에서 춤추던 분자 몇 개가 지금 당신의 폐 안에서 춤추고 있다"고 쓴다. 그리고 킨은, 비단 카이사르의 마지막 숨뿐만 아니라 예수의 마지막 숨, 폼페이 사람들, 잭 더 리퍼(1888년, 2개월에 걸쳐 영국 런던의 화이트채플 일대에서 매춘부 최소 다섯 명 이상을 엽기적인 방법으로 죽인 연쇄 살인범의 별명: 역자 주)의 희생자, 마지막 공룡, 돌아가신 할머니, "박테리아에서 흰긴수염고래에 이르기까지, 지금에 이른 모든 숨"이 그렇다고 덧붙였다. 그러므로 **#들숨은 지구상에서 숨을 들이쉬는 모든 지각 있는 존재, 그리고 우리에 앞서 숨을 내쉬었던 모든 존재와 우리를 연결한다.** 우리는 모두, 부분적으로 마스토돈이다.

나는 이따금 나만의 수행을 하면서 들숨과 날숨이 각각 얼마나 깊은지 기억하기 힘들다는 것을 알게 된다. 내 마음의 일부는 날숨을 헤아리는데, 다른 일부는 볼일을 보거나 이메일을 작성할 때가 많다. 마음이 산란하고 호흡이 심드렁하다고 느낄 때면 언젠가 번스타인에 관해 들었던 또 다른 이야기가 떠오른다. 번스타인은 위대한 교향곡을 지휘하기에 앞서 언제나, 청중 가운데 누구는 그 교향곡을 처음 들을 것이고 누구는 마지막으로 듣게 될 것이라고 스스로 상기한다고 말했다. 그렇게 공연을 대하면 마음가짐이 훨씬 달라질 것이다.

호흡에도 그와 똑같은 인식을 적용할 수 있다. 수행하는데 아무 일도 안 일어나는 것 같고, 호흡이 마법처럼 충만하지 않고, 글은 존재하지도 않고, 잿빛 하늘만 끝없이 펼쳐지는 것만 같은 때에. 그런 순간에 나는 다시 들숨으로 돌아와 스스로 상기한다. 내가 한 번의 들숨을 들이쉬는 그 순간 지구 어딘가에서 갓 태어난 한 아기가 첫 호흡을 시작했다고. 그리고 내가 날숨을 내쉬는 그때가 어떤 이에게는 마지막 호흡을 내쉬는 순간이라고. 따라서 내 호흡은, 이 세상에 온 새로운 존재를 맞이하고, 몸을 두고 떠나는 이를 배웅하는 동반자라고. 우리는 탄생과 죽음 그 자체와 리듬을 맞춰 호흡한다. 우리는 우리의 호흡이 맞이하고 배웅하는 사람이 누구인지 구체적으로 알 수 없지만, 언젠가 우리 모두 숨을 내쉬면서 떠나게 될 텐데, 이 세상에서 누가 우리와 함께 그 날숨을 쉬고 있다는 것을 안다면 그것은 무슨 의미일까?

다음에, 호흡한다는 일이 가치 없고 우스꽝스럽게 느껴질 때 이 수행을 시도해 보기를 바란다. 지루하거나 피곤할 때에도. 마음이 온통 해야 할 일의 목록에만 매달릴 때도. 다음 들숨을 마치 처음 쉬는 숨처럼, 처음으로 폐에 공기를 채우는 타인과 더불어 호흡해 보라. 예술처럼, 호흡은 우리를 현재뿐만 아니라 이전에 왔던 모든 이들과 연결한다. 카이사르, 모리슨 그리고 왕과 함께 호흡하라. 울프, 모차르트, 베트남 전쟁에서 실종된 군인들과 함께 호흡하라. 마스토돈과 마스토돈을 바위에 새긴 사람들과 함께 호흡하라. 우리가 인간으로서 이 탄생을 하기 위해 가임 연령까지 살아야 했던 여성 6,667명과 함께 호흡하라. 참으로 기적이다. 방금 세상에 태어난, 태지와 피로 뒤덮인, 순수하고도 완벽한 아기와 함께 호흡하라.

야구 방망이와 똬리를 튼 뱀

세부 묘사

라이언 반 미터는 《첫》이라는 제목의 강렬한 에세이를 썼다. 나는 입문 수업에서 정기적으로 이 에세이를 가르친다. 이 에세이가 매우 짧은 시간에 단어를 예술로 변환하는 핵심 기교를 보여주기 때문이다. 에세이는 작가 부모님의 스테이션 왜건 뒷자리에서 시작하고 끝이 난다. "비밀의 장소 같은 느낌이 풍기는" 그곳에서 작가와 작가의 친구 벤은 부모님들과 외출했다가 집으로 가는 동안 자동차 뒤창으로 바깥을 내다본다. 앞자리에 앉은 아버지들은 전통적으로 남성적인 활동에 열중해 있었다. 구체적으로 말하자면, 라디오 야구 중계방송을 듣고 있었다. 그러는 동안 어머니들은 가운데 자리에서 수다를 떨었다. 그렇지만 반 미터는 반대 방향을 바라보며 벤의 끈적끈적한 손을 잡고 몸을 기울이며 사랑한다고 속삭인다. 다섯 살 아이가 마음으로 한 고백은,

문자 그대로는 아니더라도, 은유적으로는 차를 세웠다. 라디오 소리가 잠잠해졌다. 대화가 끊겼다. 반 미터의 어머니가 고개를 돌리더니, "웃음이 아니라 웃음 주름을 지은" 얼굴로 좀 전에 한 말을 다시 해 보라고 한다. 하라는 대로 하자 어머니는, "그런 말은 하는 게 아니야"라고 대꾸하고는 아들을 어둠 속으로, "갑자기 너무 이상하게 느껴지는" "차의 꼬리"로 돌려보냈다.

《첫》은 소품인데 내가 요약해서 더 작아진 작품이다. 반 미터는, 지나간 순간들을 엮어서 자신이 사랑할 수 있는 대상과 방식에 대해 더 큰 문화에서 배운 것이 무엇인지 이해하도록 해 준다. 어머니가 고개를 돌려 아들에게 고백을 다시 하게 할 때, 독자는 옷장이 어떻게 생겨나고 잠기는지 이해하게 된다. 반 미터는 이성애 규범성과 남성성에 대한 믿음이 아이를 파괴하는 방식을 지적하면서도 그런 완력을 직접 언급하지는 않는다. 대신 반 미터는, 오롯이 세부 묘사에 기댄다.

#사색과 마찬가지로, 의미 있는 세부 묘사는 글을 더 깊은 주제로 이끈다. 평범한 것을 팔딱팔딱 활기차게 고동치는 것으로 바꾸는 의미심장한 세부 묘사가 지닌 마법 같은 힘은 과장할 수 있는 게 아니다. 초보 작가들은 흔히, 극적이고, 강렬하고, 거대한 것을 써야겠다고 생각하지만, 실상은 등장인물의 발치에서 굴러다니는 물체를 볼 줄 알아야 한다. 반 미터의 경우, 벤과 함께 앉은 뒷자리에 야구 방망이와 자동차 배터리 충전용 점프선

이 실려 있다. 독자로서 우리는 세 번째 문단에서 그 두 가지를 인식하게 된다.

"내 다리 옆에는 검은색과 빨간색 점프선 한 타래가 있고" 벤의 야구 방망이도 "달그락달그락 소리를 내며 굴러다녔다." 이제 논픽션을 쓰고 있으므로 반 미터는 진실에 구속되어 있다. 그냥 지어낼 수는 없는 것이다. 소설가와 시인은 뒷자리에서 찾아낼 만한 것들의 범위를 더 넓게 가질 수 있지만, 예술가를 위한 그릇, 제약은 실제로 예술 창작에 도움이 된다. 우리가 원하는 게 완전한 자유라고 생각할 수 있지만, 사실은 한계와 경계가 창의성을 촉진한다. 그래서, 여기, 에세이를 쓰면서 반 미터는 스테이션 왜건 뒷자리에 있는 물건에 진실을 입혀 제약을 설정한다. 내 추측으로 바닥에는 다른 물건들도 널려 있었을 것 같다. 빈 콜라 깡통이나 체육관 가방 아니면 차에 들고 탄 만화책 같은 것들이. 반 미터는 그런 세부 사항은 전하지 않는다. 우리의 시선을 통제하는 것이다. 야구 방망이와 점프선, 두 가지로.

세부적인 요소는 더 깊은 주제를 가리킬 때 중요한 의미를 갖는다. 원고지 공간을 차지할 만한 가치 있는 세부 사항들과 마찬가지로 중요한 세부 요소는 감각적이어야 한다. 곧 우리의 감각 기관 중 하나를 깨어나게 해야 한다. 우리는 머리 앞에 눈이 달린 호모 사피엔스이기 때문에 시각적 세부 묘사는 우리가 가장 중요하게 여기는 요소다. 그렇지만 의미 있는 세부 묘사가 되려면 후각이나 미각 또는 촉각을 자극할 수 있어야 한다. 야구 방망이와 점프선은 친숙한 사물이며, 문화적 보편성에 힘입어 대다수 독자는 저마다 자동으로 이미지를 생성한다. 나이가 많은 독자라면 심상으로 나무 방망이를, 젊은 독자는 합금 배트를 떠올릴 것이다. 그건 중요하지 않다. 문제는 독자가 방망이와 점프선을 본다는 것이다.

세부 묘사는 대개, 특히 단어 하나하나가 중요한 시와 짧은 형식의 글은 더더욱 두 가지 임무를 함께 수행해야 한다. 부엌이나 그네 또는 롤러코스터의 입구를 있는 그대로 묘사하는 것만으로는 충분하지 않다는 소리다. 있는 그대로를 그리면서 동시에 더 깊은 주제를 향해 나아가는 묘사가 되어야 한다. 작품 《첫》에서 반 미터는 그걸 알고 있으며, 그래서 그런 세부적인 요소를 제공한 것이다.

야구 방망이는, 전통적인 남성성과 백인, 중산층, 애플파이로 대표되는 미국의 상징이다. 그 야구 방망이가 절대로 이성애자가 될 수 없는 소년의 발치에서 의미심장하게 흔들리고 있다. 적게는 소년과 앞자리에 앉은 아버지 사이의 거리를 나타낸다. 더 중요하게는, 야구 방망이가 사람을 때리는 물건이기도 하다는 것이다. 생김새가 다르거나 신념이 다르거나 아니면 그저 말 안 듣는 사람들을. 그건 뒤에서 굴러다니는 위협적인 힘이다. 반드시 반 미터가 즐기는 놀이의 원천이 되어야 할 이 야구 방망이는 중립과는 거리가 멀다. 그건 거리를 나타내고, 숨어 있고, 에세이 시작 부분에서 누군가를 때릴 것이라고 암시하는 물건이다.

점프선도 반 미터가 허공에서 낚아챈 의미 없는 세부 요소가 아니다. 점프선 또한 진동한다. 반 미터의 다리 바로 옆에 '똬리'를 틀고 앉아 공격 태세를 갖춘 뱀이다. 빈 콜라 깡통은 독자를 어긋난 방향으로 안내하거나, 아예 방향을 못 드러낼 수도 있다. '죄'를 짓게 될 다섯 살 아이의 발치에 점프선을 사려놓으면 뱀이 정원으로 들어간다. 스테이션 왜건 뒷자리에서 영혼을 움켜쥘 수도 있고, '저지른 죄'에 대한 처벌을 받을 수도 있다.

내가 너무 멀리 나간다고, 반 미터는 그런 걸 의도하지 않았다고 말하는 사람도 있겠다는 걸 안다. 나는 경험한 것만 얘기할 수 있다. 작가로서, 나는 내가 앞으로 추진할 것과 말하지 않고 남겨 둘 것이 무엇인지 매 순간 온전히 알아차린다. 세부적인 요소들은 표면적 또는 알려진 것처럼 보일 수 있지만, 종종 독자의 잠재의식 안에서 끓어올라야 한다. 글쓰기는 만들어진 것이다. 한 번에 한 단어씩. 그리고 작가는 만드는 일을 담당한다. 우리가 배우는 사랑의 방식에 대해 더 큰 질문을 던지며 탐구하기를 바란다면, 그리고 그 질문을 단지 자신의 의견을 떠들어 대는 데서 그치는 게 아니라 골치 아프고 복잡한 방식으로 탐구하고 싶다면, 작가는 의미 있는 세부 묘사에 의지해야 한다.

#야구 방망이와 똬리를 튼 뱀을 주면 독자는 다섯 살 꼬마를

위협하는 것이 무엇인지 다 이해하게 된다. 폭력은 소년의 순수한 의도뿐만 아니라 겁먹은 부모에게서 비롯되기도 한다. 폭력은 체계적이고 역사적이며 난해하다. 독자인 우리는 단순한 대상 두 가지, 곧 야구 방망이와 점프선을 통해 그 이해에 도달한다. 처음에 구체적인 실체로 보이던 것이 변형되는 걸 허용한다.

죽은 할머니는 없다

인물 묘사

몇 년 전 일이다. 나는 방금 내 작품을 받은 여성 둘과 통화를 했다. 문학 에이전시를 운영하는 두 사람은 내가 보낸 소설을 놓고 논의하는 중이었다. 이메일로는 소통했지만, 목소리를 들으며 원고를 살핀 것은 그때가 처음이었다. 수정을 요청하리라고 예상했는데, 그쪽에서 궁금해하는 것은 소설 속 인물, 특히 어머니 린이라는 사실을 나는 금세 알아차렸다. 소설 결말 부분에서 린의 결혼 생활이 계속 이어질지 그 여부가 분명하게 드러나지 않았다. 십 대 딸과는 화해했지만 해군 장교인 남편은 아직 바다에 있었다. 나에게 그 소설은 마지막 단어로 끝을 맺은 참이었다. 작가로서 내가 가장 염려한 건 마지막 이미지였다. 너무 부자연스럽지는 않은지, 너무 진부한 게 아닌지, 모든 일이 다 잘 될 거라는 암시 없이 책을 마무리해도 괜찮은지. 그런데 두 문학 에이전트가 가장 주의를 기울인 쪽은 소설이 끝난 뒤에 일어날 일이었다. 둘은 린이 남편 곁을 떠나는지, 자신의 예술을 수행하게 되는지, 행복할 기회를 얻는지 여부를 내게 물었다.

회고록 작가로서 나는 독자들이 내 아버지나 어머니, 남동생들의 안부를 묻는 데 익숙하다. 독자들은 부엌 식탁에 우리 가족과 함께 앉아 어울렸고, 몇 달씩 캠핑카에서 같이 지냈으며, 우리가 주둔했던 지역을 순서대로 다 알고 있었다. 우리 부모님을 직접 만날 기회가 되면 독자들은 흔히 부모님에게 이미 아는 분들 같은 느낌이 든다고 얘기한다. 나를 만나도 서로 포옹하기 전에 그런 말을 먼저 할 것이다. 독자들이 보여 주는 그런 유대감을 나는 늘 영광으로 여기지만, 조금 불편하기도 하다. 나는 될수록 무르고 약하게 글을 쓰는 편이고 거기서 독자들이 느끼는 친밀감은 진짜다. 하지만 진짜가 아니기도 한 것이, 나는 살아오면서 그 독자들을 한 번도 만난 적이 없기 때문이다. 그래도, 나는 내 삶과 내 삶 속의 사람들에 대해 쓰기 때문에 독자들이 나와 내 견해들을 안다고 여기는 마음을 이해한다. 그리고 겸허해진다.

그런데 내가 창조한 허구의 등장인물들을 대상으로 이런 투자가 이루어질 거라는 기대는 하지 못했다. 그래서 잠깐 생각한 뒤, 린은 이혼할 가능성이 가장 크다고 대답하는 내가 스스로 놀라웠다.

오랫동안 린의 몸으로 살았기 때문에, 나는 린이 원고 너머에서 어떤 선택을 할지 이해했다. 린이 어떤 종류의 시리얼을 먹을지, 우편함에 어떤 잡지가 도착할지(작가로서 우리가 등장인물에 '살을 입힐' 때 고려해야 한다고 하는 속성) 아는 것을 넘어 내가 만든 세상을 지나간 뒤에 린이 살아갈 방향도 짐작할 수 있었다. 린이 계속 살아갈 삶이 어떨지도.

여기서 등장인물의 힘을 설명하고자 한다. 강하고 활기찬 등장인물을 창조하면, 그 인물을 원고지에 옮길 때 제약받을 일이 없다. 그 인물들은 독자의 상상 속에서 살아 있는 존재가 되어 드넓은 초원을 자유롭게 돌아다닐 수 있다. 살아오는 동안 만난 사람들을 떠올려서 만든 인물이든, 머리로 만든 인물이든 우리는 새로운 존재와 존재의 새로운 형태를 탄생시킬 기회(책임이라고 얘기하고 싶다)를 얻는다. 그리고 그 인물들은 우리가 인간으로서 우리의 길을 만들어 가는 게 무엇을 의미하는지 이해하도록 도와준다.

내가 오랫동안 존경해 온 작가 딘티 W. 무어는 《사건의 진상》에서, **#작가는 세 가지 방식으로 인물을 창조한다고 한다. 곧, 서술, 행위, 그리고 대화가 그것이다.** 나는 이 구분이 유용하다고 생각하는데 등장인물이 만들어지는 방식을 이해하는 데 도움이 되기 때문이다. 실존 인물에서 따왔다고 하더라도 말이다. 운 좋게 아테나 여신처럼 머릿속에서 완전한 형상을 갖춘 인물이나, 재카로프(북아메리카 민속에 등장하는 전설의 생물. 영양이나 사슴의 뿔이 달린 산토끼 모습으로 묘사된다.: 역자 주)처럼 독특한 형제자매의 모습이 툭 튀어나올 수도 있다. 하지만 그래도 독자를 위해 등장인물을 하나하나 글로 묘사해서 만들어 내야 한다. 내 인생에서 내 아버지의 모습이 얼마나 생생하든, 머릿속의 마법사가 얼마나 또렷하든, 내가 적절한 단어를 올바른 순서로 배치해야만 독자에게 현실로 다가간다.

무어는 신체 묘사로 시작하는데 그것이 인물을 만드는 가장 설득력 있는 수단이라서가 아니라 작가들이 종종 의지하는 방식이기 때문이다. 작가들에게 불리한 방식인데도 말이다. 인간은 시각적인 생물이고 눈으로 본 대로 믿는 경향이 있으므로 작가가 신체 묘사를 먼저 시도하는 데는 일리가 있다. 그리고 섬세한 신체 묘사 자체는 나쁘지 않지만(야구 방망이와 점프선을 떠올리길), 등장인물을 창조할 때 섬세한 신체 묘사를 제대로 활용하지 못하는 경우가 많다. '운전면허증' 설명을 보자. 중간 키에 갈색 머리. 옅은 갈색 눈. 이런 세부 묘사는 인물의 성격에 대해 아무것도 말해 주지 않는다. 머리 색깔로 알 수 있는 것은 별로 없다. 대신, 우리는 독자의 머릿속에 인물을 각인시킬 구체적인 세부 묘사를 궁리한다. 그래야 독자가 우리가 누구를 얘기하는지 정확히 알 수 있다. 재닛 버로웨이는《라이팅 픽션》에서 다음과 같은 서술을 제공하는데 마거릿 애트우드의 소설에서 가져온 것이다. "영양사, 위더스 부인이 뒷문으로 당당히 걸어 들어와, 자리를 잡고, 방 안을 훑어보았다. 부인은 평소처럼 베티 그레이블 스타일로 머리를 치장하고, 발가락 부분이 트인 펌프스 구두를 신고 있었다. 그리고 민소매 드레스인데도 어깨에 패드를 넣은 듯한 느낌을 풍겼다."

　의견이 다를 수도 있겠지만, 나는 어깨를 드러냈는데도 패드를 넣은 것처럼 보이는 여성이라는 묘사가 위더스 부인에 대해서 알아야 할 정보를 다 전달한다고 생각한다. 근접하기 힘든 여성. 불굴의 투지, 과묵한 군국주의자. 나는 부인의 어깨에 기대울 일은 없을 것 같다. 애트우드는 정확한 인물 묘사를 선택함으로써 위더스 부인을 또렷하게 그려냈다. 선택을 잘하면, 한두 가지 요소만 있으면 된다. 머리 색깔과 푸른 눈을 제아무리 길게 설명한 문장이라도 패드를 넣은 듯한 맨 어깨라는 묘사는 도저히 따라잡기 힘들 것이다.

　#여기서 선택을 잘해야 한다. 인물의 성격을 한눈에 알 수 있게 해 줄 구체적인 세부 묘사를 어떻게 할까? 먼저 함께 살아가는 사람들 사이에서 연습하는 게 좋다. 예를 들면, 어머니. 어머니가 어떤 사람인지 독자에게 정확하게 전달해 줄 구체적인 특징들을 꼽을 수 있을까? 실제로 이렇게 시도해 보라. 적어 보라. 신체적 특징 하나. 그리고 머리카락에서는 멀리 떨어져 보자. 어머니의 옷차림을 생각하라. 그러면 좀 더 가까워질 것이다. 액세

서리를 떠올려 보라. 우리 어머니의 특징에 초점을 맞춘다면, 청바지에 티셔츠를 입어도 그에 어울리는 보석을 반드시 착용한다. 이제 각자의 어머니를 떠올리며 시도해 보라.

#우리가 인물의 성격을 만들 수 있는 두 번째 방법은 행동을 보여 주는 것이라고 무어는 말한다. 인물이 세상에서 움직이는 방식. 몸을 쓰는 습관. 앉고 서고 오트밀을 젓는 방식. 독자에게 인물이 입체적으로 느껴지게 하려면, 원고 위에서 입체적으로 살아나야 한다. 막대 그림처럼 납작한 게 아니라 구체화한 존재여야 한다는 뜻이다. 어떤 행위는 때로 줄거리의 일부가 된다. 한 인물이 다른 인물을 때리는 것과 같은 행위. 그렇지만 좀 더 섬세하며, 인과 관계보다는 인물이 공간을 차지하는 방식과 관련이 더 큰 일련의 행동 규범이 있다. 한 자리에 머무는 법 없이 늘 떠나는 인물이라면 의자 끝에 앉을지 모른다. 상처를 감추려고 두 팔로 배를 감쌀 수도 있다. 개똥을 치우라는 요구를 거절(행동하지 않는 행동)하는 인물도 있을 것이다. 밤마다 두 발을 비비는 것으로 자신을 달래며 잠들기를 바라는 경우도. 등장인물들은 세상 속에서 행동한다. 그 인물들이 들어오면 방의 기운이 달라진다. 상처를 입기도 하고 받기도 한다. 인물들의 몸은 편안한 집이기도 하고 범죄 현장이 되기도 한다. 등장인물이 작가의 머릿속에서 비롯하든 과거에서 온 것이든, 원고지 위에 도착하면 몸을 입는 것이다. 작가는 등장인물이 움직이는 방식으로 그

인물이 누구인지 보여 주게 된다.

우리 어머니들에게로 돌아가자. 어머니가 정확히 어떤 사람인지 독자가 이해하는 데 도움이 되는 대표적인 행동은 무엇인가? 적어 보라. 내 경우를 말하자면, 우리 어머니는 앉을 때 좀처럼 바닥에서 발을 떼지 않는다. 소파에 앉을 때 발을 위로 끌어올리지 않는다. 커피 탁자 위에 발을 올리지 않는다. 자라면서 배운 대로 우리 어머니는 발바닥을 내보이는 법이 없다.

#마지막으로, 그리고 가장 강력하게 전하고 싶은 얘기는, 등장인물들이 대화로 자신을 드러낸다는 것이다. 무어는 등장인물들이 말하는 방식이야말로 그 어떤 형태보다 더 강렬하게 성격을 드러내 준다고 한다. 다음 장에서 대화에 대해 더 구체적으로 살펴보겠지만, 여기서는 신체 묘사나 행동보다 등장인물의 말이 왜 그토록 많은 것을 드러내는지, 그것만 따져보고 싶다. 답은 독자가 책을 읽을 때 정보를 받아들이는 방식에 있다. 신체 묘사와 행동은 작가가 걸러 낸 특징이다. 공유할 세부 사항과 강조할 행동을 작가가 골라낸 것이다. 등장인물이 할 말을 정하는 쪽이 작가라는 면에서 대화도 그와 다르지 않지만, 독자는 대화를 인물의 직접적인 증거로 여기고 경험한다.

대화는 여과 없이 도착한다. 여기에 정말 중요한 차이점이 있다. 대화도 작가가 만들고 선택한다는 점은 같지만, 독자는 대화를 인물에게서 곧장 오는 것으로 여기고 경험한다는 것이다. 사실에 가깝게 느낀다. 다음 장에서 보겠지만, 대화는 원고지에 질감과 다양성, 물리적인 호흡 공간을 만들어 내는데, 가장 탁월한 점은 등장인물과 곧장 이어지는 통로로 기능하는 방식에서 나온다. 대화는 사실로 다가온다. 진실을 그려 내는 방식을 고려하자면, 대화야말로 가장 강력하게 성격을 규정해 주는 형식이라는 걸 알 수 있다.

시도해 보라. 어머니에게 돌아가자. 어머니가 어떤 사람인지 독자에게 가장 정확하게 보여 줄 수 있는 말 한마디는 무엇일까? 내가 우리 어머니에게 돌아가서 본다면 이 한마디를 들겠다. "너는 아픈 게 아니야."

묘사, 행동, 대화. 인물의 특성을 만들어 내는 세 가지 요소다. 우리는 그 세 가지 요소 모두에 의존한다. 가장 강력한 것은 대화일 테니 그쪽으로 더 기울겠지만, 다른 두 가지도 각자의 공간을 갖고 있다.

언급하자니 너무 진부하지만, 클리셰가 다 그렇듯 진실에서 비롯한 내용을 소개한다. 여덟 살 이상 독자는 선하기만 하거나 악하기만 한 인물을 믿지 않을 것이다. 그런 걸 믿자니 우리가 지구에서 보낸 시간이 너무 길다. 솔직히, 인간이 아닌 캐릭터라도 그런 일차원적인 성격을 허용하지는 않을 것이다. 제아무리 선한 마법사라고 해도 말이다. 성자나 악마 캐릭터를 제공한다면 그건 독자에 대한 모욕이다. 입문 논픽션 수업에서 나는

'죽은 할머니 에세이'라고 부르는 글을 금지한다. 시작부터 거의 완전히 망조가 든 에세이의 하위 장르이기 때문이다. 죽은 할머니는 너무 쉽게 성자가 되고, 지혜롭지도 않은데 너무 쉽게 현명해지며, 머핀을 너무 많이 굽는다. 나는 20대 학생들이 돌아가신 할머니를 소재로 글을 쓰고 싶어 하는 이유를 이해한다. 많은 경우, 처음 경험하는 죽음일 테니까.

#나는 돌아가신 할머니를 등장인물이나 주제로 삼지 않는다. 내가 못돼서 그런 게 아니라 함정을 너무 잘 알기 때문이다. 삶에서 오든, 마음에서 오든, 아니면 그 둘이 합해져서 오든 등장인물은, 우리가 다 그렇듯이, 세상의 흔적을 지녀야 원고지 위에서 태어날 수 있다. 같은 맥락에서, 우리가 다 그렇듯이 언제나 구원의 가능성이 있어야 한다. 우리는 모두 실패하고, 다시 일어선다. 마찬가지로, 우리의 이야기 안에서 떠도는 이들도 그래야 한다.

마지막으로, 특히, 논픽션을 쓰는 경우는, 우리 삶에 신성한 공간이 존재한다는 사실을 깨닫는 게 중요하다. 원고지 위에서 문제를 일으키고 싶지 않은 실존 인물들 말이다. 예를 들어, 나는 남편 마이클을 직접 등장시키는 글을 거의 안 쓰며, 적어도 길게 다루지 않는다. 나는 남편의 결점을 들추는 글을 쓰고 싶지 않다. 결점이 있는 사람이다. 그렇지만 내게 신성한 존재이기 때문에, 독자들에게 보이려고 복잡한 사람으로 만들고 싶지 않기 때문에, 나는 남편에 관한 글은 실제로 쓰지 않는다.

#삶에서 논의를 금지할 사람이 누군지 알아야 한다. 스스로 검열하거나 글로 옮기기 두려워서가 아니라 그 사람을 복잡하게 만들 의도가 없기 때문이다. 자신에게 신성한 것이 무엇인지 알고 존중해야 한다. 신성한 것은 예술이 아니라 마음속에 두라. 작가는 언제나 원고지가 지닌 위험을 감수해야 한다. 언제 그리고 어떻게 위험을 감수할지 스스로 책임져야 한다.

누구의 대사인가?
대사 만들기

내가 박사 학위를 취득하기로 했을 때, 창작 관련 박사 프로그램은 없거나, 있다고 해도 극소수라서 들어본 적이 없었다. 들었다고 해도, 스물다섯에 갓 이혼한 내가 소설을 선택하자니 확신이 들지 않았다. 나로서는 너무 위험해 보였고, 지레 내 이마에 찍힌 실패라는 단어를 문지르는 느낌이었다. 그래서 나는 작문 및 수사학을 공부하기로 했다. 아니, 어쩌면 작문과 수사학이 나를 선택했을지도 모르겠다. 그도 그럴 것이 글쓰기가 작동하는 방식과 글쓰기를 가르치는 방법을 배움으로써 내가 창작 작가로 살아가야 하리라는 것을 우주는 알고 있었다. 나는 늘 기교를 통해 예술에 도달하게 된 걸 감사한다. 작문과 수사학을 공부하며 나는 글쓰기라는 노동의 가치를, 머리는 숙이고 발은 땅을 딛는 자세를, 글쓰기 자체를 목적이 아닌 지식의 한 갈래로 보는 법을 배우게 됐다.

미시간에서 보낸 첫 학기에 나는 캠퍼스에서 1킬로미터쯤 떨어진 낡은 벽돌 건물에서 오전 7시 30분에 시작하는 1학년 작문 수업을 맡았다. 이른 시간대만으로도 지칠 만한데, 점점 쌀쌀해지는 가을 아침마다 걸어갈 거리도 만만찮았다. 그렇지만 나는 그 수업에서 힘을 얻었고, 학생들과 함께하는 시간을 기다렸으며 수업에 열중하여 시간 가는 줄을 몰랐다. 새로운 곳에서 혼자 지내며, 이혼의 상처는 여전히 아프고, 하와이의 태양과 너무 멀리 떨어진 채 보낸 그 학기가 끔찍할 만도 했지만, 진한 커피와 차가운 아침, 그리고 학생들과 둥글게 둘러앉아 글쓰기 이야기를 나누던 순간들을 기억한다. 따뜻한 기억이다.

당시 대학 수준에서는 채점 기준이 거의 알려지지 않았는데, 나는 직전에 중학교 교사로 일했던 터라 채점 기준이 있으면 자칫 보이지 않던 것을 보이게 해 준다고 믿었다. '좋은' 글쓰기의 속성을 말한다. 미시간 대학교 1학년 작문 수업 학생들은 논증 에세이 쓰기를 과제로 받았다. 논증 에세이는 명확한 논제로 시작하고 텍스트 증거를 써서 그 논제들을 주장하는 전통적인 학술 글쓰기다. 사형제를 주제로 삼든, 도넛과 베이글 중 어느 쪽이 나은지 논쟁하든, 나는 학생들이 주장을 뒷받침할 적절한 증거를 찾는 데 어려움을 겪는다는 걸 알았다.

학생들이 내세운 증거가 에세이 안에서 부표처럼 쓸쓸히 떠다니고, 아무것도 아닌 것에 얽매이고, 도무지 쓸모가 없어 보이는 경우가 너무 흔했다. 나는 강력한 증거의 특성이 눈에 띄도록 방향성과 분별력을 겸비한 증거에 보상을 주는 기준을 만들었다. 방향성은 각 증거가 제시하는 요점과의 관련성, 분별력은 잘 선택되어 눈에 띄는지 그 여부에 중점을 두었다. 가능성이 있는 자료 더미에서 선별한 증거를 두고, 작성자가 그 가치를 명확하게 이해한 흔적이 보이는지 살핀 것이다.

#대화는 증거다. 그러므로 대화는 방향성과 분별력을 갖춰야 한다. 대화는 등장인물이 직접 내보내는 정보에 독자가 접근할 수 있는 유일한 기회다. 에세이나 이야기에 등장하는 나머지 정보(배경, 장면, 의미 있는 세부 묘사, 메타포 따위)는 모두 작가가 걸러낸다. 독자는 대화를 여과되지 않은 정보로 느낀다. 실은 그렇지 않지만 그렇게 느껴지는 것이다. 독자는 대화를 반긴다. 독자가 등장인물에 대해 자신만의 판단을 내리는 순간이기 때문이다. 그 인물이 신뢰할 만한지, 좋은지 나쁜지, 호감이 가는지 아닌지 같은. 독자와 등장인물이 말하는 것을 방해하는 것은 없다. 장면이 실시간으로 전개된다면, 그 장면의 대화는 등장인물이 직접 독자의 귀에 대고 속삭이는 순간이 된다. 친밀하고 가까운 순간이다.

대화는 신중하게 골라야 한다. 우리가 최대한 장면의 절정에 공감하는 것처럼, 제공하는 증거가 최대한 많은 대화에 공감한다. 독자는 장면에서 뭐든 보게 되기를 바란다. 그렇지 않다면 장면에 머물 이유가 없다. 그리고 독자는 대화에서 증거가 드러날 장소를 찾는다. 절정 부근에서 대화를 시작하라. 독자에게 방향성 없고 분별력 없는 대화 영역을 헤치고 나아가라고 요구하지 마라. 독자에게 왜 그 자리에 머무는지 알아내려 노력해 보라고 요구하지 마라. 독자는 자신이 그 지점에 도착한 이유를 알아야 하고, 그런 다음 어느 정도는 자신이 파악한 내용에 놀라야 한다. 이야기나 에세이에 대한 더 복잡한 이해를 바탕으로 해당 장면과 대화를 떠나야 한다.

독자에게 직접적인 증거를 제공한다는 중심 역할 외에도 대화는 페이지에 질감을 형성한다. 각 등장인물은 자신이 내보내는 말의 내용으로 가장 명확하게 특성을 드러낼 것이므로 한마디 한마디 할 때마다 글에 새로운 목소리가 더해질 것이다. 다른 음조와 음색으로. 대화가 없으면 우리는 화자의 목소리만 듣게 된다. 불가능한 건 아니지만 도전적인 접근 방식이다.

대화가 없는 작품은 독자가 밋밋하게 느낄 수 있다. 마치 고려할 만한 현실 상황이 하나밖에 없는 방에 홀로 갇힌 것처럼 말이다. 대화는 뉘앙스, 관점, 대안, 그리고 파동을 더해 준다. 전통적으로 대화 부분 표기는 새로운 등장인물이 말을 할 때마다 들여쓰기로 구분하는데 그 또한 지면에 물리적인 호흡 공간을 만들어 내는 셈이다. 독자는 대화가 긴장을 자아내거나 간결하더라도 대화에 도달하면 널찍한 공간감을 경험하게 된다. 독자는 그 호흡을 반긴다.

끝으로, 대화는 항상 분별력을 지녀야 하므로(쭉정이가 아니라 알곡), 정보를 마구 쏟아부을 장소로 사용해서는 안 된다. 요약을 사용해서 배경 정보를 제공하거나, 아니면 장면 세부 묘사를 통해 필요한 정보를 전달할 방법을 찾아보라. 등장인물이 말을 하면 독자는 듣는다. 그 말의 내용을 소중히 여긴다. 등장인물이 독자에게 형제가 몇인지, 인디애나에서 얼마나 오래 살았는지, 아침에 무엇을 먹었는지 알려 주려고 대화를 사용하는 게 아니다. 구성 방향을 바꾸거나 중심 질문을 복잡하게 만드는 게 아니라면 아무 정보나 대화로 처리하지 않아야 한다.

#등장인물은 과묵한 게 좋다. 낙하산을 고르듯이 신중하게, 이해관계를 살피며 집중하여 대화를 선택하라. 작가로서 우리는 가능한 가장 좋은 대화를 선택할 책임이 있고, 독자는 그 대화가 어떤 의미를 갖는지 스스로 결정할 책임이 있다. 독서 경험을 떠올려 보라. 예를 들어, 수업 때문에 소설을 읽어야 하는데 시간이 부족해서 끝까지 읽기 힘들다고 가정해 보자. 온라인에서 요약 내용을 찾을 수도 있지만, 대충 훑어볼 수도 있다. 휙휙 넘길 때 무엇을 찾게 될까? 나는 대화 부분이라고 생각한다. 중요한 일이 대화 안에서 벌어진다는 걸 우리가 알기 때문이다.

아래는 이라 수크룽루앙(ira sukrungruang)의 짧은 에세이 〈사라지기 & 찾기〉에 나오는 대화 부분이다. 글에서 저자는 날마다 어린 아들을 태우고 텅 빈 오하이오의 풍경 속을 달려 학교로 간다. 들판에 선 나무 한 그루를 스치고 지나갈 때 아들이 말한다.

"아빠, 저 뒤에 나무 봐 봐."

"아빠는 못 봐."

"아니야, 볼 수 있어."

"아빠는 두 손은 운전대를 잡고 눈은 길만 봐야 해."

"아니야, 안 그래도 돼."

"응. 아빠는 그래야 해." 우리는 아빠의 "응"과 아들의 "아니야" 사이를 오간다. "아빠가 길에서 눈을 떼면 사고가 날 수 있어."

"사고가 뭐야?"

"운전대를 놓쳐서 차가 뭐에 부딪치는 거야."

"나무 같은 거에?"

나는 고개를 끄덕인다.

"근데 나무 없어." 내 아들이 흐릿하게 보이는 바깥 평지를 가리킨다.

"오하이오는 안 그래."

"아빠, 사고 나면 어떻게 돼?"

"사람들이 다치기도 하지."

"사람들이 다치면 어떻게 돼?"

"너 무릎 까졌을 때 생각나니? 그거랑 비슷한데 더 나빠."

"뭐가 더 나빠?"

"그러니까 네가……." 나는 말을 잇지 않는다. 내 아들에게 네가 죽을 만큼 다칠 수 있다는 말은 하고 싶지 않다. 나는 '죽다'라는 용어를 설명하고 싶지 않다. 혹은 '죽어 가는'이라는. 또는 '죽음'이라는 말을. 내 마음속에서 맨 먼저 떠오르는 달이 그거라고 해도. 최근 여러 사람이 세상을 떠났는데도. 가족, 친구, 그리고 선생님들이.

내 아들이 세상에 나온다는 걸 알게 된 순간, 나는 지레 앞날로 나아갔다. 아직 제 어머니의 자궁 속에 든 조그만 태아에 지나지 않았는데 나는 내가 죽고 없는 앞날로 향했고, 이 잔혹한 삶에 맞서 아이를 지킬 준비를 못 해서 두려웠다.

아니면 나 없는 삶일지도 모르는.

이 에세이는 거의 전체가 대화로 이루어진다. 위와 같은 대화, 진실을 말할 수 없는 단어, 죽음의 불가해성으로 가득 차 있다. 그리고 대사는 다 무척 짧은데, 이는, 잔혹한 삶의 현실이라는 에세이의 깊은 주제를 고려하면 사뭇 모순적이다. 아들에게 하는 대답은 스쿠룽루앙 자신의 존재처럼 가냘프고 연약하게 다가온다. 논픽션이기 때문에 우리는 팬데믹이 시작된 지 1년이라는, 역사적인 맥락에서 에세이를 읽게 된다. 많은 이들이 사라지는 동시에 많은 이들이 계속 등장하는 시기. 이 글의 대화는 작가나 독자 모두 상실의 고통을 또렷하게 표현할 수 없지만 그래도 여전히 둘 다 느끼는 것을 더 적은 말로 더 많이 얘기해 준다. 등장인물이 말하도록 허용함으로써 가능한 일이다.

무엇으로 보여 주고
무엇으로 말할 것인가
보여 주기와 말하기의 힘

여덟 살 2학년 때, 다시 학교에서 종일토록 보내기 시작한 지 몇 달 후, 쇼 앤드 텔(수업 활동의 하나로 저마다 물건을 가져와서 보여 주고 발표하는 활동: 역자 주) 시간에 나는 내가 가장 좋아하는 음반을 가져갔다. 우리는 반 친구들과 공유할 소중한 물건을 고르라는 말을 들었고, 세 명씩 한 조가 되어 특정 날짜를 정했다. 선생님은 종이 가방에 쏙 들어가는 것이면, 그리고 살아 있는 것만 아니면 무엇이든 공유할 수 있다고 했다. 그런 규정에 아이들 여럿이 투덜거렸다. 우리 가족은 자주 이사를 하는 집이라 반려동물을 기르지 않았다. 그러니 나는 동물을 데려올 생각 같은 건 할 리가 없었다. 게다가, 나는 공유하고 싶은 게 바로 떠올랐다.

어쩌면 휴가철이 가까워서 그랬을 텐데, 나는 밤마다 듣다가 잠드는 〈루돌프 사슴코〉 음반을 학교에 가져갔다. 음반 표지 위를 가로지르며 날아다니는 루돌프 모습만큼이나 벌 아이브스의 목소리가 친숙했다. 나는 음반을 보호하려고 학교 버스에 앉으며 등 뒤에 두었다. 북버지니아의 언덕을 오르내리며 버스가 달리는 동안 참나무 가지들이 스쳐 지나가고 도토리가 바퀴에 밟혀 으깨졌다. 나는 내내 등을 음반에 대고 있었다. 딱딱한 감촉이 줄곧 느껴졌다. 그런데 학교에 도착해서 아이들이 웅성웅성 서두르며 밖으로 강물처럼 빠져나가는 와중에 나는 그만 음반을 챙기는 걸 깜박 잊고 말았다. 나중에야 알아차린 나는 선생님에게 간청했다. 교무실에 가서 버스 운전사에게 전화 통화를 할 수 있게 해 달라고 말이다. 선생님은 허락하지 않았다. 그즈음에는, 내가 상처로 피를 흘릴 정도는 돼야 교실 밖으로 나가도 된다고 허락할 터였다.

그날 쇼 앤드 텔을 하는 동안, 내 가슴은 쿵쿵 뛰었다. 나는 음반을 영영 잃어버렸고, 그와 함께 밤마다 들으면 마음이 편안해지던 이야기도 사라졌다고 확신했다. 다른 아이들은 책이며 캐릭터 인형, 플라스틱 부품을 접착제로 붙여서 만든 비행기를 공유했고, 나는 팔짱을 끼고 앉아서 내 삶에서 떠나 버린 것을 애도했다. 그날 오후, 버스 운전자가 서로서로 제 것이라고 우겨대는 아이들 소리를 뚫고 음반을 내게 돌려주었다. 안전하게 손에 넣은 뒤 음반을 꺼냈더니 둘로 쪼개져 있었다.

"말하지 말고 보여 주라"는 작가들 사이의 조언을 들어봤을 것이다. 그리고 초등학교 시절에 좋아하는 것을 반 친구들과 함께 공유하던 순간을 누구나 기억할 것이다. 나는 보여 주기도 하고 말도 하는 기회가 있었다는 사실을 떠올려 보는 게 유용하다고 생각한다. 모형 비행기를 손에 들고 교실 앞으로 나와서 친구들에게 이야기하는 모습을 떠올려 보자. 우리는 이것은 저것이 아니다, 는 식의 이분법을 고집하는 글쓰기 조언을 경계해야 한다. 예술은 미적분이 아니다. 단순히 옳거나 그르기만 한 것은 없다. 내가 가장 좋아하는 요가 강사 중 한 명인 버니 클라크는 "절대로 아니다, 는 절대로 옳지 않고 언제나 옳다, 는 언제나 틀리다"고 말한다. 우리는, 보여 주기 그리고 말하기(쇼우 앤드 텔)에서 '그리고'를 받아들여야 한다.

　우리가 늘 고려하는 것들, 곧 장면, 등장인물, 대화는 작가가 독자에게 이야기나 시, 수필에서 일어나는 일을 보여 주기 위해 사용하는 기술 요소다. 이 책의 첫 부분을 돌아보면, 우리는 예술가가 전반적으로 추구하는 것은 두서없고, 뭐라 꼬집어 말하기 힘들고, 모호하게 경험하거나 느끼거나 알고 있는 내면의 어떤 것을 외부화하는 것을 목표로 한다는 생각으로 시작했다. 글쓰기는 내면을 외부화하려는 시도이다. 나는 조지아 오키프가 쓴 어느 편지의 마지막 문장을 생각한다. 자신이 초기에 그린 목탄 추상화에 관해 알프레드 스티글리츠(사진작가이자 갤러리 운영자, 화가 조지아 오키프와 결혼했다.: 역자 주)에게 쓴 편지다. "나는 다만 나를 표현하려고 작품을 만듭니다. 내가 느끼고 말하고 싶은 것들, 말로 표현할 수 없는 것들을 표현하려고. 내가 말하지 않아도 당신은 이미 알겠지만, 내가 하고 싶은 말을 내가 누구에게 제대로 전했는지 궁금해서 물어봅니다." 작가로서, 예술가로서 우리는 늘 우리가 말하고 싶은 것을 "누군가에게 전달했는지" 궁금하다. **#문학예술에서 '보여 주기'는 우리가 외부화하려는 시도의 시작점이다.** 우리는 이미지, 의미 있는 세부 묘사, 복잡하고 다양한 인물들, 잘 선택한 장면들에 의존한다. "이거 보여요?" 우리는 실제 혹은 상상의 독자들에게 묻는다. 이해합니까? 내 안에 사는 것을 적절한 단어로 올바른 순서에 맞춰 전달했나요? 그래서 그게 이제 당신 안에서도 살기 시작할까요?

그런 행위는, 매우 마법적이고 연금술적이어서, 미성숙한 내면의 어떤 것을 명백한 언어 형태로 완전히 변환하는 일일 뿐만 아니라, 단어들을 다른 존재의 살아 있는 경험 속으로 옮기는 일이기도 하다. 작가로서 우리는 그와 같은 행위를 될수록 많이 보여 주어야 한다. 드러내라. 묘사하라. 밝게 비추라. 절대로 완전한 성공을 거두지는 못할 것이다. 내 안에 사는 것이 다른 사람 안에서 온전히 살 수는 없다. 그렇지만 우리는 실패할 것을 알아도 "누구에게든 전달하려" 애쓴다. 《란카바타라 경전》(Lankāvatāra Sutra, 《능가경》)에 이런 구절이 있다. "바보가 달은 보지 않고 달을 가리키는 손가락을 보는 것처럼, 단어에 집착하는 사람은 실체를 보지 못한다." 단어는 물감이나 점토가 그렇듯이 오직 가리킬 뿐이다. '달'이라는 단어는 달 자체가 아니다. 그렇지만 단어가 달에 이름을 붙이고, 달을 공동의 존재로 탄생시킨다. 우리가 이미지, 은유, 의미 있는 세부 사항, 단단한 명사, 강력한 동사, 잘 고른 장면, 다양하고 복잡한 인물들, 군더더기 없는 대화를 통한 언어를 사용하여 보여 주면 독자는 우리의 달을 보기 시작한다. 사실상, 작가와 독자는 함께 서서 단어들이 가리키는 것을 관찰한다. 함께 보는 달이 똑같을 수는 없지만, 작가가 독자에게 달의 생김새를 더 많이 보여 줄수록 두 달의 이미지가 점점 가까워진다.

글쓰기에서, 우리는 '말하기'라는 선택권도 갖고 있는데 이것이 '보여 주기' 못지않게 강력한 힘을 발휘하는 방법 두 가지를 제안하려 한다.

첫째는 내면성을 통하는 것으로, 소설가가 특히 잘 다루는 방법이다. 내면성은 독자가 등장인물의 마음속으로 들어갈 때 발생한다. 독자는 등장인물이 생각하고 믿는 것을 알게 된다. 자칫 잘못하면, 작가가 등장인물이 느끼는 것(행동과 직접 대화를 통한)을 어떻게 보여 줄지 잘 모르는 것처럼 느껴질 수 있으므로 지름길을 택하여 독자에게 말로 설명한다. 그것이 말하기의 위험이고, 절대 작가가 말하지 않도록 하라고 언어 예술 강사들이 힘주어 당부하는 이유다. 초보 작가는 장면 만들기가 어렵다는 이유로 지나치게 요약에 의존하는 경향이 있는 것처럼, 보여 주기보다 쉽다는 이유로 등장인물의 생각을 말로 설명하는 데 치우칠수 있다. 그리고 그렇게 넘어가기를 바라지만, 그럴 수 없다. 내면성은 인물 특성을 대체하는 게 아니라 오히려 다른 층을 한 겹더 보태는 것이다.

토니 모리슨의 소설《파라다이스》의 세 번째 장은 이렇게 시작한다. "포장도로에 불이 났거나 그녀가 신발 속에 사파이어를숨겼을 것이다. 여자가 그렇게 짧은 보폭으로 도도하게 혹은 두다리를 엇바꾸듯이 걷는 걸 본 적이 없었기 때문에, 케이디는 매사 문제의 원인이 그 걷는 모양새 때문이라고 믿었다." 우리는케이디의 머릿속에 들어가서 케이디가 세상을 보는 방식을 배운다. 케이디는 버스에서 내려 걸음을 내딛는 지지라는 여성이 머시라는 조그만 동네에서 문제를 일으키는 당사자라고 탓한다.이는 화자의 목소리가 아니다. 여기 그 목소리가 있다. "자비와단순한 행운이 도망치는 아침이 온다면, 은혜만으로 충분할지도모른다. 그런데 은혜는 어디서, 얼마나 빨리 올까? 목격과 추적사이의 그 신성한 공간에서 은혜는 모든 것을 헤치고 지나갈 수있을까?" 케이디는 다른 인물들과 이야기하지도 않는다. 그것이케이디의 머릿속으로 바로 들어가는 통로다. 이제, 독자로서 우리가 케이디의 머릿속에서 온통 시간을 다 보냈다면 결국 지쳤을지도 모른다(등장인물의 머릿속을 한시도 떠나지 않는, 의식의 흐름으로만 이어지는 소설도 있지만). 우리는 케이디의 머릿속을 들여다보는 것에 감사하고 케이디가 다른 인물들과 상호작용하는 모습을 지켜보는 걸 즐긴다. 특히 케이디가 지지를 어떻게 보는지 우리가 안다고 인지한다. **#'말하기'는 더하는 일이다. 빼앗는 것이 아니다.**

작가로서 우리가, 보여 주기와 말하기 양쪽 다 접근할 수 있게 해야 하는 두 번째, 더 정치적인 이유가 있다. 몇 장 전에 보았듯이, 사색과 성찰은 일종의 말하기인데 특히 회고록의 중요한 측면이다. 최근 들어 작가들은 "보여 주되 말하지 마라"는 격언이 트라우마, 특히 신체적 성적 학대에 따른 트라우마를 다시 각인시키는 일을 할 수 있다고 지적했다. 학대 가해자에게 절대로 발설하지 말라는 얘기를 들은 생존자는 교사가 "보여 주고 말은 하지 마"라고 주장할 때 심각한 도전에 직면한다. 소냐 후버(미국의 수필가이자 창작과 교수: 역자 주)가 《작가로서 나를 거의 황폐하게 만든 단어 세 개》에서 논하듯이, 그와 같은 조언은 "학생들이 최고의 계율, 곧 '비밀'과 함께 견뎠을 학대를 반복하는 일이다." 게다가, 보여 주기에만 집중하면 장면과 행동에만 온통 초점이 쏠리게 된다. 그리고 작가는 자신의 이야기나 에세이 혹은 시가 언제나 극적이고 비범해야 한다고 느끼게 만들 수 있다.

그렇지만 몇몇 이야기, 특히 주변부 이야기는 우리가 보여 주기에 치중하느라 말하기를 포기하면 사라지고 만다. 이어지는 후버의 견해처럼. "우리는 우리가 행동 및 표면적 디테일, 곧 눈에 보이는 것으로 자신을 축소한다면 우리 중 많은 사람이 사라진다는 것을 안다."

보여 주기 그리고 말하기. 초등학교 선생님이 공유할 물건을 가져와서 반 친구들에게 이야기하라고 한 데에는 이유가 있다. 둘 다 필요하기 때문이다. 절대로 아니다, 는 절대로 옳지 않고 언제나 옳다, 는 언제나 틀리다.

웬 피아노?

은유

나는 글쓰기를 연금술이라고 생각하기를 즐긴다. 글쓰기가 퇴화와 진화를 모두 필요로 하는 이유, 그리고 연금술을 이해하려면 우리가 하는 작업에 관해 생각하는 데 도움이 되는 이유를 나중에 자세히 설명하겠다. 여기에 요가 또한 연금술에 가깝다고 덧붙여 본다. 머리 위에서 바벨 소리가 난무하는 체육관에서 하는 요가가 아니라, 몸이 해방에 이르는 길이 되는 더 깊은 차원의 요가 말이다. 사실, 연금술은 우리를 에워싸고 있다. 아침이 오후가 되고, 겨울이 봄이 되고, 바나나가 우리 몸이 되고, 숨을 쉴 때마다 산소는 이산화탄소로 변한다. 단순한 변화가 연금술이라면, 우리 세상은 완전히 연금술과 같다. 아무것도, 심지어 산도 변화를 피할 수 없기 때문이다. 그렇지만 연금술사라면 변화 자체가 연금술은 아니라고 입을 모을 것이다. 연금술사는 일하고 기도하라는 신조를 따른다. 일 그리고 기도. 요가와 글쓰기처럼 연금술은 수행뿐만 아니라 의도도 필요하다. 연구실에 자신의 온 존재를 들여놓아야 한다. 그렇지 않으면 저녁 짓는 수준에 지나지 않는다.

글쓰기는 단어 수준에서 연금술적 본질을 드러낸다. 단어는 우리를 연금술의 사다리 아래로 데려다주고, 무명 혹은 갓 시작 단계에 있는 것에서 더 단단하고 덜 유동적인 것으로 옮겨 간다. 언어는 오드리 로드가 "아직 태어나지 않았지만 이미 느껴지는, 이름도 없고 형태도 없는 것"이라고 묘사한 것을 '테이블'이라는 단어로 진화할 수 있게 해 준다. 다들 동의할 텐데, 다리 넷이 상판을 떠받치는 물건을 테이블이라고 한다. 내가 '테이블'이라는 단어를 말할 때, 우리 모두 머릿속에 다양한 형태를 떠올리겠지만 대개는 다리 넷과 상판으로 이루어졌을 것이다. 물론, 그런 형태를 가진 물건을 '테이블'이라고 불러야 한다는 법은 없다. '왐푸스'라고 불러도 된다. 그런데 영어권 사람들은 그 구조물에 '테이블'이라는 이름을 붙이기로 했다. 우리가 어떤 것에 이름을 붙이면 고정된다. 유동성을 잃는다. 우리가 붙잡아서 '테이블'이라는 이름을 붙이기 전의 테이블과 같은 성질은 회복하기 어렵다. 우리는 테이블의 성질이라는 것을 거의, 아니면 전혀 고려하지 않는다. 솔직히 실제 테이블을 떠올리지 않으면 테이블의 성질을 파악하기 힘들 것이다. 시도해 보라. 테이블을 상상하지 않고 테이블의 성질을 느껴 보라. 머릿속에서 형태를 그리거나 '테이블'이라는 단어를 생각하지 말고 테이블을 느껴 보라.

어려운 일이다. 그런데, 그것이 바로 연금술사가 자신의 지각을 넓혀 연금술 사다리를 더 자유롭게 오르내릴 수 있는 방식이다. 그것이 작가에게도 좋은 수행 방식인 까닭은, 작가들은 단어에 대한 믿음이 크기 때문이다. 우리는 우리가 원고지에 적은 단어가 독자들이 고르고 지닐 단어와 똑같다고 여기기 쉽다. 하지만 그럴 리 없다. 다리 넷이 상판을 떠받치는 물건이 '테이블'이라는 데 모두 동의하더라도 내 테이블이 타인의 테이블인 것은 아니다. 서양인들, 특히 직관보다 합리성을 우선시하는 선형적 사고를 하는 사람들은 텍스트를 믿지 않는 것을 힘들어하는 경향이 있다. 예를 들어, 바로 거기에 그렇게 적혀 있다고 하지만 '거기'는 실제로 거기에 없다. '테이블'이라는 단어에는 실체가 전혀 존재하지 않는다. 테이블의 실체를 증명하는 성질은 테이블 내부에, 테이블 아래에 있다. 그리고 테이블의 성질은 좀 전에 시도해 보았듯이 경험하기가 매우 어렵다.

연금술사는 단어의 뒤나 밑, 아래를 본다. 물질의 미묘한 특성, 기본 특질을 분리하려 시도한다. 연금술사가 납을 금으로 '바꿀' 때, 실제 납을 금으로 바꾸는 게 아니라 오히려 납 성분을 높이고, 그것을 정화하여 얻은 가장 미묘한 본성 곧, 납의 신성이라 할 것이 바로 금이다.

언어는 대개 진화하는 방식으로 작동한다. 단어는 미묘한 본성이 굳어진 결과다. 로드가 표현한 "태어나기 직전, 이름도 없고 형태도 없는" 것이 태어나 형태를 이룬 것이다. 연금술사는 단어를 거친 물질 또는 프리마 마테리아(prima materia, 제1물질, 질료: 역자 주)라고 부를지도 모른다. 거친 물질은 뒤죽박죽 마구 뒤섞이고, 심지어 드러난 세상에서 오염된 탓에 무거워졌다. 신성함, 금은 모두 숨어들고 사라졌다. '테이블'이라는 단어는 테이블성을 잃었다. 테이블은 딱딱하고, 고정되고, 결정되고, 썩 흥미롭지 않다. 그렇지만, 여기 기쁨이 있는데, 언어가 연금술적 사다리를 타고 올라가 물질을 덜 고정되고 더 신성한 형태로 되돌릴 수 있다는 것이다. 그리고 그렇게 할 수 있는 한 가지 방법은 은유를 통하는 것이다. 은유는 우리 언어에서 가장 마법적인 요소다. **#은유는 얼어붙고 굳은 단어를 받아들여, 더 자유롭게, 존재의 본성에 더 가깝게, 더 높은 상태로 격상시킨다.**

연금술사에 필적하는 토니 모리슨은 독자에게 자신의 작중인물이 "후회의 메뉴"를 열었다고 말하는 것으로 연금술적인 과정을 시작한다. 메뉴는 단단히 고정된 개념을 갖고 있다. 우리가 메뉴라는 단어를 읽으면 우리는 저마다 자기만의 메뉴를 떠올릴 것이다(내 것은 황갈색이다). 그런데 모리슨은 메뉴를 후회(덜 고정된, 더 추상적이지만 여전히 일반적으로 사용되는 명사)로 엮는다. 독자로서 우리는 메뉴와 후회를 하나로 모으고, 이 두 가지 결합은 쉽게 정의할 수 없는 물질로 변형된다. 후회로 구성한 메뉴는 단순한 메뉴 또는 후회 같은 공허하고 추상적인 개념보다 훨씬 더 폭넓고 유연하다. 손실은 전 과정에서 발생한다. 어려서는 에피타이저 과정에서, 다음에는 메인 과정에서. 후회의 곁가지 메뉴도 주문할 수 있다. 아니면 곁가지가 메인 요리와 함께 제공될 수도. 우리는 후회를 분류하고, 산뜻하고 보기 좋게 만들려고 노력하지만, 그 메뉴판은 해가 갈수록 휘고 얼룩진다. 취소 항목이 생기고, 가격이 달라지고, 새로운 공급자가 등장한다. 나의 후회 메뉴는 무겁고 형식적이다. 딱딱하다. 목록이 계속 더해진다. 나는 후회 메뉴를 늘 지니고 다니기 때문에 날씨 앱을 들여다보는 것처럼 열 수 있다. 내가 처음 모리슨의 주문을 읽었을 때 모리슨이 만들어 준 나의 메뉴다.

그것이 은유다. 구체적이고 추상적인 것이 하나로 합쳐지고 더 심오하고 유동적인 것이 추출된다. 후회 메뉴는 메뉴도 후회도 아닌 완전히 다른 것, 덜 보이고 더 많이 느껴지는 것을 불러낸다. 우리는 위를 바라고 나아갔다. 콘크리트를 벗어나 우리 인간성의 본질, 다름 아닌 바로 그 본질로 돌아가기 위해 나아갔다. 비유적 언어의 하위 집합인 은유는 마법적으로 형상화한 인물과 마찬가지로 역설, 환유, 직유까지 포함하는데 작품에서 유기적으로 발생해야 한다.

우리는 작품에 이미지를 도입하지 않는다. 이미지는 작품 자체에서 추출되는 것이다. 때로 작가들이 은유에 손을 내밀 때, 이야기나 시의 외부를 보며 만들고 있는 것과 아무 관련이 없는 이미지를 붙잡는다. 예를 들어, 한 인물이 자동차 밑에 누워서 기름 묻은 손으로 엔진을 살핀다. 따뜻한 집을 벗어나기 싫은 어머니가 차고 문에 서서 왜 길가에 쓰레기를 내놓지 않느냐고 소리를 지른다. 어머니는 자식을 쓸모없고 멍청한 녀석이라고 부른다. 그런데 그 인물이 돌아가지 않는 볼트를 멍키스패너로 두드리기 시작할 때, 작가가 그것을 피아노 건반을 두드리는 것으로 비유한다. 뭐라고? 독자가 묻는다. 피아노라고? 어디서 튀어나온 피아노? 꿈꾸던 독자가 고개를 든다. 마법의 주문은 증발한다.

대신, 작가가 차 밑바닥의 인물 곁에 있으면서 장면 밖으로 피아노를 꺼내지 않고, 등장인물이 굴 밖으로 나가는 길을 잃은 광산의 광부처럼 볼트를 마구 두드린다면 어떨까? 더 낫다. 완벽하지는 않지만 낫다. 갱도는 어둡고 밀실 공포증을 자아낸다. 차갑고, 지도상에 없고, 답답하다. 공기 없는 땅 밑에서 죽을 수도 있다. 피아노가 질식하는 경우는 별로 없다.

나는 피아노가 무대를 차지하는 것보다 어머니의 분노에 짓눌린 인물을 광부에 비유할 때 더 큰 마법이 발생한다고 하고 싶다. 자동차 밑이 악기보다는 동굴을 더 쉽게 연상시키기 때문이다. 더 중요한 점은, 물리적 환경과 어머니의 분노라는 추상적인 특질이 함께 모이면 변화가 생긴다는 것이다. 자동차 하브와 어머니의 분노는 더 유동적이고 역동적으로 확장된다.

시도해 보라. 몇 장 전에 다룬 인물 연습으로 돌아가자. 신체적 세부 묘사, 표현 방식, 그리고 행동을 분리하여 어머니를 등장인물로 만드는 연습 말이다. 그 인물을 장면, 어느 집의 평범한 방에 넣어 보라. 어머니가 그 방 안에서 행동하고 말하고 움직이게 하라. 어머니는 혼자일 수도 있고 다른 사람과 함께할 수도 있다. 소설도 좋고 논픽션도 좋다. 은유나 비유를 허용해 보자. 그 순간의 일반 감정, 기운을 생각해 보라. 그리고 탁자들이며, 램프, 바닥에 깔린 깔개에 주의를 기울여 보라. 평범한 것을 신성하게 변화시키는 중이다. 다음은 내가 제시하는 소설적 시도다.

내 어머니는 오전 2시의 어둠 속에 앉아 있다. 어머니의 남편은 델라웨어 해안 부근에 있는 휴가지 숙소의 바닷가를 산책한다며 몇 시간 전에 집을 나갔다. 아니면 술 판매점을 찾아갔는지도 모른다. 어쩌면 그냥 드라이브를 할 수도 있고. 거실 창문이 닫혀 있어서 파도 소리는 상상 너머에서 들린다. 어머니가 가죽을 벗듯 슬링백 구두를 벗어 바닥에 떨어뜨리는 순간 냉장고 냉각 코일이 윙, 돌아가며 정적이 깨진다. 어머니는 안락의자 뒤로 담요를 찾으려 하지만 발이 닿지 않는다.

몸은 그네다
호흡 수행: 몸 움직이기

《할머니의 손》에서, 레스마 메나켐은 트라우마가 몸에 저장되는 방식을 탐구한다. 우리는 트라우마를 우리에게 일어나서 우리가 겪는 일로 생각하는 경향이 있는데, 진짜 트라우마는 우리를 해체하고, 육체를 분리하고, 하나밖에 없는 집에서 우리를 내쫓는 것이다. 메나켐은 백인 우월주의가 모든 신체에 트라우마를 입혔다고 말한다. 가부장제 그리고 자본주의와 마찬가지로 불평등의 피해에서 비켜난 사람은 아무도 없다. 흑인종과 갈색인종, 홍인종이 백인 우월주의 때문에 가장 심한 트라우마를 입었지만, 백인도 인정받지 못하고 얻지 못한 특권 앞에서 어떻게 분열됐는지 이해할 필요가 있다. 메나켐이 쓴 것처럼, "트라우마는 늘 몸에서 일어나므로," 인종차별적 행동을 잊거나 인종차별적 학대에서 회복하기 위해 이성적인 두뇌에 기대를 걸 수는 없다. 우리는 인종차별에서 벗어날 길을 생각할 수 없다. 대신, 우리는 우리가 누구인지, 이 세상에서 어떻게 살아가고 싶은지 상기하기 위한 원천으로 우리의 몸을 의지해야 한다.

내가 여기서 메나켐의 글을 언급하는 이유는 우리를 치유하는 유일한 길인 육체, 혹은 몸의 경험으로 우리를 이끌기 때문이다. 백인 우월주의를 극복하는 치유만 얘기하는 게 아니다. 우리는 세상이 우리를 가르고 부수는 모든 것에서 치유되어야 한다. 우리는 모두 흔적을 지니고 있다. 어떤 사람의 흔적은 다른 사람보다 더 눈에 띈다. 우리는 모두 이런저런 상처를 갖고 있다. 필요한 것이 모두 충족된 공간에서 이 세상으로 들어올 때 입은 초기 상처부터 시작하여 배고픔을 배우는 과정에서 얻은 상처까지. 따라서 우리는 모두 우리의 몸으로 돌아가야 한다.

우리는 호흡에 소매틱 무브먼트(신체 움직임, 움직임으로 하는 명상: 역자 주)를 더하여 몸에 더물 수 있다. 특히 호흡에 집중하는 데 어려움이 있거나 높은 수준의 불안을 경험하는 경우에 좋다. 소매틱 무브먼트의 반복적이고 리드미컬한 동작이 미주신경, 영혼의 신경, 그리고 우리를 진정시키는 신경계 일부를 활성화하는 데 도움이 된다. 나처럼 그와 비슷한 진정 기법을 익히 사용하면서도 그것을 치유법 또는 심지어 기법이라는 이름도 붙이지 않는 경우가 있을 터이다. 그저 몸이 하는 일이기 때문에. 예를 들어, 나는 그 움직임의 과학을 이해하기 훨씬 전부터 흔들고 흔들렸다. 주로 앉아 있을 때 그랬다. 그저 내 몸이 좌우로 움직이는 느낌이 좋았다. 그리고 나는 평생 콧노래를 흥얼거리며 살았다. 운전할 때나 설거지할 때, 아니면 치과에서 순서를 기다릴 때도 입술을 부드럽게 떨며 숨죽여 흥얼거렸다. 대개는 몸을 흔들면서 콧노래를 불렀으니 두 가지를 동시에 한 셈인데, 그렇다고 그것이 나를 스스로 보살피는 행동이었노라고 하기는 힘들다. 나는 그냥 흥얼흥얼했고 그냥 흔들흔들했을 뿐이다. 우리가 아기를 팔에 안고 흔들며 노래를 불러 주는 데에는 깊은 생물학적 이유가 있다. 부모와 자식 둘 다 그런 행동 아래 차분히 진정된다. 우리는 마음과 몸에서 빠져나와 냉철하고, 비판적이고, 이원론적인 사고방식 안에 머물고 있다. 따라서 우리는 우리의 하나밖에 없는 집으로 돌아가는 길을 다시 기억해 내야 한다. 우리는 다시 우리의 신체 감각을, 우리의 몸을 느껴야 한다.

아래에, 호흡 운동에 추가할 수 있는, 또는 실제로 하루 중 아무 때나 할 수 있는 소매틱 수행 몇 가지를 소개한다. 우리의 몸으로 돌아가서 마음을 가라앉히고 우리의 삶과 예술에 온전히 집중하게 해 주는 수행법이다. 수행하기 전에 먼저, 보니 베인브리지 코헨의 말을 새겨 보자. "마음은 바람과 같고 몸은 모래와 같다. 바람이 어떻게 부는지 알고 싶다면 모래를 보라." 소매틱 수행은 우리를 모래에 집중하게 한다.

#시도할 만한 소매틱 기법 중 하나는 두드리는 것이다. 감정

자유 기법 혹은 EFT(Emotional Freedom Techniques)에 관해서 쓴 글은 많은데, 나는 지압점과 전통 중의학 연구를 통해 두드리는 기법에 이르렀다. 두드리기는 내 글쓰기 수업과 요가 수업에 같이 적용하고 있다. 가장 기본적인 수준에서, 두드리기는 우리가 우리의 생각이 아니라 몸이라는 것을 상기시켜 준다. 두드리기에 관한 좀 더 미묘한 논의는 에너지가 미세체를 통과하여 경혈에 이르는 방식에 관한 연구를 포함한다. 지압, 곧, 지압 부위를 누르는 행위는 물리적 신체와 에너지체의 균형을 맞추는 데 도움이 되는데, 일종의 바늘 없는 침술이라고 할 수 있다. 여기서는 가장 간단한 두드리기 기법과 내가 가장 자주 사용하는 기법만 제공하고자 한다. 이 기법이 마음에 들면 더 읽고 탐구해 보기를 권한다.

4, 그리고 6 헤아리기 호흡법으로 시작한다. 몸을 고요히 유지한다. 그런 다음 관자놀이를 가볍게 두드린다. 한 손가락으로 두드려도 좋고 두 손가락으로 두드려도 상관없다. 집게손가락도 좋고 가운뎃손가락도 좋고 둘 다 사용해도 괜찮다. 눈을 감고 관자놀이를 가볍게 두드려 보라. 잠시 후, 눈 바로 밑으로 내려가서 두드린다. 눈 주위를 따라 올라가서 관자놀이에서 다시 멈췄다가 눈썹 선을 따라 눈썹 가장자리까지 움직인다. 그 위치에서 두드린다. 그런 다음 눈두덩을 따라 내려가서 눈 밑을 다시 두드린다. 코를 따라 이동한 뒤 다시 관자놀이로 가도 좋다. 광대뼈

를 따라가서 턱 경첩관절을 두드려도 괜찮다. 한참 지속한다. 이제 경첩관절을 따라 뒤로 가서 귀 바로 밑을 두드려 보라. 턱선을 따라 내려온 다음 아랫입술 밑 턱 중앙을 두드린다(한 손만 써도 된다). 그런 다음 온 길을 되돌아간다. 얼굴 윤곽을 그리거나 얼굴 주위를 따라 걷는다고 생각해 보라. 인도의 수행자들이 기도하기 전에 사원을 세 바퀴 도는 것처럼. 비밀의 정원이나 숲길을 산책하듯 얼굴을 따라 걸어 보라. 잠들지 못하거나 아플 때 어머니가 그랬듯이, 아니면 그렇게 해 주기를 바랐듯이 얼굴을 어루만져 보라. 멈추고 싶은 곳에서는 멈추고 머물고 싶은 곳에서는 한참씩 머물러 보라. 어쩌면 처음부터 좀처럼 움직이지 못할 수도 있다.

다음 두드릴 곳은 가슴 중앙 바로 위 흉골이다. 한 손으로 두드려 준다. 텅 빈 소리가 나는 곳이다. 거기서 쇄골 밑 홈 바로 아래, 양쪽 가슴 바로 위에 자리한 지압점 두 개까지 움직인다. 거기는 두드리지 않고 가볍게 눌러줘도 좋다. 조그만 동그라미를 그리듯이 누른다. 이 부위는 살짝 아프거나 쓰린 느낌이 들 수도 있다. 좋은 현상이다. 중의학에서는 막힌 기운이나 쌓인 슬픔을 나타내는 증세로 보기 때문이다. 눌러 주면 막힌 기운이 조금씩 뚫린다. 몸에는 정확한 지압점이 존재하는데 일일이 알아야 할 필요는 없다. 중요한 건 두드리기다. 내 소유이기는 한데 어쩐 일인지 열쇠를 잃어버린 집 앞에서 가볍게 문을 두드린다고 생각하라. 사랑으로 톡톡. 조심조심 톡톡. 나에게로 돌아가기를 요청하는 것이다. 얼굴과 가슴을 따라가며 두드리기를 마치면 잠깐 앉아서 가만히 호흡한다. 호흡을 느껴 본다.

#소매틱을 경험할 두 번째 방법은 호흡하며 그저 흔들흔들 흔드는 것이다. 가부좌나 의자에 앉아서 하는 것이 가장 좋다. 다시 말하지만, 먼저 고요함을 찾아라. 그런 다음 눈을 감고 몸을 좌우로 또는 앞뒤로 흔들리게 둔다. 옳고 그른 것은 없다. 흔들림이 중요하다. 큰 흔들림, 작은 흔들림, 몸만 흔들림, 머리만 흔들림, 머리와 몸이 다 흔들림, 모두 상관없다. 이 수행을 할 때 내가 떠올리는 것은 언제나 바다 밑에서 흔들리는 해초다. 내 삶의 중심이 바다니까. 보이지 않는 해류에 실려 온 바다의 습결을 따라 해초가 흔들리는 것이다. 부드러운 바람에 흔들리는 아름드리나무가 더 익숙한 사람도 있을 것이다. 가지가 들려 올랐다가 내려오고, 나무가 보이지 않는 공기에 형태를 부여하는 모습. 아니면 초원의 풀을 떠올릴 수도 있다. 아이가 차지하지 않은 그네가 저 홀로 흔들리는 모습일 수도. 마음이 아니라 몸으로 흔들어라. 부모님이 우리를 흔들어 주던 것처럼 아니면 우리가 우리 아이나 개 또는 애지중지하는 봉제 인형을 흔들 때처럼 몸이 흔들리게 두라. 흔들며 숨 쉬고, 숨 쉬며 흔들고. 몇 분 뒤, 다시 고요함으로 돌아가라. 몸이 멈춘 뒤에도 흔들림이 오래 이어지도록 두라.

#마지막으로 콧노래. 콧노래는 이런 기법 중에서 가장 편하게 할 수 있는 것이다. 샤워할 때, 꽃에 물 줄 때, 개똥 치울 때, 자동 세차장 물줄기 통과할 때, 언제든 흥얼거릴 수 있다. 성가에서 하드록까지, 무슨 곡이든 다 흥얼거릴 수 있다. 흥얼거리기만 해도 차분히 진정될 것이다. 그렇지만 좀 더 의도를 실으면 수행을 심화시킬 수도 있다. 브라마리(bhramari) 또는 벌 호흡이라는 독특한 요가 호흡 수행법이 있다. 이 프라나야마(prāṇāyāma, 요가 호흡법)는 기록으로 알려진 것 중 가장 오래된 요가 수행법으로, 스와미 스바트마라마가 15세기에 편찬한 《하타 요가 프라디피카》에 들어 있다. 가장 간단하게 이 수행을 하는 방법은 숫자 4를 세는 동안 코로 숨을 들이마신 다음, 내쉴 때 벌처럼 음음 또는 응응 소리를 내는 것이다. 숨을 내쉴 때 입술을 다물도록 도와준다.

다시 숨을 들이마시고 내쉬며 흥얼거린다. 소매틱 경험을 더 깊이 하려면 눈을 감고 손가락으로 두 귀를 막아 보라. 온몸이 콧소리로 진동할 것이다. 몇 분에 걸쳐 벌 호흡을 지속한 다음 멈춘다. 두 손을 무릎에 얹는다. 멈춘 뒤에도 몸이 계속 진동하는 감각을 느껴 보라. 내 몸이 나를 부르는 듯한, 나를 기억해 달라고 하는 듯한 느낌을. 《하타 요가 프라디피카》는 이 호흡에 대해, "그러므로 브라마리를 하는 좋은 요가 수행자의 마음에서 더없는 행복과 기쁨이 샘솟는다"고 말한다. 더없는 행복과 기쁨.

스스로 만든 장애물
작가의 슬럼프

하누만은 인도에서 사랑받는 신이다. 바나라(인도 신화에 등장하는 원숭이 인간형 종족: 역자 주) 공동체에 속한 신성한 존재 하누만은 장애물을 뛰어넘는 자로 알려졌고 자비의 신이자 완벽한 헌신자다. 하누만 이야기는 인도의 위대한 서사시 《라마야나》에서 라마와 시타 이야기와 함께 찾아볼 수 있다. 《라마야나》는 700여 페이지에 달하는 이야기인데 비슈누 신의 화신 라마가 망명 생활을 하며 숲을 헤매던 14년을 다룬다. 이야기의 중심에는 악마 라바나가 라마의 순종적이고 아름다운 아내 시타를 빼앗아서 랑카로 데려가 정원에 가두기로 한 결심이 있다. 아주, 아주 긴 이야기를 짧게 하자면, 하누만은 랑카에서 시타를 발견하여 라마에게 데려간다. 랑카는 인도 남쪽 바다에 있는 섬이다. 라마의 다른 부하, 전사들, 원숭이는 아무도 인도 끝단에서 섬까지 건너

뛰지 못한다. 하누만 혼자 할 수 있는 일이었다. 그런데, 여기에 내가 가장 좋아하는 이야기 한 토막이 있다. 하누만은 바람의 신 바유가 자기 아버지이고 자신이 반신이라는 사실을 기억하지 못했다. 스스로 신성한 존재라는 사실을 기억하지 못한 것이다. 어릴 때 하누만은 하늘로 너무 높이 뛰어올라 인드라 신을 위협했다. 그런 행동 때문에 하누만은 자신의 신성을 절대로 기억하지 못하도록 저주를 받았다. 서 있기도 하고, 이야기에 따라 무릎을 꿇기도 한 자세로 인도 아대륙의 끝단에서 불가능해 보이는 일을 준비하며 하누만은 이미 지닌 재능을 바라며 기도한다. 그러고는 시선을 들어 도약한다.

나는 하누만 이야기라면 영원토록 쓸 수 있다. 걸핏하면 화를 내는 시바나 피로 물든 혀를 가진 칼리와 달리, 하누만은 우리와 닮은 점이 무척 많아서 정감이 있다. 우리는 모두 충만하고 완벽하게 태어나고도 그 사실을 잊어버린다.

이 삶에서 우리의 여정은 우리의 온전함과 선한 본성을 기억하는 일이다. 우리 삶에서 달성하고, 갈망하고, 바라는 것은 대개 우리의 고통으로 이어진다.

"이게 바로 그거야." 우주가 말한다.

그리고 우리는 대답한다. "좋아, 근데 내가 정말로 원하는 건 햄 샌드위치 아니면 새 직장, 풍성하고 윤기 흐르는 머리카락, 날씬한 몸, 빠른 자동차 같은 거야."

"이게 바로 그거야." 우주가 다시 말한다.

그리고, 좋아, 맞아, 이게 바로 그거지, 라고 말하기보다는, 지금 우리 눈앞에 펼쳐진 것을 받아들이기보다는, 우리에게 주어진 것들이 불편하거나 고리타분하거나 잘못된 색이라고 저항한다. 요가에서, 이런 바람/갈망은 라가(rāga)라고 하고, 밀어내기/혐오는 드베샤(dveṣa)라고 한다. 라가와 드베샤는 우리의 불행을 만들어 낸다. 있는 그대로 이것은 이것이고, 저것은 저것이다. 다른 방식으로 행동하는 것은 순전히 미친 짓이다. 그런데 우리는 온종일 그렇게 행동한다. 우리가 삶을 바꾸기 위해 노력할 필요가 없다는 소리를 하는 게 아니다. 우리가 존재하는 지점을 먼저 받아들여야 변화를 꾀할 수 있다는 얘기다. 명확성이 희망보다 앞서야 한다.

고대 그리스 신화부터 인도 신화, 원주민 토착 신화에 이르기까지 모든 신화에는 깊은 지혜가 담겨 있다. 이야기 속 인물의 역할을 우리도 다 이해할 때 그렇다는 것이다. 모든 신화에 등장하는 모든 등장인물은 우리 자신의 한 단면이다. 우리는 다만 예쁘다는 이유 하나로 빼앗자, 마음을 내는 악마다. 우리는 집에서 쫓겨난 왕이다. 우리는 제아무리 먼 거리라도 훌쩍 뛰어넘을 수 있는 존재다. 그리고 이것이 사실이라는 것을 잊는 존재다. 우리가 이미 다 가졌다는 것을 알아차리지 못한 채, 그게 무엇이든 더 가지거나 덜 가지면 좋겠다고 생각하면 그 순간 우리만의 장애물이 만들어진다. 껑충 뛰어넘을 수 없게 되니, 아무 일도 하지 않는다. 아니면 휴대전화기를 들여다본다. 그도 아니면 초콜 릿이나 먹는다.

나는 이 장에서 내가 핵심으로 삼은 요점에 이르기까지 먼 길을 돌아 하누만의 도약에 이르렀다.

#나는 작가의 슬럼프를 믿지 않는다. 작가들은 으레 슬럼프에 막혀서 글을 쓸 수 없다고 생각하는 경향이 있다. 그런데 나는 그 슬럼프는 우리가 만들었다고 생각한다. 우리가 행복을 두고 스스로 너무 많은 장애물을 만드는 것처럼 말이다. 내 말은 우리는 진짜 어려움, 진짜 상실, 진짜 고통에 직면하지 않는다는 뜻이 아니다. 그저 낙심하지 않고 기운을 내서 웃음만 지으면 된다는 소리도 아니다. 그런 게 아니라, 우리는 우리가 해야 할 일을 하는 데 필요한 것을 언제나 가지고 있다는 애기다. 그저 기억하기만 하면 된다.

작가들은 온갖 핑계를 들며 막혔다고 한다. 지금부터 이야기를 어떻게 전개할지 그려지지 않는다, 조사할 게 있는데 못했다, 글이 형편없다, 시가 형편없다, 스스로 형편없다. 그리고 나는 작가가 막혔다고 말하면서도 막혔다고 느끼지는 않는다는 사실을 믿어 의심치 않는다. 작가들은 그렇다. 그렇지만 다들 도약할 수 있는 능력을 갖추고 있다. 그저 스스로 글을 쓰기 위해 태어났다는 것, 필요한 것은 모두 이미 가졌다는 것, 그리고, 정말로,

자신이 온전한 존재라는 사실만 기억하면 된다. 아무것도 부족하지 않다. 더 바랄 게 없다. 우리는 끊임없이 부족하다고 부추기는 문화권에 살고 있으며, 그걸 믿기 시작하는 이유를 쉽게 알 수 있다. 그러나 바유가 우리의 아버지다. 바람이 우리의 뼛속에서 휘파람을 불고 있다. 가로막혀서 더 쓸 수 없다는 생각이 들 때, 다음의 방법들을 이용하면 다시 발을 디딜 수 있다.

#저위험 글쓰기를 해 보라. 나는 아직 작가가 글쓰기 노트에 갇혀서 나아가지 못한다는 소리는 들어 보지 못했다. 글쓰기 노트는 갇힐 일이 없는 공간이다. 왜냐고? 작가의 글쓰기 노트에서는 특별하게 벌어질 일이 없기 때문이다.

무엇을 쓰든 괜찮다. 노트북 컴퓨터나 '원고지'로 이동했을 때, 어쩐지 상황이 달라져야 한다는 걸 알게 되는데, 다르게 전개할 엄두를 못 내게 된다. 내 경험에 따르면, 작가의 슬럼프는 고위험 글쓰기에서만 발생한다. 위험도를 낮추라. 글쓰기 노트로 돌아가라. 갈 곳은 어디에도 없다는 것을 기억하라. 우리는 출간을 위해, 작가가 되기 위해, 아니면 퓰리처상 수상을 위해 글을 쓰는 게 아니다. 글을 써야 해서 쓰는 것이다. 알아가는 작업으로 삼고 행하는 글쓰기라면 실패할 일이 없다.

#좀 더 구체적으로, 특정한 계획안에서 막힌다고 느낄 때 할 수 있는 기교 연습이 많이 있다. 한 등장인물이나 화자가 다른 인물 또는 화자에게 편지를 쓰게 한다. 한 등장인물이나 화자에

게 일기를 비롯한 글을 쓰게 한다. 어머니에게 자신이 최근에 쓴 에세이를 설명하는 편지를 쓴다. 램프나 양탄자, 또는 개가 장면을 만들거나 이야기를 풀어 가도록 한다. 1인칭 화법을 2인칭이나 3인칭으로 바꿔 본다.

#마지막으로, 장르를 완전히 바꿔 보라. 지금까지의 작업을 멈추라. 대신 시를 써 보라. 자신의 이야기, 자신이나 등장인물의 삶과 아무 관련이 없는 시를. 경찰관에 관한 시를 써 보는 것도 좋을 듯.

우리는 늘 글을 쓰지 않거나, 이부자리에서 벗어나지 않거나, 어려운 대화를 나누지 않아도 될 핑계를 찾는다. 집안을 어슬렁거리며 트집거리에만 눈길을 주는 날이 있다. 새로 칠할 곳, 해진 카펫, 고양이들이 속을 꺼내 놓은 소파 밑면 따위. 그런 목록은 정말이지 끝없이 나온다. 나는 내 대륙의 끝단에서 무릎을 꿇은 채, 내 인생에서 지금과 다른 것들을 퍼 올리게 해 달라고 우주에 간청하며 며칠이고 보낼 수 있다. 아니면 위험도를 낮출 수 있다. 양말이 짝짝이가 아닌 것, 내가 사랑받고 있다는 것(적어도 고양이들한테), 그리고 1월이 얼마나 싫은지 노트에 적거나 열 가지 방법으로 납빛 하늘을 묘사하기만 하면 된다는 것을 받아들이기. 지금, 이 순간, 우리는 필요한 것을 다 가지고 있다. 장애는 우리가 장애라고 여길 때 장애가 된다. 장애물을 달리 생각하면 우리에게 온 강요된 기회다.

연구와 빨래

기록 및 생활 연구

창작 논픽션 작가 필립 제라드는 남북전쟁을 다룬 자신의 책을 위해 준비한 연구 과정을 설명하면서 이렇게 언급한다. 게티스버그 언덕을 집중해서 걸으며, 자신의 몸으로, 고동치는 심장으로, 공격 태세로 언덕을 오르던 그때의 군인들을 이해하게 되었고, 잠시 그 군인들이 그랬던 것처럼 가쁜 호흡을 지켜보았다고. 그리고 그 경험을 이렇게 쓴다. "거기 존재한다는 것, 거기서 행동한다는 것을 대체할 수 있는 것은 없다. '그것'이 무엇이든."

준비 과정의 시작과 끝이 컴퓨터나 도서관 서가 사이에서 이루어진다고 이해하는 경우, 연구할 생각은 외면한 채 다른 사람의 영향을 받고 싶지 않다는 둥 어리석은 소리를 하기 쉽다. 논픽션 작가들이나 연구하는 것이라고 생각한다면, 가장 좋은 도구 하나를 내준 셈이 된다. 작가라면 모두 글쓰기 과정 전반에 걸쳐 연구를 수행한다. 연구는 부엌 식탁에 앉아 책을 읽으며 노트에 메모하고, 페이지 번호, 날짜, 이름, 중요한 요점과 함께 인용문을 편집하는 작업도 있고, 1970년대 후반 텔레비전 프로그램에 나오는 저녁 식사의 평균 식대를 알아보기 위해 간단히 구글 검색을 해 보는 것까지 포함한다. 작품 속 등장인물이 차에서 내리기 전에, 4월 초의 어느 날 네브래스카주 플랫 강변의 날씨는 얼마나 쌀쌀한지 알아보기 위해 국가 날씨 자료를 확인하는 작업도 마찬가지다. 조짐이 좋은 책 한 권을 놓고 도서관 서가 앞에 앉아 있다가 혹시 놓친 책이 있을까 하여 같은 서가에 있는 다른 책을 다 훑어보는 과정도 연구다. 누텔라 식품을 맛보는 것도 마찬가지. 증고모할머니의 일기를 구하는 것도 연구에 포함된다. 시동 장치가 작동하는 방식을 이해하려고 정비사와 나누는 대화, 쿠웨이트의 전형적인 일상을 알아보려고 참전 용사와 나누는 이야기, 아버지가 돌아가신 직후 할머니가 와서 나를 키우겠다고 고집하던 시절에 대해 어머니와 나누는 대화도 모두 연구다. 7월의 태양 아래, 유타의 서부 사막에 앉아 바위에 새긴 그림 알아보기도 그렇다. 가슴이 찢어지게 아파서 어두운 방에서 흐느낄 때, 가슴 찢어지는 그 느낌이 문자 그대로 몸에서 느껴지는지 살피는 일도 연구에 포함된다. 솔직히 말해서, 우리의 경험은 궁극적으로 하나하나가 다 우리의 작업을 위한 연구에 속한다.

만약, 근본적으로, 알기 위해 글을 쓴다면, 우리가 사는 온 세상이 우리가 알아 갈 현장이 된다. 역설적이게도, 연구에는 한계가 없지만, 그 연구는 저절로 이루어지지 않는다. 호흡과 마찬가지로 우리의 연구에는 의도가 실려야 한다. 그리고, 다시 한번, 우리는 그 일을 해야 한다.

시인 페이즐리 렉달은 시 〈서부 : 번역〉을 위한 연구를 1년 넘게 수행했다. 이 시는 1869년 골든 스파이크(미국 동해안과 서해안을 연결하는 대륙 횡단 철도, 1869년에 운행을 시작했다: 역자 주)의 운행을 다뤘는데 시인은 여기서, 헨리 데이비드 소로가 그랬듯이, 그 레일에 올라탄 이들을 탐구했다. 시인은 한 구절을 쓰기 위해, 80페이지가 넘는 연구 노트를 모았다. "미국에서 기차를 다룬 모든 시"를 읽었다. 절대로 돌이킬 수 없는, 역사 속으로 사라진 노동자 20,000명의 죽음을 상기하기 위한 노력으로 렉달은 철도를 건설한 사람들의 언어로 시의 후렴구를 기록했다. 나바호족, 그리스인, 쇼쇼니족, 폴란드인, 중국인의 언어로. 렉달은 또, 현장을 방문하여 사막과 텅 빈 마을을 거닐었다. 처음에는 텅 비어 보이던 풍경 안에 유령이 가득하다는 것을 렉달은 알게 되었다. 그리고 다음과 같이 현장을 연구한 글을 쓴다.

손을 내밀어 역사의 실체를 한 조각 집어 올릴 수 있다는 사실은 무척 놀라웠다. 이 단추를 집어 올리면서도 내가 그걸 잡고 있다는 사실이 믿기지 않았다. 어떤 이가 입었던 바지 단추가 아닌가. 그저 그 자리에서 150년 동안 있던 단추였다. 이것이 환상이 아니라는 것을 일깨워 주는 거였다. 이건 과거의 것이 아니었다. 어떤 면에서는 여전히 우리 현재의 일부이고, 손을 뻗으면 만질 수 있는 것이었다.

시 한 편(솔직히 말하자면, 짧은 시가 아니라 장대한 서사시다)을 쓰기 위해 렉달은, 가능한 모든 종류의 연구를 수행했다. 렉달은 그저 거실에 앉아 북부 유타에서 마지막 대못이 박히는 것으로 동부와 서부 철로가 만나는 장엄한 순간을 묘사한 게 아니었다. 혼란하고, 복잡하고 경쟁하는 목소리가 들끓는 곳으로 들어섰다. 차에서 내려 땅으로 내려섰다.

연구를 두 가지 일반적인 범주로 볼 때, 그 두 가지를 다 수행하는 것이 도움이 된다. 둘 다 가치가 있다. 제라드는 살아 있는 연구와 아카이브, 곧 기록 보관 연구로 구분하는데, 그 구분에서 배울 것이 있다. 기록 보관 연구는 컴퓨터, 도서관, 그리고 기록 보관소에서 검색하는 연구다. 여기에는 1차 자료(편지, 신문, 일기, 선적 적하 목록, 사진)와 2차 자료(1차 자료에 관한 책, 기사, 그리고 에세이)가 모두 들어간다. 나는 시작할 때는 좋은 구식 연구가 낫다고 믿는다. 자료 저장 작업은 작가로서 스스로 절실히 필요한 맥락을 만들어 내는 과정이라고 생각하라. 특정한 시간대, 사건,

지리, 인물 또는 무엇을 조사하든, 기록 보관 연구는 우리가 물어야 할 질문이 무엇인지 알려준다. 배경지식을 깊이 파고들지 않으면, 작가 자신, 등장인둘, 인터뷰 주제, 또는 작품 자체에 관련한 좋은 질문을 할 수 없다. 철저히, 깊이 조사하라.

타로 카드가 어떻게 작동하는지 이해하고 싶다고 치자. 물론, 구글에서 검색하여 위키피디아로 들어가서 신비주의와 관련한 점술에 사용하는 카드 한 질이 타로 카드라는 것을 알아낼 수 있다. 그렇지만 타로에 대해 깊이 있는 연구를 시작하기 전에는 타로가 어떻게 해서 치유력을 가지는지 이해할 수 없을 것이다.

#기록 보관소 조사부터 시작하고 거기서 얻은 자료는 모두 노트에 채우라. 사서들은 온라인 검색과 대학 도서관 접속 못지않게 큰 도움이 될 수 있다. 서가 사이를 걸어 보는 것도 좋다. 혹, 특별 컬렉션에서 작업하는 경우 관련 상자와 폴더를 반드시 살펴보라. 처음에는 넓게 탐색하다가 스스로 품은 질문이 이해되면 깊이 들어가라. 질문은 언제나 우리의 연구를 주도한다. 만약 질문했다면 그에 따르는 대답을 시도하라. 작가들은 흔히 기록 연구 조사가 충분히 이루어지는 시점을 언제로 봐야 할지 확신을 못 한다. 내 대답 중 하나는 실용성이다. 곧, 일단 읽고 있는 내용에서 언급되는 참고 자료를 인식하면, 아직 읽지 않았더라도 최소한 그 참고 자료가 어떤 것들인지 알게 되면 그 시점에 가까워진 것이다. 연구가 선이 아니라 원처럼 느껴지기 시작한

다. 실용성은 떨어져도 마감일을 지키느라 기록 연구 조사를 그만두게 될 가능성이 크다. 내가 아는 작가들은 대개 평생토록 자신의 열정을 연구할 것이다. 그리고 그런 작가들이 많다.

#두 번째, 살아 있는 연구를 하라. 이 연구는 몸으로 하는 작업을 포함한다. 해당 분야 전문가와 나누는 인터뷰 및 대화 또는 현장 방문 때 만나게 되는 사람들이 다 살아 있는 연구에 들어간다. 사실상 주제를 둘러싼 모든 상호작용이나 대화가 모두 살아 있는 연구다. 그 상대가 어머니든 해군대학 전략정책과 과장이든. 이러한 대화에서 추가 배경 정보, 전문 정보를 얻을 수도 있고, 작품 자체의 등장인물을 발굴할 수도 있다. 살아 있는 연구는 프로젝트 관련 중요한 장소에 가서 언덕을 거닐거나 단추를 주워 올리는 행위를 포함한다. 제라드가 말했듯이, 거기 있는 것을 대체할 수 있는 것은 없다.

기록 보관 연구든 살아 있는 연구든, 작가들은 풍부한 기록을 하고 싶을 것이다. 그리고 우리는 뭐든 기억할 수 있다고 생각한다. 아니, 못 한다. 우리의 작가 노트가 여기서 쓸모를 발휘한다. 나는 특정 프로젝트에 노트를 모조리 동원하여 연구 조사와 각종 매체 기록으로 채운다. 소설가 에이모 토울스는 소설에 활용할 연구 기록을 담은 노트로 가득 찬 사무실을 갖고 있다. 그리고 자신의 연구에 대해 이렇게 말한다.

어떤 아이디어가 내 관심을 끌면 나는 몇 년 동안 구상 단계를 거친다. 몇 년이고 생각하고, 아주 자세히 상상한 이야기를 공책에 옮긴다. 언제든 틈만 나면 여러 이야기 작업을 그렇게 진행한다. 새 책을 쓰기로 마음먹으면, 나는 사무실에 있는 갖가지 주제 노트를 훑어보며, 이번에는 어떤 것으로 해 볼까, 하며 시간을 보낸다.

다시, 긴 안목으로 보자. 신속한 구글 검색으로 충분한 경우도 물론 있다. 예를 들어, 나는 앞 문장에서 언급한 해군대학의 교육과를 구체적으로 쓰기 위해 구글 검색을 했다. 10초. 문장을 품은 책(곧, 지금 여러분이 들고 있는 책)은 25년 동안의 가르침과 연구에 의존한다. 우리는 때로 깊이 들어가서 오랫동안 머물러야 한다.

#마지막으로, 연구와 글쓰기 시간을 분리하라. 초고를 쓰느라 두 시간씩 앉아서 작업할 때, 그러니까 방해받지 않는 글쓰기 시간을 가질 때면 무슨 일이 있어도 온라인 검색이나 사실을 재확인하는 일은 하지 않는다. 나중에 다시 이 부분으로 돌아와 확인하자고 메모는 하지만, 고개를 숙이고 한 단어 한 단어 연달아 적어 간다. 인터넷은 시간이 존재하지 않는 웜홀이다. 일단 들어가면, 몇 시간이 지나도 빠져나오기 힘들다. 거기는 언제나 더 읽을 게 있고, 조사할 게 많고, 나눠야 할 대화가 많고, 방문할

곳이 더 생겨나고, 겪어야 할 경험이 허다하다. 어느 시점에서는 멈추고 원고에 전념해야 한다. 그렇지 않으면 연구 조사는 빨래와 다를 게 없다. 그저 거기 앉아서 글을 쓰지 않아도 되게 해 주는 핑계에 지나지 않는다는 면에서 말이다.

목소리 빚기

작가의 목소리

몇 년 전, 우리 아이들 에이단과 켈렌이 아직 어릴 때, 매년 2월이 되면 밸런타인데이처럼 정기적으로 내 목소리가 잠겼다. 입을 열어도 아무 소리가 안 나왔다. 단 한 마디도, 소곤거리는 소리도 나오지 않았다. 아프면 자주 그랬기 때문에 목소리가 안 나와도 영영 낫지 않을까 봐 걱정하지는 않았다. 대신, 나는 외투 주머니에 노트를 쑤셔 넣고 아침을 맞이하러 집을 나섰다. 다음 나흘 동안 나는 세상을 상대르 몸짓 놀이를 하며, 커피를 가리키고, 켈렌이 먹기를 바라며 완두콩에 손짓하고, 학생들이 우리 앞에 있는 소설의 영예를 이해하기를 바라며 화이트보드에 긴 설명글을 썼다. 날이 갈수록 나는 우울해지고 움츠러들었다. 처음에는 신기하던 것들이, 심지어 육아와 강의에서 해방된 일종의 휴가마저 숨 막히기 시작했다. 목소리가 없으니 나는 모든 것과 단절되었다. 주변에서 대화가 이어지는 동안 나는 이미 지나 버린 화제의 요점을 설명하는 글을 갈겨썼다. 치과 청구서를 보고 전화로 불평을 할 수도 없었다.

2월 어느 날 오후, 아직 글을 읽을 줄 모르던 네 살짜리 켈렌이, "옷 입어라"는 내 몸짓을 알아듣지 못하고 눈물을 터뜨렸다.

"엄마, 그냥 말로 해요, 다른 때처럼 말해요." 켈렌이 소리쳤다.

나는 왜 그렇게 못 하는지 설명할 수도 없었다.

#글쓰기에서 목소리는 가장 중요하면서도 덧없는 특질 중 하나다. 우리는 원고 위에서 목소리를 가리킬 수도, 고정할 수도, 여기, 바로 여기서 말해 달라고 할 수도 없다. 이 문장이 실행되는 방식이나 이 단어를 선택한 것이나 이 세부 사항을 사용할 때 목소리를 낼 수 없다. 되레 우리는 작가, 주제, 또는 원고지 위의 단어들이 풍기는 거리감을 기준으로 목소리의 부재를 알아차리고, 단절감을 느낀다.

어떤 면에서 목소리를 가장 잘 정의하는 것은 목소리 아닌 다른 것이다. 목소리는 관점이 아니다. 목소리와 관점이 서로 관련 있지만 말이다. 작가의 목소리에 대해 질문할 때 우리는 이야기를 서술하는 유리한 위치, 곧 1인칭, 2인칭, 또는 3인칭에 관해 묻는 게 아니다. 에세이 작가 딘티 무어가 말하는 관점의 친밀도를 묻는 것일 수 있는데, 목소리와 관점은 대체할 수 있는 게 아니다. 목소리는 또한 화자가 소재를 대하는 어조나 감정적 태도,

곧, 화를 내거나 모순적이거나 혹은 쌀쌀맞거나 하는 따위의 태도가 아니다.

선택된 어조는 독소리를 나타내는 데 도움이 될 수 있지만, 다시 말하는데, 그것이 목소리인 것은 아니다. 스타일도 아니다. 에세이는 아름답고 서정적인 언어와 구문을 가질 수 있지만, 목소리가 없을 수도 있다. 목소리는 서사적 관점과도 관계가 없다. 버지니아 울프의 '지금의 나/그때의 나' 구분을 보자. 화자가 어릴 때, 그리고 어른이 된 뒤의 이야기를 관점을 다르게 해서 한다고 목소리가 바뀌는 것은 아니다. 목소리는 그대로 유지되고 관점이 바뀐다. 마지막으로, 작품의 목소리는 이야기 속 화자나 등장인물의 목소리와 깔끔하게 일치하지 않는다. 목소리는 대명사에 속하는 게 아니다. 회고록이나 에세이에서 말하는 '나'는 목소리를 제공하지 않거나, 적어도 완전하게 제공하지는 않는다. 우리가 얘기하는 목소리는, 작가의 목소리, 화자, 문장, 더 깊은 주제를 만들어 내는 작가의 목소리를 뜻한다. 그리고 문단이나 세부 묘사 또는 대사를 가리키며, 저기 저것이 작가의 목소리다, 라고 말할 수는 없다. 목소리는 글 너머에 존재하며 언어에 영향을 미친다.

다행히, 원고지에서 목소리를 가리키는 것은 불가능하지만 연습은 가능하다. 글쓰기의 모든 측면이 다 그렇듯이 목소리는 만들어진 것이다. 우리는 우리의 목소리를 '찾는' 게 아니라 만드는 것이다. 선택한 관점이나 작가의 스타일 또는 어조에 밴 친밀성이 중요하지만, 강렬한 목소리를 만드는 실질 작업은 원고지 밖에서 이루어진다. 글을 쓸 때 두 가지 측면에 집중해야 하는데, 주제의 내면화와 섬세한 접근이 그것이다.

작품이 강렬한 목소리를 지녔다고 할 때, 우리가 정말로 말하고자 하는 것은 그 작가가 자신의 주제를 완전히 이해한다는 것이다. 머리가 아니라 내면으로, 심지어 몸으로 이해한다는 것이다. 회고록을 쓰는 경우, 과거를 조사하는 것만으로는 충분하지 않고, 지질학자에 관한 단편 소설을 쓰는 경우, 주제를 탐구하는 것만으로는 부족하다. 조사가 잘 된 작품은 목소리가 없는 경우가 많다. 교과서를 생각해 보라. 주제를 완전히 이해한다는 것은 그 주제가 내 안에 머물고, 함께 살고, 함께 자고, 사실이 아니라 복잡성이라는 측면에서 완전히 아는 것이라는 뜻이다.

#주제를 완전히 이해해야, 이를테면, 부모님이 이혼한 사실이 열두 살 때 그토록 쓰린 상처가 된 이유 혹은 방사성 붕괴의 화학적 과정을 완전히 이해해야, 그 자신감이 원고지에서 목소리로 바뀐다.

목소리를 가르칠 때 나는 언제나 브라이언 도일의 에세이 《도약》에 의지한다. 처음 9/11에 대응하는 글을 써 달라는 요청을 받고 도일은 잡지 편집자에게 이렇게 답했다고 한다. "아니요, 쓸 말이 없습니다. 말로 할 수 있는 것은 없습니다. 머리를 숙이고 기도하고, 기도하고, 또 기도하세요. 할 말이 없습니다." 도일은 그 주제가 자신의 것이 아니며, 쓸 주제가 아니라고 느꼈다. 적어도 처음에는 그랬다. 그런데 9/11 사건이 떠나지 않고 맴돌았고, 도일은 작가로서 9/11 이후의 삶을 꾸릴 수 있는 유일한 길은 그 사건을 원고지 위에서 만나는 것이라고 깨닫게 되었다.

채 600개도 안 되는 단어르 도일은 미국 역사상 가장 큰 비극 중 하나를 다룬다. 3천 명이 죽었다. 시간과 공간을 계산하는 우리의 방식이 어느 날 아침 영원히 달라졌다. 그런 일을 두고 도일은 무슨 말을 할 수 있을까? 도일은 뉴욕이 아니라, 우리 대다수가 그렇듯, 거기서 멀리 떨어진 곳에서 살았다. 아무 할 말이 없다는 게 유일한 대답 아니었을까? 도일은 어떻게 시작했을까?

나는 추락하는 시신들, 피비린내 나는 신문 기사들을 상상해 본다. 시신들이 쫓아다니며 괴롭혀 잠들지 못한 채 깨어 있는 도일의 모습을 상상한다. 도일은 사망한 이들을 내려놓을 수 없어서 아침이면 샤워실로, 직장으로, 그리고 다시 집으로 끌고 다녔을 것이다. 학생들 앞에 설 때면 시신들이 학생들 뒤로 쌓이는 모습을 보게 되고, 밤이면 아이들과 더불어 그 시신들도 침대에 눕히지 않았을까. 어느 날 아침, 도일은 어느 것이 자신의 몸이고 어느 것이 시신들인지 분간할 수 없는 상태에 이른다. 죽은 자들이 도일의 몸이 된 것이다. 서로, 서로의 몸 안에 깃들인 것이다. 내 짐작에 도일은 그 지점에 이르러서 가닥을 잡기 시작했을 것이다. 하지만 글쓰기로, 아니 적어도 글쓰기라는 형식만으로 시작하지는 않았을 것이라고 믿는다. 도일은 우리가 텔레비전에서 계속 되풀이해서 본 사건을 다시 말하는 방식이 아니라, 도서관, 기록보관소로 가서 스스로 죽음을 향해 뛰어내린 사람들에 관해 자신이 할 수 있는 것을 배워 가며 이야기 속으로 들어간다. 추락하는 시신의 과학, 죽은 자의 이름을 연구한다. 도일은 1인칭 설명문을 읽고, 어쩌면 목격자와 인터뷰하고, 뉴욕 한복판에 서서 텅 빈 하늘을 쳐다보았을지도 모른다. 몸을 움직여(기록 및 살아 있는 연구를 하며) 그 현장에서 죽은 이들의 것을 이해한다. 그리고 그 작업의 결과, 곧, 성찰적 작업은 말할 것도 없고 육체 작업, 다리품 작업의 결과는 첫 단어에서 우리를 끌어들인 뒤 절대로 놓아주지 않는 에세이다.

도일의 목소리는 조용하고 자신만만한 한편 다급하고 고통스럽기도 한데, 무엇보다 중요한 것은 그 목소리가 거기에 있다는 사실이다. 처음에는 그렇지 않지만, 작가가 그 자리에 있다. 작가는 산문 뒤에 있으며, 재난에 대한 작가 자신의 이해를 통해 우리를 이끈다. 작가는 자신의 주제를 깊이 탐구했다. 문자 그대로 1차와 2차 원자료뿐만 아니라 작품을 며칠에 걸쳐 성찰하는 방식으로 탐구한 것이다. 따라서 우리는 도일을 자신이 쓰는 글에 대한 권위를 가진 작가로 인식한다. 우리는 도일이 우리에게 하는 말을 듣고, 도일이 600개의 단어를 낱낱이 구현하고 있다는 것을 안다.

도일의 실제 몸, 도일의 '나'는 작품 후반에야 등장하지만, 바로 그 순간 이야기에서 차지하는 자신의 지분을 언급하고 잠에서 깨어난 '나'를 밖으로 꺼낸다. 주제에 대한 도일의 투자, 도일의 인류애를 확인하며 우리는 목소리를 만드는 데 필요한 두 번째 요소, 곧 상처받고 비난받기 쉬운 작가의 취약성을 본다. '나'가 등장하는 순간, 산문이 바뀌어 이야기에 대한 책임 전환을 알린다. 도일은 사건을 다룬 신문 기사들, 곧 사실만 열거한 단순한 문장과 목격자가 본 것을 보도하는 인용으로 가득 찬 대사들을 시의 구절로 바꿔 놓는다. 이성보다 감정으로 정의하는 공간, 연대기보다 연계성으로 정의하는 공간을 나타내는 시구다. 도일의 문장은 서로 부딪혀 수많은 몸뚱이처럼 지면으로 떨어져 내리다가 결국에는 한 무더기로 풀썩 쓰러지고 도일의 몸은 '공포와 상실과 죽음에 맞서' 그 몸뚱이들을 붙잡고 있다.

도일이 지은 작품의 형식, 도일이 문장을 꿰는 방식, 어법, 이미지는 모두 이야기에서 도일의 지분을 드러내기 위해 협력한다. 바로 사랑에 대한 인간의 수용력이다. 그리고 우리는 그날의 사건을 다시는 같은 방식으로 볼 수 없는, 도일의 속삭이는 기도에 동참한다. 우리는 이제 그 몸들을 우리 자신의 것으로 간직한다. 도일이 처음에 따로 제쳐 놓을 수 없었던 몸들을. 그리고 우리는 실제 몸, 우리 자신의 인류애를 복제하는 사람이 글을 쓰고, 그 사람이 원고지의 단어 뒤에 있다는 사실을 알기 때문에 그 목소리에 귀를 기울인다. 우리는 작가의 목소리를 듣는다. 투사된 영상이나 엉성한 버팀목이 아니라, 자신의 주제 앞에서 변화한 사람이 산문을 구현하는 방식 그대로 자신의 주제를 구현하는 목소리를 듣는다.

모든 글은 목소리에 의존한다. 작품에 긴장을 더하고 독자의 주의를 끌어들이는 것이 목소리다. 에세이의 목소리가 활기차고 강렬할 때 단어들이 내는 소리는 안 들릴 수가 없다.

케이크 얘기가 아니다
더 깊은 주제 찾기

기본적으로, 모든 예술 작품은 두 방향으로 작동한다. 그것도 동시에. 작품의 한 부분은 수평적인 것을 추구한다. 곧, 명백한 물질세계(장면, 신체적 세부 묘사, 대화 따위)에서 일어나는 일들이 그것이다. 그리고 또 다른 부분은 수직적 측면에 몰두한다. 곧, 인간 됨됨이의 의미, 삶의 목적 또는 우리가 이곳에 존재하는 이유 같은 것을 숙고한다. 어떤 예술 작품은 수평선을 강조하고(《헝거 게임》이나 영국 낭만주의 화가 존 컨스터블의 풍경화 작품) 또 어떤 작품은 수직선을 강조(그래피티 아티스트 장 미셸 바스키아나 버지니아 울프의 에세이 《나방의 죽음》을 보라)하는데, 나는 모든 예술이 이 축의 어느 선상에 위치한다고 주장하는 바이다. 그리고 모든 예술은 어느 범위에서는 수직선을 따라 올라가야 한다. 왜냐하면, 독자가 이야기나 시에서 일어나는 일과 연결되는 지점이기 때문이다. 우리는 이를 사색하는 목소리와 중요한 세부 사항, 곧 수직선에 진입하는 문을 여는 기교적 요소(지금까지 내가 더 깊은 주제라고 칭한 것) 관점에서 보았다.

책 앞부분에서 보았듯이, 우리가 일상에서 사용하는 은유는 개인과 공동체 일원으로서 우리가 누구인지, 그리고 우리가 소중히 여기는 것이 무엇인지 더 풍부하게 보여 준다. 우리는 은유가 지닌 그 마법 같은 힘을 이따금 알아차린다. 예를 들어, 우리가 "디테일을 다림질한다"고 할 때, 우리는 그것이 스팀다리미로 다린 흰 옥스퍼드 셔츠처럼 매끄러운 계획을 짠다는 뜻임을 안다(은유는 그것을 사용할 때 이미지를 불러일으키지 않으면 죽은 은유가 된다. 우리가 디테일을 다림질한다고 할 때 실제 다리미가 떠오르지 않는 경우가 그렇다. 따라서 이는 죽은 은유일 수 있지만, 우리는 그 원래 의미를 이해한다). 어떤 때 우리는 은유가 무엇을 전달하는지 알지 못한다. 예를 들어, 우리가 어떤 상황에서 "울타리를 넘다(beyond the pale, 문자 그대로의 의미는 '울타리를 넘다'인데 관용적 의미는 '용납할 수 없다', '도를 넘다', '받아들일 수 없다'처럼 사용한다. pale(말뚝, 울타리)이라는 단어에서 유래. 울타리 안쪽은 안전하고 문명화된 지역으로, 바깥은 위험하고 법이 적용되지 않는 지역으로 여긴 데서 비롯했다.: 역자 주)"라고 말할 때, 우리는 '울타리'를 법적 관할권 바깥에 있는 지리적 장소로 생각하지 않는다. 처음에 '울타리' 또는 '말뚝'은 문명인을 용납할 수 없거나 야만적 혹은 외설적인 것에서 물리적으로 보호하기 위해 구분한 범위였다. 은유는 작가가 이야기 전개의 수평적 영역을 벗어나, 쉽게 말하기 힘든 수직적 영역으로 들어서는 주요한 방법 가운데 하나다. 은유는 가능성을 몇 배로 늘려 준다. 작가는 구체적 세계(수평적 세계)에서 언어를 풀어내어, 케이크와 같은 네 글자 단어(Cake)가 제 부스러기에 상실, 고통, 실망, 그리고 아픔을 담도록 허용한다.

《케이크》는 비닐에 싸여 부엌 조리대 가장자리에 놓인 초콜릿 케이크 한 조각을 다룬 데브라 과트니의 에세이다. 갇히고 위태로운 것. 조리대도 부엌도 독일 초콜릿 케이크 한 조각도 젊은 과트니의 것은 아니다. 대신, 과트니는 상상한다. 친구의 부엌에 있는 이 케이크 한 조각은 "꿈처럼 푸른 색조의 행성과 별들"을 주제로 꾸민 복도 안쪽 침실에서 잠자는 사랑스러운 아이에게 주려고 남겨 놓은 거라고. 남편이 거실에서 친구들과 웃는 동안 과트니는 부엌에 서서, 막 아이들 셋을 데리고 남편을 떠나려고 하는 순간에 네 번째 아이를 임신했다는 것을 안다. 스물여덟 살, 자신의 인생이 자신을 스치고 지나갔다. 입고 있는 드레스, 육수로 얼룩진 그 옷만큼이나 지저분한 존재였다. 케이크처럼, 갇힌 존재였다. 십 대에 임신하면서 문제를 일으킨 욕망에 갇히고, 돌봐야 할 아이 셋에 갇힌 존재. 잠시 욕망을 되찾은 과트니는, "숨을 헐떡이는 수영 선수처럼" 케이크 조각을 움켜쥐고 우걱우걱 게걸스레 씹어 임신한 몸에 쐐기를 박는다.

얼마 전, 나는 고등학교 문학 수업에 객원 강사로 참여하여 《케이크》를 다뤘다. 나는 교실을 돌며 학생 서른 명에게 케이크가 상징하는 단어 하나씩을 말해 달라고 했다. 외로움과 욕망부터 그 글을 쓴 작가까지 저마다 다른 응답 서른 개를 받았다. 다 옳은 답이었고, 콰트니의 우아한 은유 이해력 덕분에 그토록 다양한 독해가 이루어진 거였다.

#케이크는 그저 케이크가 아니다. 그것은 수직으로 가는 관문이 되고, 슬픔과 상실, 비탄과 더불어 기쁨과 즐거움이 머무는 장소가 된다. 인간이 공통으로 지니고 있지만 완전하게 표현할 수는 없는 모든 경험이 머무는 장소.

모든 예술은 수평에 머무는 시간과 수직에 머무는 시간 사이에서 균형을 이룬다. 글쓰기에서, 수직을 말할 때 우리는 주로 작가가 그곳으로 이동하는 방식을 설명하기 위해 지리적 언어를 사용한다. 이때 우리는 작품에 더 깊이 들어가는 것에 대해 말할 수도 있고, 작품을 더 높은 수준으로 끌어올리는 것에 대해 이야기할 수도 있다. 다만 어느 쪽이든 모든 글이 문자적, 구체적, 연대기적인 차원을 넘어서야 하는 필요성을 설명하고 있다. 우리는 또한 방향성 언어를 선택하는 것으로, 원고지에 놓인 단어의 바깥/위/아래에 의미가 존재한다는 것을 이해한다고 알린다. 널리 알려진 어니스트 헤밍웨이의 여섯 단어 소설을 보자. 《팝니다: 아기 신발. 신은 적 없음》. 이 글에 명치를 얻어맞은 듯한 느낌이 드는 것은 우리가 그 단어들 아래에 존재하는 의미를 읽기 때문이다. 우리는 "신발"과 "신은 적"와 "없음" 사이에 존재하는 공간에 우리 자신의 슬픈 경험을 불어넣는다. 글자 그대로의 단어는 우리의 마음을 쥐어짜지 않는다. 단어와 단어 사이에서 불러일으킨 직감이 마음을 흔드는 것이다. 우리가 깊이 있는 예술 작품을 콘크리트 위와 아래로 나뉘어 작동하는 수직 차원으로 생각하는 것은 우연이 아니다. 아래는 잠재의식, 모호함, 어둠, 그리고 가능성으로 가득한 공간이다. 위는 요가에서 사트빅(sattvic)이라고 부르는 순수하고 본질적이고 신성한 공간이다. 체화한 존재로서 우리가 두 공간을 온전히 이용할 수는 없지만, 두 공간 모두 우리가 내리는 선택에는 영향을 미친다.

수직은 독자와 작품을 연결해 준다. 나는 십 대 때 임신하지 않았다. 친구의 부엌 조리대에서 케이크 조각을 훔쳐 먹은 일도 없다. 그렇지만 나는 상실과 슬픔을 알고 있으며, 다른 사람들에 둘러싸여 있어도 외로움을 느낄 수 있다는 사실을 안다. 과트니는 케이크에 관한 글을 쓴 게 아니다. 그랬다면 요리책을 썼을 것이다. 대신 저자는 언어로 설명하자면 너무나 광막하고, 헤어나기 힘들고, 복잡한 소외감과 슬픔을 전달하려 애를 쓴다. 사용하는 단어 개수와는 아무 관련이 없다. 부엌에 서 있는 이야기는 그저 이야기일 뿐이다. 수평적인 이야기. 나는 파티에 참석하여, 부엌에 들어갔고, 케이크 한 조각을 보고 먹었다. 더 깊은 주제는 바로 상실이다. 독자로서 우리는 이야기에 사로잡힐 수 있다. (친구가 달려와서 "버스에서 좀 전에 무슨 일이 있었는지 상상도 못 할 거다!"라고 했다고 치자. 그것은 듣고 싶어지는 이야기가 된다. 그리고 우리는 그게 좋은 드라마이기를 바란다). 그렇지만 독자로서의 우리는 더 깊은 주제가 없으면, 그저 어떤 사람이 케이크 한 조각을 먹은 시간보다 더 큰 것을 가리키지 않으면, 이야기를 전달하지 않을 것이다. 이야기 그리고 더 깊은 주제. 아니면, 수평과 수직 사이의 관계를 설명하는 또 다른 방법은 '무엇' 그리고 '그래서 무엇'이다. '무엇'은 서사나 주제 혹은 이야기이고 '그래서 무엇'은 작가가 이야기 너머, 위나 아래(선택하기 나름이다)에서 말하고자 하는 것이다.

작가가 대체로 수평 방향을 추구하고 쓴 글이라고 해도 더 깊은 주제를 담고 있어야 한다. 《해리포터》나 《샤이닝》 같은 소설은 오락적이거나 두려운 이야기이기는 해도 그보다 깊은 주제를 담고 있다. 그렇지 않다면 생명이 길지 않았을 것이다. 그것이 수직의 마법이다. 수직은 작가로서 우리가 들어가는 문이지만, 다음에는 우리의 독자들이 통과하는 문이 된다. 우리가 가지고 다니는 책, 거듭거듭 되돌아오는 등장인물과 대사와 장면으로 가득 찬 그 개인 도서관을 생각해 보자. 우리가 어떤 책 또는 시집을 가지고 다니는 이유는 작가가 창조한 문을 우리가 알아차리고 이해하기 때문이다. 그런 작품은 우리의 공감을 불러일으킨다. 우리는 작품 속 단어의 아래, 단어와 단어 사이, 아니면 그 뒤에 있는 우리 자신 혹은 인간 조건의 어떤 측면을 알아본다.

작가로서 우리가 할 일은, 아니면 적어도 할 일 중 하나는, 우리의 더 깊은 주제가 무엇인지 결정하는 것이다. 다시 말해서, 우리의 이야기나 에세이 혹은 시가 실제로 무엇에 관한 것인지 알아내야 한다. 그것은 절대로 케이크에 관한 이야기가 아니다.

#작가는 더 깊은 주제를 발견하는 존재다. 그것을 찾기 위해 자기 작품을 파헤쳐야 한다. 더 깊은 주제는 너무 깊고, 자신이 쓴 단어 아래/위/밑/사이사이에서 너무 멀리 있어서 처음에는 작가 자신도 모르기 때문이다. 더 깊은 주제를 향해 글을 쓰는 동안, 각 문장은 작가를 더 아래로 이끌어 주는 손전등 노릇을 한다. 다시 말하자면, 시작하기 전에는 더 깊은 주제를 알 수 없다. 알면 문제가 생긴다. 그런 작품은 교훈적이고 강압적인 결과에 이를 것이다. 독자가 주제와 아이디어에 두들겨 맞는 느낌이 들 것이다. 신인 작가들은 흔히 불평등이나 불의라는 위대한 주제를 담은 날카롭고 정치적인 이야기를 쓰려고 한다. 공공연한 환경 이야기나 처음부터 가부장제를 해체하는 이야기를 쓴다.

#독자는 더 깊은 주제를 스스로 발견하기를 원한다(조각 케이크가 나타내는 상징을 두고 서른 가지 반응이 나온 사실을 기억하라). 그리고 독자가 더 깊은 주제를 발견할 수 있는 딱 한 가지 방법은 작가가 그렇듯, 열심히 탐구하는 것이다.

사실 무엇을 쓰는지 확신하지 못한 채 혼란한 상태로 시작하고 싶을 때가 있다. 우리도 맨 밑바닥부터 시작해서 등장인물이 겪는 곤경이나 화자의 한탄을 이해해 보려 노력할 수도 있다. 우리는 우리의 이야기나 에세이 또는 회고가 무엇에 관한 것인지 알기를 바라지 않는다. 발견하기 위해 글을 쓰고, 그런 다음 독자를 위해 그 여정을 복제한다.

이는 우리가 어떻게 우리의 더 깊은 주제를 알아낼지, 의문을 제기한다. 시작하는 시점은 알 수 없지만 끝나는 시점은 알아야 하기 때문이다. 여기서 메타 글쓰기가 등장한다. 메타 글쓰기를 간단히 설명하자면 글쓰기에 대한 글쓰기다. 나의 글쓰기에 대해 내가 글을 쓰는 것. 프로젝트 중반쯤에 이르면, 글쓰기 노트는 메모며 브레인스토밍, 글쓰기 프롬프트를 작성하는 것에서 나아가 글을 쓰는 작업 중 현재 무엇을 하고 있는지 곰곰이 생각할 수 있는 공간으로 자연스럽게 바뀐다. 날마다 글쓰기 노트에 그런 기록을 할 때 스스로 물을 수 있는 두 가지 질문이 있다.

#문장 하나로 나의 시, 에세이, 또는 이야기의 '무엇'을 설명할 수 있는가? 예를 들어, 나는 브래치스 캔디 진열대에서 캔디 한 알을 훔쳤을 때 이야기를 쓰고 있다. 또는 마사지를 받는 동안 아버지가 위장 감염으로 갑자기 세상을 떠나 버린 등장인물에 관해 쓰고 있다. 그건 쉬운 부분이다. 이제 나머지 글쓰기 시간에 더 깊은 주제로 같은 종류의 간결한 글쓰기를 시도해 본다.

페이지 맨 위에 내가 정말로 쓰고 있는 게 무엇인지 스스로 물어보라. 처음에는, 실제로 탐구하는 것이 무엇인지 알아내기까지 여러 페이지를 넘기기가 쉽다. 날마다 질문을 다루다 보면 답에 가까운 내용을 쓰게 된다. 결국, 몇 주, 몇 달, 몇 년이 걸리더라도, 자신이 정말로 쓰고 있는 게 무엇인지 한 문장으로 표현할 수 있을 것이다. 그때가 되면 그게 무엇을 의미하든, '끝났다'는 것을 스스로 안다. 예를 들면 이런 문장이다. 내가 실제로 쓰고 있는 내용은 몸이 우리를 배신하는 방식에 관한 것이다. 또는 이런 문장. 나는 끝없는 슬픔에 관해 쓰고 있다.

한 가지 더 살펴보자. **#시나 이야기, 에세이의 실제 내용이 무엇인지 확신이 서지 않는다면, 결말 지점에 주의를 기울여 보라.** 대개 마지막 줄은 실상 우리가 작업을 시작해야 할 곳이기도 하다. 우리는 15페이지쯤 읽고 나서 등장인물이나 우리 자신과 이야기가 어떤 이해관계를 갖는지 알아낸다. 글쓰기는 근본적으로 알아가는 길이기 때문이다. 명심할 점은 우리가 무엇을 쓰는지 알게 되면, 다시 처음으로 돌아가서 더 깊은 주제를 염두에 두고 수정해야 한다는 것이다. 그에 대해서는 가지치기 장에서 더 자세히 알아보겠다. 여기서, 시작점을 아는 좋은 방법은 끝나는 지점을 보는 것이다.

칼을 내려놓으라
자비 수행

마음 챙김의 여러 경로와 마찬가지로 요가는 매트에서 벗어나 삶으로 나아가는 수행자들을 이끌어 주는 윤리 규범을 제공한다. 이를 야마(yamas)와 니야마(niyamas)라고 한다. 나는 야마와 니야마를 하지 말아야 할 다섯 가지 규범(상처 입히기, 거짓말하기, 도둑질하기, 탐닉하기, 탐욕 부리기)과 추구해야 할 다섯 가지 규범(순수, 만족, 자기 단련, 자기 탐구, 내맡김)으로 여긴다. 인도 철학 체계에서는 목록 가운데 첫 번째 항목을 가장 중요하게 여기므로(맨 마지막 항목도 마찬가지다), 목록의 순서는 언제나 우리에게 전하는 의미가 있다. 야마와 니야마에서는 아힘사(ahimsā) 곧, 비폭력 실천이 먼저 나온다. 아힘사를 따르면 그 밖의 야마와 니야마는 필요하지 않다고 할 사람들이 많을 것이다. 아힘사 실천에 윤리적으로 살아가는 데 필요한 모든 것이 들어 있기 때문이다.

야마와 니야마에서 비폭력이 가장 중요한 항목이라는 사실을 요가 학생들에게 전할 때마다 나는 학생들이 단체로 안도의 한숨을 내쉬는 느낌을 받는다. 학생들은 내가 가장 중요한 윤리적 수행은 깨달음을 얻거나 카페인을 끊는 것이라고 할까 봐 우려했을지도 모른다. 아힘사는 비교적 수월해 보인다. 따지고 보면 우리 중 실제로 난폭한 사람은 거의 없으니까. 우리는 사람을 치거나 차로 들이받거나 아이들을 물어뜯지 않는다. 기본적으로 친절한 사람들이다. 우리가 마지막으로 다른 사람을 물리적으로 공격한 게 언제일까? 설사 그런 일이 있다고 해도 수십 년 전의 사건일 거라고 나는 생각한다. 그래서 우리가 살아가면서 따를 수 있는 가장 중요한 윤리적 실천이 아힘사라는 것을 알게 되면, 이미 잘하고 있다고 느끼기 쉽다. 어려울 게 없는 것이다. 그리고 우리의 견갑골에서 천사의 날개가 돋아난다.

물론, 그리 간단한 일이 아니다. 우리는 신체적 폭력 행위를 넘어서서 다른 사람들 그리고 문제 있는 우리 자신에 맞서 취하는 훨씬 더 미묘한 행위를 고려해야 한다. 종교학자이자 요가 수련자인 데보라 아델이 일깨우듯, "비폭력적일 수 있는 우리의 능력은 우리 자신의 내면에서 비폭력적일 수 있는 능력과 직접적인 관련이 있다." 폭력에 대해 들을 때 우리는 억압하는 쪽이 피해자에게 가하는 외부 행위에 치중해서 생각하는 경향이 있다. 그리고 그런 행위는 실제로 벌어진다. 그렇지만 우리가 고려해야 할 것은 온종일 우리 자신을 때리는 자잘한 폭행이다. 우리가 훌륭하지 않고 똑똑하지 못하다고 자신에게 말하는 방식, 스스로 가치 없고, 버림받았고, 이기적이고, 한심하고, 패배자라고 여기는 식의 폭행들. 이런 종류의 혼잣말, 곧 일상적으로 상처 주고, 베고, 때리는 행위들은 감지하기 힘들 수 있다. 틀림없이, 거울을 들여다보는데 거울에 비친 모습이 마음에 안 드는 순간이 있다. 그렇지만 잠에서 깨어 침대 발치에 쌓인 빨랫감을 보며 간밤에 빨지 않은 것을 두고 후회하는 경우는 어떤가. 아니면, 운동할 시간에 때맞춰 일어나지 못한 자신을 잠자코 나무라는 경우는 또 어떤가. 혹은 저녁 식사 때 한 그릇 더 먹거나 아이스크림을 먹고 살찔 염려와 함께 수치심을 느끼는 상황은? 그도 아니면 늘 외로움을 안고 다니며 사랑받을 존재가 아니라고 스스로 타박하는 경우는 어떤가.

내 경우는, 이런 폭력 행위가 온종일 끊이지 않고 이어진다. 하나같이 미세하고, 조용하고, 감지하기 힘들어서 우리는 좀처럼 그걸 폭력이라고 분류하지 않는다. 그렇지만 우리가 내면에서 혼잣말하는 방식이 우리가 세상을 만나는 방식이다. 아무 차이가 없다. 아델은, "깡통에 든 페인트 색깔은 무엇을 그리든 변함없이 그 색깔이다"라고 말한다. 빨간색 페인트로 벽을 칠하고 파란색 벽을 기대할 수는 없는 법이다. 우리 자신에 가하는 우리의 폭력도 새어 나오기 마련이다. 억제할 수 없다. 그런 다음 우리는 주먹이 아닌 말로 주변에 흔적을 남긴다.

위대한 시인 하피즈는 신을 찾는 방법을 구하는 여성에 관한 시를 썼다. 여기서 신은 사랑이나 아름다움 또는 일체감으로 대체할 수 있다. 질문은 기본적으로 우리가 최선이자 최고 수준의 자아가 되는 방법이 무엇인지 묻는 것이다. 시인은 이렇게 대답한다. "친애하는 여인이여, 그들이 칼을 내려놓았소. 어떤 이/ 신께서 잔인한 칼을 내려놓았다는 것을 아는 이가// 연한 자아/ 그리고 타인에게 가장 자주 쓰던 칼을."

칼을 내려놓으라. 참으로 간단하면서도 몹시 어려운 일이다. 우리가 만든 상처는 친밀하고 깊다. 긍정의 확언이 도무지 효과가 없는 이유다. 누구나 인생의 어느 시점에 긍정을 실천하면 머릿속에 든 정신 괴물을 물리칠 수 있다는 소리를 들었을 터이다. 나는 착한 사람이다. 나는 사랑받고 있다. 나는 온전하다. 그렇지만 내 경우, 내 정신 괴물이 어찌나 포악한지 그 작은(그런데도 진실한) 긍정을 조각조각 찢어 버렸다. 나는 가치를 되찾으려는 나의 시도를 조롱하는 괴물들의 소리를 듣는다.

#대신, 나는 메타(metta)**, 곧 자애 수행, 그리고 메타와 호흡 수행을 결합한 방식을 권하고 싶다.** 우리가 스스로 행하는 폭력은 하룻밤 사이에 사라지지 않을 것이다. 나는 내면의 악마를 완전히 물리치겠다는 생각보다 잠잠하게 만드는 것을 인생의 과제로 삼았다. 다른 사람들도 나와 같은 목표를 염두에 두고 메타 수

행을 해 보기를 바란다. 근절이 아니라 온화해지기. 우리는 성공하기를 원한다. 그렇지 않으면 우리는 자신에게 채찍질할 또 다른 채찍을 만들 테니까.

자세를 편안히 하고 3단 호흡을 시작해 보자. 폐가 가득 찬 느낌이 들면 4, 그리고 6 헤아리기 호흡법으로 전환하는데 천천히 느리게 진행한다. 메타 수행 방식은 다양한데 지금 제시하는 것은 내가 오래전에 배운 것이다.

#먼저, 오늘 스쳐 간 낯선 사람을 눈앞으로 데려오라. 차 안에서 운전하던 사람일 수도 있고, 거리를 걷다가 본 사람일 수도 있으며, 건물 밖에서 마주친 사람일 수도 있을 것이다. 아니면 식품점 계산원, 길 건너 사는 이웃, 비가 오나 눈이 오나 매일 아침 지팡이를 짚고 나이 든 비글 세 마리를 산책시키는 사람일 수도. 모르는 사람이지만 쉽게 마주칠 수 있는 사람으로 고른다. 그리고 앞에 붙잡아 둔다.

천천히 숨을 들이마신다. 내쉬며 그 사람에게 말한다. "고통에서 벗어나기를 기원합니다."

다시 들이마시고 내쉬며 말한다. "평안하시길 기원합니다."

다시 들이마시고 내쉬며 말한다. "기쁨을 찾으시길 기원합니다."

다시 한번, 그 사람을 향해 세 가지 같은 기원을 한다. 그 사람을 실체로 시각화하고, 나아가 자신의 심장에서 상대방의 심장으로 흘러가는 끈이나 광선을 그려 보라. 생판 남인 그 사람이 짊어진 짐에서 벗어나기를 기원해 보라. 그 사람에게 인간으로서 우리가 줄 수 있는 가장 위대한 선물, 곧 우리의 시간과 관심을 전해 보라. 붙들어 보라.

#다음에는 사랑하는 사람을 앞으로 데려온다. 고통받고 있는 사람일 수도 있다. 한동안 못 본 사람일 수도 있고, 방금 아침 식사 자리에서 본 사람일 수도 있다. 단, 관계가 틀어진 사람을 데려오면 안 된다. 그저 사랑하는, 명백히 사랑하는, 쉽게 사랑의 감정이 드는 사람을 데리고 오라. 그리고 아까와 같이 세 가지를 기원한다. 숨을 내쉬며 사랑, 메타를 전한다. 그 사람이 어디에 있든, 살아 있든 세상에 없든 상관없이 전한다.

고통에서 벗어나기를 기원합니다.

평안하시길 기원합니다.

기쁨을 찾으시길 기원합니다.

그 사람과 함께 몇 번 숨을 쉬고 나서 보내 준다.

#이제 까다로운 사람을 데려오라. 적대 관계에 있거나 심각한 해를 끼친 사람을 고를 필요는 없다. 우리에게 상처를 입힌 사람에게 사랑을 느끼기란 무척 어렵다. 차근차근 접근한다. 그저 딱히 정이 안 가는 사람을 데려오라. 인내심이나 한계를 시험하는 사람. 자기만의 고통에 사로잡혀 있어 만나기 힘든 존재가 된 사람. 그 사람에게도 똑같이 세 가지를 기원한다. 조건 없이 기원

한다. 인간은, 지구상의 존재는 모두 근본적으로 사랑받을 자격이 있으니 그 사람을 위해 기원한다. 상대가 저지른 잘못들을 초월하여 기원한다. 그 사람의 순수하고 선하고 온전한 면을 바라보며 기원한다. 설사 그런 본성이 깊이 파묻혀 있다고 하더라도.

#마지막 움직임이 가장 어렵다. 완벽하지 못한 사람에게 마음을 내어주는 게 힘든 일인데, 이제 가장 큰 괴물, 가장 못된 불한당, 어쩌면 평생에 걸쳐 가장 큰 고통을 준 사람, 바로 자기 자신과 마주해야 한다. 지금, 다섯 살 때 자신의 모습을 눈앞에 그려보라. 유치원 사진이나 어릴 때 찍은 다른 사진을 참고해도 좋다. 그 아이를 가까이 붙잡고 보라. 눈을 보라. 그 아이의 웃음과 조그만 치아를 보라. 조그만 코와 부드러운 턱을 보라. 어린이 옷차림새, 작은 티셔츠를 보라. 그 아이에게 똑같이 기원하라.

고통에서 벗어나기를.

평안하길.

기쁨을 찾길.

거듭거듭 되풀이해서 기원하라. 아이였을 때 자신의 눈을 들여다보라. 얼마나 작은지 보라. 손은 얼마나 작은가. 다리는 얼마나 짧은가. 얼마나 해맑고 천진하고 순수한지 보라. 연약한 자신을 보라. 세상을 대하는 자신의 아름다움과 신뢰를 보라. 피부는 상처 없이 깨끗하고, 신뢰는 깨지지 않았으며, 세상이 자신을 붙잡아 주고 보호할 것이라는 믿음이 여전히 살아 있는지 보라.

혹, 다섯 살 때 그런 사실이 없는 이가 있다면, 우선 내가 사과하고 싶다. 너무 많은 사람이 너무 일찍 상처 입으니. 나는 세상이 좀 더 친절하기를 소망한다. 만약 다섯 살 때 벌써 유년 시절이 끝났다면, 더 거슬러 올라가 보자. 아기 때의 사진으로. 말을 배우기 전으로. 막 엄마 배에서 나온 순간으로.

고통에서 벗어나기를.

평안하길.

기쁨을 찾길.

그처럼 어린 시절의 자신에게 거듭거듭 말하라. 그 아이는 여전히 내 안에 있다. 한 번도 떠난 적이 없다. 어떻게 그럴 수 있을까? 그 아이가 바로 나다. 어디로 갈 수 있을까? 그 아이는 여전히 그 자리에 있다. 우리는 그 아이들에게 사랑을 보낼 수 있다. 어린 시절의 자신에게 다 괜찮을 것이라는 확신을 줄 수 있다. 그리고 그 아이를 다독이고, 보살피고, 사랑을 보내는 일은 어른이 된 자신을 돌보는 일이기도 하다. 지금 머릿속의 이야기를 조금, 잠깐, 바꾸는 중이지만, 방금 스스로 만든 틈새로 쏟아져 들어오는 빛을 느껴 보라. 마음을 활짝 펴 보라.

몸, 집
트라우마와 글쓰기

뇌는 진화 과정에서 그랬던 것처럼 자궁에서 발달한다. 뇌에서 가장 먼저 형성되는 부분은 가장 원시적인 부분, 가장 뿌리 깊고 오래된 부분이다. 어떤 이들은 이를 파충류 뇌라고 부른다. 두 번째로 형성되는 부분은 변연계(편도체와 시상 모두 포함)로, 입력된 것들을 분류하고 자아와 주변 환경 사이의 관계를 유지한다. 트라우마 전문가 베셀 반 데어 콜크는 파충류와 포유류의 뇌가 우리의 '감정적 뇌'를 만든다고 쓴다. 감정적 뇌는 우리의 모든 사고가 일어나는 전두엽과 대조를 이루지만, 반대되는 것은 아니다. 이성적인 뇌는 우리를 인간으로 만들고, 언어를 사용하게 하고, 추상적인 사고를 하게 해 준다. 우리 대다수가 우리의 정체성이 존재한다고 말할 수 있는 곳이며, 사고하는 부분이다. 그렇지만 우리가 살면서 겪는 경험은 모두 이성적인 부분으로 이동하기 전에 우리 뇌의 언어 이전 부분을 먼저 통과해야 한다. 반 데어 콜크가 연기 감지기라고 부르는 변연계가 어떤 상황을 위험하다고 판단하면(그리고 변연계는 생각의 도움 없이 이런 판단을 내린다는 것을 기억할 것. 사려놓은 줄을 '보고', 변연계가 뱀이라는 신호를 주면 우리 몸은 그 크기며 길이, 개연성을 고려하기 훨씬 전에 펄쩍 뛰어오른다), 우리 몸에게 싸우라고, 꼼짝 말라고, 혹은 도망치라고 말한다. 트라우마는 변연계가 위협이라고 판단하여 언어로 분류하고 보관할 수 있는 이성적인 뇌로 절대 이동하지 못하도록 분류한 경험의 결과다. 대신 트라우마는 경험을 둘러싸고 할 수 있는 이야기 안으로 들어오지 못한 채 바깥에 남아 우리를 괴롭힌다. **#트라우마가 괴롭히는 것은 몸이다.**

　반 데어 콜크는 트라우마를 다룬 저서에 《몸은 기억한다》는 제목을 붙여서 책의 요점을 강조한다. 곧 머리가 아닌 몸, 그리고 오로지 몸만이 저를 사납게 공격한 게 무엇인지 안다는 것이다. 트라우마는 몸의 조직, 장기, 신경에 있다. 따라서 어떤 치유를 시도하든 이성적인 뇌는 포함할 수 없다. 트라우마는 그런 종류의 심리 인식에 이르지 못했기 때문이다. 저자는 이렇게 쓴다. "트라우마는 순서대로 시작, 중간, 끝이 있는 서사로 저장되지 않는다." 대신 저자는, 트라우마를 겪은 사람들은 자신의 몸으로 돌아와야 한다고, 스스로 버리거나 방치하거나 학대했던 몸으로 돌아와 몸을 느끼고 자신의 고통과 함께 있어야 한다고 말한다.

우리는 우리만의 방식으로 치유를 생각할 수 없다. 우리는, 어떤 의미에서 우리는, 치유로 다시 태어나야 한다. 그리고 그 시작은, "우선 아무것도 추방하지 않기로 동의"하는 것이라고 저자는 말한다.

트라우마에서 회복하는 데 있어 표준적인 관행은 대화 치료다. 살아남은 사람에게 마침내 자신의 경험을 말로 표현하고, 과거를 바로잡고, 이전에는 오로지 자신을 위축시키고 마비시킨 것을 상대로 행위나 힘을 주장할 수 있는 공간을 주는 게 대화 치료다. 치유를 위한 글쓰기는 같은 방식으로 작용하는데, 작가가 치유사이자 동시에 치유를 받는 사람이라는 점이 다르다. 트라우마를 겪은 사람은 지금껏 몸만 치던 괴로운 이야기를 외부화함으로써 치유에 이르는 글을 쓸 수 있다. 그리고 연구에 따르면 끔찍한 사건에 대해 글을 쓰면 신체적, 정신적 건강을 개선할 수 있다고 한다.

그렇지만 우리는 또한 마음 챙김 수행으로 실제 트라우마에 이름을 붙이지 않고도 치유를 일으키는 방식을 배우고 있다. 프로이트 이후, 트라우마 치료의 초점은 몸을 괴롭히는 이야기하기에 맞춰 왔다. 트라우마에 이름을 붙일 수 있다면 극복할 수 있다는 믿음이 있었다. 최근, 연구자들은 트라우마 자체가 실제 이야기로 구성될 필요가 없다는 것을 알아 가는 중이다. 확인할 것은 신체 반응이다. 몸은 어떻게 느끼는가. 책 전반에 걸쳐 우리가 해

온 모든 호흡 운동, 곧 마음 챙김에서 우리는 몸에 머물도록 그리고 뭐든 몸이 느끼는 대로 함께 하도록 배운다. 아무것도 해결하거나, 바꾸거나, 특별히 할 필요가 없다. 우리는 그저 뇌에서 마음으로 옮겨 가서 떠오르는 모든 것과 함께 앉는다. 반 데어 콜크는 이렇게 말한다. "우리의 목소리를 찾으려면 우리가 몸 안에 있어야 한다. 우리 내면의 감각에 접근할 수 있어야 한다."

처음에는 이 대화가 자신에게 적용되지 않는다고 느낄 수도 있다. '트라우마'라고 할 일이 일어나지 않았으니까. 내 첫 번째 대답은 작가 매들린 랭글의 말로 대신할 수 있다. 스물두 살 때, 아직 이혼하지 않고 오하우섬에서 꿈꾸며 지낼 때, 고통받지 않고도 작가가 될 수 있느냐고 내가 묻자 매들린 랭글이 이렇게 대답했다. "그냥 계속 쓰세요. 고통은 찾아올 테니까." 아멘, 자매님. 그러니, 혹 처음에 트라우마와 예술 사이의 관계를 고려할 필요가 없다는 생각이 들면 행운으로 가득 찬 삶을 살고 있기 때문이니 그냥 계속 살아가라고 권하고 싶다. 트라우마가 찾아온다. 부처님은, 인생은 고통이라고 했다.

나는 요즘 트라우마가 새롭게 정의되는 방식을 이해하는 것도 중요하다고 생각한다. 이십 년 전, 트라우마는 급성 심리적 트라우마와 동일시되었다. 강간 그리고 전쟁과 같이 인간을 완전히 무너뜨리는 거대한 사건과 동일시한 것이다. 그리고, 그런 종류의 경험은 명백히 트라우마에 해당한다. 그런데 우리는 이제 트

라우마, 곧 신체가 트라우마 점수를 매기는 방식이 그런 사건들
의 경계를 넘어선다는 사실을 이해한다. 예를 들어, 후성유전학
분야에서는 트라우마가 분자 수준에서 눈의 색깔과 흡사하게 유
전되는 방식을 보여 준다. 우리의 몸은 조상의 트라우마, 조상의
분노, 수치심, 추방, 멸종, 억압받은 자유의 기운들을 지니고 있
다. 게다가, 우편번호도 유전자 코드만큼이나 각자의 몸이 지닌
트라우마를 대변할 수 있다.

**#인종, 계급, 성별, 성적 취향은 보이지 않는 방식으로 신체에
흔적을 남긴다.** 인종 트라우마 전문가 레스마 메나켐은, "우리가
개인의 성격적 결함, 문제를 지닌 역기능 가정, 뒤틀린 문화 규
범이라고 부르는 것은 역사적 트라우마의 표현일 수 있다"고 쓴
다. 그리고, "우리가 미국에서 태어나고 자랐다면, 백인 우월주
의와 그에 대한 적응력이 우리의 핏속에 있다. 바로 우리 몸에
우리 조상의 치유 안 된 불협화음과 트라우마가 담겨 있다"고 말
한다. 반 데어 콜크와 마찬가지로 메나켐은 인종 차별을 주제로
아무리 많은 이야기를 해도 인종 차별을 극복할 수 없다고 주장
한다. 인종 차별은 머리가 아니라 우리 몸에 있기 때문이다. 세
포에 있기 때문이다. 우리는 우리 몸으로 돌아가서 불편함, 연약
함, 두려움을 느껴야 한다. 마지막으로, 많은 연구에서, 미세 공
격(인종, 성별, 성적 지향이나 다른 정체성을 이유로 특정 소수 집단을 미묘
하게 차별하는 행위: 역자 주)에 초점을 맞춰 권력 구조(백인, 남성, 그

리고 이성애자)가 극적인 방법이 아니라 타인의 존엄성과 권위를 부정하면서 저들의 특권은 이어가는 일상적인 방식으로 이익을 누리는 상황을 밝히는 추세다. 그와 같은 연구 영역은 모두 급성 심리적 트라우마에서 벗어나 평범한 삶 속의 트라우마로 우리를 이끈다. 그리고 우리의 몸을 보게 한다.

거기서 자유로울 사람은 아무도 없다. 우리는 모두 트라우마를 입은 몸 안에서 살고 있다. 트라우마를 입은 몸의 경험들에서 유일한 차이점은 범죄 현장으로 돌아가 치유하려는 사람과 마음을 외면하고 살아가며 다 괜찮은 척하는 사람 사이에 존재하는 자세다. **#작가로서 우리는 두 번째 경우를 선택할 수 없다. 우리의 등장인물을 위해, 더 깊은 주제를 위해, 우리의 예술과 인간됨됨이를 위해, 우리는 우리의 몸과 몸에서 일어나는 감각과 함께 자리에 앉아 머무는 작업을 해야 한다.** 불편과 슬픔 그리고 고통을 보며 앉아 있는 일은 힘들지만, 메나켐은 그것을 '깨끗한 고통'이라고 말한다. 있는 그대로 받아들이면 깨끗한 고통이 되지만, 회피, 거부, 비난을 동반하면 정직하지 못한 고통이 된다는 것. 둘 다 아프지만, 첫 번째 고통은 치유를 허용한다.

트라우마에 관한 이 대화가 등장인물을 만드는 논의를 떠올리게 한다면, 작가로서 우리의 역할 그리고 우리를 더 나은 인간이 되도록 이끌어 주는 글쓰기 방식 사이에서 내가 제시하려 노력했던 연관성을 보게 될 것이다. 반 데어 콜크는 우리가 아무것도 내쫓지 않는다고 주장한다. 우리의 삶과 원고지에서 우리는 모순, 수치심, 그리고 슬픔이 존재하도록 허용한다. 실제 우리의 몸이든 우리가 창조한 등장인물들의 몸이든 상관없이. 반 데어 콜크는, "상처받은 사람이 다른 사람에게 상처를 준다"고 한다. 우리가 글쓰기든, 호흡이든, 몸 흔들기든, 느끼기든 우리 자신의 고통을 덜어 내는 일을 하면 타인에게 상처를 덜 입히게 될 것이다. 그리고 그것이 우리가 할 수 있는 최선이다.

형식 찾기

선형, 비선형 구조

학생들에게 비선형성을 소개할 때, 나는 애니 딜라드의 다음과 같은 말을 인용한다. "독창적인 글쓰기는 형식을 만든다." 그리고 이렇게 덧붙인다. "세포에서 세포로, 홈에서 가지로, 잔가지에서 잎으로 자란다." 형식 자체는 그 구조에 의미가 있다. 나는 내 학생들이, 춤에서 도자기에 이르기까지 모든 예술이 그렇듯이 형식과 내용이 글 안에서 결합해 있다는 것을, 적어도 그래야 한다는 것을 이해하기를 바란다. 작가가 이용하는 형식, 곧 선형에서 비선형까지, 그리고 그 둘 사이의 모든 형식은, 작가가 말하고자 하는 것, 작품의 주제에 따라 달라져야 한다. 나는 학생들에게 아이스크림 토핑을 고르듯 형식을 선택하는 게 요령이 아니라고 말한다. 형식은 풍미를 바라고 첨가하는 조미료가 아니다. 요령은 오히려 아이디어에서 드러나는 형식을 알아차리는 인식에 가깝다. 그리고 그런 인식, 그런 민첩한 사고는 시간과 경험에서 온다. 아이디어가 취할 수 있는 다양한 별자리에 더 많이 노출될수록, 작가는 자신의 주제에 적합한 형식을 더 쉽게 알 수 있다.

앞에서 설명했듯이, 우리는 삶과 서사가 연대기적 경로로 전개된다고 여기는 경향이 있다. 처음에 이런 일이 벌어졌고 그다음에 이런 일이, 그리고 또 다음에는 이런 일이 일어났다는 식으로. 그리고 우리는 우리의 시, 에세이, 또는 이야기가 선형적으로 펼쳐져야 한다고 생각하는 경우가 많다. 그렇지만 선형성이 우리 글쓰기의 기본 형식이 되어서는 안 되며, 그렇게 될 수도 없다. 배경이나 어법 또는 등장인물과 마찬가지로 형식은 반드시 작가가 해야 할 선택이다. 그리고 선택을 하려면 선형적, 비선형적 글에서 드러나는 한계와 가능성을 이해해야 한다.

소설가 매디슨 스마트 벨은 《내러티브 디자인》에서 서사 구조에 유용한 사고방식을 제공한다. 모든 산문은 연속체의 어느 위치에 속하며, 어떤 부분도 양쪽 끝을 완전히 차지하지 않는 일종의 연속체 구조라는 것. 연속체의 한쪽 끝에는 벨이 '선형 디자인'이라고 부르는 서사가 있는데, 이는 "처음에서 시작하여 어떤 종류의 중간을 가로지르고 끝에서 멈춘다." 벨은 선형 서사가 연대순으로 묶여 있다고 말한다. 사건은 인과관계 방식으로 시간의 흐름과 함께 진행된다. 사건은 시간을 따라 순차적으로 이어진다. 전체가 다 그런 게 아니라면 적어도 서사의 탄력을 얻기 위한 방식 측면에서는 그렇다. 한 가지 일이 일어나면 뒤이어 다른 일이 이어진다. 도미노 효과다. 선형 이야기는 구축, 절정, 결말 순이다. 서양 문학에서 선형 이야기는 역사적으로 존중받고 가치 있게 여겨졌다. 아리스토텔레스는 《시학》에서 드라마의 아름다움은 "적절한 사건 배열"에서 비롯한다고 썼다. 여기서 배열은 "시작과 중간과 끝이 있는" 전체를 만드는 식이다.

그렇지만 선형적 디자인은 연구 대상의 내재적 논리 이상을 보장한다. **#선형성은 주제나 경험이 융합되고, 이해되었으며 완전하게 표현될 수 있다는 것을 시사한다.** 작가는 이 형식을 선택함으로써 부분이 전체로 합쳐지고 전체는 시간과 관련하여 가장 잘 이해된다는 것을 암시한다. 우리는 거의 세포 수준에서 연대기를 이해하기 때문에(아침에 눈을 뜨면 요일을 확인하는 즉시 시간에 적응한다), 선형적인 이야기를 만나면 '자연스럽다'고 느낀다. 의미를 도출하기 위해 다른 일을 해야 할 수도 있지만, 서로 다른 부분이 더 큰 전체와 관련되는 방식을 결정하는 작업은 우리를 위해 작가가 수행한 것이다. 시간은 통제하는 힘이며 연대기는 우리가 따라야 할 선이다.

그렇지만 작가라면 모두 금세 이해하게 되듯이, 선형적 서사는 제한적이다. 선형적 서사는 구조 면에서 쉽게 예측할 수 있고, 이야기를 펼칠 공간이 많이 필요하며, 시간과 연관 있는 구성이기 때문에 실제 삶의 경험을 반영하지 못한다. 어느 날 출근 길에 일어난 일을 시작, 중간, 끝이 있는 이야기로 얘기할 수 있지만, 실제 출근길 경험은 그리 논리적이지 않다. 먼저, 우리는 한 가지 일만 하는 경우가 드물다. 그리고 설령 그렇게 한다고 하더라도, 우리 마음은 좀처럼 그 한 가지 일에 집중하기 힘들다. 우리는 과거의 경험, 현재의 느낌, 미래 예측이 섞인 교차로를 걷는 중이다. 우리 시대에 선형에 가까운 일은 없다. 따라서 서사 구조로서의 선형은 여러 면에서 허위다.

벨은 연속체의 다른 끝으로 '모듈식 디자인'을 제안한다. 벨에게, "모듈식 디자인은 작가가 연대기의 부담을 최대한 떨쳐 낼 수 있게 해 준다." 여기서 작가는 연대기나 주제에 대한 인과관계의 이해에 얽매이지 않는다. 대신 연관성에 따른 작업을 하며, 순간에서 순간이 아니라 이미지에서 이미지로 이동한다. 비선형적 형식은 서사 구조 스펙트럼의 가장 먼 끝, 산문이 시로 넘어가기 직전의 순간을 차지하며 이제 문장이 아닌 문구에 얽매이게 된다.

원고에서 앞뒤 여백과 함께 덩어리 형태의 글로 제공되는 경우가 많은 비선형 형식은 시처럼 기능하여 이미지 가득한 문단에서 다음 문단으로 뛰어넘으며 독자에게 여백을 탐색하게 만든다. 모자이크와 같은 비선형 형식은 멀리서만 온전한데, 그것은 벨이 모듈식 디자인을 설명할 때 지적한 점이다. 작가가 비선형 형식으로 암시하는 주제는 붙잡을 수가 없다. 손가락 사이로 빠져나가고, 작은 산문 조각들이 모래알처럼 쏟아지기 때문이다.

#비선형적 형식은 시간 바깥에 존재하며, 대신 관계를 특권으로 여기기 때문에 읽기도 쓰기도 훨씬 더 어렵다. 돌림노래 같은 서사에서 멀어질수록 작품을 하나로 엮기 위해 작가가 할 일이 많아진다. 작가가 연대기라는 추진력을 포기한다면, 대신 그와 동등하게 설득력 있는 요소를 제공해야 한다. 다시 말하지만, 일반적으로 이러한 것들은 시의 공용 화폐인 이미지나 은유이다. 그래도 독자는 비선형 에세이나 이야기를 읽을 때 어려움을 겪게 된다. 브렌다 밀러는,《딿은 마음》에서 이 형식은 '독자를〔그〕틈새로 초대하는 파편화 경향이 있다"고 쓴다. 지면에 문자 그대로 하얗게 비어 있는 공간으로 나타나는 여백에는 의미가 있거나 아니면 적어도 의미에 대한 실마리, 이해할 만한 끄덕임이 들어 있다.

비선형 작업이 가진 큰 매력은 독자가 도출한 의미에 질문, 망설임, 그리고 미지의 것이 가득하다는 것이다. 독자에게 주제가 시작, 중간, 끝이 있다고 제시하는 선형 구조와 달리, 비선형 구조는 주제를 전혀 알 수 없다는 것을 암시한다. 이미지의 축적을 통해, 특정한 방향(원형으로 맡도는 방향인 경우가 많지만)으로 움직일 수는 있는데, 오래오래 행복하게 사는 경우는 거의 없다.

대체로 작가는 서사 라인을 유지할 수도 있고 연관성을 살리기 위해 버릴 수도 있다. 그리고 그 선택은 작가와 소재의 관계에서 유기적으로 이루어져야 한다. 사실, 선형 혹은 비선형을 두고 내리는 기본 결정은 우리가 첫 단어를 만나기 전에 작가가 그 주제를 어떻게 보는지 알려 줄 것이다.

작가는 때로 자신의 원고가 주제로 가는 여정이나 등장인물의 일상과 더 뚜렷하게 닮기를 바란다. 비선형적 형식을 선택할 수도 있다. 예를 들어, 데보라 톨의 《낯선 가족》은 대량학살의 유산을 추적하는 저자의 가족을 다룬 비선형 회고록이다. 저자는 히틀러가 죽고 오랜 시간 후, 유대인에게 벌어지는 일을 묻고 있는데, 대답은 당연히 복잡하다. 저자의 회고록은 끝없이 미칠 듯한 원을 이루며 맴도는 짧은 산문으로 채워진다. 우리는 이해하지 못한다. 저자가 이해하지 못하기 때문이다. 그와 같은 파괴로 생긴 학살과 블랙홀은 끝내 알 수 없는 것이기 때문이다. 홀로코스트의 여파는 이해되거나, 파악되거나, 시작, 중간, 끝이 있어서는 안 된다. 그 영향은 절대로 끝나지 않고 이어진다. 비선형 형식은 톨이 선택할 수 있는 유일한 길이다. 선형적인 글쓰기는 톨의 역사와 경험을 무시하는 일이다.

트라우마 생존자는 비선형 형식을 선택할 수 있으며, 그와 같은 사건은 지식화하는 게 불가능하다는 사실을 다시 한번 감지한다. 토니 모리슨의 소설 《소중한 사람들》은 경고 없이 관점과 서술 방식을 바꾸고, 과거와 현재를 나란히 배치하며, 트라우마의 세대 유산과 보이지 않으면서 음흉한 해악을 강조하려 모호성에 의존한다. 마이클 커닝햄의 《세월》과 같은 소설은 사회적 통념이 시간과 공간을 넘나들며 삶을 파괴하는 방식을 개별적이면서도 서로 연결된 세 가지 서사를 엮어서 보여 준다. 트라우마와 비선형 형식의 관계는 특히 밀접한데, 방금 읽은 것처럼 트라우마 성격의 기억은 서사 형태가 아니라 심상으로 우리 뇌에 보관되기 때문이다. 생물학은 트라우마 기억과 비선형적 형식의 연관성 사이에서 자연스러운 친밀감을 생성한다.

지배 계층의 외부에 있는 사람들, 곧 인종이나 계급 또는 성적 지향 때문에 소외된 사람들은 권력자들이 공표한 서사 구조 안에서 자신의 경험을 이야기할 수 없으므로 비선형적 형식을 선택할 수 있다. 또는 작가가 비선형적 형식을 써서 개인의 단면을 연구에 끌어들일 수도 있다. 모든 지식은 주관적이라는 것을 이해하기 때문에, 그리고 그것을 아는 사람과 전해 듣는 사람 사이의 다공성, 곧 경계가 헐거워 서로 침투 가능한 성질을 강조하고 싶기 때문이다. 작가는 여러 이유로 비선형 형식을 선택할 수 있다. 그렇지만 명심해야 할 점은, 그것이 결정 행위라는 것이다. 아니 더 정확하게 말하면 식별 행위일 수도 있다. **#작가는 자신의 주제를 보고, 주제에 거주하며, 의미를 전달할 형식을 꿰뚫고 있어야 한다.** 결국, 선형을 선택할 수 있지만, 선형 형식이 적절하기 때문이지 기본 형식이어서는 아니다. 모든 형식은 다 이

익과 손실을 초래한다. '최고' 형식은 없다. 그리고 작가는 더 깊은 주제를 실을 가장 확실한 형식을 이해하기까지 몇 차례에 걸친 시도를 할 수도 있다. 그렇지만 일단 찾아내면 다른 형식은 불가능했고, 이 이야기는 이런 식으로 표현해야 했다는 사실을 독자에게 보여 주어야 한다. 그제야 형식과 내용이 진정으로 가장 높은 수준에서 작동한다.

레차카

recaka

날숨은 걸러 내고 줄이는 것이다.
글쓰기 단계에서 퇴고에 해당한다.
성공하는 작가와 그렇지 않은
작가의 구분은 퇴고에 들이는
헌신에 달려 있다.

3부

날숨에 글 다듬기

까부르기

호흡 수행: 날숨

이 책의 세 번째 장에서는 날숨과 수정 작업을 다뤄 보겠다. 들숨이 우리에게 감사함을 가르치고 우리 삶의 충만함을 가리킨다면 날숨은 모든 것을 놓아 보내는 방법을 알려 준다. 나는 빌리 알트라는 멋진 침술사를 만난 때를 기억한다. 목초지와 산으로 둘러싸인 아이다호주 프레스턴의 작은 마을, 교회에 다니는 주민들 사이에서 침술을 연마하는 사람이었다. 그 사람이 막 내 볼과 눈 주위에 침을 꽂았고, 내 기운이 쑥 빠져나가며 '노곤노곤' 해지는 순간 이렇게 말했다. "살아서 여기를 빠져나가는 사람은 아무도 없어요." 그 뒤로도 비슷한 표현을 몇 번 더 들었지만, 내면 깊숙한 곳에서 내가 매사 올바르게 행동하고, 절대로 실수하지 않고, 항상 성공하면 어떻게든 죽음을 속일 수 있을 것이라는 미친 희망을 품고 있다는 사실을 처음으로 직시한 게 그때였다.

합리적인 수준 정도가 아니라 훨씬 깊은 내면에 도사린 생각. 인생을 경주하듯 살면서 1등을 차지하려는 바람을 갖는 데에는 또 어떤 이유가 있을까.

남는 것은 아무것도 없다. 아무것도. 내가 사는 곳을 둘러싸고 솟은 산도, 대륙의 단단한 가장자리도, 내 아이들에 대한 사랑도 남지 않는다. 우리 문화는 그렇지 않다고, 더 오래 살 수 있고, 더 잘 살 수 있고, 40대는 새로운 20대라고 약속한다. 우리의 경제구조는 우리가 다, 특히 무엇보다 지구 자체를 다 소유할 수 있다고 제안한다. 내 집, 내 마당, 내 차, 내 아기, 내 생각, 내 몸. 그렇지만 그 모든 것은 사라질 것이다. 모두. 그래서 우리가 젊음을 주장할 때마다, 소유권을 주장할 때마다, 이것은 내 것이고 당신 것이 아니라고 말할 때마다, 우리는 근본적인 진실에 맞서 싸우는 셈이다. 그리고 그런 태도는 더 많은 고통을 만들어 낸다. 부처님은 사성제(네 가지 고귀한 진리라는 뜻으로, 고제 · 집제 · 멸제 · 도제의 네 가지 진리 또는 깨우침을 가리킨다. 흔히 고집멸도라고 간단히 부른다.: 역자 주)를 들어 아주 분명하게 설명한다. 우리의 고통을 끝내는 유일한 길은 내맡기고 놓는 것이라고. 상실 속에서 평정심 유지하기. 날숨은 우리에게 하루에 22,000번 그 방향으로 한 걸음 내딛는 법을 가르쳐 준다.

의도적인 호흡을 시작할 때 가만히 앉아 숨을 내쉬어 보자. 4, 그리고 6 헤아리기 호흡법으로 돌아가는데, 의식은 몸을 따라 내려가는 날숨에 집중한다. 들숨이 위로 그리고 밖(충만, 창조)으로 움직이는 데 반해, 날숨은 우리를 아래로, 안으로 데려간다. 숨을 깔때기로 치면, 쇄골에서 들숨이 확장되고 들숨의 정점에서 넓어지는 것을 느낄 수 있는데, 날숨을 따라 아래로 내려가면 기운이 좁아지다가 마지막에는 날숨의 맨 아래, 깊은 뱃속에 다다른다. 깔때기의 끝 지점이다. 날숨은 걸러 내는 것이고, 줄이는 것이다. 그리고 우리 몸이 매번 내놓는 것은 바로 우리가 살아가는 데 필요한 물질이다. 호흡은 우리를 살게 하는데, 우리 몸은 숨을 내쉬면서 새로운 숨이 올 것이라고 믿는다. 그것은 놓기에 관한 강력한 교훈이다. 우리는 내맡김이 궁핍과 빈곤을 뜻하는 게 아니라는 것을 되풀이해서 배웠다. 내맡김은 영원히 없을 것이라는 의미가 아니다. 내맡김은 그저 여는 것, 다음에 올 것을 받을 수 있는 공간을 열어 주는 것일 뿐이다. 숨을 내쉴 때마다 우리는 세상이 우리를 보살필 것이고, 필요한 것을 줄 것이라는 믿음을 갖도록 배운다. 우리는 그저 놓아 주면 된다.

날숨을 오래, 길게 따라가면 날숨이 실제로 몸 안에서 공간을 어떻게 만들어 내는지 경험하게 된다. 물리적으로 숨을 내쉬는 것은 이산화탄소를 제거하는 일이므로 문자 그대로 노폐물을 운반하는 것이다. 하지만 물리적인 면, 특히 거칠면서도 미묘한 호흡에 관해서 물리적인 측면에만 주의를 기울이는 것은 어리석은 일이라고 생각한다. 나는 날숨을 몸의 발굴 또는 채굴이라고 생각하는데, 채굴로 도랑을 깨끗하게 비워서 다음 들숨이 더 멀리 이동하고 더 많이 들어차도록 하는 것이다. 날숨을 더 깊이 내쉴수록, 다음 들숨을 위한 공간이 더 넓어진다. 그러니 숨을 내쉴 때마다 몸 안의 도랑을 더 깊이 파고, 발가락 끝까지 열어 보라.

날숨이 더 깊어지면, 들숨이 아니라 내쉬는 숨을 시작 호흡으로 삼아 보자. 호흡의 형태는 변하지 않아도 호흡에 대한 우리의 경험은 달라질 것이다. 그러면, 6까지 세는 동안 내쉬는 숨으로 시작하고 4를 세는 동안 들이쉬는 것으로 마무리한다. 내맡김과 놓아 주기에 몸이 따르게 둔다. 각각의 날숨은 내보내는 일에 깊이 몰두함으로써 새로운 공간, 새로운 길, 새로운 도랑을 열어 준다. 내맡기는 일이 얼마나 힘 있는지 느껴 보라.

#우리 글쓰기에도 똑같이 날숨을 적용해 보자. 애니 딜라드는 《작가살이》에서 다음과 같이 조언한다.

글쓰기에 대해 내가 아는 것 중 하나는 이것이다. 매 순간 모두 즉시 소진하고, 쏘고, 놀고, 놓아라, 모두. 이번 책에서, 나중에 또는 다른 책에서 잘 쓰겠다고 아끼지 마라. 주고, 다 주고, 지금 주라. 나중에 좋을 것 같아서 아껴 두려는 충동은 지금 소진하라는 신호다. 나중에는 더 많이, 더 나은 것이 생겨날 것이다. 샘물처럼 뒤에서 아래에서 차오를 것이다. 마찬가지로, 배운 것을 혼자만 간직하고픈 충동은 수치스러울 뿐만 아니라 파괴적이다. 선뜻 아낌없이 내주지 않으면 나중에는 자신에게 남는 것도 없어지고 만다. 금고를 열면 재만 보일 것이다.

#이는 날숨이 이끄는 대로 글쓰기 수행을 하라는 의미다. 지금 다 소진하기. 예술가로서 우리는 우리 주변의 세상을 모방하는 것을 바라지 않는다. 유지하고, 욕심내고, 주장하고, 소유하고, 지키고, 비축하는 데 열중하는 세상을. 그런 태도는 창의적인 발상과는 철저히 적대적이다. 이미 가진 것을 붙들고 있다면 어떻게 새로운 걸 만들어 낼 수 있을까. 우리는 대신, 호흡이 지닌 교훈을 따라 놓아 주는 법을 배우고, 다른 들숨이 올 것이라는 걸 믿는다.

딜라드는 특히, 단어와 아이디어를 나중에 쓰겠다고 저장하지 말고, 결핍의 모델 안에서 글을 쓰지 말라고 권한다. "모든 것은 샘물처럼 뒤에서 아래에서 차오른다"는 딜라드의 말을 믿어라. 최고의 아이디어도, 마지막 아이디어도 없다. 우리는 은유를 비축하거나 직유를 은닉하지 않는다. 우리는 매번, 모두 소진한다. 글쓰기에서의 내맡김은 전 과정, 결과를 포함한 모든 것을 놓아 주는 과정에 적용된다. 우리가 글쓰기 수행에서 더 많이 놓을수록(기대, 평가, 두려움, 갈망을), 새로운 게 들어올 공간이 더 많아진다. 판단하느라 걸리는 시간, 비교하느라 걸리는 시간, 비축하거나 지키거나 주장하느라 걸리는 시간은 창작에 들이는 시간이

아니다. 하루라는 시간은 한정되어 있고, 작업에만 전념할 수 있
는 시간은 더 적다. 그런 시간을 날숨과 함께 사용하자.

#수행에 담고 싶지 않은 것은 무엇이든 날숨에 맡겨라. 자잘
한 일일 수도 있다. 그날 아침 쓰레기 내놓을 차례 문제로 파트
너와 다툰 일 같은. 유산, 사망, 이혼, 실직처럼 큰 일일 수도 있
다. 우리는 그런 모든 것을 날숨을 따라 몸 밖으로 내보낼 수 있
다. 개중에는 수업을 마친 뒤나 그날의 글쓰기를 마무리한 다음
에 다시 불러 정리할 일도 있을 것이다. 우리는 모두 어느 정도의
고통을 감수해야 한다. 그렇지만 무엇을 어떻게 붙잡을지 선택
할 수 있으며, 잠시 내려놓는 것으로 더 가벼워질 가능성이 있다.

날숨은 상실에서 우리를 보호하지 않는다. 상실과 함께 일하
는 방법을 알려준다. 작가로서 우리는 날숨에서 무엇을 배울 수
있는지 알기를 바란다. 인간으로서, 우리의 정신 건강과 행복은
우리가 얼마나 잘 놓아 주고, 적응하고, 내맡길 수 있는지에 달
려 있다. 날숨에 머무는 시간을 가져 보라. 날숨이 몸 안에서 어
떻게 움직이는지 알아보라. 날숨이 우리를 거듭거듭 시작 지점
으로 되돌려 놓는 방식, 날숨이 우리의 몸, 마음, 정신의 막힌 곳
으로 파고드는 방식을 지켜보자. 그리고 다음 숨을 들이마실 때,
다음 문장, 다음 계획, 다음 아이디어가 찾아올 것을 믿자.

유지할 것과 제거할 것을
확실히 파악하라

퇴고

에이단과 켈렌이 어릴 때, 우리는 텔레스테이션이라는 게임을 즐겨 했다. 전화 게임과 픽셔너리(상대방이 그린 그림을 보고 해당 어휘를 맞추는 게임: 역자 주)가 섞인 것으로, 저마다 주어진 단어나 문구를 보고 그림을 그려서 다음 사람에게 넘겨주면, 받은 사람이 그 그림에서 떠오르는 것을 따라 다시 그려서 넘긴다. 마지막에 참가자들은 지금껏 그린 그림들을 다시 뜯어보며 큰소리로 답을 외친다. 그러다 보면 '개 음식 주머니'가 '똥 주머니'로 변하는 식이어서 유쾌하기 그지없었다. 자연스러운 미술 감각으로, 두 아이는 텔레스테이션에 매우 능숙했다. 나는 대여섯 살밖에 안 된 아이들인데도 무슨 그림을 그린 것인지 늘 정확히 알아봤다. 반면에 내 그림은 도무지 무슨 문구를 표현한 것인지 알 수 없는 실력이었다. 내가 그림이 아니라 글 쓰는 사람으로 타어나서 다행이었다.

이 게임은 그림 실력이 형편없는 사람들이 엉망진창을 만드는 재미로 하는 것이다. 전화 게임에서 처음 속삭인 말이 한 바퀴 돌고도 그대로 살아 있으면 재미가 없듯이, 나는 바퀴가 몸통보다 두 배나 더 큰 자동차를 그려서 가족에게 놀림 받는 게 즐거웠다. 하지만 켈렌이 그리는 것을 더 자세히 관찰한 덕분에 아이들 그림을 더 잘 알아볼 수 있기도 했다. 내가 보기에 그것은 대상을 놓고 그 근본 특징을 이해하는 방식이었다. 예를 들어, 늑대를 그릴 때 켈렌은 늑대가 일반적으로 포유류, 더 구체적으로는 개와 다른 특징이 무엇인지 직관적으로 아는 것 같았다. 그 특징은 귀의 생김새일 수도 있고, 턱선일 수도 있고, 동물이 머리를 치켜드는 모습일 수도 있다. 그게 무엇이든 켈렌은 기본 특징을 보고 옮겨 그릴 수 있었다. 그것은 초고에서 퇴고로 넘어갈 때 필요한 종류의 시력이다. 자기 작품의 기본 형태를 정하고, 유지할 것과 제거할 것을 확실히 파악해야 한다. 곧, 뾰족한 귀, 날카로운 눈매, 드러난 목은 살리고 발치에서 달음질치는 쥐, 등 뒤의 산, 임의로 고른 털 색깔은 제거한다.

우리는 앞의 몇 장에 걸쳐 마음과 직감으로 하는 글쓰기를 다뤘다. 바라건대, 우리가 그동안 정신 및 지성의 진입을 늦추고, 분류, 꼬리표 붙이기, 분리, 정의할 수 있는 기능을 지연시켰기를 바란다. 대신, 우리는 눈가리개를 쓰고, 귀를 막고, 장치를 음소거하고, 날마다 한 단어 한 단어씩 늘어놓았다. 매일, 매일, 싫은 마음이 들 때도, 힘들고, 희망이 안 보이고, 어리석게 여겨질 때도, 눈이 내리거나, 도넛을 너무 많이 먹었을 때도, 어머니가 배관이 터져 시달릴 때도, 아버지가 잔디를 깎고, 손전등이나 낚시 도구를 찾으며 도움을 부탁했을 때도, 여전히 할 일을 했고, 무엇보다 중요한 것은 다른 사람을 파티에 초대하지 않았다는 것이다. 우리는 끈기 있게 노력했다. 뮤즈를 기다리지 않았다. 확인이나 도움을 바라고 바깥을 내다보지 않았다. 그렇게 일을 해냈다.

우리가 가장 행복하게 머물 곳은 일 자체일 수 있다. 이것이 우리가 하도록 요청받은 글쓰기일 수 있다. 우리는 글을 쓰는 행위가 가장 중요하다고 판단할 수 있다. 이야기를 펼치는 즐거움, 두운법을 써서 운율을 맞추는 만족감, 매끄럽게 다듬은 시 한 구절처럼 말이다. 사실, 모두 그러기를 나는 바란다. 더 행복해질 테니까. 글을 쓰기 위해 태어난 사람의 삶에 깃든 슬픔이나 서글픔은 작가가 자신의 작품을 타인과 공유하기로 마음먹은 순간부터 나온다. 작가가 오로지 자기 자신을 위해 글을 쓰면 그 고통에서 벗어날 수 있다. 그런 작가의 작품이 강렬하지 않다거나 놀랍지 않다거나 아름답지 않다는 의미가 아니다. 끝내, 평생토록 쓴 시 2,000여 편 중에서 단 열 편만 발표한 에밀리 디킨슨을 보라. 그렇다고 해서 시인이 아닌 건가?

또한, 마음에서 나와 정신으로 들어가는 움직임, 곧 대개 퇴고라고 하는 수정 작업에는 작품을 공유해야 한다는 의미는 없다. 퇴고 작업 자체는 매우 큰 즐거움을 준다.

#그런데 자신의 작품을 공유하고 싶거나 될수록 우아하고 단단하게 다듬기를 바란다면, 잠깐 마음에서 나와 머릿속에 머물러야 한다. 퇴고에는 여러 가지 도구가 필요하다. 식별하여 제거하고, 긁어서 버리고, 쪼개서 치울 도구들이다. 퇴고에 쓰려고 만들어진 외과 수술용 칼이 정신이다. 우리가 위로 올라가는 이유다.

나는 지금까지 존재한 작가들은 모두 퇴고의 중요성을 공언할 것으로 생각한다(아, 참, 잭 케루악은 아닐 수도 있다. 그래도 우리에게 "삶의 신성한 윤곽을 믿으라"고는 했다. 이는 적어도 퇴고는 안 했더라도 균형 잡힌 맵시를 존중했음을 암시한다). 최소한 정직한 작가라면 퇴고의 힘을 강조할 것이다. 그리고 그렇게 실천한 것으로 유명한 작가들이 많다. 예를 들어, 블라디미르 나보코프는,《말하라, 기억이여》에서, "나는 내가 출간한 단어는 모두 여러 번 다시 썼다. 내 연필은 지우개보다 오래간다"고 쓴다. 트루먼 커포티는 우스갯소리로 연필보다 가위를 더 좋아한다고 했다. **#나는 학생들에게 '성공하는' 작가와 그렇지 않은 작가의 구분은 퇴고에 들이는 헌신에 달려 있다고 수시로 얘기한다.** 작품을 다른 사람과 공유하기로 마음먹었다면, 원고를 고치는 법을 배워야 하며, 작품을 탄생시키느라 쏟았던 것과 같은 에너지와 집중력으로 작품을 다시 보는 과정을 거쳐야 한다. 글쓰기 수업 전체 과정을 듣고, 여러 쪽에 걸친 서면 피드백을 거쳐 15주 만에 제출한 에세이 한 편의 최종 원고가 맨 처음에 쓴 초고에서 거의 달라진 게 없는 경우처럼 짜증 나는 일은 없다. 그런 학생들은 스크래블(철자가 적힌 플라스틱 조각들로 글자 만들기를 하는 보드게임의 하나: 역자 주) 타일처럼 단어를 재배치하는데, 원고 수정은 생선 내장 제거에 가까운 작업이다.

인기 저서 《글쓰기 도구》에서 로이 피터 클라크는 퇴고 작업을 나무 가지치기라는 현명한 비유로 제시한다. 나무를 다듬는 첫 단계에서는 나뭇가지 전체를 잘라 낸다. 두 번째 단계에서는 가지치기 도구를 챙긴다. 가지를 잘라 내는 것은 작품의 기본 형태나 모양을 보는 작업이다. 많이 쳐 내야 한다. 많은 가지를. 굵직한 가지들을. 보나 마나 전기톱이 필요할 것이다. 그렇지만 자기 작품의 더 깊은 주제를 이해해야 무엇을 잘라 낼지 알 수 있으므로, 더 깊은 주제를 요점 말하기 정도로 요약할 수 있을 때 퇴고를 시작해야 한다. 코린 헤일스 같은 시인은 자신의 시 〈파워〉를 두고 철도 역무원에게 장난치는 두 아이에 관한 시라고 말할 수 있다. 그런데 한편으로는 아이도 해를 끼칠 수 있다는 것을 배우게 되는 분기점에 관해 썼노라고 덧붙일 수도 있다. 더 깊은 주제를 알게 되면 그 주제를 나타내는 문장을 노트 겉표지나 노트북 컴퓨터 또는 제단에 붙여 보자. 그것이 작품의 진언이다.

20페이지 분량의 단편 소설을 쓰고서도 실제로 무엇에 관한 이야기를 썼는지 이해 못 하는 경우가 있다. 장면 열두 개에 등장인물 셋, 그리고 훌륭한 어휘로 엄청나게 표현했는데 기본 형태를 본 뒤에는 뭉텅뭉텅 쳐 내야 할 수도 있다. 이를 피할 방법은 없다. 거기까지 가는 길을 쓰지 않고는 목적지에 다다를 수가 없다. 예술에 순간이동은 존재하지 않는다. 더 깊은 주제로 나아가는 길을 찾기 위해 수행한 작업은 낭비가 아니다. 다 삭제해야 한다고 해도 말이다. 그 많은 문단, 연, 페이지, 그리고 문장은 할 일을 한 것이다. 제 역할을 한 것이다. 그러나 이제 잘라 내야 한다.

#잘라내라. 깊게 그리고 여지없이 잘라내라. 스스로 하라. 자를 가지가 안 보이면 페이지나 단어 제한을 두고 강제하라. 17페이지짜리 이야기라면 10페이지로 줄여라. 고집스레 실행하라. 압축하도록 강요받으면, 우리의 글은 더 강해진다. 우리가 스스로 확고한 목표를 가지면, 삭제할 수 없는 게 무엇인지 결정해야 하는데, 이는 또한 버려야 할 게 무엇인지 선택하고 실행해야 한다는 의미이기도 하다. 가지를 잘라 낸 뒤에도 20~30% 분량이 남아 있을 수 있다. 그럭저럭 넘기려고 문단 하나 삭제하고 낙관하기도 한다. 그러나 절대로 좋은 효과는 따르지 않는다.

좋은 점도 있다. 컴퓨터 바탕화면의 폴더를 활용하라. 현대 사회에서는 실제로 완전히 사라지는 게 거의 없다. 가지치기한 내용을 복사하여 폴더 하나에 모아 보자. 작업복 위에 아내의 앞치마를 두르고 점심을 먹는 정비사에 관한 비범한 문단 하나가 언제 쓸모 있게 될지 알 수 없는 노릇이다. 이번 이야기에는 적절하지 않았지만, 다른 삶을 만나면 어떻게 될지 아직 모른다.

오해하지 말기를 바란다. 퇴고는 가슴 아픈 작업이다. 우리가 마음에서 나와 머리로 들어가는 또 다른 이유다. 정신 영역에서는 눈물을 덜 흘리며 도끼를 휘두를 수 있다. 나는 언제나 수정을 하기 전, 처음에는 거부한다. 내 글을 글쓰기 모임에 가져가면서, 동료들이 〈뉴요커〉 지에 실릴 준비가 됐다고 얘기해 주기를 기대하지만, 그런 일은 안 일어난다. 그런데 내 작품이 완벽하다는 말이 나온다면 바로 그때부터 나는 새로운 작가 모임을 찾아가야 한다. 퇴고를 시작할 때, 나는 끊임없이 발걸음을 늦춘다. 어떤 면에서, 수정 작업인 퇴고는 (무에서 유를 탄생시키는 과정보다는) 더 쉬워 보일 수 있다. 눈앞에 단어가 있고, 할 일은 그저 그 단어를 더 좋게 만드는 것이니까. 그렇지만 대다수 작가는 퇴고를 두고 그저 종류가 다른 어려움이라고 얘기할 것이다. 수정할 때는 초고 쓰는 기 더 쉽고 즐겁다고 할 것이다. 초고를 쓸 때는 퇴고하는 순간을 그리워한다. 언제나 남의 잔디가 더 푸르러 보이는 법이다.

따라서 첫 번째 수정에서는 자신의 늑대를 찾아서 그 늑대가 되어야 한다. 더 깊은 주제를 이해하여 작품의 근본 형태를 안 다음, 자르고, 내장을 제거하고, 톱으로 썰어 가며 그 형태가 나오도록 다듬어야 한다. 두 번째로, 세상에 나온 모든 글 밑에는 적확한 어휘를 찾는 과정에서 동원됐던 단어들이 겹겹이 층층이 존재한다는 사실을 알아야 한다. 끝내 지면에 남은 단어들은 명료한 표현에 이르는 길을 만드는 것이 유일한 목적이던 숱한 낱말들을 딛고 선 것이다.

언어 수집

적확한 어휘 찾기

등반에서, 로프가 끊어질 가능성이 있거나, 안전 고리를 걸어 등반로를 개척할 때 전체 시스템이 망가질 염려가 있는 경우, 재앙 매듭을 묶는다. 나는 그 매듭이 이 스포츠에 대해 많은 것을 말해 준다고 생각한다. 재앙은 일어날 수 있다. 그럴 때 매듭이 생명을 구할 것이다. 등반가들이 암벽에 몸을 고정하는 데 사용하는 장비인 퀵 드로우도 마찬가지다. 손이 바위에서 미끄러지기 전에 서부의 총잡이들처럼 재빨리 당겨야 한다. 경로에는 몹시 힘들고 어려운 지점이 있고, 그런 지점이 하나 이상일 때도 있다. 트래드(트래드 등반, 전통 등반: 자연환경을 훼손하지 않고 있는 그대로의 조건에서 등반하고자 하는 등반가들이 시작했으며 고정 확보물을 최소화하여 등반하는 것을 뜻한다.: 역자 주) 경로에서 선발 등반자는 석회암이나 화강암에 보호 장치를 설치하는 일을 맡는데, 그 위치에 생명을 의존하게 된다. 아래쪽에서 빌레이(산악 등반에서, 등반가의 추락을 막기 위해 로프를 사용하는 기술. 등반가를 제자리에 고정하게 하거나 하강시키는 것을 말한다.: 역자 주)를 하는 사람은 위험 상황을 피하려 그리그리(자동 제동 기능이 있는 하강기: 역자 주)를 사용할 수 있다. 그리그리는 위험을 막아 준다는 아프리카의 부적 이름을 딴 것이다. 내가 아는 대다수 등반자는, 사람들이 서로 속옷을 공유하지 않는 것처럼, 자기 그리그리로만 빌레이를 한다. 금속제 장치인 데다 편안함과는 거리가 먼 그리그리와 등반자는 피부 같은 친밀감을 공유한다.

등반가가 아닌데 등반가가 등장하는 이야기를 쓰고 있다면, 로프, 하네스(등반할 때 착용하는 장비의 하나. 보통 허리 벨트와 다리 고리로 구성되어 있으며, 로프를 부착하여 사용한다.: 역자 주), 바위 같은 이름을 표기할 수 있을 것이다. 유형이나 종류는 몰라도 말이다. 작가는 등반가가 아니어도 등장인물은 암벽을 오를 수 있다. 그렇지만 등장인물이 스템(벽면에서 두 발을 벌려서 등반하는 기술: 역자 주), 다이노(다이내믹 무브, Dynamic Move의 줄임말. 손과 발이 모두 바위에서 떨어지도록 크게 뛰어오르는 점프. 움직임이 크고 추락 가능성이 커서 주의를 기울여야 한다.: 역자 주), 맨틀(맨틀링, 선반 형태의 바위를 양손으로 누르며 일어서는 동작: 역자 주)은 못할지도 모른다. 등반가가 아니라면, 홀드(암벽을 올라갈 때 손으로 잡을 수 있는 곳: 역자 주)를 포켓(포켓 홀드, 손가락을 넣을 수 있는 작은 구멍 형태의 홀드: 역자

주), 저그(손이 편안하게 들어갈 수 있는 형태의 홀드: 역자 주), 크림프
(손가락 끝으로 잡는 작은 홀드, 힘이 많이 들어가므로 주의가 필요하다.: 역
자 주)로 특징짓지는 못할 것이다. 심지어 홀드라는 이름으로 부
르지 않을 수도 있다. 그리고, 나는 작가가 잃을 게 많다고 생각
한다. 매듭 자체는 흔하디흔한 것이라 딱히 불러일으키는 심상
이 없다. 반면, 재앙 매듭이라고 하면 위험한 느낌을 풍기며 독
자를 멈추게 한다. 매듭과 재앙 매듭 사이의 선택은 어휘 선택이
다. 우리가 선택하는 단어에 작가로서 우리가 전달해야 할 생각
이 모두 실려 있다. 따라서 단어 하나, 하나를 심사숙고해서 선
택해야 한다.

**#등반가 이야기를 쓰고 있다면 굳이 등반가가 될 필요는 없지
만, 등반 관련 어휘에 심혈을 기울여야 한다. 매듭과 재앙 매듭
의 차이를 떠올려라.** 적확한 어휘는 작가로서 우리의 권위를 세
우고 모호한 목소리를 줄이는 데 도움이 되며 독자가 훨씬 좋은
그림을 떠올리도록 해 준다. 대개 글을 읽을 때, 우리는 단어에
서 연상되는 이미지를 머릿속에서 만들어 내기 마련이다. 때로
는, 소설과 논픽션에서, 이미지가 이야기를 형성하기도 하고, 시
에서 이미지가 서사보다 더 큰 감정을 불러일으키기도 한다. 가
드너의 꿈을 기억하라. 독자가 되어 자신이 그려 내는 이미지와
글이 얼마나 잘 결부되어 있는지 궁금하다면, 영화 보기 전에 책
으로 먼저 《해리포터》를 읽었을 때 어땠는지 생각해 보라. 독자

인 자신의 해리는 영화 속 해리와 다를 것이다. 사실, 영화를 보면 처음에 해리를 거부할지도 모른다. 자신의 머릿속에 있는 해리와 전혀 닮지 않았을 테니까. 그렇지만 더 놀라운 것은, 영화 속 해리를 보면, 머릿속에 있는 해리는 영원히 사라질 가능성이 크다는 것이다. 우리는 시각적인 생물이다. 우리의 상상력은 강력하지만 아무리 그래도 우리 눈이 물리적으로 보는 것에는 못 미친다. 작가로서 우리는 언어의 물리적 특성과 구체성에 기대기를 바란다.

당연한 얘기를 다시 하자면, 단어는 독자가 이미지를 만드는 데 필요한 전부다. 철자와 철자법이 어원을 공유하는 것은 우연이 아니다. 단어는 연상을 불러일으킨다. 단어가 이미지를 빚는다. 일반적으로, 영어에서 말하고 쓸 때 동사보다 두 배쯤 많은 명사를 사용하고, 형용사와 부사보다는 세 배 이상 명사에 의존한다. 그러니 가장 흔히 쓰는 품사가 명사인데, 명사가 온 세상의 사물에 이름을 부여한다는 점에서는 놀라운 일이 아니다. 명사는 무게, 차원, 규모, 색깔, 그리고 질감을 가진 사물을 일깨우고, 사랑, 두려움, 화, 증오와 같은 추상 개념을 불러일으킨다. 흥미롭게도 명사는 동사보다 말로 옮기는 시간이 더 길게 걸린다. 연구에 따르면 화자는 명사를 만들 때 동사보다 1,000분의 1초 더 길게 멈추고, 더 놀라운 것은 듣는 사람은 1,000분의 1초 단위의 멈춤 시간을 직감하고 명사가 나올 것을 이해하고 주의를 기울인다고 한다. 이 언어학자들은 명사를 새롭다고 표현한다. 의사소통에서 명사는 동사보다 더 새로운 정보를 많이 만들어 낸다. 〈뉴요커〉 지에 기고하는 앨런 버딕은, "동사는 문법적으로 명사보다 더 복잡하지만 드러내 보일 것은 더 적다. 동사를 말하려고 할 때는 새로운 것이 나올 가능성이 별로 없으므로 뇌가 이미 계획한 일을 늦출 필요가 없다."

《물을 부르다》(단편소설집. 표제작은 심각한 가뭄에 시달리는 두 아이의 엄마가 물을 찾아 로키산맥 깊은 곳으로 떠나는 이야기이다.: 역자 주)의 저자인 앰버 캐런은 거의 온종일을 '언어 끌어당기기'에 쓴다. 저자는 이야기의 아이디어가 생기기도 전에, 관심사가 무엇이든 그 언어에 몰두한다. 저자의 이야기를 읽어 보면 그와 같은 관심의 결과를 알 수 있다. 소설집 안에 새의 알을 연구하는 조란학, 수맥 탐사, 개 썰매 타기, 그리고 산악 구조에 쓰는 어휘가 가득하다. 캐런은 글을 쓰는 과정에서 가장 좋아하는 부분 중 하나가 언어 수집이라고 말한다. 하나, 하나의 단어마다 이전에 모르던 세계로 향하는 문을 연다.

#언어를 수집하는 기간이 길수록 어휘는 더욱 정확해진다. 매듭, 오버 핸드 매듭(가장 기본격인 매듭 방법, 실이나 노끈 따위로 풀리지 않게 묶어 마디 두 개가 합쳐진 모양으로, 끈을 튼튼하게 묶거나 이을 때 사용한다.: 역자 주), 재앙 매듭처럼. 캐런은 《물을 부르다》를 쓰기 전에 풍경 문학 백과사전, 《홈 그라운드》에 몰두하여 시간을 보

냈다. 책 자체는 모음집으로, '고산 굴곡림(수목 한계선이 관목림:
역자 주)', '황토', '화산암재'와 같은 단어를 제공하는데, 그렇게
하여 우리를 둘러싼 풍경을 정의하고 '절벽'을 '가파른 발치샘'으
로 바꿔 놓기도 한다. 캐런은 마치 달걀을 모으듯 단어들을 한곳
에 모았고, 결국, 그것을 바탕으로 수맥을 탐지하고 우리 발밑에
서 보이지 않게 흐르는 물줄기까지 나아갔다.

　내가 캐런의 작업 과정에서 고맙게 생각하는 것은 아이디어
이전의 언어에도 특권을 부여한다는 것이다. 그것은 도구 자체
가 작업을 수행하도록 하고, 작가가 아이디어 밑이 아니라 위로
움직이도록 보장한다는 뜻이다. 다시 말해서, 언어 수집을 시작
할 때 우리는 땅에 두 발을 디딘 상태다. 우리는 세상의 것, 붙든
것, 파묻힌 것, 불탄 것, 장식한 것, 요리한 것, 가라앉은 것, 그리
고 좌초한 것들과 함께 시작한다. 작가들이 자주 듣는 조언으로
개 이름을 반드시 확인하라는 게 있다. 조그만 갈색 개보다는 치
와와처럼 이름을 확실히 해 두라는 것이다. 그리고 이처럼 정밀
한 작업은 수정 과정에서 적용해야 한다. 그와 같은 과정이 언어
를 단단하게 조이고 독자에게 더 강력한 이미지를 만들어 줄 테
지만, 어휘가 우리를 작업으로 이끌 수 있다는 것을 이해하는 것
도 마찬가지로 중요하다.

　마지막으로, 가방에 단어를 채울 때 우리가 모으는 것이 죽은
자와 생기 잃은 자의 것들을 뭉뚱그린 것이 아니라는 것을 명심

하라. 언어는 살아 있다. 변화하고 성장하고 형질이 바뀐다. 언어는 숨을 쉰다. 해마다, 사전에 새로운 단어가 더해지고 이미 사전에 있던 어휘의 의미가 달라진다. 오늘날의 퀴어는 100년 전의 퀴어가 아니다. 의미가 바뀔 뿐만 아니라 지정된 품사도 바뀐다. 예를 들어, 어떤 이는 이야기를 퀴어하거나(queer는 '기묘한' '괴상한'의 형용사로 쓰였으나 지금은 '기묘하게 하다'와 같이 동사형으로 쓰이게 된 경우를 말함.: 역자 주) 교실을 퀴어할 수도 있다. 더 이상 형용사만으로 작동하지 않는다. 따라서 우리가 사용하는 단어는 모두 우리가 알아차리든 못 알아차리든 과거에 지닌 의미를 함께 실어 나른다. 우리는 무지한 채로 남을 수도 있고(그리고 무지는 결국 언제나 해롭다) 아니면 언어의 유산을 인식하고 알아차릴 수도 있다.

#시간을 투자하여 낱말과 구문의 유래를 알아보라. 웹스터 사전을 아무 쪽이나 펼쳐서 소설처럼 읽어 보라. etymonline.com과 같은 온라인 사이트는 그 과정을 고통스럽지 않게 해 주지만, 훌륭한 구식 사전 안에 배울 것이 많다는 사실을 명심하라. contemplation(라틴어)이 '함께'라는 의미의 접두사 com과 templum이라는 단어에서 유래한다는 사실을 언젠가 알게 될지 모른다. templum은 하늘에서 새 그리고 새가 가져올 소식을 기다리며 오르던 언덕이었다. 언제나 "단어는 화석이 된 시"라는 에머슨의 말처럼 묵상(contemplation)이라는 추상적으로 보이는

라틴어 낱말도 결국, 발 디딜 땅으로 돌아온다는 사실을 보여 준다. 우리는 그저 파헤쳐야 한다.

단어는 다 중요하다. 글쓰기 과정의 모든 순간에, 우리는 이쪽으로 갈지 저쪽으로 갈지 방향을 선택한다. 우리는 이용할 모든 가능성 중에서 한 단어를 선택하고 있으며, 기본적으로 다른 단어를 다 취하지 않는다. 단어를 고를 때, 이미 채워 놓은 가방에서 하나를 선택하라. 의도를 갖고 신중하게 단어를 꺼내라. 극작가 톰 스토파드는 《진짜 사랑이란?》에서, "나는 작가를 신성하다고 생각하지 않는데, 단어는 신성하다. 단어는 존중받을 만하다. 적확한 단어를 적확한 순서로 쓰면, 세상을 살짝 움직일 수 있다"고 쓴다.

동사가 가진
에너지에 주목하라
동사 사용법

요가에서 물리적 세계는 세 가지 요소 또는 타트바(tattva, 사물의 실체 또는 그것의 범주나 주된 본성. 혹은 원칙: 역자 주)로 구성되어 있다. 타트바라는 단어는 타트(tat, 그것이라는 뜻: 역자 주) 또는 본질이라는 의미에서 유래했다. 그러므로 요가 수행자에게 세상의 모든 것은 타마스(tamas), 라자스(rajas), 사트바(sattva), 즉, 세 가지 구나(guna, 우주의 모든 것을 구성하는 세 가지 기본적인 성질, 우리의 마음, 행동, 성격, 심지어 자연현상에도 영향을 미친다.: 역자 주)로 구성된 혼합 성질을 갖고 있다. 이 글의 목적을 위해 나는 타마스를 어둡고 무거운 에너지, 끈적끈적하고 유동성이 떨어지는 성질로 정의하겠다. 라자스는 붉고, 강렬하고, 매우 활동적인, 일종의 불같은 에너지로 정의한다. 사트바는 가장 순수하고 미세한 형태의 에너지로, 오로지 위로 향하며 빛으로 가득 차 있고 심지어 신성하다. 탁자부터 나무, 우리의 정신 상태에 이르기까지 모든 것은 다양한 비율을 갖춘 세 가지 구나로 구성되어 있다. 간단한 예를 들면, 산은 무겁고, 단단하고, 엄숙한 타마스 에너지를 많이 품고 있다. 반면, 마당에서 다람쥐를 쫓느라 숨을 헐떡이는 개는 라자스 에너지를 더 많이 지녔다. 중요한 것은, 구나는 고정된 게 아니라 상관관계에 놓여 있다는 것이다. 예를 들어, 나무뿌리는 땅을 움켜쥔 방식으로 타마스 성질을 포함하는 한편, 나뭇잎은 모두 사트바 기운과 함께 태양을 향해 뻗어 있다. 그렇지만, 나무 자체는 하늘과 관련지어서 보면 타마스 기운을 더 많이 품을 것이다. 이와 같이 구나는 고정된 게 아니다. 바위가 늘 타마스 기운을 띠는 것은 아니며, 물리적 세계의 모든 것은 세 가지 구나의 특성을 다 품고 있지만, 그 정도가 서로 다르다.

언어에서, 동사는 명사와 명사 사이의 활력 관계를 설명함으로써 문장의 에너지를 규정한다. "사발이 탁자 위에 놓여 있다"라는 문장을 보자. 사발과 탁자 사이의 관계는 사뭇 정적이다. 딱히, 아니 사실상 전혀 움직임이 없다. 사발과 탁자 사이의 에너지는 일정하다. 탁자 위에 놓인 사발은 아래로 움직이며 차분한 타마스 에너지를 많이 갖고 있다. 다른 문장, "아이가 집으로 걸어갔다"를 살펴보자. 동사는 여기서도 아이와 집 사이의 활력 관계를 설명한다. 이 문장에서는 더 많은 움직임이 있고, 라자스에 가까운 에너지가 있다. 마지막으로 이 문장을 보자. "앨리스는 두 가지 선택을 고려했다." 여기서 '고려하다'는 동사는 앨리스와 선택 사이의 관계를 설명한다. 어떤 면에서 '고려하다'는 물리적인 행동이 필요하지 않기 때문에 타마스 특성을 보인다고 주장할 수도 있고, '고려'하는 행위에 오고 가는 활기가 내재하니 라자스에 더 가깝다고 할 수도 있다. 그런가 하면, '고려하다'를 에너지의 세 번째 범주인 사트바에 더 가깝다고 판단할 수도 있다. 사트바는 위로 움직이는 미묘한 에너지다. 여러 측면에서, 구체적인 것과 추상적인 것 사이의 관계를 설명하는 동사는 모두 사트바 에너지를 불러일으키게 된다.

#모든 동사는 세 가지 에너지를 다양한 정도로 보여 주며, 그 에너지는 관계에 따라 달라진다. 내가 여기서 강조하고 싶은 점은 동사를 우리 문장의 에너지 중심으로 생각하는 것이다. 우리는 1학년 때부터 동사가 행동 단어라고 들었지만, 솔직히 별 도움이 되지 않는 얘기다. 동사는 행동을 설명할 수 있지만, 행동 없는 상태나 추상 개념도 쉽게 설명할 수 있다. 동사가 명사와 명사 간 에너지 관계를 결정한다고 생각할 때, 우리는 동사가 명사를 서로 묶고 설명하는 힘, 그리고 지휘하는 능력을 본다. 대체로 물, 전기, 언어 할 것 없이 그것들을 도구로 작업할 때 우리는 거기에 에너지를 전달하여 잘 쓰이기를 바란다. 동사는 전달한다.

영어에서, 많은 동사가 앵글로색슨어에서 유래했다. 깊은 사고를 할 시간이 많지 않았던 초기 앵글로인의 삶을 생각해 보라. 그 사람들은 묵상이나 숙고 대신 사냥하고, 재배하고, 싸우고, 살아남기 위해 분투하며 하루를 보냈다. 그 사람들이 영어의 글과 말에 담긴 근육질 동사의 유산을 물려주었다. 이러한 동사는 화려한 동의어 사전과는 거리가 멀었다. 그보다는 소박하고 기본적인 핵심 동사에 가깝다. 우리가 가장 자주 찾는 동사이기 쉽다. 아래는 앤서니 도어의 소설 《클라우드 쿠쿠 랜드》의 한 문단이다.

그는 커튼처럼 쏟아져 내리는 눈발을 뚫고 초등학교에서 공공 도서관까지 5학년 학생 다섯을 인솔한다. 그는 캔버스 코트를 입고, 벨크로로 조인 부츠를 신었으며, 만화에 나오는 펭귄들이 스케이트를 타고 가로지르는 그림이 있는 넥타이를 맨 팔십 대다. 온종일, 가슴속에서 기쁨이 쉼 없이 부풀더니, 지금, 2월의 목요일 오후 4시 30분, 아이들, 그러니까 종이 반죽으로 만든 당나귀 머리를 뒤집어쓴 앨릭스 헤스, 플라스틱 횃불을 든 레이철 윌슨, 묵직한 휴대용 스피커를 든 내털리 에르난데스가 인도를 따라 앞으로 달려가는 모습을 바라보는 이 오후에 이르러서는 그 감정이 그를 뒤집어엎을 듯 위협했다.

그럼 도어가 행동하는 지점, '인솔하다(escort)'부터 시작해 보

자. 이것은 앵글로색슨어가 아니라 라틴어다. 제노(그)와 5학년 학생들 사이의 에너지 관계는 무엇일까? 인솔하는 행위는 확실히 라자스 성질의 움직임을 갖고 있는데, 그것은 유도된 움직임이다. 인솔은 교사가 지닌 기운이 그렇듯 보살핌이라는 요소를 암시한다. 도어는 '이끈다(leads)'와 같은 표현을 할 수도 있지만, 좀 더 사트바 에너지(위로 움직이는, 이지적인)에 가까운 동사에 가 닿으려, 기저에 보호의 느낌이 깔린 '인솔하다'를 선택했다. 도어의 동사는 제노가 5학년 학생들과 맺은 활기찬 관계를 설명한다. 제노는 복종을 요구하는 독재자가 아니라 곁에서 함께 걷는 인물이다.

이번에는 조여 신은 부츠와 스케이트 타는 펭귄으로 넘어가 보자. '조이다(fasten)'는 앵글로색슨어에서 유래했으며 부츠와 벨크로 사이의 사뭇 타마스에 가까운 관계를 암시한다. 움직임은 없다. '스케이트 타다(skate)'는 어원을 추적하기 힘들지만, 초기 독일어로 보이며 움직임을 암시한다. 그런데, 펭귄들은 넥타이에 고정되어 있으므로 움직임으로 보자니 모순이다. 그 문장에서 도어가 선택한 동사가 전달하는 에너지에 주목하라. 고정되어 있으면서도 움직이는 에너지. 제노는 팔십 대라는 것을 두 번째 문장에서 알 수 있는데, 도어는 동사를 통해서 제노가 몸은 느려졌지만, 사람은 그렇지 않다는 사실을 독자에게 알린다.

이제 기쁨(추상적 특질)이 종일토록 '부풀었다'는 마지막 문장을 살펴보자. '부풀다(inflate)'는 라틴어로, 제노의 몸 안에서 움직이는 기쁨의 에너지(모두 사트바, 위로 향하는, 미묘한)를 묘사한다. 동사가 위로 움직이고, 기쁨이 위로 움직이고, 에너지가 위로 움직이다가 두 번째 주어인 '감정'에 도달한다. 우리는 기쁨과 관련 있는 그 감정이 '뒤집어엎을 듯한 위협'이라는 것을 알게 된다. '위협(threat)'은 앵글로색슨어로 일종의 도끼처럼 단단한 견고성을 띠고 있다. 기쁨이라는 감정(온통 위로 움직이는, 라틴어에서 온, 추상성을 띤, 사트바)이 제노를 뒤집어엎을 듯 위협하며 우리를 다시 땅으로 데려간다. 그리고 눈치 빠른 독자들의 마음에 씨앗을 심는다. 이 기쁨이 제노에게 슬픔을 불러올 것이라는 암시의 씨앗을.

제노 이야기의 첫 단락은 순수한 마법이다.

도어는 동사마다 주의를 기울였을까? 그렇다. 특히 도어의 작품을 읽으면, 작가가 얼마나 의도적으로 동사를 구축하는지 이해할 것이다. 도어는 자신이 선택한 각 동사의 뿌리가 라틴어인지 저지 독일어인지 네덜란드어인지 고려했을까? 아닐 것이다. 그렇지만 도어는 글을 쓰기 위해 태어났고 그에 따라 반드시 글을 써야 하는 사람으로서, 단어와 단어가 빚어내는 마법에 일생을 바친 사람으로서, 온종일 언어의 바다에 잠겨서 보내는 사람으로서, 동사가 에너지를 전달한다는 것을 직감으로 알았을까? 두말할 나위 없다.

여기서 배울 점은 동사가 문장 속 단어와 단어 사이의 에너지 관계를 설명한다는 것을 주의 깊게 관찰하고 이해하는 것이다. 동의어 사전을 찾을 필요가 없다. 도어가 위 문장에서 선택한 동사는 전혀 화려하지 않다. 모두 의도한 동사들이다. 그리고 그 동사들은 구절의 움직임을 전달한다. 심지어, 어쩌면 그 움직임이 덜 선형적일 때(조임과 스케이트) 특히 그렇다. 의미심장한 디테일처럼 도어가 선택한 동사는 두 가지 측면에서 작동한다. 처음에는 독자가 알지 못하겠지만, 도어는 이미 제노를 죽음으로 이끄는 것이 무엇인지 암시하고 있다. 사랑이다. 제노의 기쁨은 제노의 몸을 전복시킬 터이다.

#동사를 신중하게 선택하라. 동사가 에너지를 나타낸다는 것을 이해하라. 어떤 경우에는 독자가 명사와 명사 간의 에너지 관계를 이해하기 힘든 것도 있다. "사발이 탁자에 놓여 있다"(The bowl sits on the table.)와 "사발이 탁자에 있다"(The bowl is on the table.)처럼 간단한 문장을 비교해 보자. 문자 그대로 보자면 두 문장은 뜻이 같다. 둘 다 독자에게 그릇의 위치를 알려 준다. 그런데 '놓이다'가 불러일으키는 미약한 에너지라도 독자의 머릿속에서는 사발과 탁자 사이의 관계를 더 강하게 설명하는 이미지로 환기될 것이다. '놓이다'는 이미지를 조금 더 선명하게 보여 주고, 독자에게 '있다(여기서는 영어의 be동사로, 'is'를 말한다.: 역자 주)'가 주지 못하는 여유와 평온을 제공한다. 대체로 우리는

글을 쓰면서 웬만하면 연결 동사(영어에서 주어의 상태, 특징을 설명하는 동사를 말한다. be동사, appear, seem, become, get 등: 역자 주)를 없애기를 바란다. 그와 같은 동사는 에너지 서술이 없다. 거의 전달하거나 지시하지 않는다.

그런데도, '있다(to be)' 형태의 동사는 영어 문장에서 빛을 내는 자리를 갖고 있는데, 그 형태가 할 일을 정확히 할 때 드러난다. 곧, 일종의 정적인 에너지로, 동등한 상태를 보여 주는 것인데 두 개의 지팡이가 팽팽하게 맞서 어느 쪽도 물러서지 않는 상황과 같다. '있다'를 그와 같은 의도로 사용하면, 처음에는 에너지가 없는 것처럼 보이다가 차츰 충전된다. 도어의 문단에서 두 번째 문장을 살펴보자. "그는 팔십 대다."(He is on octogenarian.) 얼핏 보면, 그 문장은 에너지 중심을 잃은 것처럼 보일 수 있다. "사발이 탁자에 있다"와 비슷하다. 그렇지만 여기서 '이다(is)'를 구문론상의 의도대로 등호라고 생각하면, 별안간 제노와 팔십 대가 같은 존재가 된다. 둘은 서로서로 책임을 지고 있다. 그리고 도어가 여든 살이 아니라 '팔십 대'를 선택했기 때문에, 우리는 독자로서 제노가 허약하지 않다는 것을 이해한다. 제노는 자신의 나이와 지구상에서 1세기 가까이 살아오며 얻은 지혜를 내세운다. "그는 팔십 대다"라고 하면 힘이 느껴진다. 어쩌면 슈퍼맨일 수도 있다.

#독자가 산문이 평이하다거나 시가 지적이라고 평한다면 동

사를 주목해야 한다. 언어의 에너지 요소인 동사는 움직임을 만들어 낸다. 동사는 전달하고 연출하는데, 반대 방향을 만들어 낼 때조차도 마찬가지다. 등장인물이 곤경에 처해 있거나 시가 추상 개념을 추구하거나, 화자가 우울증에 빠져 침대에서 벗어날 수 없을 때도, 언어는 움직임이 없을 수 없다. 동사는 에너지 손실을 불러일으킬 수 있지만, 동사 스스로 그 손실을 전달해야 한다. 가장 섬세한 사건, 여명에 피는 크로커스 꽃을 묘사할 때 동사는 탄탄하고 강해야 한다. **#섬세한 퇴고 작업에 들어가면, 시, 이야기 또는 에세이에 쓴 동사마다 밑줄을 그어라. 남겨 둘 연결 동사를 취하고 나머지는 없애라. 그리고 각 문장에 필요한 에너지를 전달하는 동사를 찾아라.** 궁극적으로, 막힘없고 제한 없는 동사가 만들어 내는 흐름은 첫 단어에서 마지막 단어까지 이어진다.

스스로 메시지가 되자
호흡 수행: 심장 느끼기

내가 이 글을 쓰는 지금으로부터 약 한 달 전, 틱낫한 스님이 친절의 유산을 남기고 육신을 벗어났다. 신도들이 타이(Thay, 베트남어로 스승을 뜻한다. 틱낫한 스님의 애칭: 역자 주)라고 부르던 스님은 베트남 평화운동가로 플럼 빌리지(틱낫한 스님이 프랑스에 설립한 명상 공동체: 역자 주)를 세우고, 서양에 마음 챙김을 전하는 데 도움을 주었으며 수행에 관한 책을 100권 이상 썼다. 마음 챙김의 아버지로 알려진 스님의 죽음을 수백만이 애도했는데, 떠난 뒤에도 스님의 존재는 더 많은 이들과 함께할 것이다. 틱낫한 스님은 호흡과 마음을 결합한 몇 가지 수행법을 제공했다. 내가 아래에 개괄한 내용은 스님이 세상에 준 선물을 소개한 글에 지나지 않는다.

이 심장 붙잡기 수행을 위해, 우리는 다시 한번 편안하게 앉은 자세에서 시작한다. 폐와 몸에 영양을 공급하는 3단 호흡을 시작한다. 준비를 마치면, 4, 그리고 6 헤아리기 호흡법으로 전환하고, 길게 내쉬는 숨과 함께 마음과 몸이 안정되는 상태를 느낀다. 모든 것이 느려진다. 숨을 내쉬면서 더 깊은 통로를 개척하고, 들이마시며 몸 구석구석까지 들어차도록 한다. 완전히 비워지는, 그리고 완전히 채워지는 충만함. 여기서 몇 분 동안 더 호흡한다.

이제 왼손을 심장에 얹고 오른손으로 왼손을 덮는다. 솔직히, 이 동작만으로도 나는 자주 울컥 눈물이 난다. 내 심장을 잡으면, 나는 반드시 죽게 될 나의 운명과 연약한 몸을 동시에 알아차리게 되고 내가 얼마나 사랑받고 있는지 알게 된다. 내 인생의 사람들, 마이클, 에이단, 켈렌, 부모님, 친구들이 심장 부위에 손바닥을 얹는 순간 내 감은 눈앞에 나타난다. 주변이 조용하고 고요하면 심장의 고동을 느낄 수 있고, 어쩌면 목이나 귀에서 울리는 맥박을 감지할 수도 있다. 계속 호흡하라. 들숨은 모두 심장의 문을 통과하고, 날숨은 모두 같은 경로를 타고 텅 빈 상태로 나아간다. 심장은 호흡의 채광창 또는 문지방이며 네 번째 차크라가 위치하는 부위다.

요가에는 여러 차크라 체계가 있는데, 서양에서는 대체로 꼬리뼈에서 척추를 따라 정수리까지 에너지가 흐르는 경로인 일곱 차크라를 말한다. 간략하게 말하자면, 척추의 기저부에 자리한 뿌리 차크라 물라다라(mūlādhāra)로 시작한다. 지구의 요소를 구현한 이 차크라는 견고함과 안전감을 제공하며 물, 음식과 같은 기본 욕구와 관련이 있다. 두 번째 차크라, 스와디스타나(svādhisthāna)는 감정과 성적 에너지의 거처다. 우리의 감정적 풍경을 비추는 두 번째 차크라는 물의 요소와 관련 있다. 세 번째 차크라 마니푸라(manipūra)는 태양 신경총에 위치하며 불의 요소가 머무는 곳이다. 우리의 세속적인 힘은 인도의 시인 카비르가 '원하는 생명체'라고 부르는 것뿐만 아니라 이 차크라에서도 발견된다. 네 번째 차크라 아나하타(anāhata)는 내가 아래에서 집중적으로 다루는 차크라로, 심장에 위치하며 공기의 요소와 대응한다. 사랑은, 공기가 그렇듯, 경계가 없다. 목구멍 아래에는 비슈다(viśuddha) 차크라가 있다. 이 차크라는 직관이나 더 깊은 지각을 위한 장소라고 생각할 수 있다. 여섯 번째 차크라 아즈나(ājñā), 곧 제3의 눈과 일곱 번째 차크라 사하스라라(sahasrāra)는 둘 다 정수리 바로 위에 떠 있으며 언어를 초월한 것으로 간주한다. 요가에서 영적인 에너지가 여섯 번째와 일곱 번째 차크라로 올라갈 때 깨달음을 경험한다고 한다. 만물이 서로 이어져 하나가 되는 순간을 보는 깨달음이다. 가장 기본 수준에서, 위로 움직이며 거친 것에서 정묘한 것으로 변화하는 차크라는 우리가 모든 걸 품고 있다는 사실을 일깨워 준다.

심장 차크라는 이 체계에서 중간 차크라 역할을 하며, 흔히 세

속의 문제와 관련한 하위 세 개 차크라, 그리고 일반적으로 비현
현 또는 신성과 관련한 상위 세 개 차크라를 연결한다. 심장은
중간 공간을 차지하며, 탄트라에서는 삼각형 두 개가 반대 방향
으로 겹친 형태로 표현하는데, 하나는 위를 다른 하나는 아래를
가리킨다. 이러한 에너지 센터를 활성화하거나 마음에 그리는
방법을 설명하는 책은 얼마든지 있다. 여기서 내 목적은 미세체
를 탐구하는 게 아니지만, 삼각형 두 개가 겹친 형상이 우리에게
심장이 왜 그렇게 중요한지 정보를 제공한다고 생각한다(물론, 그
물리적인 필요성은 차치하고).

첫 번째 삼각형은 아래를 가리키며 우리가 사랑하는 대상에
집중한다. 그것이 인간이든, 비인간이든, 아니면 나무에서 살아
가는 생명체든 상관없다. 사랑은 온 세상 만물의 근본 본질을 형
성한다. 사랑은 우리를 강제하고, 버티게 하고, 도전하게 하고,
고통을 가져온다. 모든 감정, 모든 경험에는 사랑이 깔려 있다.
하다못해 문을 열고 엔젤 피시처럼 생긴 뭉게구름이 헤엄쳐 지
나가는 모습을 보는 단순한 순간도 마찬가지다. 따라서 아래로
향한 삼각형은 이 지구상에서 우리가 날마다 겪는 사랑을 나타
낸다. 우리는 사랑의 느낌을 안다. 우리가 슬픈 이유다.

위로 향한 삼각형은 더 높은 수준의 사랑, 제한이나 조건이 없
는 사랑, 인간은 좀처럼 이루지 못하는 종류의 사랑으로 우리
를 이끈다. 그렇지만 우리가 맛본 사랑이다. 개인 자아의 경계가

더 큰 자아, 경계 없는 자아로 자리를 내주는 것을 느낄 때 우리는 모두 반짝 빛나는 섬광을 경험했다. 어쩌면 우리가 일몰을 바라보거나 그림 앞에 서 있을 때 혹은 음악을 들으며 눈물지을 때가 그런 순간들일지도 모른다. 우리의 첫 아이가 세상에 태어났을 때, 또는 우리의 어머니가 우리 손을 가만히 잡을 때도. 이처럼 더 큰 연결감을 신이라고 부르는 사람도 있지만, 이름을 붙일 필요는 없다. 그저 느껴 보자. 순정한 평화, 순수한 은총, 깨끗한 기쁨의 순간에 우리는 더 큰 사랑에 가닿는다. 요가에서는 그 사랑을 프레마(prema)라고 한다. 시작도 없고 끝도 없고 줄어들지도 않는 사랑이다. 우리는 심장을 통해 서로에게 느끼는 사랑을 향해 아래로, 그리고 이름 붙일 수 없는 사랑을 향해 위로 인도된다. 그것이 심장이 문이 되는 방식이고, 그것이 심장에 손을 얹으면 곧장 울음이 터지는 이유다. 우리는 수평에 서서 수직의 입구를 만지고 있다.

심장을 붙들고 숨을 쉬어 보자. 그런 다음, 숨을 들이마시며, "숨이 들어올 때, 나는 심장을 느낍니다"라고 말한다. 숨을 내쉬며, "숨이 나갈 때, 나는 웃습니다"라고 조용히 말한다. 그리고 숨을 내쉬며, 입꼬리를 하늘로 올리고 빛나는 심장을 느껴 보라. 그게 전부다. 평정심을 불러오는 간단한 수행이다.

틱낫한 스님은 이렇게 가르쳤다. "우리의 삶이 우리의 메시지가 되어야 합니다."

#나는 우리가 우리의 삶으로 먼저 쓰고 다음에 펜으로 쓴다는 생각을 좋아한다. 이 명상에서, 스님은 웃음을 평화로운 업적으로 보도록, 기뻐야 웃음이 나는 게 아니라 웃음이 기쁨의 원천이라는 것을 알아차리도록 격려한다. 우리는 문장을 쌓듯 행복을 쌓는다. 웃음은, 낱말 하나처럼 시작이다. 기분이 좋을 때까지 방긋 웃음 지으며 호흡하자. 그러고 나서 눈을 뜨고 스스로 메시지가 되자.

하나씩 하나씩
구문 활용하기

정말 단단하고 구체적인 명사가 활기찬 동사와 함께 모이고, 관사, 전치사, 대명사들로 더 꾸미면 문장이 탄생한다. 좋든, 싫든 단어와 구를 모아 배열한 것을 구문이라고 한다. 대체로 작가는 귀에 듣기 좋고, 될수록 적은 단어로 표현할 수 있고, 더 깊은 주제를 밝히고, 원고지 위에서 조화를 이루는 구문을 바라며 수정한다. 수정 작업 말미에는 각 문장에 주의를 기울이고, 그 문장이 구문 단위로 어떻게 기능하는지, 주변 문장들과 어떤 관련이 있는지 고려한다. 이는 기교적으로 들리지만 사실이다. 대다수 작가는 구문이 어떻게 작동하는지 '듣기' 위해서 귀에 크게 의존한다. 글을 더 많이 쓸수록 귀도 그만큼 정교하고 유연해진다. 그런데 구문을 살피며 산문이나 시를 읽을 때, 그리고 문체를 수정할 때 염두에 두어야 할 몇 가지 기본 원칙이 있다. 이 시점이

면, 글의 군더더기를 쳐내고 명사와 동사를 다듬은 뒤 이제 잡초
더미 같은 문장을 손볼 차례일 것이다. 독자가 구문에 걸려서 계
속 넘어지게 되면 제아무리 세상에서 가장 매력적인 등장인물이
라고 해도 독자의 머릿속에서 살아남지 못할 것이다.

#첫째, 문장의 다양성에 주의를 기울여라. 기본적으로, 누구
나 원하지만 갖추기는 어려운 문제이긴 하다. 서구 사회에서 우
리는 우분지 문장(문장의 주요 주어가 먼저 설명되고 주어에 대한 추가
정보를 제공하는 일련의 수식어가 뒤따르는 문장. '우분지'라는 명칭은 이
러한 수식어를 문장의 오른쪽에 두는 영어 구문에서 유래했다.: 역자 주)에
쏠리는 경향이 있다. 신문을 읽으면 확신하게 될 것이다. 우분
지 문장은 이 문장과 같다(A right-branching sentence looks like this
sentence). 주어로 시작하고, 동사가 바로 뒤따른다. 그러니까,
'문장(sentence)'은 주어이고 '같다(looks)'는 매우 약한 동사다.

서양 독자들이 우분지 문장을 선호하는 이유는 의미를 만드는
데 필요한 정보가 바로 전달되기 때문이다. 우리는, 독자로서,
누가 무엇을 하는지 안다. 알기 때문에 편안해진다. 우리는 그걸
좋아한다. 사실, 주어와 동사가 있으면, 우리는 독자로서 작가가
주어와 동사 뒤에 얼마든지 원하는 만큼 절과 서술어를 붙이도
록 기꺼이 허용한다. 작가로서 우리는 그와 같은 선호도에 따라
글을 쓰는 경우가 많다. 곧, 대개의 문장은 주어 뒤에 바로 동사
가 오는 것으로 시작한다. 아니, 적어도 그런 문장이 많다. 그렇

지만 모든 문장이 주어로 시작하고 동사가 뒤따르면 구문의 맛이 없어진다. 글이 밋밋하고, 지루하고, 둔하게 느껴진다. 우리는 그걸 '나쁜' 글이라고 하면서도 그게 '나쁜' 글인 이유는 모를 수도 있다.

그래서 다양성이 필요하다. 어떤 문장, 아니 어쩌면 많은 문장이 주어 다음에 동사가 오지만, 어떤 경우에는 주어로 이름 붙이기 전에 여러 절이 연달아 쌓이며 시작하는 문장도 있다. 주어나 주요 동사를 일찍 보여 주지 않으면 독자는 살짝 긴장하게 된다. 작가는 독자가 좀 불안하고, 조금 헤매고, 혼란스러워하기를 바라기 때문에 주어나 동사를 뒤로 미루는 선택을 한다. 이런 식의 구문은 문장 차원에서 더 깊은 의미를 강조한다. 그 예는 아래에서 살펴보겠다.

#문장의 다양성을 염두에 두고 수정하는 또 다른 방법은 문장에서 단어 개수를 일일이 다 세는 것이다. 대체로 한 문장에 11단어를 쓴다는 걸 알게 될 것이다. 길이가 비슷한 문장이 이어져도 지루하게 느껴질 수 있다. 단어 세 개짜리 문장으로 독자를 곤경에 빠뜨리고 싶을 때도 있다. 예를 들어, 등장인물이 은유적으로 쓰러질 때 동시에 구문으로 독자의 배를 후려치는 것이다. 그러나 과도하게 사용하지 않도록 주의해야 안다. 문단마다 한결같이 톡톡 튀는 짧은 글로 끝난다면, 그때는 누구도 후려칠 수 없다. 다만, 작가의 습관일 뿐.

언어의 음향 특성, 곧 언어가 어떻게 들리는지 유념하고 주의를 기울일 때 구문이 더 강해진다. 이것이 시의 기본이다. 문장을 소리로 듣지 않더라도, 다시 말해서 지면의 단어를 읽을 때도 우리는 글의 조화를 직감한다. 단어가 입술을 통과하지 않아도 머릿속에서 '소리'가 난다. 구문은, 글이 다 그렇듯이 만들어진 것이다. 완전한 상태로 하늘에서 뚝 떨어지는 게 아니다. 우리가 만든다. 그리고 자주 의도를 갖고 만든다.

형용사를 예로 들면, 작가는 형용사가 수식할 명사와의 공명을 염두에 두고 단어를 선택한다. 여기서 공명은 유운(운율학에서 'quite right' 같은 구절처럼 끝 자음이 서로 다른 낱말에서 강세를 가진 모음이 되풀이되는 것: 역자 주)과 자운(운율에서 마지막이나 중간의 자음이 반복되는 것: 역자 주) 그리고 두운(시에서 연속된 단어나 가깝게 놓인 단어의 첫 자음이 동일하게 반복되는 것: 역자 주)이 만든다. 유운은 모음이 서로 연결되는 방식이고, 자운은 단어 또는 단어와 단어 사이에서 자음이 결합하는 방식이며, 두운은 같은 첫 글자로 단어가 연결되는 방식이다. 또한, 글자의 실제 소리와 그 효과에도 주의를 기울일 수 있다. 예를 들어, '버즈(buzz)'라는 단어는 벌이 내는 소리와 비슷하게 들린다.

실제로는 어떻게 보일까? 예를 들어, 페기 슈마커의 《움직이는 물, 투손》이라는 짤막한 에세이를 살펴보겠다. 슈마커는 훈련된 시인인데, 솔직히 말해서 언어의 음향적 특성과 구문의 간

결함을 생각할 때 우리는 시인들에게 주목해야 한다. 글 쓰는 사람 중에서 시인은 가장 촘촘한 공간에서 작업하기 때문에 각각의 단어는 단순한 한 가지 일 이상을 해야 한다. 내가 아는 작가들은 시로 하루를 시작하는 이들이 많다. 시가 자신의 언어 펌프를 가동하는 마중물이기 때문이다. 오드리 로드 같은 시인은 자신의 시 〈석탄〉의 첫 줄을 이렇게 보여 준다.

나는
온통 검지,
지구 내부에서 왔다고 해.

그리고 우리는 시인이 선사한 이미지 앞에 앉아 하루를 다 보낼 수도 있다.

시인으로서 슈마커는 자신의 단어를 이어붙이고 의미를 강조하기 위해 수정한다. 슈마커의 에세이 첫 문장을 살펴보자. "뇌운이 몰려드는 오후가 몬순 기간 내내 이어졌다. 따뜻한 비가 얼굴에 기분 좋게 떨어졌는데 다들 그 물을 핥으려 고개를 치켜든 참이었다. 우리는 밖에서 놀았고, 비를 흠뻑 즐길 감각이 있었다. 우리는 시원하게 그 시간을 만끽했는데 여름이 온 이후 처음이었다." 먼저, 모두 우분지 문장이라는 점을 놓치지 말자(우분지 문장인 영어와 달리 한국어는 좌분지 문장 구조를 가진다. 따라서 내용 설명과 번역 문장의 불일치가 존재한다: 편집자 주). 매우 직접적으로 주어와 동사로 시작하는 문장들이다. 슈마커는 구문에서 형태와 리듬을 확립하고 있는데, 곧 깨뜨릴 참이다. 다만, 당장은 홍수가 닥치기 몇 분 전, 잠시라도 독자가 안정을 느끼기를 바란다. 슈마커의 구문은 안정감을 심어 주는 데 도움이 된다. 그런데 문장 길이가 꽤 균일하고 신중하게 주어-동사 형태를 따르지만, 문장 속 단어는 강한 음파 특성을 가진다는 점을 주목하자. 첫 번째 문장에서, 뇌운(thunderclouds)의 "th"는 몰려드는(gathered)의 "th"와 엮인다. 그리고 오후(afternoon)의 "oo"는 몬순(monsoon)의 "oo"와 연결된다. 슈마커의 문장은 홍수 발생 전의 세상처럼, 에세이의 시작 부분에서 탄탄하고 긴밀하게 연결되어 있다. 아무튼, 비는, 여기 사막 풍경에서는 벅찬 기쁨이며, 나중에 작가는, "물은 언제나 신성하다"고 쓴다. 우리는 또한 작가가, "만끽했다(savored)"와 "이후(since)", 그리고 "여름(summer)"이라는 단어로 언어의 공명 특성을 살리고 활용하는 것을 볼 수 있는데, 모두 뜨거운 포장도로처럼 지글지글 타는 느낌이다. 두 번째 문장에서 작가는 "물을 핥으려 고개를 치켜든" 얼굴을 묘사하고 나중에 "비를 흠뻑 즐기는" 모습을 두운법으로 조화시킨다. 에세이 시작 부분의 구문은 모두 단어를 서로 단단히 결합했으며 우분지 산문 형식을 통해 독자에게 안정감을 준다.

두 번째 문단에서는, 사막의 협곡을 채우기 시작한 "움직이는 물"과 함께 홍수가 발발한다. 물은 거세게 흐르며 잔해를 들어 올리기 시작한다. 여기서 슈마커는 견고한 우분지 구문에서 파편화된 문장으로 전환한다. "회전초(뿌리에서 분리되어 바람에 굴러다니는 식물의 지상 부분. 사막 기후에서 눈에 잘 띈다.: 역자 주), 오코틸로(멕시코나 미국 서남부 건조 지대에 야생하는 가시 많은 낙엽 관목: 역자 주) 줄기, 크레오소트(남가새과의 상록 관목: 역자 주), 인형의 팔, 어느 아이의 장난감 집." 그러고 나서, "깨진 병, 빨간 스웨터." 불어나는 홍수에서 떠오르는 물건들. 균등한 우분지 문장이 먼저 제시됐기 때문에 그처럼 조각난 문장들은 힘이 있다. 그렇게 확립한 리듬은, 협곡의 제방이 무너지는 바로 그 순간에 깨진다.

네 번째 문단에서, 한 아이가 작품을 서술해 온 집단 "우리(we)"에서 나온다. 실제로 나온 게 아니라 홍수 물살로 들어가 합판 조각을 타려고 시도한다. 물이 그 아이를 끌어내리면서 영웅을 공포로 바꿔놓을 때, 슈마커는 여덟 줄에 이르는 긴 문장을 쏟아 낸다. 이 에세이에서 유일한 좌분지 문장이다. 물과 땅이 우리에게 다가오고, "나무, 뿌리 뭉치, 그리고 온갖 것들", 절 다음에 절, 또 절이 이어진다. 우리는 숨을 쉴 수 없다. 구문이 우리를 내버려두지 않는다. 숨이 가쁘다. 그런 다음, "우리는 물러설 수 없었다"는 주어와 동사에 이른다.

작가의 긴 문장, 독자를 홍수에 빠뜨리는 방식, 아이를 물살에 휩쓸리게 하는 방식이 우분지 문장으로 시작하여 파편화로 옮겨

간 다음 줄줄이 풀어내는 형식으로 바뀌어 갔기 때문에 그와 같은 효과가 나타났다는 것에는 두말할 필요가 없다. 나는 작가의 구문이 실제 배경, 물리적 긴장 또는 흥미로운 관점 선택보다 더 많은 일을 하고 있다고 믿는다. 원고를 수정할 때 우리는 구문에 이와 같은 종류의 주의를 기울이고 싶어 한다. 언어는 마법의 주문을 건다. 안 보이는 것을 보이는 것으로 바꾼다. 우리는 우리의 주문이 강력하고, 의도로 가득 차기를 바란다. 팸 그로스맨은 주문 걸기 전반에 대해, "음절의 적절한 조합을 아는 것으로 비밀의 문을 열거나, 바라는 결과를 드러내게 할 수 있다"라고 말한다. 슈마커는 독자의 숨을 멎게 한다. 마치 금세라도 생명을 잃을 아이처럼 숨 가쁘게 한다. 작가는 그 일을 단어로 행한다.

　#마지막으로 한 가지 제안하겠다. 작품을 소리 내어 읽어 보라. 거듭거듭. 여러 번. 방문을 닫아걸고 읽어라. 속삭이지 마라. 머리로 읽지 마라. 소리 내어 읽는 것과 다르다. 자신의 작품을 또렷하고 강한 목소리로 읽어 보라. 우리는 언어가 노래하기를 바란다. 그러려면 노래를 대하듯 움직여야 한다. 작품을 소리 내어 읽다 보면 걸리는 부분, 평이하고 지루한 구문이 들릴 것이다. 그런 부분에 주의를 기울여라. 읽다가 더듬거리게 되면, 더 나은 주문을 걸고 싶어질지도 모른다.

귀의
작품 그리고 함께하는 동료 작가들

불교에서, 수행자는 귀의라는 의식을 통해 자신의 길에 대한 헌신을 공식화할 수 있다. 불교도가 되겠다고 결심하면 공식이든 비공식이든 부처님, 법, 승가라는 세 가지 보석, 곧 삼보에 귀의한다는 맹세로 헌신을 표한다. 세 가지 보석 중 으뜸인 부처님은 제자가 따르는 모범이 되고, 부처님의 가르침인 법은 일종의 길을 만든다. 세 번째 보석, 승가는 비슷한 서원을 한 이들을 모두 포함한다. 승가는 공동체 의식을 형성한다. 존경받는 불교 승려 초감 트룽파 린포체는 이를, "이 특별한 서원과 함께 우리는 영적 슈퍼마켓에서의 쇼핑을 끝냅니다. 우리는 평생 특정 브랜드만 굳게 지키기로 합니다. 우리는 특정한 식단을 주식으로 삼아 그것으로 번성하고 발전하기를 선택합니다"라고 자세히 설명한다. 이 린포체의 말, 특히 의미와 진리를 찾는 단일한 방법에의 헌신에서, 나는 글쓰기에 헌신하는 우리의 자세와 닮은 점이 많다는 사실을 본다. 곧, 어떤 이가 작가가 되는 이유는 작가가 되어야 하기 때문이다. 글을 쓰기 위해 태어난 우리는 더 이상 인테리어 디자인 학위나 도자기 물레 구입을 고려하지 않는다. 우리는 글이 우리를 선택했으므로 글을 쓰기로 한다. 작가는 요가 수행자나 불교도와 비슷한 면이 많은데, 하나에 주의 집중하여 의미를 찾는 데 삶을 바친다는 점에서 그렇다. 외부의 보상이나 확약을 구하지 않고 작가의 옷을 입기로 했을 때 우리는 그와 비슷한 서원을 했다. 그리고 아침마다 글 쓸 준비를 하며 새롭게 서원한다.

초감 트룽파 린포체는 이어서 귀의는 어머니가 구해 주기를 바라며 어머니의 품으로 허둥지둥 달려가는 것과 다름없다고 설명한다. 그리고 이렇게 말한다. "우리는 신성함과 풍요로움 그리고 우리 경험의 마법 같은 감각으로 일해야 합니다. 이것은 우리의 일상적인 존재 수준, 곧 개인적인, 지극히 개인적인 차원에서 이루어져야 합니다. 희생양은 없습니다. 귀의처를 찾으면 스스로 책임지게 됩니다." 달리 말하면, 릴케처럼, 초감 트룽파 린포체는 우리가 무엇을 해야 할지 알려 줄 사람을 자신 아닌 바깥에서는 찾을 수 없다고 강조한다. 부모도, 파트너도, 선생님도, 우리의 편집자도 독자도 아니다. 글을 쓰든 춤을 추든 명상을 하든 어떤 수행을 하든 진정으로 헌신할 때 우리의 신심이 오로지 그 안에 깃든다.

#스스로 책임지고 들어가는 길은 몹시 외로울 수 있다. 어릴 때, 우리는 어머니(아니면 안전한 보호자)의 품으로 달려갔다. 우리를 사랑한다는 말로 우리의 가치를 확인해 주는 사람이었으므로. 어머니는 우리가 잘못한 게 없다는 말로 우리가 옳았음을 확약했고, 우리를 자신의 것이라고 불러서 우리의 위치를 다져 주었으므로. 그것은 정말이지 꽤 아늑했다. 귀의처(refuge)의 어원은 re(돌아가다)와 fugio(서두르다)에서 유래했으며, 근본 의미로 귀의처는 우리가 서둘러 돌아가는 곳이다. 힘겨운 시기에 우리 대다수가 서둘러 돌아가고 싶은 곳은 가장 조건 좋을 때의 가정, 그리고 그 집의 한가운데에서 난로를 살피는 사람 곁이다. 불교 서원과 비슷하게, 글쓰기에 헌신하는 일은 우리가 자기만의 힘에 발을 들여야 한다는 것이다. 이는 동시에 다른 사람을 비난하거나 구원을 요청하는 데 우리 힘을 내주지 않는다는 것을 의미한다. 초감 트룽파 린포체는 불교에 귀의하는 내용의 글에서 이렇게 말한다. "여러분은 귀의자로서 자신에게 헌신하고, 더 이상 신성한 법이나 신성한 경전의 원리가 여러분을 구원하리라고 생각하지 마세요. 귀의는 매우 개인적인 일입니다. 외로움, 홀로 존재하는 마음을 느끼는 것입니다. 구세주도 없고, 도움도 없다는 느낌입니다."

그런데, 린포체는, 그렇다고 동지애가 아예 없다는 뜻은 아니라고 말한다. 수행하는 불교도를 돕는 세 번째 지원은 상가(sangha, 승가)다. 요가에서는 삿상(satsang)이라는 용어를 사용하는데, 진리(sat)를 추구하는 사람들의 모임(sangha)을 의미한다. 삿상은 길 위의 동반자다. 일종의 독립적인 유대다. 초감 트룽파 린포체는, "하지만 동시에 소속감이 존재합니다. 사람들이 함께 일하는 곳의 외로움, 그 전통에 속합니다"라고 쓴다. 삿상은 우리를 안심시키기 위해 존재하지 않는다. 무엇을 해야 하는지 또는 무엇이 되어야 하는지 알려 주기 위해 존재하지 않는다. "대신", 초감 트룽파 린포체가 말하듯 "상가의 구성원은 각자 다른 구성원들과는 다른 방식으로 길을 가는 개인입니다. 여러분이 온갖 종류의 자극을 끊임없이 받는 것은 바로 그 때문입니다. 부정적이고 긍정적인, 격려하고 실망 주는 자극들 말입니다."

#글을 쓰기 위해 태어난 작가로서, 우리는 길이 어디인지 누가 알려 주지 않아도 자기 길을 걸을 수 있는 진리 추구자들의 모임, 삿상이 필요하다. 어떤 이들은 이걸 글쓰기 모임이라고 부른다. 나는 삿상을 좋아하는데, 모임 구성원이 모두 추구하는 목적이 있고, 그 목적이 진리라는 사실에 중점을 두기 때문이다. 따라서 글쓰기 모임은, 내면의 것을 외면화하고 진리를 언어로 명명하기로 한 사람들의 모임이다.

우리는 저마다 자신의 길을 걸어야 하지만(혹 다른 사람의 길을 걸으려다가는 큰 고통을 겪을 것이다), 혼자 걷는 것은 아니다. 우리는 관심사가 같은 동반자를 찾아야 한다. 그 사람들이 어디 있는지 제대로 알려줄 이는 아무도 없다. 도서관이나 서점, 인문학이나 예술 위원회, 작가협회에 있을지도 모른다. 온라인이나 요가 교실 또는 교회에서 찾을 수도 있다. 우리가 듣는 수업이나 워크숍에 참여할 수도 있고, 페이스북 그룹에서 나타날 수도 있고 길 건너 커피숍 게시판에 쪽지를 붙여 놓은 사람일 수도 있다. 사실상 우리는 우리의 삿상을 구축할 필요가 있다. 자신을 대신해서 그 일을 해 줄 사람을 바란다면, 글 쓰는 삶을 살겠다는 서원을 하지 않은 것이다. 글쓰기 모임은 매주 작업을 공유하기로 동의한 두 사람이 단출하게 구성할 수도 있다. 같은 마을에 사는 사람 스무 명을 모아서 매주 화요일에 도서관에서 만나 즉석에서 읽고 이야기를 나눠도 좋다. 삿상을 구성하는 동료가 몇 명이든 상관없다. 유명하든, 책을 많이 읽은 사람이든, 책을 여러 권 출간한 사람이든 다 괜찮다. 모든 구성원이 같은 입장에 서는 것이 여러 면에서 더 효과적이다. 우리의 동료는 우리가 인정하고 신뢰하는 방식으로 진리를 추구하기만 하면 된다.

나는 현재 다섯 명으로 구성한 글쓰기 모임에 속해 있다. 우리는 다달이 서로의 집에서 만나 실질 초고를 공유한다. 내 친구 로나는 매주 온라인에서 만나는 글쓰기 모임에 속해 있는데, 거기는 실제로 글을 공유하지는 않고 특정 분량을 쓰도록 요구한다. 그리고 글을 공유하는 대신 글쓰기 및 쓰는 과정을 둘러싼 이야기를 하며 시간을 보낸다. 글쓰기 수업에서는 전체 수업 또는 수업 일부로 구성할 수 있는 공식 쓰기 모임을 제공한다. 다시 말하지만, 아무래도 상관은 없다. 중요한 건 비슷한 속도로 작업하고 만나고 싶을 때 만날 의향이 있는, 생각이 같은 사람들을 찾는 것이다.

#글쓰기에서 우리는 기본적으로 귀의처, 곧 보물을 두 개 갖는다. 첫째는 작품 자체, 두 번째는 함께하는 동료 작가들이다. 그 귀의처가 언제나 행복하고 따뜻하고 친근하게 여겨지지는 않을 것이다. 이따금, 아니 자주, 글쓰기라는 작업은 귀의처가 아니라 고문실처럼 느껴진다. 그리고 가끔 우리의 글쓰기 모임, 우리의 삿상은 기대에 못 미치거나 압도적인 피드백을 제공한다. 트룽파가 쓰듯이, 삿상은 거울 역할을 하기 위해 존재한다. 삿상 안에서 구성원들은 모두 진리를 추구하면서(내면의 진실 외면화하기), 저마다 자기만의 길을 가고 있다. 우리는 우리가 어떻게 하고 있는지 동료들이 알려 주기를 기대한다. 그리고 초감 트룽파 린포체는, 그것은 동료들이 우리가 잘하는 부분과 부족한 부분을 알려 주는 피드백으로 우리를 지원하는 걸 의미한다고 말한다. 비판받는 일은 어렵다. 내가 아는 사실이니 나를 믿기를. 30년이 지난 지금도 나는 글쓰기 모임에 가면 동료들이 나를 에세이의 여왕으로 불러 주기를 바란다. 그렇지만 우리에게는 거울이 필요하다. 그 거울은 우리가 쓴 글이 내면에서 경험한 것과

가까운지 아닌지 판단해 준다. 조지아 오키프는 알프레드 스티글리츠의 최신 작품을 두고 이렇게 쓴다. "내가 하고 싶은 말을 내가 누구에게 제대로 전했는지 궁금해서 물어봅니다." 스티글리츠는 오키프의 삿상, 동반자, 거울이다.

글쓰기 모임을 찾는 것은 좋은 치유사를 찾는 것과 같다. 반드시 적합한 모임이어야 한다. 온종일 원고지와 씨름하는 이에게 마지막으로 필요한 것은 다른 사람들이 그 사람의 작품을 적대감, 질투, 인색한 태도로 대하게 하는 것이다. 학생들이 쓴 글 수천 페이지를 읽어 본 나의 경험으로 보면 독자는 두 가지 입장 중 하나로 시나 이야기의 초고를 만날 수 있다. 잘못을 찾아내는 방법을 구하는 쪽이 하나, 언제나 최선이라고 가정하는 쪽이 나머지 하나다. 어쩌면 관대한 독자를 찾고 싶을 것이다. 자신이 듣고 싶은 방식으로 비평을 전해 줄 가능성이 클 테니까.

#귀의처로 삼을 글쓰기 모임을 찾아라. 손을 꼭 부여잡으며 월트 휘트먼이 환생했다고 말해 주는 모임이 아니라 그 모임이 들고 있는 거울이 자신의 작품을 사랑과 친절로 볼 수 있도록 해 주는 귀의처를. 그런 모임의 피드백은 다시는 글을 쓸 수 없도록 문을 닫아 버리는 게 아니라 수정할 수 있게 새로운 문을 열어 준다.

#둘째, 받고 싶은 피드백의 형태를 결정하라. 글쓰기 워크숍과 피드백을 둘러싼 현재의 대화는 작가가 계속 진행 과정을 담

당하여 자신의 권한과 권력을 가지도록 하는 데 초점을 맞추고 있다. 다른 사람과 작품을 공유하는 일은 언제나 힘들고 두렵다. 모임 구성원들이 글을 쓴 이가 말하려는 것이 무엇인지 판단하는 동안 숨죽이고 앉아 있는 게 당사자의 몫이라고 느끼는 순간에는 살면서 경험한 무력감과 학대의 감정을 다시 새기게 될 수도 있다. 작품은 본인의 것이고, 피드백 측면에서 무엇이 유용할지 결정하는 것도 본인의 책임이다.

자신의 작품을 공유할 차례가 되면 글쓰기 모임에 편지를 써 보기를 제안한다. 한두 문장으로 무엇에 관한 작품인지, 곧, 자신의 예술적 비전이 무엇인지 명시하는 것으로 시작하는 편지다. 그간의 과정을 되돌아보거나 도전 과제를 설명할 수도 있는데, 편지의 마무리는 토론으로 이끄는 기교와 관련된 질문으로 맺는다. 예를 들어, 등장인물 중 하나가 틀에 박힌 성격으로 느껴진다거나 형식이 겉멋에 치우친 게 아닌지 우려된다는 설명을 할 수 있다. 작가가 이미 자신의 의도를 진술했기 때문에, 응답하는 쪽에서는 작품을 '좋아한다'는 식의 일반적인 측면이 아니라 의도와 관련하여 고려하게 된다. 이와 같은 편지는 이중 의무를 수행한다. 편지를 쓸 때 자신의 예술적 비전을 표현해야 하고, 동료들의 의도를 자신이 잘 알아차리도록 도와주기를 당부하는 내용이 담겨야 한다.

반드시 글쓰기 모임을 해야 할까? 전혀 그렇지 않다. 혼자서도 그 과정에 전념하기로 할 수 있고 매일 글을 쓰는 행위가 마음과 몸을 모두 열어 준다는 것을 알 수도 있다. 그렇지만 삿상은 수행의 강력한 부분을 차지할 수 있다. 불교도들에게, 같은 길을 가는 도반의 힘은 부처님 못지않게 서원을 뒷받침하는 중심 역할을 한다는 사실을 기억하자. 동료 작가들도 비슷한 길을 걷는다. 그 길이 어둡고 외로울 수 있다는 것을 안다. 또한, 작업이 어떻게 만족을 주는지, 어떻게 채워 주는지, 어떻게 영양을 공급하는지 이해한다. 동료들 역시 글을 쓰기 위해 태어났다. 동료들 또한 날마다 텅 빈 백지를 마주한다. 그러니 동료들은 가장 먼저 우리를 격려하고, 촛불을 밝히고, 조심스레 거울을 들고, 우리가 할 일은 오로지 글쓰기라고 일깨워 줄 것이다. 그 밖의 나머지는 붙잡지 말자.

단 한 명의 독자
출간

마이클은 유타주 동료 시인 캐서린 콜스와 친구다. 시집을 여러 권 내고 국립예술기금과 국립과학재단이 수여하는 상을 받은 뛰어난 시인인 콜스는 작가가 되는 것이 무엇을 의미하는지 많은 이들에게 보여 주는 사람이다. 어느 날, 마이클과 캐서린은 시의 현황 그리고 현대 시를 읽는 미국인이 얼마나 적은지 그 실태를 얘기했다. 작가들에게 흔히 있는 일인데, 둘은 결국 출판이라는 주제와 최고의 문학잡지에 시를 싣는 어려움, 그리고 그 시들이 읽히기는 하는지 고민하게 되었다. 마이클이 캐서린에게 말했다. "독자가 너무 적어서 답답해요."

글을 오래 쓰다 보면 비슷한 염려를 할 가능성이 크다. 아마 질문 형태로 드러날 터이다. 무슨 의미가 있지? 글쓰기 과정 자체는 지속할 수 있고 지속할 테지만, 소비 주체 곧 독자의 가능성으로 옮겨 가는 즉시 작업 가치가 감소한 느낌이 들 수 있다. 우리는 글쓰기 자체에서 벗어나 소비 주체를 위한 글쓰기로 옮겨 갈 때만, "무슨 의미가 있나?"라고 묻는다. 우리의 작업이 효과를 발휘하기를 바라며 대단한 출간을 기대할 필요는 없다. 파트너나 친구에게 내 이야기나 에세이를 읽어 달라고 부탁하는 단순한 행위를 하면서도 자동으로 고개를 두리번거리며 누가 관심을 주는지, 눈치를 보게 된다. 칭찬보다는 당황한 반응이 나올 때, 문학잡지가 거절한 작품이라서 아무도 관심 없는 것처럼 느껴질 때, 우리는 상처를 입는다. 당황, 거부, 배제에 직면하면 우리는 쓴다는 게 무슨 의미가 있는지 회의하기 시작한다.

마이클과 캐서린의 대화로 돌아가 보자. 마이클이, "독자가 너무 적어서 답답해요"라고 하니 캐서린은 "몇 명이 되어야 만족할까요?"라고 되물었다. 참 좋은 질문이 아닐 수 없다. 내 시를 읽어 줄 사람은, 열 명이 필요할까? 백 명? 수천 명? 수만 명? 수백만 명? 저마다 스스로 이 질문을 던지고 실제로 답을 내놓는 모습이 내 눈에 그려진다. 바로 이 순간, 독자가 2,000명이 있다면 대단하다고 여길 것이다! 그렇지만 문제는 이것이다. 그 숫자가 점점 늘어날 것이라는 사실. 처음에는 가족이 작품을 읽고 좋아해 주기만 해도 따뜻하던 마음이 점차 더 많은 것을 바라게 된다. 지방 문집에 시 몇 편 싣는 것을 목표로 삼는다. 그리고 잠깐은 그것으로 만족한다. 그러다가 소책자 공모 대회를 염두에 두고 작품을 제출하여 우승한다. 이메일이 도착하는 날, 그 특정 대회가 실제로 "나무랄 데 없이 좋은지" 의문을 품기 시작한다. 너무 지역에 치우친 언론이거나, 너무 제한적이거나, 너무 정치적이거나, 너무 지루한 데라는 결론에 이를지도 모른다. 전편 수록 시집, 바라는 게 그것이었다고 스스로 결론짓는다. 500부 인쇄. 아니, 1,000부. 그리고 그런 일이 일어난다. 그런데 아무도 못 알아차리는 듯하다. 책은 상을 받지 못한다. 상을 못 받으면 작품이 썩 좋지 않다고 생각한다. 이제 두 번째 시집, 더 나은 출판사, 더 나은 홍보 담당자 또는 웹사이트가 필요하다. 그렇게 되면 마침내 도달할 것이다. 사람들이 내 작품을 알아볼 것이다. 그리고 작품의 영향으로 사람들이 바뀔 것이다.

그렇게 되어 간다. 내가 만난 작가들은 모두 이런 일을 겪었다. 우리가 고개를 가로저으며 중요한 것은 작품이라고 서로서로 재확인하더라도, 우리가 청중을 찾기 시작하는 순간은 우리의 능력, 우리의 예술, 우리가 글을 쓰기 위해 태어났다는 믿음에서 부족한 점을 찾기 시작하는 순간이다.

몇 년 전 미시간 대학교 엔젤 홀에서 엘리베이터를 탔을 때다. 그 학부 출신의 소설가가 얼마 전 〈시인 & 작가〉 표지에 실렸는데, 누구라고 밝히지는 않겠지만 함께 엘리베이터에 탄 시인들이 1년에 여섯 번 나오는 잡지 표지에 아직 실리지 못했노라며 투덜거렸다. 앤 아버에서 엘리베이터에 탄 시인 두 사람이, 전

세계 작가들에게 배포하는 출판물에 1년 동안 실리는 얼굴 여섯 중 하나가 되지 못했다고 불평한 것이다. 맙소사.

그렇지만 표지에 실리기를 바라는 이들의 욕망은 솔직히 부모님이 내 이야기를 좋아해 주기를 바라는 것과 다를 게 없다. 그 욕망은 같은 곳에서 나온다. 작가로서 자신의 가치를 외부에서 확인받기를 바라는 것이다. 우리는 두 미시간 시인을 혹평하고, 징징거린다고 하고, 오만하다고 지적할 수 있지만, 그 사람들은 다만 우리가 가진 것보다 더 깊은 욕망의 우물로 들어갔을 뿐이다. 바라고, 바라고 또 바라는 욕망.

캐서린이 마이클에게 "몇 명이 되어야 만족할까요?"라고 물었던 것은, 경사로의 미끄러움을 지적하는 거였다. 쉰 명이면 충분하다고 생각할 수 있지만, 어느 날 '전미도서상'에 후보로 올랐다가 수상하지 못한 상황 앞에 놓이면 한탄하게 된다. 캐서린에게 들려줄 대답 한 가지는 아무리 많아도 만족할 수 없다고 얘기하는 것이다. 실제로, 대다수 작가에게는 그게 사실이다. 많은 작가, 많은 인간이 자신이 원하는 우물에서 헤엄치며 물 위에 떠 있으려는 노력에 지쳤지만 이끼 낀 경사면을 타고 오를 수가 없다. 캐서린에게 들려줄 또 다른 대답은 한 명이면 충분하다는 것이다. 만약, 놀라운 은총이나 뜻밖의 행운으로, 우리 내면에 존재하나 아직 태어나지 않은 것에 형태를 부여하는 언어의 주문을 걸 수 있다면, 그리하여 소용돌이치는 자신만의 인간 경험에 휩쓸린 어떤 한 사람이 우리의 표현에 담긴 진실을 알아본다면, 우리의 표현이 자신의 것과 비슷하거나 빠르게 발전한 것임을 알아본다면, 도전적이거나 달라진 진실을 그 안에서 발견하고 기뻐한다면 어떨까. 아니면 울 수도 있을 터이다. 또는 화를 낼 수도. 그도 아니면 이해받고 싶은 자신의 갈망을 처음으로 알아차리고 우리가 묘사한 어휘에서 비로소 인정받게 되어 소중히 여길 수도 있다. 그렇다고 해도 그런 말을 우리에게 하지 않을지도 모른다. 어쩌면 우리를 만나지도, 알지도 못할 것이다. 우리는 그 사람들이 감동한 사실을 아예 모를 것이다. 그렇지만 감동한 사람은 엄연히 존재한다. **#우리가 쓴 글 덕분에 바뀐 사람이 있다. 우리의 노력을 자신의 몸 안에 지닌 사람이다. 그런 일이 단 한 번만이라도 일어난다면 엄청난 기적이다. 단 한 번이라도.**

대부분, 우리의 말이 다른 사람들 마음에 어떻게 전달되는지 알 도리가 없다. 물론, 독자가 책을 읽고 다가와서 얘기를 건넬 수도 있고, 이메일이나 편지를 보낼 수도 있다. 그렇지만 일반적으로는 알 수 없다. 곧, 청중을 상대로 한 질문은 애초에 글을 쓸지 말지 묻는 것과 다르지 않다. 믿음을 가져야 한다. 그리고 믿음은, 당연히, 숫자나 책 판매량 혹은 재단에서 수여하는 상으로 증명할 수 없다. 중요한 것은 한 명의 독자인데, 우리는 그 독자를 영영 못 만날 수도 있다. 믿음의 문제다.

마지막으로, 정식 출판 과정을 시작하기 전에, 작품을 공개하는 대체 방법을 고려해 보자. 여기 로건에서는, 한 달에 두 번 '헬리콘 웨스트'라는 지역 오픈 마이크의 밤이 열린다. 전 지역의 작가들이 다양한 글을 들고 참석한다. '잘 출간된' 수상 작가들이 일어나서 자신의 작품을 읽고, 고등학생이나 주부 또는 오픈 마이크 행사마다 참가해서 시 두 편을 읽는 론 같은 사람이 그 뒤를 잇는다. 론은 지적 장애가 있다. 론의 시는 속삭이다시피 들리고, 사이에 공백이 없는 단어가 뒤죽박죽인 채 꾹 닫힌 것 같은 입술 밖으로 새어 나온다. 항상 운율을 맞춘 구절로 사랑이나 신을 탐구하는 경우가 많은데, 우리가 애초 예술이라고 부르는 방식은 아니다. 예를 들어, 론은 오늘은 어떤 날이 될지 궁금해하면서 시를 시작한다. 론은, "그냥 즐겁게 보내는 날이 될까?/아니면 일을 해내는 날이 될까?"라고 쓴다. 다른 시는 화자가, "브레넌, 보고 싶어. 네가 떠나다니 믿기지 않아"라고 고백하며 시작한다. 그 시는 이렇게 끝을 맺는다. "이제 너에게 작별 인사를 해야 해/다음 생에서도 다시 만날 때까지." 이 시는 단순하고도 단순하지만, 우리 모두 인정하는 인간의 근본 욕망을 드러낸다. 더 중요한 것은, 세상 사람들이 그를 말도 제대로 못 하는 이라고 해도, 글을 쓰기 위해 태어난 인간이 쓴 시라는 사실이다. 나는 론의 시를 지니고 다니는데, 론의 헌신과 용기를 생각하면 숙연해진다.

지역에서 작품을 공유할 기회가 있는지 확인해 보기를 바란

다. 도서관과 커피숍도 시작하기 좋은 장소다. 오픈 마이크 행사
가 없다면, 스스로 시작해 보는 것도 좋다. 내가 아는 작가 중에
는 집 뒤뜰이나 거실에서 독서회를 여는 사람도 있다. 다른 지역
작가들과 함께 작업하며 개인 잡지를 만들어 식료품점 매대나
버스 좌석에 게릴라 형태로 놓기도 하고 판매도 하는 방법도 있
다. 자신의 작품을 다른 사람에게 건네라. 예상치 못해서 더 큰
선물이 될 것이다. 명심하자, 독자 딱 한 명. 그 밖은 다 요점에
서 벗어난 것들이다.

죄송하지만,
이 작품은 우리의 방향과
맞지 않습니다
그래도 계속 쓰기

첫아이, 에이단의 신생아용 팸퍼스 기저귀가 작아서 못 사용하게 된 순간을 나는 어제 일처럼 기억한다. 아이가 6주째 접어든 때였다. 그때 신생아용 기저귀는 레몬 노란색 상자에 들어 있었고, 허리띠는 에이단의 머리카락처럼 복슬복슬했다. 파란 코끼리와 보라색 기린이 이쪽 엉덩이에서 저쪽 엉덩이로 느릿느릿 걸어갔다. 나는 울음을 터뜨렸다. 마이클이 들어와서 무슨 일이냐고 묻자 나는 이렇게 말했다. "얘가 이제 신생아가 아니에요."

극적이지만, 내가 느낀 것은 그랬다. 에이단이 자궁 밖으로 나오고 겨우 6주 지났지만, 그 순간이 우리가 육아라고 부르는 일련의 긴 기간 중 첫 순간처럼 느껴졌다. 아이가 우리에게서 멀어져 가는 그 순간이. 살면서 에이단과 켈런이 자라는 모습을 지켜보는 일만큼 달콤하면서도 쓸쓸한 순간은 없었다. 이제 둘 다 대학에 가야 할 시점, 집이 눈에 띄게 조용해질 시간이 가까워진다. 친구들은 아이들이 이제 불안한 십 대에서 벗어났으니 좋지 않느냐고, 아이들은 결국 돌아온다고 다독여 주었다. 그래도 나는 다시 그 여정을 시작할 수 있다면 더 많은 것을 줄 수 있을 것 같다. 아이들이 떠나지 말았으면 싶으면서도 떠나갈 녀석들이 자랑스럽기도 하다. 달콤하면서 씁쓸한 일이다.

우리가 문예지나 공모전, 출판사, 에이전트에 작품을 보내기로 하는 것은 우리의 마음을 보내기로 한 것이다. 아이를 유치원에 보내는 첫날과 다르지 않다. 고통과 기쁨이 똑같이 뒤따를 것이다. 제출 버튼을 누르는 순간, 우리는 통제권을 넘기게 된다. 작품은 제힘으로 살아남아야 하고, 거절당할 가능성은 널려 있다. 그렇지만 우리는 아이들을 유치원에 두고 오는 것과 같은 이유로 작품을 보내기로 한다. 작품이 준비됐고, 우리는 그 작품이 우리 마음 밖에서 살아가기를 바란다.

우리의 시나 이야기가 언제 완성되는지 말해 줄 사람은 아무도 없다. 숱한 작가들은 작업은 절대로 완성되지 않으며 언제든지 수정할 수 있다고 한다. 여기 쓰는 글에서 나는 몇 가지 지침만 제공할 수 있다. 시장과 절차는 매우 빠르게 변하기 때문에 내가 인쇄하기로 한 작품은 1년 안에 시대에 뒤떨어지기 쉽다. 나는 작품을 제출하는 과정에서 도움이 되는 몇 가지 실용적인 조언을 한다. 그렇지만 글쓰기의 전반과 마찬가지로 작품을 제출하는 수고는 오로지 자신의 몫이다. 학생들은 늘 내게 글을 어디에 제출할까, 묻는다. 그리고 나는 구체적인 답을 거의 하지 않는다. 시도를 거듭하며 본인만이 본인의 시에 적합한 집을 찾을 수 있다는 것을 알기 때문이다. 저마다 스스로 조사하고, 현장에 익숙해지고, 문예지며 공모전을 알아야 한다. 이 분야에도 지름길은 없다. 다섯 살 아이를 어느 오래된 교실 문 앞에 그냥 두고 가지 않듯이, 자신의 작품과 적합한 곳인지, 시기가 적절한지, 그리고 문의하는 문예지/공모전/에이전트의 미학과 들어맞는지 알아보지 않은 채 보내고 싶지는 않을 것이다. 제출하기 전에 더 많이 노력할수록 작품이 게재될 가능성이 더 커진다.

두말할 것도 없이 자신의 최고의 작품, 철저하게 수정 작업을 마친 작품, 글쓰기 모임에서 돌려 읽고 비평받은 작품, 스스로 아주 잘 알고 있어서 머릿속으로 대사와 문단을 외우다시피 하는 작품만 보내야 한다. 일단 작품이 준비되면 문예지는 시작하기 좋은 공간이다. 초보 작가는 신인에게 개방된 문예지, 제출 자격을 제한하는 잡지를 찾아보는 것이 합리적이다. 정상급 문예지는 매달 4,000편에서 5,000편에 이르는 작품을 받는다. 그중 소설 3편, 에세이 3편, 시 20편을 담은 간행물 여섯 종류를 발행한다면, 가장 가능성이 큰 결과는 거절이라는 것을 짐작할 수 있을 것이다.

확률은 절대 우리에게 유리하지 않다. 그래도……. 계속 하

자. 똑같은 문예지는 없다. 각 잡지의 미학이 무엇인지 알아내는 것은 자신에게 달려 있다. 예를 들어, 그 잡지는 선형 작품을 선호할까 아니면 비선형 작품을 좋아할까? 언어시(파운드가 나눈 시의 세 가지 종류 가운데 하나. 이지적인 면을 중시하며 역설적인 특성을 나타내는 시로, '음성시', '회화시'와 대조를 이룬다.: 역자 주)를 좋아할까, 아니면 서사시를 좋아할까? 환경 주제에 각별한 관심을 두는 곳인가? 예술? 사회 정의? 복합 양식성? 작가로서 알아내는 것은 자신의 임무다. 아무도 알려주지 않는다. 스스로 다리품을 팔아야 한다.

긴 서사 작품을 정기적으로 발행하는 잡지에 언어시를 보내는 것은 말이 안 되며, 어린 시절과 질병을 다룬 이야기를 쓴 작가가 전쟁 이야기를 싣는 잡지에 작품을 보내는 것도 말이 안 된다. 내 작품을 절대 받아들이지 않는 잡지들이 있다. 그쪽에서는 내 작품을 출판하기를 바라는 경향이 아니기 때문이다. 나와 맞지 않은 곳이라는 의미다. 내 글이 아무리 강렬해도 그쪽 편집자들은 절대 받아들이지 않을 것이다. 그 잡지사의 발자취를 이해하지 못한 채 무작정 작품을 보내는 것은 모두의 시간 낭비다. 대다수 잡지사는 작가에게 답하는 데 6개월에서 1년이 걸린다(위 참조, 한 달에 4,000편 제출). 따라서 기다리는 시간이 너무 길다. 숙제는 하지 않고 적합하지 않은 곳에 보낸 뒤 몇 달 동안 기다리는 일은 무의미하다. 스스로 나서서 조사하라.

나는 작가들에게 맨 밑바닥에서 시작해서 위로 올라가라고 권한다. 아무래도 나는 글쓰기가 도제로 일하는 기술이므로 합당한 의무를 이행해야 한다고 믿는 구식 작가이기 때문일 것이다. 신인 작가를 반기는 잡지부터 시작하라. 아마 그런 잡지에 대해서는 들어 본 일이 거의 없을 테지만. 혹 대학에서 소장하는 잡지라면, 믿고 일할 탄탄한 공간이라고 할 수 있다. 우리 학생들은 출판 가능한 잡지사 세 군데 정도를 알고 있는 듯하다. 《뉴요커》, 《하퍼스》, 《애틀랜틱》이다. 거의 불가능할 수도 있고, 말이 안 되는 곳들이다. 예를 들어, 《하퍼스》는 청탁하지 않은 소설만 받아들인다. 작가로서의 명성과 지위는 한 번에 하나의 출판물로 쌓아 가는 것이다. 불을 생각하라. 조그맣게 시작하라.

준비되면, 시, 에세이 또는 소설을 한 번에 대여섯 군데 잡지사에 보내라. 대다수 잡지사는 동시 투고(한 번에 여러 곳에 보내기)를 허용한다. 저자 소개서를 첨부할 때 다른 곳에도 보냈다는 사실을 알리고 다른 잡지에서 작품을 수락하면 곧바로 알려 주면 된다. 대체로, 사람들은 자신의 작품이 항상 유통되기를 바란다. 특정 작품에 적합할 것 같은 장소 열 곳을 추려 목록을 만드는 게 좋다. 처음에는 다섯 곳에 보낸다. 그리고 한 곳에서 거절당하면(대개 그럴 가능성이 크다) 다음 차례를 염두에 두고 준비한다. 거절은 언제나 우리를 실망하게 한다. 마침 다른 잡지사가 차례를 기다리고 있으면 다시 힘을 낼 수 있는데, 잡지사부터 다시 알아봐야 한다면 차라리 간호대학에 지원하고 싶은 마음이 들지도 모른다.

시, 소설, 에세이를 보내는 곳을 기록으로 남겨라. 노트북에 기록해도 좋고 온라인 문서함이나 스프레드 시트에 기록해도 좋다. 대다수 잡지사는 작가가 작품을 쉽게 제출할 수 있는 방식으로 투고 관리자(온라인 '접수' 플랫폼이 일반적)에 의지한다. 투고 관리자는 비용이 들지 않지만, 잡지사에 작품을 제출하는 데는 비용이 들 수 있다. 투고 관리자의 좋은 점 중 하나는 작업 진행 상황을 추적할 수 있다는 것이다. 수신 확인, 진행 상황, 거절 여부 따위를 추적할 수 있으며, 작품을 보낸 곳을 기억하는 데 도움이 될 수도 있다. 잡지사나 공모 주체는 선택한 투고 관리자에 의존하므로 여러 플랫폼을 넘나들며 작업하게 된다. 따라서 작품이 거절되면 제출한 곳과 다음 제출할 곳을 본인이 책임지고 알아봐야 한다.

또 다른 통로는 공모전이다. 공모전은 문예지에서 주최할 수 있는데 1년에 한 번 실시한다. 공모전은 출판과 작품 이름이 실린 상 말고도 상금을 수여한다.

#제출 작품은 거절당하기 일쑤다. 거듭, 거듭, 거듭. 거절은 이 길의 일부다. 그것도 주요한 일부. 스스로 정신을 가다듬어야 한다. 작품을 보내는 순간 우리는 언제나 희망으로 부풀지만, 거절당하면 어김없이 슬프다. 거절만 당하는 게 아니라 그 이유도 알

수 없다. 요즘 편집자들은 누구랄 것 없이 바빠서 제출 원고를 거절할 수밖에 없는 이유를 일일이 알려 줄 시간이 없다. 그저 형식적인 편지가 들어 있을 뿐이다. 죄송하지만, 이 작품은 우리의 방향과 맞지 않습니다. 아무쪼록 행운을 빕니다.

그래도, 그런 정형화된 거절에서도 작품이 실제 어떻게 받아들여졌는지 살짝 알아챌 수는 있다. 예를 들어, 이야기가 맞지 않는다고, 행운을 빈다고 하는 경우는 작품이 전반적으로 적합하지 않다는 의미로 짐작할 수 있다. 그쪽의 미학이나 이쪽의 미학 또는 이야기의 준비 상태를 잘못 판단했을 터이다. 그렇지만 다른 형식, 예를 들어, 이 작품이 지금은 우리와 맞지 않아서 죄송하지만, 다시 시도해 주세요, 라는 메일을 받을 수도 있다. 이 메일을 받으면 적합도가 높아졌다는 것을 알 수 있다. 작품을 좋아한다는 뜻이다. 이 경우, 제출 기록에 적어 두자. 다음에 다시 제출하면 그쪽에서 이 작품을 얼마나 좋아했는지 언급하고 격려하는 이메일을 받을 수도 있다. 한 걸음 더 가까워진 것!

#언젠가는, 끈기와 정진으로 시나 이야기, 에세이가 집을 찾게 될 것이다. 축하하는 시간을 가져라. 원고 수락은 드문 일이다. 글쓰기 모임 구성원이나 친구들과 나눠도 좋을 흥미로운 소식이다. 그리고 작품이 세상에 나오면(작품의 생일) 소셜 미디어, 이메일 혹은 입소문으로 다른 사람들에게 널리 알려라. 자신의 성공을 만끽할 권리가 있다. 드물지만 영광스러운 일이다.

꼼꼼하게 조사하여 적합하다고 여긴 문예지 10~15개에 글을 보냈는데 온통 다 거절당했다면, 그 글은 투고 목록에서 제외하고 수정 작업을 고려해도 무방하다. 몇 달 동안은 서랍에 넣어 두라. 준비가 되면 새로운 눈으로 다시 돌아오라.

친구이자 요가 강사인 섄텔 게르펜은 거절을 우주가 우리를 보호하는 하나의 형태로 생각하기를 좋아한다. 우리는 X를 원한다고 생각했는데, 우주는 우리에게 가장 좋은 것은 Y라는 것을 알고 있다. 나는 거절을 두고 이런 식으로 생각하는 것을 좋아하는데, 그러면 미래에 집중할 수 있기 때문이다. 내 작품이 거절당하는 순간에는 무엇이 나를 보호하는지 또는 앞으로 무슨 일이 일어날지 모를 수 있지만, 이유야 어떻든 이는 적절한 문예지, 적절한 순간, 적절한 에세이 또는 편집자가 아니었다는 것이다. 거절은 적절한 시기가 될 때까지 나를 안전하게 지켜 주는 일종의 덮개로 바뀐다. 그렇지 않으면, 거절은 우리의 가치, 재능, 글쓰기에 헌신하는 삶에 의문을 제기할 수 있다. 대신, 거절을 다른 길이나 미래로 통하는 문이 되게 하라. 여태 바라던 것보다 훨씬 더 나은 길일 수도 있다.

바히야 쿰바카

bāhya kumbhaka

4부

날숨의 바닥,
잠재력의 공간

날숨의 끝은 텅 빈 공허다.
숨 한 조각 남지 않은 그곳에
잠재력이 가득하다.
글쓰기는 다시 시작된다.

공허 속으로 들어가다

호흡 수행: 호흡의 바닥에 머물기

이제 우리가 호흡의 맨 밑바닥 또는 맨 끝에 도달했다. 곧, 폐에서 공기를 다 내쉬고 텅 빈 공허 속에 머무는 순간이다. 오래 머물지 않아도 그 공허는 우리에게 많은 것을 가르쳐 준다. 지금 잠깐 시간을 내서 호흡으로 돌아가 보자. 4를 헤아리는 동안 들숨을 쉬고, 6을 헤아리는 동안 날숨을 쉰다. 몸이 차분해진다. 마음이 차분해진다. 그저 숨결에 몸과 마음을 맡기자.

준비를 마치면, 다음 숨을 내쉬며 폐의 맨 밑바닥까지 내려간다. 부드럽게 숨을 다 내쉰다. 깊이 파고 들어가려 하지 말고 체로 거르듯 부드럽게 바닥까지 간다. 도착하면 텅 빈 공허에서 멈춘다. 여기, 공허 속에서 한두 박자 동안 머물러 보라. 그런 다음 숨을 들이마시며 마음을 열어 보라. 들이마실 때 뭐든 움켜쥐는 느낌이 들면 공허 속에 너무 오래 머물렀다는 뜻이다. 폐를 비우고 아무것도 없는 상태에 앉아 있기란 무척 힘든 일이다. 몸과 마음이 금세 움켜쥐고 붙잡기 시작할 것이다. 텅 빈 공허 속에 머무르자면 연습을 해야 한다. 3~4초 동안 공기가 나가지도 들어오지도 않은 채로 바닥에 머물 수 있다면 놀라운 일이다. 날마다 이런 호흡 멈춤을 연습하면 주목할 만한 진전을 볼 수 있다. 요가 수행자들은 이 호흡 수행에 반다(bandhas), 곧 에너지 잠금 방식을 더해서 1분 이상 공허 안에 머물 수 있는데, 나는 그저 아무것도 존재하지 않는 것처럼 여겨지는 그 공허 속에 잠시라도 빠져 보기를 권할 것뿐이다. 그러면 역설적으로, 우리 몸이 텅 빈 게 아니라 꽉 차서 충만하다는 것을 알게 될 것이다.

이 특정 프라나야마(prāṇāyāma) 또는 호흡 수행을 쿰바카(kumbhaka)라고 하는데 이는 산스크리트어로 단지(목 짧은 항아리)를 뜻하는 단어에서 유래한 것이다. 본질적으로 우리는 우리의 몸을 단지로 만들고 있으며, 이때 단지는 비어 있는 것처럼 보인다. 요가에서는 사람이 태어나면 각자 이번 생에서 호흡할 호흡 횟수를 할당받는다고 생각한다. 나에게 주어진 횟수가 얼마나 되는지 알 방도는 없지만, 내 호흡을 잘 살피고 돌볼 수는 있다. 따라서 요가 수행자는 호흡을 느리게 하고, 들숨과 날숨 횟수를 줄이면 더 오래 살 수 있다고 한다. 요가의 여러 호흡 수행은 호흡을 느리게 하고, 덜하고, 우리에게 주어진 호흡을 즐기는 데 중점을 둔다. 다시 한번, 과학은 3,000년 동안 전해 온 수행을 뒷받침한다. 대체로, 호흡이 빠른 동물은 수명이 짧다. 원숭이는 1분에 32번 호흡하고 평균 20년을 사는 반면, 코끼리는 호흡은 덜하고 3배 더 오래 산다. 인간은 대체로 1분에 18번 정도 호흡한다. 우리가 해 온 의도적 호흡은 1분에 10번 정도로 호흡 횟수를 늦춘다. 그런데, 자이언트 거북은 1분에 4번 호흡하고 300년을 산다.

이번 생에 우리가 거북이처럼 호흡하지는 않겠지만, 호흡의 바닥에서 더 오래 머무는 방법은 배울 수 있다. 그런데, 그 상태에서 꾹 참았다가 공기를 들이켜려고 헐떡이며 빠져나오는 것은 수행의 목적을 달성한 게 아님을 명심하자.

#우리가 알아야 할 것은 텅 빈 공허 속에서 더 오래 머물수록 그 공간이 더 맥박 치기 시작한다는 것이다. 처음에는, 몸을 타고 흐르는 혈액, 맥박, 그리고 어쩌면 심장 박동을 들을 수 있을 것이다. 공허에 닿을 때마다 좀 더 오래 머물며 어둠을 더 온전하게 탐험할 수 있다. 공허를 더 확장해 보자. 서구 사회에서는 어둠을 싫어하는 경향이 있다. 눈에 보이지 않는 것을 두려워한다. 그렇지만 이 세상에 도달하는 것은 대개 어둠에서 비롯한다. 씨앗에서, 아기, 별, 그리고 사상에 이르기까지 모두 다. 어둠은 우리 삶에서 순수한 잠재력을 지닌 유일한 공간이다. 호흡의 밑바닥, 텅 빈 그 공간에 몸과 마음을 맡기며 우리는 모든 가능성을 동시에 누린다. 무엇이든 빛 안으로 들어오면 이름을 얻는다.

그렇지만 태어나기 전의 순간은 잠재력일 뿐이다. 그리고 우리가 실제가 아닌 잠재 영역에 있을 수 있는 몇 안 되는 장소가 공허가 유지되는 공간이다. 그 순간에는 아무것도 존재하지 않기 때문에 모든 것이 존재한다. "아무 일도 일어나지 않고 모든 것이 태어나는 공간."

작가로서, 단어, 대사, 지금까지 나온 아이디어, 앞으로 나올 아이디어, 절대로 나오지 않을 아이디어까지 모두 동시에 존재하는 공간을 가진다면 그보다 더 큰 희열은 없을 것이다. 받아들여진 것과 추방된 것이 모두 동시에 존재하는 공간. 알려진 것과 안 알려진 것이 모두 있는 공간. 공허는 잠재력을 가득 품고 있는데, 아무것도 없는 곳에서만 모든 것이 존재할 수 있기 때문이다. 흔히 쓸쓸함, 공허함, 끝이라고 생각하는 호흡의 맨 밑바닥은 가능성으로 가득 차서 아무것도 들어설 자리가 없다. 웬델 베리는 〈어둠을 알기 위해〉라는 시를 지었는데, 시의 첫 줄은 다음과 같다. "빛을 가지고 어둠으로 들어가는 것은 빛을 알기 위해서다." 우주가 형성되기 전의 맥박을 짚고 싶다면 별이며 손전등, 들숨을 지녀서는 안 된다. 빈손과 텅 빈 몸으로 어둠, 공허 속으로 들어가야 한다. 베리는 이렇게 장담한다. 우리는 어둠 또한 "꽃을 피우고 노래한다"는 것을 알게 된다.

글쓰기의 연금술
요가, 연금술, 그리고 글쓰기

고대인들은 연금술을 새의 언어라고 불렀다. 이는 이해하면 불가능한 것을 창조할 수 있지만, 이해를 못 하면 영문 모를 말로 들리는 일련의 비밀스럽고 암호화된 과정을 일컫는다. 그저 가만히 새들의 소리를 들어 보자. 우리는 그 노래가 짝짓기, 영역, 굶주림을 나타낸다고 추측한다. 그렇지만 사실은 모른다. 새들은 수천 년 동안 노래를 지저귀었고, 우리는 그 노래 바깥에 서 있다. 우리가 새들의 언어를 번역하지 못한다고 해서 그 언어가 쓸모없거나 존재하지 않는다고 할 수는 없다. 아니, 오히려 우리 지식의 한계와 미지의 풍요로움을 가리킨다.

몸, 우리의 몸은 물리적인 것에 뿌리를 둔다. 신체적 자각은 아기가 태어난 순간, 자궁에서 나와 몇 분 뒤 젖을 먹을 때부터 시작된다. 우리는 형체를 가진 상태로 이 세상에 도착하고, 형체가 없어지는 순간까지, 같은 몸으로 체현된 채로 남아 있다. **#자신의 경계를 얼마나 잘 알아차리는지 궁금하다면 그저 두 눈을 감아 보자.** 양쪽 집게손가락을 펴고 두 팔을 벌려 보라. 어둠 속에서, 천천히 집게손가락을 맞닿게 해 보라. 손끝이 닿을 것이다. 정확하게. 우리는 보지 않고도 우리의 경계와 범위를 안다.

동시에, 우리는 빛으로 만들어졌다. 로버트 바틀렛이 저서《진짜 연금술》에서 썼듯이, "연금술사에게 만물은 살아 있다." 여기서 만물은 모든 것을 의미한다. 식물, 동물, 광물, 우리가 앉는 의자. 연금술사들은 모든 물질이 오랜 세월에 걸쳐 완벽을 추구한다고 믿는다. 모든 계의 모든 종은 완벽하게 균형을 이루는 상태로 서서히 변화한다. 모든 것이 진화하여 완벽 또는 일체를 이루는 것이다. 연금술사는 실험실에서 불순물을 모두 제거하고 상승을 가속화하여 이 과정을 돕는다.

캐서린 맥쿤은《연금술사가 되는 것에 대하여》에서, "인체는, 그 자체로, 연금술적 그릇이며, 영적인 것(순수 개념)을 물리적인 것(그림, 말, 그리고 행위)으로 변환한다"라고 쓴다. 어떤 대상에 이름을 붙이는 과정은 연금술적 과정이다. 이전에 알려지지 않았던 것(순수 에너지)을 언어(형태)로 빚어내는 일인 것이다. 어느 날, 코로나-19는 존재하지 않는다. 그러다가 존재한다. 그것이 연금술이다.

아무것도 없기 전에, 존재하는 것이 있다. 연금술사에게 있어서, 개념이나 순수의식 또는 에너지가 단어로 굳어지는 사고와 명명 행위는 물질에 가까워지고 빛에서는 멀어지는 하향 이동이다. 무거움으로 가는 움직임이다. 내가 앞에서 썼듯이, 단어는 구체성을 얻고 유연함을 잃게 된다. 가벼움과 기동성을 모두 잃는다. 따라서, 알려진 것들은 일종의 짐이 된다. 그리고 태어난 것은 반드시 짊어져야 한다.

연금술사에게 물질의 무거움과 경직성이 나쁜 것은 아니다. 추구하는 것이다. 이는 대체로 작가와 예술가에게 매우 중요한 요점이다. 맥쿤은, "연금술에서, 가장 이상에 가까운 상태는 끊임없는 혼란이다"라고 쓴다. 다시 말해, 혼란하면 혼란할수록 이상에 가깝다는 뜻이다. 여러 종교 전통에서 세상의 죄는 신체의 필요와 욕망에서 비롯하므로 거부하거나 초월해야 한다고 하지만, 요가와 연금술은 물리적 세계를 변화에 적합한 매개체로 삼고 그 자리에서 시작한다.

#우리는 추하고, 까다롭고, 죄스럽고, 지저분하고, 성가신 것을 거부하지 않는다. 우리는 오히려 그것들이 변화의 가능성을 크게 제공하므로 작업을 시작하기에 가장 좋은 지점으로 본다. 추악할수록 더 좋다.

우리 자신, 우리의 화자, 우리의 등장인물, 혹은 글쓰기 자체와 관련하여 뒤죽박죽 혼돈이 없다면 변화의 여지도 없다. 몸부림치고 허우적거리며 집안을 헤매다 도대체 왜 자신이 글을 쓰기 위해 태어났다고 생각했나, 묻는다면, 그 사람은 지금 연금술 과정의 암흑 단계에 있는 것이다. 부패, 부식의 단계.

연금술사들은 먼저 부패를 허용한다. 실험실에서 부패를 보유할 뿐만 아니라 배양하기 위한 용기를 만든다. 혼란과 혼돈을 부드럽게 대하고, 수년에 걸쳐 진행하는 부패에는 오랜 기간 부드러움을 유지한다. 연금술사들은 서두르는 법이 없다. 앤 라모트는 부패를 '엉망진창 초고'라고 부른다. 나는 다른 작가들이 이런 초기 단계를 구토라는 단어로 칭하는 것을 듣기도 했다. 연금술사들은 이 단계를 '암흑 단계' 또는 '니그레도(Nigredo, 흑화: 역자 주)'라고 부르는데, 전 과정에서 가장 길고 고통스러운 부분이다. 당면한 과제는 고통스러운데, 글쓰기에서는, 글 쓰는 사람과 초고를 모두 의미한다. 더 중요한 점은, 우리는 부패하고 부식한 곳에서만 시작할 수 있다는 것이다. 연금술사는 단계를 건너뛸 수 없다. 죽음과 상실이 일어나야 새로운 것이 생겨날 수 있다.

연금술사들은 형태를 에너지로 되돌린다. 요가 수행자들처럼 우주가 온전한 하나로 돌아가도록 돕고 있다. 본질적으로 예술가는 그와 같은 방식으로 일한다. 예술가는 세상의 것들, 곧 단어, 물감, 점토를 사용하여 수평에서 수직으로 이동한다. 시, 이야기, 또는 수필의 주제를 '그래서 무엇'으로 이동한다. 모네는 실상 건초더미를 그리는 게 아니라 빛을 그리고 있다.

연금술사와 작가는 과정의 다음 단계로 넘어가 에너지에 더 가까워지면서 눈앞의 물질을 본질적인 요소로 분리하기 시작한다. 연금술사에게는 실험실에서 물질을 수은, 유황, 소금(실제 수은, 유황, 소금이 아니라 물질의 정신, 불, 몸)으로 분리해 내는 것을 의미한다. 작가에게는, 자신이 말하려는 것이 무엇인지 이해하는 것을 뜻한다. 엉망진창 상태에 가만히 앉아서 자신이 만들고 있는 것의 모양을 보기 시작한다. 연금술에서 이는 불과 불로 구워서 형태를 만드는 소성으로 특징짓는 '백색 단계' 기간이다. 불타는 기간. 시가 되든 레몬 밤 잎이 발효되든, 군더더기는 타 버리고 뼈만 남는다. **#창조하기 위해서는 파괴해야 한다.**

마지막 단계인 '적색 단계'에서는 고귀한 원소들이 재결합하며 새로운 물질이 탄생한다. 우리의 초고, 우리 자신, 아니면 우리의 레몬 밤은 완전히 정제되어 찌꺼기가 남지 않는다. 연금술에서, 재결합의 순간이 되면 물질, 이를테면 불로불사의 영약이 새로운 탄생 기록을 얻는다. 분리, 정화, 그리고 재결합을 통해 연금술사는 물질을 가장 순수하고 핵심적인 요소로 분리한 다음 정제한 핵심 요소를 다시 모아 금을 만든다. 연금술사는 어둡고 무거운 것을 빛과 에너지라는 핵심 본질로 되돌린다. 글쓰기도 같은 방식으로 작동한다. 우리는 무겁고 고정된 단어와 함께 시작하여 가장 핵심만 남기고 태워 버린다. 그런 다음 **#그것들을 은유와 이미지의 물에 녹여서 새로운 것, 이전에 존재하지 않았던 것, 읽을 때마다 움직이고 바뀌고 변화하는 것, 물질보다 빛**

에 더 가까운 것을 만들어 낸다.

연금술에 대해 한 마디 더. 연금술을 과학과 구분하는 조건은 과정이 아니라 의도다. 재료를 죽은 것으로 여기는 전통 과학자들과 달리 연금술사들은 재료에 생명력, 에너지, 의식이 있다는 것을 안다. 연금술사는 천지 만물이 에너지라는 전제로 시작한다. 모든 게 다 똑같다. 로버트 바틀렛은 《진짜 연금술》에서, "연금술사는 [자신의] 실험에서 스스로 재료가 된다"라고 쓴다. 연금술사는 쇠붙이를 녹이는 그릇, 도가니 속의 물질과 다르지 않다. 이는 연금술사가 작업할 때, 본인의 변화가 물질의 변화만큼 중요하다는 뜻이다.

중세 연금술사들은 실험실에 기도실을 두었는데, 물질의 여정과 함께 명상하고 기도할 수 있는 별도의 공간을 마련한 것이다. 자신들의 물질이 고행에 직면했을 때, 연금술사들 또한 영혼의 어두운 밤을 거닐어야 했다. 연금술사는 물질에 공감하며 의식이나 의도가 결과를 바꿀 수 있다고 믿었다. 양자 물리학은 이를 증명한다.

우리의 글은 우리를 변화시킨다. 우리는 우리의 초고, 등장인물, 그리고 우리 안에 있는 본질적인 것, 아직 형성되지 않은 것, 그리고 아직 이름 없는 것들을 분명하게 표현하려는 우리의 시도에 공명한다.

#글쓰기 과정은 우리 밖에서 일어나는 게 아니다. 우리는 우

리의 등장인물과 함께 변화한다. 등장인물이 가진 인간성과 복잡한 내면을 발견하면서 우리는 연민을 더 키우고 우리의 근본 본질인 빛에 더 가까워진다. 우리가 매일같이 자신을 혼란에 빠뜨리고, 죽은 자를 태우고, 뼈를 손에 쥐고, 건초더미를 빛을 담는 그릇으로 볼 수는 없다. 혼란한 상태는, 예술에서, 아주 잠깐 명확해진다. 우리는 현실을 본다. 우리가 보는 것이 여전히 고통스럽더라도 말이다. 그것은 걸러지고 순수한, 깨끗한 고통이다.

그래서 누가 우리 글을 읽든, 작품이 출판되든, 인스타그램 팔로워가 10,000명이 있든 상관없는 것이다. 중요한 것은 작품이니까. 우리가 혼란과 혼동 속에 앉아 있는 매일, 쓸모없는 것을 불태우는 매일, 정제된 것과 핵심 본질을 모아 우리가 작업하기 전보다 더 위대한 것이 되도록 하는 매일은 우리가 우리 자신의 핵심 본질에 더 가까이 다가가는 날들이며, 우리가 우리 자체로 빛이 되는 순간에 더 가까워지는 날들이다.

글쓰기나 연금술 과정은 쉽지 않고 공짜도 아니다. 불타고 발효하고 자아가 파괴된다. 궁극으로, 연금술사는 영원히 빛을 방출하며, "마지막 한 조각까지 자신을 내주는," 태양이 된다고 맥쿤은 쓴다.

아무것도 보관되지 않는다. 모든 것이 주어진다. 이 책의 맨 첫 부분에 나오는 무지개로 돌아가자면, 우리는 필요한 것을 이미 다 가졌다는 것을 아는 상태로 세상에 있기를 바란다. 이미

충만하다. 무지개는 늘 거기에 있다. 그러므로, 우리는 줄 수 있
다. 그 자리는 여전히 충만하기 때문이다.

내맡김의 의식
다시, 시작

작가로서, 우리는 제공하는 사람들이다. 그게 우리가 할 수 있는 일의 전부다. 우리가 제공한 말이 어떻게 받아들여지든 우리는 통제할 수 없다. 그것은 새들의 비행을 통제하는 일보다 어렵다. 마이클과 나는 예술이 세상에 대한 봉사라는 사실을 끊임없이 서로 상기시킨다. 카르마(Karma) 요가는 이타적 요가다. 다만 실천하고 기대는 모두 내려놓는다. 오래전에 읽은 짤막한 인도 이야기를 나는 늘 떠올린다. 까마귀가 높은 나무 위 코코넛에 내려앉는다. 까마귀가 앉자 코코넛이 땅에 떨어진다. 까마귀는 제가 코코넛을 떨어뜨렸는지, 아니면 코코넛이 떨어질 때가 됐는데 하필 그 순간에 내려앉았는지 알 수 없다. 그와 마찬가지로, 우리는 글을 제공한 다음 결과에 연연하지 않는다. 곧, 우리 작품이 세상에서 거절당해도, 우리를 형편없는 작가라고 할 수 없다.

그리고, 받아들여진다고 해서 우리가 그 갈채를 소유할 수 있을까. 작품은 여기 내려앉기도 하고 저쪽에 내려앉기도 한다. 코코넛이 떨어지기도 한다. 내가 할 수 있는 말은 그 정도다.

우리는 우리의 성공이나 실패를 우리만의 것이라고 주장할 수 없다. 우리는 그것들을 소유하지 않는다. 우리 것이 아니다. 우리는 그저 글을 제공한 뒤 다시 글을 쓸 뿐이다.

슬픔과 기쁨의 시간 모두 배우기 힘든 교훈이다. 글이 잘 안 풀린다고 느낄 때, 우리는 너무 쉽게 자신을, 타인을, 그도 아니면 뭐든 탓한다. 그렇지만 그런 에너지는 소모되는 것일 뿐이다. 코코넛은 누구를 비난해야 할까? 아니면 까마귀는? 누구든 자신의 특정 행위에만 책임을 질 수 있다. 그리고, 더 어려운 점은, 우리가 성공을 경험한다면, 반드시 자아를 점검해야 한다는 것이다. 그 또한 우리가 소유할 게 아니다. 맞다, 우리는 열심히 작업했다. 그렇다, 우리는 작업에 헌신했다. 그렇지만 '성공'은 실패만큼이나 추적하기 힘들다. 방금 그 소설을 발표한 '사람'은 누구인가? 그 사람은 지도 교사, 영감을 준 작가들, 같은 길을 함께 걸어온 글쓰기 모임, 낳아 준 부모, 혹은 수천 세대를 이어 오며 오래 살아남아 자손을 남긴 이들과 별개의 존재인가? 그중 자신의 몫은 얼마큼인가? #다시 말하지만, 우리는 그저 제공할 뿐이다. 기쁨과 고통 속에서 감사하고, 사는 동안 기쁨과 슬픔을 모두 경험할 수 있게 해 준 이들에게 감사하라.

나는 우리 모두 겸손하고 우리의 단어에서 비롯한 일은 우리가 소유할 수 없다는 사실을 명심하라고 일깨우는 마지막 의식을 소개하려 한다. 이 의식이 말을 걸어오면 망설이지 말고 실행하기를 권한다. 이 의식의 기원은 스리 스리 아난다무르티의 구루 푸자(guru puja, 인도 종교에서 스승에게 감사와 존경을 표하기 위해 바치는 헌신적인 예배 의식: 역자 주)에서 비롯했는데, 여기서는 접근하기 더 쉽도록 수정했다.

앉은 자세에서 호흡과 함께 시작한다. 가슴 앞으로 두 손을 모아 그릇 형태를 만든다. 그 그릇에 한 가지 걱정이나 한 가지 기쁨을 채운다고 상상한다. 거기, 초고 시를 담거나 최근에 받은 상을 담아도 좋다. 어쩌면 아버지가 앓는 치매나 수리가 필요한 자동차 걱정을 담을 수도 있겠다. 클 수도 있고 작을 수도 있다. 그 그릇에 어떤 날은 기쁨이 담기고, 고마운 일이 담기고, 어떤 날은 슬픔이 담길 것이다. 그릇을 심장에 대고 떠오르는 감정을 느껴 본다. 그 감정이 살과 뼈, 몸의 구멍과 모세혈관까지 스며들게 한다. 가슴이 아프도록 또는 펴지도록 둔다. 그 감정에 특성을 부여해 본다. 어둡고, 둔하고, 끈적거리고, 검은 감정(타마스)인가? 분노나 질투처럼 불길로 가득하고 격렬한 감정(라자스)인가? 아니면 기쁨과 빛으로 가득 찬 감정(사트바)인가? 될수록 오랫동안 느껴 보라. 감정에 이름을 붙여 보라. 슬픔, 나는 슬픔을 느낍니다. 상심, 나는 상심을 느낍니다. 황홀, 나는 황홀을 느낍니다. 그런 다음, 준비를 마치면 배를 바닥에 대고 엎드린다. 요가에서는 이 자세를 완전한 프라남(pranam)이라고 한다. 배를 바닥에 대고, 두 팔을 머리 위로 들어 올리고 그릇을 받친 자세를 유지하며 얼굴은 아래로 숙인다. 더는 낮출 수 없이 낮은 자세. 스스로 땅이 된다. 두 손을 풀고 안에 담긴 내용물을 놓아준다. 그렇게 머문다. 뛰는 심장을 느낀다. 일어날 때는 아무것도 붙잡지 않는다. 다시 시작한다.

마지막으로 눈을 감아 보자. 매일 수행하여 시선을 안으로 돌리고 호흡에 머물면 집으로 돌아가는 느낌을 알아차리게 된다. 고요에 친숙해지고 호흡의 바깥, 세상의 급한 속도는 예외가 된다. 호흡 밖에서 더 많은 시간을 보낼 수도 있지만, 이제 길게 들이마시고 길게 내쉬는 숨이 하루를, 일생을 보내고 싶은 곳이라는 것을 알게 된다. 호흡의 해먹에 머물러 보자.

호흡은 계절마다 다르다. 완전한 들숨과 날숨은 모두 우리에게 재생, 새로운 시작, 아무리 넘어지고 비틀거려도 봄날의 크로커스 꽃처럼 다시 일어날 것이라는 약속을 가르쳐 준다. 4, 그리고 6 헤아리기 호흡을 길게 하며 고요가 신체의 세포마다 스며들게 하여 온몸이 의식의 알아차림에 닿으면, 다시 한번 들숨으로 돌아가자. 이번에는, 들숨에 몸 앞쪽으로 숨을 들이마신다고 느껴 본다. 이는 봄이다. 그런 다음 숨결이 몸의 맨 윗부분을 지나가는 여름을 상상해 보자. 이번 멈춤은 더 짧을 텐데, 여름은 온통 충만에 관한 것이지만, 한편으로는 오래 견디기 힘든 강렬함을 가진 계절이다. 너무 덥다. 잠시 충만함 속에서 여름이 몸 위로 떠다니게 하라. 이제, 몸 뒤쪽으로 숨을 내쉬며 가을이 천천히 미끄러져 내려오게 한다. 나뭇잎이 가리키듯, 가을은 놓아주는 계절이다. 이파리는 땅에 떨어지며 몸부림치지 않는다. 그저 놓아주고 땅으로 미끄러져 내려간다. 몸의 뒤쪽으로 숨을 내쉬며 계절의 내맡김과 길이를 느껴 보라. 날숨의 맨 밑바닥에서 겨울과 공허를 만나자. 잿빛 하늘을 배경으로 자연의 윤곽을 드러내는 빈 가지. 몸과 호흡의 바닥으로 미끄러져 내려가 보자. 겨울은, 여름처럼, 오래 머물 곳이 아니다. 이와 같은 계절의 극단은 짧게 경험하는 것이 최선이다. 호흡 그리고 어둠을 받아들이는 법을 가르치는 교훈 안에서 겨울을 환영하지만 오래 머물 필요는 없다. 그저 잠깐. 다시 숨을 들이마시고 몸을 봄으로 이끌어 보자.

이런 식으로 수행하면 호흡은 원이나 사각형을 만든다. 앞으로, 쇄골 위로, 뒤로, 골반 바닥을 지나 다시 위로. 각 계절에, 우리가 세상에 있다는 것을 가르쳐 주는 계절에 온전히 집중하라. 호흡 한 번은 1년이다. 마찬가지로, 한 해의 각 계절은 호흡의 일부와 연관되어 있다. 그런 알아차림이 있으면 여름의 충만함에 온전히 존재하고, 8월의 강렬한 열기는 오래 이어지지 않을 것이며 1월의 아침도 어둡지 않을 것임을 알게 된다. 계절 맞춤 호흡은 문예지에서 거절당하거나 글이 잘 안 풀리는 날에도 도움이 된다. 그 순간 우리는 늦가을, 이른 겨울에 있는 것이다. 다음 들숨을 기다린 다음 과정을 다시 시작하자.

기분이 좋아질 때까지 이런 식으로 숨을 쉬자. 몸 안에서 계절이 바뀌게 두라. 봄이 여름으로 펼쳐지고 가을이 겨울로 바뀌게 두라. 충만을 느끼고, 공허를 느끼고, 충만과 공허가 겹치는 지점을 느껴 보라. 호흡은 멈추지 않으며 시간도 멈추지 않는다는 것을 알아차려 보라. 심지어 지금, 이 순간도 늘 움직이는 현재다. 우리는 시간 바깥으로 벗어나지 않는다. 호흡 바깥으로 벗어나지 않는다. 그리고 우리는 글을 쓰기 위해 태어났다는 사실에서 벗어나지 않는다. 글쓰기는 우리의 호흡처럼 땅에서 하늘로, 그리고 다시 땅으로, 언제나 움직이는 과정이며, 언제나 기적이다.

참고 문헌

대니얼 라딘스키. 하피즈와 1년: 매일의 사색. 뉴욕: 펭귄, 2011.

데보라 아델. 야마 니야마: 평화로운 삶을 위한 요가의 길. 미네소타 덜루스: 온-워드 바운드 북스, 2009.

데브라 과트니. "케이크." 브레버티. 2014년 9월. 제47호. 온라인 이용 가능. https://brevitymag.com/nonfiction/cake/(2023년 1월 23일 접속).

딘티 W. 무어. 문제의 진실: 서사적 논픽션의 예술과 기교. 뉴욕: 피어슨, 2007.

라마크리슈나. 스리 라마크리슈나가 남긴 말. 스와미 니킬라난다 번역. 요약본. 3판. 뉴욕: 라마크리슈나-비베카난다 센터, 1974.

라이너 마리아 릴케. 젊은 시인에게 보내는 편지. 머천트 북스, 2013.

라이언 반 미터. 지금 아는 걸 그때도 알았더라면 중, "첫." 켄터키 루이빌: 사라반드 북스, 2011.

레스마 메나켐. 할머니의 손: 인종 차별 트라우마 그리고 우리의 마음과 몸을 고치는 길. 네바다 라스베이거스: 센트럴 리커버리 프레스, 2017.

로린 로슈. 경전의 찬란한 빛: 경이와 기쁨의 요가로 가는 112개의 관문. 콜로라도 볼더: 사운드 트루, 2014.

로버트 바틀렛. 진짜 연금술: 실용 연금술 입문서. 플로리다 레이크 워스: 아이비스 프레스, 2009.

로빈 윌 키머러. 향모를 땋으며: 원주민의 지혜, 과학 지식, 그리고 식물의 가르침. 미네소타 미니애폴리스: 밀크위드 에디션, 2015.

로이 피터 클라크. 글쓰기 도구: 작가를 위한 50가지 필수 전략. 뉴욕: 리틀 브라운, 2006.

메디슨 스마트 벨. 내러티브 디자인: 상상력, 기교, 그리고 형식. 뉴욕: 노튼, 1997.

메리 고든. "도덕적 소설." 애틀랜틱. 2005년 소설 판. 온라인 이용 가능. https://www.theatlantic.com/magazine/archive/2005/08/moral-fiction/304128/(2023년 1월 21일 접속)

메리 올리버. 빛의 집. 보스턴: 비콘 프레스. 1992.

미하이 칙센트미하이. 몰입: 미치도록 행복한 나를 만난다. 하퍼 퍼레니얼 모던 클래식. 뉴욕: 하퍼, 2008.

버니 클라크. 인 요가 강사 트레이닝. 2021년 봄.

버지니아 울프. 자기만의 방. 퍼스트 하베스트 판. 뉴욕: 하베스트 북스, 1989.

버지니아 울프. 존재의 순간들 중, "지난날의 스케치." 2판. 뉴욕: 하베스트 북스, 1985.

베셀 반 데어 콜크. 몸은 기억한다: 트라우마가 남긴 흔적들. 뉴욕: 펭귄, 2014.

브라이언 도일. 도약: 계시와 깨달음 증 "도약" 시카고: 로욜라 프레스, 2003.

브렌다 밀러. 서사적 논픽션 쓰기 중 "땋은 마음: 서정적 에세이 쓰기." 필립 제라드 편집. 14–24. 오하이오 신시내티: 라이터스 다이제스트 북스, 2001.

블라디미르 나보코프. 말하라, 기억이여. 퍼스트 빈티지 인터내셔널 에디션. 뉴욕: 빈티지 인터내셔널, 1989.

비.케이.에스(B. K. S.) 아헹가. 요가 디피카. 개정판. 뉴욕: 쇼켄 북스, 1979.

빌 루어바흐. 내 삶의 글쓰기: 추억을 회고록으로, 아이디어를 에세이로, 그리고 삶을 문학으로. 오하이오 신시내티: 라이터스 다이제스트 북스, 2008.

사라 그리너프 편집. 멀리 있는 내 사람: 조지아 오키프와 알프레드 스티글리츠 서간 선집, 1권 1915–1933. 코네티컷 뉴헤이븐: 예일 대학교 출판사, 2011.

사라 블론딘. 마음: 자신과 타인을 사랑하는 법. 콜로라도 볼더: 사운즈 트루, 2020.

삿구루. 내면의 공학: 기쁨을 위한 요가 수행자의 안내. 뉴욕: 스피겔 & 그라우, 2016.

샘 킨. 카이사르의 마지막 숨: 우리를 에워싼 공기의 비밀을 해독하다. 뉴욕: 리틀 브라운, 2017.

소냐 후버. "작가로서 나를 거의 황폐하게 만든 단어 세 개: '보여 주고 말은 하지 마.'" 리터러리 허브. 2019년 9월 27일. 온라인 이용 가능. https://lithub.com/the-three-words-that-almost-ruined-me-as-a-writer-show-dont-tell/(2023년 1월 22일 접속).

스바트마라마. 하타요가 프라디피카. 브라이언 다나 에이커스 번역. 뉴욕 우드스톡: 요가 비드야, 2002.

스티븐 킹. 유혹하는 글쓰기: 글쓰기 기법 비망록. 뉴욕: 포켓 북스, 2000.

아그네스 드 밀. 마샤: 마사 그레이엄의 삶과 작품: 전기. 뉴욕: 랜덤 하우스, 1991.

애니 딜라드. 작가살이. 뉴욕: 하퍼 & 로, 1989.

애니 프링글 레이. 일기 원고. 1881–1884. 저자 컬렉션.

앤 라모트. 쓰기의 감각: 글쓰기와 삶에 관한 몇 가지 지침. 뉴욕: 앵커 북스, 1995.

앤서니 도어. 클라우드 쿠쿠 랜드. 뉴욕: 스크라이브너, 2021.

앤 버토프. "인식, 묘사, 그리고 수정." 기초 글쓰기 저널 3, no. 1(1981): 19 – 32. 바가바드 기타. 에크나스 이스와란 번역, 캐나다: 닐기리 프레스, 2007.

앤 패디먼. 서재 결혼시키기: 평범한 독자의 고백. 뉴욕: 파라, 스트라우스 & 지로. 2000.

앨런 버딕. "명사가 우리의 속도를 늦추는 이유, 그리고 언어학이 거품 속에 있는 이유." 뉴요커. 2018년 5월 15일. 온라인 이용 가능. https://www.newyorker.com/science/lab-notes/why-nouns-slow-us-down-and-why-linguisticsmight-be-in-a-bube(2023년 1월 23일 접속)

앰버 캐런. 개인 서신. 2022년 봄.

에드워드 P. 존스. 도시에서 길을 잃다. 20주년 기념판 중 "첫날." 뉴욕: 아미스타드, 2012.

에이모 토울스. "에이모 토울스, 역사적 배경에 생명을 불어넣다." 리터러리 허브. 2022년 2월 4일. 온라인 이용 가능. https://lithub.com/amor-towles-on-bringing-a-historical-setting-to-life/(2023년 1월 22일 접속).

오드리 로드. 오드리 로드 선집. 록산 게이 편집. 뉴욕: 노튼, 2020.

우파니샤드. 에크나스 이스와란 번역. 캐나다: 닐기리 프레스, 2007.

웬델 베리. 웬델 베리 시선집. 캘리포니아 버클리: 카운터포인트, 1999.

이라 스쿵루앙. "사라지기 위해 & 찾기 위해." 브레버티. 2022년 1월. 제66호. 온라인 이용 가능. https://brevitymag.com/nonfiction/to-disappear/(2023년 1월 22일 접속).

재닛 버로웨이. 라이팅 픽션: 서사 기고 길잡이. 8판. 보스턴: 롱맨, 2011.

잭 케루악. "자발적인 산문의 본질." 온라인 이용 가능. https://writing.upenn.edu/~afilreis/88v/kerouac-spontaneous.html(2023년 1월 22일 접속).

조너선 콧. 레니와의 저녁 식사: 레너드 번스타인과의 긴 인터뷰. 뉴욕: 옥스퍼드 대학교 출판부, 2013.

조지 레이코프와 마크 존슨. 삶으로서의 은유. 시카고: 시카고 대학교 출판사. 2003.

존 가드너. 소설의 기술: 젊은 작가들을 위한 창작 노트. 뉴욕: 빈티지 북스, 1991.

존 가드너. 윤리적 소설에 대하여. 뉴욕: 베이직 북스, 1978.

줄리아 캐머런. 예술가의 길: 창의력을 높여주는 영적인 길. 뉴욕: 타처/푸트남, 1992.

줌파 라히리. 축복받은 집 중 "센 아주머니의 집." 보스턴: 휴튼 미플린, 1999: 111-35.

초감 트룽파 린포체. "불교도가 되려는 결심." 라이언스 로어. 2017년 5월 16일. 온라인 이용 가능. https://www.lionsroar.com/the-decision-to-become-a-buddhist/(2023년 1월 27일 접속).

카비르 시집: 카비르의 황홀한 시 44편. 로버트 블라이 번역. 보스턴: 비콘 프레스, 1977.

캐서린 맥쿤. 연금술사가 되는 것에 대하여: 현대 마법사를 위한 가이드. 콜로라도 볼더: 트럼페터 북스, 2008.

크리스토퍼 곤잘레스. 개인 서신. 2022년 1월 20일.

토니 모리슨. 파라다이스. 뉴욕: 플럼 북스, 1999.

톰 로마노. 혼합 장르, 변화하는 장르: 다중 장르 기록 작성하기. 뉴햄프셔 포츠머스: 하이네만, 2000.

톰 스토파드. 진짜 사랑이란? 수정본 재인쇄. 런던: 파버 & 파버, 1983.

틱낫한. 우리가 머무는 세상: 평화와 생태에 대한 불교적 접근. 캘리포니아 버클리: 패럴랙스 프레스, 2004.

파탄잘리. 파탄잘리의 요가 수트라. 스리 스와미 사치다난다 번역. 세 번째 판. 버지니아 버킹엄: 인테그랄 요가 프블리케이션, 2014.

페기 슈마커. 그저 보통의 숨. 네브라스카 링컨: 네브라스카 대학교 출판사, 2007.

페이즐리 렉달. 라디오 인터뷰. "유타 시인 수상자 페이즐리 렉달: 새로운 컬렉션과 오래된 철도." 케이유이알(KUER). 2019년 5월 7일.

펠리시아 로즈 차베스. 반인종주의 글쓰기 워크숍: 창의적 글쓰기 교실에 독립을 부여하는 법. 시카고: 헤이마켓 북스, 2021.

플래너리 오코너. 미스터리와 양식: 특수한 산문. 첫 번째 페이퍼백 판. 뉴욕: 파라, 스트라우스 & 지로. 1970.

필립 제라드. 크리에이티브 논픽션: 실생활 이야기 연구과 기술. 오하이오 신시내티: 스토리 프리 프레스, 1996.

글을 쓰기 위해 요가를 하진 않았습니다만

초판 1쇄 발행 2026년 1월 15일

지은이 제니퍼 시너

옮긴이 정희재

펴낸이 이수미

편집 김연희

표지 디자인 이지선

본문 디자인 김미연

마케팅 임수진

종이 세종페이퍼 **인쇄** 두성피엔엘 **유통** 신영북스

펴낸곳 나무를 심는 사람들

출판신고 2013년 1월 7일 제2013-000004호

주소 서울시 용산구 서빙고로 35 103동 804호

전화 02-3141-2233 **팩스** 02-3141-2257

이메일 nasimsabooks@naver.com

블로그 blog.naver.com/nasimsabooks

인스타그램 instagram.com/nasimsabook

ISBN 979-11-93156-36-0 03840